Graeme Simsion

Graeme Simsion est un auteur australien de pièces de théâtre, de nouvelles et de scénarios.
Le Théorème du homard, son premier roman (Nil, 2014 ; paru chez Pocket en 2015 sous le titre *Comment trouver la femme idéale*), a obtenu le Victorian Premier's Literary Award, un prix décerné chaque année à un manuscrit inédit, ainsi que le Australian Book Industry's General Fiction Book of the Year, prix du meilleur roman de fiction. *L'Effet Rosie*, la suite du *Théorème du homard* a paru en 2015 chez le même éditeur. Graeme Simsion vit à Melbourne.

Retrouvez toute l'actualité de l'auteur sur :
www.simsion.com

COMMENT TROUVER LA FEMME IDÉALE

GRAEME SIMSION

COMMENT TROUVER LA FEMME IDÉALE
ou Le Théorème du homard

Traduit de l'anglais (Australie)
par Odile Demange

NiL

Titre original :
THE ROSIE PROJECT

Cet ouvrage a précédemment paru sous le titre :
Le Théorème du homard
ou comment trouver la femme idéale

MIXTE
Papier issu de
sources responsables
FSC® C003309

Pocket, une marque d'Univers Poche,
est un éditeur qui s'engage pour la préservation
de son environnement et qui utilise du papier fabriqué
à partir de bois provenant de forêts gérées
de manière responsable.

ISBN 978-2-266-24482-4

À *Rod et Lynette*

1.

J'ai peut-être une solution au Problème Épouse. Elle semble évidente a posteriori, une caractéristique fréquente des découvertes scientifiques majeures. Mais je ne l'aurais probablement pas trouvée sans un enchaînement d'événements qui n'étaient pas prévus à mon programme.

Cette séquence s'est amorcée parce que Gene a insisté pour que je donne une conférence sur le syndrome d'Asperger qu'il s'était précédemment engagé à assurer. L'horaire était extrêmement contrariant. La préparation pouvait se faire en simultané avec la consommation du déjeuner, mais le soir en question, j'avais programmé quatre-vingt-dix minutes pour le ménage de ma salle de bains. Cela m'obligeait à choisir entre trois options, dont aucune n'était satisfaisante :

1. Nettoyer la salle de bains après la conférence, ce qui entraînerait un déficit de sommeil avec pour résultante une réduction de mes performances mentales et physiques.

2. Reprogrammer le ménage au mardi suivant, ce qui entraînerait une période de huit jours d'hygiène de salle de bains douteuse avec risque résultant de maladie.

3. Refuser de faire la conférence, ce qui entraînerait une mise en péril de mon amitié avec Gene.

J'ai exposé le dilemme à Gene. Comme toujours, il a eu une autre idée.

— Don, je payerai quelqu'un pour nettoyer ta salle de bains.

J'ai rappelé à Gene – une fois de plus – que toutes les femmes de ménage, à l'exception peut-être de la Hongroise qui porte une jupe courte, commettaient des erreurs. La Hongroise à jupe courte, qui avait été la femme de ménage de Gene, avait disparu à la suite d'un problème entre Claudia et lui.

— Je vais te donner le numéro de portable d'Eva. Ne lui parle pas de moi, c'est tout.

— Et si elle m'interroge ? Comment veux-tu que je réponde sans parler de toi ?

— Explique-lui simplement que tu prends contact avec elle parce qu'elle est la seule femme de ménage à faire du bon boulot. Et si elle te parle de moi, ne dis rien.

C'était une excellente solution, et une bonne illustration de l'aptitude de Gene à résoudre les problèmes sociaux. Eva serait contente de voir ses compétences reconnues et pourrait peut-être même se révéler adéquate pour assumer cette tâche de façon permanente, libérant ainsi de mon programme une moyenne hebdomadaire de trois cent seize minutes.

Gene devait trouver un remplaçant pour sa conférence parce qu'il avait l'occasion d'avoir un rapport sexuel avec une universitaire chilienne venue assister à un congrès à Melbourne. Le programme de recherche de Gene l'oblige à avoir des rapports sexuels avec des femmes appartenant au plus grand nombre de nationalités possible. En tant que professeur de psychologie, il s'intéresse beaucoup à l'origine de l'attirance sexuelle humaine qui est, selon lui, largement déterminée par les gènes.

Cette conviction est cohérente avec sa formation de généticien. Soixante-huit jours après m'avoir engagé comme chargé de recherche, Gene a obtenu la direction de l'Institut de psychologie, une nomination très controversée qui visait à faire de l'université un pôle d'excellence en psychologie évolutionniste et à accroître sa visibilité.

Pendant la période où nous avions travaillé ensemble à l'Institut de génétique, nous avions eu de nombreuses discussions intéressantes qui se sont poursuivies après sa nouvelle affectation. Une raison qui aurait suffi à rendre notre relation satisfaisante à mes yeux, mais Gene m'a également invité à dîner chez lui et s'est livré à d'autres rituels d'amitié, ce qui a entraîné une relation personnelle. Sa femme Claudia, qui est psychologue clinicienne, est aussi mon amie maintenant. Ce qui en fait deux en tout.

Pendant quelque temps, Gene et Claudia ont essayé de m'aider à régler mon Problème Épouse. Malheureusement, leur approche reposait sur le paradigme traditionnel du rendez-vous auquel j'avais précédemment renoncé en estimant que les probabilités de succès ne justifiaient ni l'effort nécessaire ni les expériences négatives. J'ai trente-neuf ans, je suis grand, en bonne santé et intelligent, j'occupe une position sociale relativement élevée et je touche un salaire supérieur à la moyenne en tant que professeur associé. En toute logique, un grand nombre de femmes devraient me trouver attirant. Dans le règne animal, je n'aurais pas de difficulté à me reproduire.

Il y a pourtant en moi quelque chose qui rebute les femmes. J'ai toujours eu du mal à me faire des amis et il semblerait que les déficiences à l'origine de ce problème affectent également mes tentatives pour nouer des relations sentimentales. Le Désastre de la Glace à l'Abricot en offre un bon exemple.

Claudia m'avait présenté à l'une de ses nombreuses amies, Elizabeth, une informaticienne remarquablement intelligente qui souffrait d'un problème de vue corrigé par des lunettes. Je mentionne ce détail parce que, en me montrant une photo d'Elizabeth, Claudia m'avait demandé si ses lunettes ne me dérangeaient pas. Une question incroyable ! De la part d'une psychologue ! Alors qu'elle cherchait à évaluer si Elizabeth pouvait être une partenaire adéquate – une personne qui vous apporte une certaine stimulation intellectuelle, avec qui on peut partager des activités et peut-être même se reproduire –, le premier souci de Claudia était de savoir ce que je pensais de sa monture de lunettes, un choix dont elle n'était probablement même pas responsable mais qui résultait des conseils d'un opticien. Voilà le monde dans lequel je dois vivre. Puis Claudia avait ajouté, comme si c'était un obstacle :

— Je te préviens, elle a des idées très arrêtées.

— Reposent-elles sur des faits ?

— Oui, je pense.

Parfait. La description aurait pu s'appliquer à moi.

Nous nous sommes retrouvés dans un restaurant thaï.

Les restaurants sont des terrains minés pour les inadaptés sociaux et j'étais nerveux, comme toujours en pareilles circonstances. Nous avons pourtant pris un excellent départ en arrivant tous les deux à 19 heures précises, comme prévu. Une mauvaise synchronisation représente une perte de temps considérable.

Nous avons franchi l'épreuve du repas sans qu'elle me reproche la moindre erreur sociale. Il n'est pas très facile de faire la conversation tout en se demandant si on a le regard posé sur la bonne partie du corps de son interlocutrice, mais je me suis concentré sur ses yeux à lunettes, conformément à la recommandation de Gene. Ce qui a rendu quelque peu imprécis le processus de consommation alimentaire, sans qu'elle ait toutefois l'air de le remarquer. Au contraire, nous avons eu une discussion extrêmement productive sur les algorithmes de simulation. Quelle femme intéressante ! J'envisageais déjà la possibilité d'une relation permanente.

Le serveur a apporté la carte des desserts et Elizabeth a dit :

— Je n'aime pas les desserts asiatiques.

Il s'agissait très certainement d'une généralisation infondée, reposant sur une expérience limitée, et cela aurait peut-être dû me mettre en garde. Cette remarque m'a cependant donné l'occasion de faire une suggestion constructive.

— Nous pourrions aller prendre une glace en face.

— Excellente idée. À condition qu'ils aient de l'abricot.

J'estimais que, pour le moment, l'affaire était bien engagée et je n'ai pas imaginé que cette préférence pour l'abricot poserait un problème. J'avais tort. Le glacier disposait d'un vaste assortiment de parfums, mais n'avait plus d'abricot. J'ai commandé deux boules pour moi, chocolat piment et réglisse, et j'ai demandé à Elizabeth de faire un autre choix.

— S'il n'y a pas d'abricot, je m'en passerai.

Je n'arrivais pas à y croire. Toutes les glaces ont à peu près le même goût, du fait de l'engourdissement des papilles gustatives provoqué par le froid. C'est particulièrement vrai des parfums aux fruits. Je lui ai suggéré de prendre mangue.

— Non, non, merci, ça ira comme ça.

Je lui ai expliqué dans le détail la physiologie de l'engourdissement des papilles gustatives. J'étais convaincu que si j'achetais une glace à la mangue et une autre à la pêche, elle serait incapable de faire la différence. De sorte que, par extension, elle pouvait parfaitement choisir l'une ou l'autre en remplacement de l'abricot.

— Ce sont des parfums complètement différents, a-t-elle objecté. Si vous êtes incapable de distinguer la mangue de la pêche, tant pis pour vous.

Nous étions en présence d'un différend simple et objectif, facile à régler expérimentalement. J'ai commandé la plus petite portion de chacun des deux parfums, mais au moment où la serveuse m'a tendu les glaces et où je me suis retourné vers Elizabeth pour lui demander de fermer les yeux et de se livrer à l'expérience prévue, elle n'était plus là. Voilà pour les idées « reposant sur des faits ». Et pour les prétentions scientifiques de cette informaticienne.

Claudia m'a fait remarquer plus tard que j'aurais dû abandonner l'expérience avant qu'Elizabeth ne parte. C'est évident. Mais à quel moment ? Quel était le signal ? Voilà le genre de subtilités qui m'échappent.

Tout comme m'échappe la raison qui ferait d'une sensibilité exacerbée à d'obscurs indices concernant des parfums de glace une condition préalable pour être le partenaire de quelqu'un. Il paraît raisonnable de supposer que certaines femmes n'en exigent pas autant. Malheureusement, le processus qui pourrait permettre de les trouver s'avère d'une inefficacité invraisemblable. Le Désastre de la Glace à l'Abricot m'avait coûté une soirée entière de ma vie, avec pour unique compensation que j'en sais un peu plus sur les algorithmes de simulation.

Grâce au réseau wifi de la cafétéria de la bibliothèque de médecine, il m'a suffi de deux pauses déjeuner pour effectuer les recherches nécessaires et préparer ma conférence sur le syndrome d'Asperger sans sacrifier ma consommation de nourriture. Je n'avais aucune connaissance préalable des troubles du spectre autistique, car ils n'entraient pas dans ma spécialité. Un sujet fascinant. Il m'a semblé judicieux de me concentrer sur les aspects génétiques de ce syndrome, certainement peu connus de mon public. La plupart des maladies trouvent leur origine dans notre ADN, mais dans bien des cas, il nous reste encore à le découvrir. Mon travail personnel porte sur la prédisposition génétique à la cirrhose du foie. Je consacre une grande partie du temps que je passe à la fac à soûler des souris.

Les ouvrages et les articles scientifiques décrivaient évidemment les symptômes du syndrome d'Asperger et j'en suis arrivé à la conclusion provisoire que, dans la majorité des cas, il s'agissait de variations des fonctions cérébrales humaines. On les médicalisait indûment parce qu'elles ne coïncidaient pas avec les normes sociales *construites*, qui reflètent les configurations humaines les plus courantes sans prendre en compte la totalité de celles-ci.

Le topo était prévu à 19 heures dans un établissement scolaire de la proche banlieue. J'ai estimé le trajet en vélo à douze minutes et en ai ajouté trois pour avoir le temps d'allumer mon ordinateur et de le connecter au projecteur.

Je suis arrivé comme prévu à 18 h 57, après avoir ouvert la porte de mon appartement à Eva, la femme de ménage à jupe courte, vingt-sept minutes plus tôt. Il y avait approximativement vingt-cinq personnes qui se pressaient à côté de l'entrée et devant la salle de cours, mais j'ai immédiatement reconnu Julie, l'organisatrice, grâce à la description de Gene : « Une blonde à gros seins. » En réalité, les dimensions de sa poitrine ne dépassaient probablement pas un écart type d'un et demi par rapport à la moyenne, compte tenu de son poids. Cela ne constituait donc pas vraiment un signe particulier remarquable. C'était plutôt une question d'exhaussement et d'exposition, conséquence de la tenue qu'elle avait choisie et qui semblait tout à fait appropriée pour une chaude soirée de janvier.

Peut-être ai-je mis trop longtemps à m'assurer de son identité. Toujours est-il qu'elle m'a regardé bizarrement.

— Vous devez être Julie, ai-je dit.

— Je peux faire quelque chose pour vous ?

Excellent. Une personne pragmatique.

— Oui, me montrer où est le câble VGA, s'il vous plaît.

— Oh ! Vous êtes sûrement le professeur Tillman. Je suis si contente que vous ayez pu venir.

Elle m'a tendu la main, mais je l'ai repoussée d'un geste.

— Le câble VGA, s'il vous plaît. Il est 18h58.

— Ne vous en faites pas. Nous ne commençons jamais avant 19h15. Vous voulez un café ?

Pourquoi les gens font-ils aussi peu de cas du temps d'autrui ? Nous nous dirigions tout droit vers les inévitables fadaises. J'aurais pu rester chez moi un quart d'heure de plus à faire mes exercices d'aïkido.

Concentré sur Julie et sur l'écran disposé à l'avant de la salle, je n'avais pas regardé autour de moi, ce qui m'avait empêché de remarquer la présence de dix-neuf personnes. C'étaient des enfants, de sexe masculin pour la plupart, assis à des pupitres. Probablement les victimes du syndrome d'Asperger. Presque toute la littérature spécialisée est consacrée à des enfants.

Malgré l'affection dont ils étaient censés souffrir, ils faisaient un meilleur usage de leur temps que leurs parents qui bavardaient à qui mieux mieux. La plupart manipulaient des appareils informatiques portables. J'ai estimé leur âge entre huit et treize ans. J'espérais qu'ils avaient été attentifs en cours de sciences naturelles, parce que mon exposé présupposait de solides connaissances en chimie organique et de bonnes notions de la structure de l'ADN.

Je me suis rendu compte que je n'avais pas répondu à la question sur le café.

— Non.

Malheureusement, ce délai avait fait oublier sa question à Julie.

— Pas de café, ai-je expliqué. Je ne bois jamais de café après 15h48. Ça perturbe le sommeil. La caféine ayant une demi-vie de trois à quatre heures, il est absolument irresponsable de boire du café à 19 heures, à moins d'avoir l'intention de rester éveillé jusqu'après minuit. Ce qui n'assure pas une durée de sommeil suffisante si on occupe un emploi conventionnel.

J'essayais de mettre à profit cette attente pour lui donner un conseil pratique, mais elle préférait visiblement échanger des banalités.

— Comment va Gene ? a-t-elle demandé.

Il s'agissait de toute évidence d'une variante de la plus courante des formules d'interaction sociale : « Comment allez-vous ? »

— Il va bien, merci, ai-je dit en adaptant la réponse conventionnelle à la troisième personne.

— Vraiment ? J'avais cru comprendre qu'il était malade.

— Gene est en parfaite santé, à part ses six kilos en trop. Nous sommes allés faire un jogging ensemble ce matin. Il a rendez-vous avec une femme ce soir, et s'il était malade, il ne pourrait pas sortir.

Julie n'a pas eu l'air convaincue et en réfléchissant plus tard à cet échange, je me suis dit que Gene avait dû lui mentir sur la raison de son absence. Sans doute avait-il voulu éviter de lui donner l'impression qu'il n'accordait aucune importance à sa conférence et justifier son remplacement par un orateur moins prestigieux. Je ne vois vraiment pas comment on peut analyser une situation aussi complexe, qui implique tromperie et hypothèse sur la réaction émotionnelle d'autrui, et élaborer ensuite soi-même un mensonge plausible, tout cela pendant que quelqu'un attend une réponse à sa question. C'est pourtant exactement ce que les gens estiment que l'on doit être capable de faire.

J'ai fini par mettre mon ordinateur en place et nous avons commencé, *avec dix-huit minutes de retard*. J'allais être obligé d'accélérer mon débit de 43 % si je voulais conclure, comme prévu, à 20 heures – un objectif presque irréalisable. Nous allions terminer en retard, ce qui perturberait mon programme pour le restant de la soirée.

2.

J'avais intitulé mon laïus « Précurseurs génétiques des troubles du spectre autistique » et mis la main sur quelques excellents diagrammes de structures d'ADN. Je ne parlais que depuis neuf minutes, un peu plus rapidement que d'ordinaire pour rattraper le temps perdu, quand Julie m'a interrompu :

— Professeur Tillman, la plupart de vos auditeurs ne sont pas des scientifiques. S'il vous était possible d'être un tout petit peu moins technique...

Ce genre d'intervention est incroyablement contrariant. Les gens sont capables de disserter sur les caractéristiques supposées d'un Gémeaux ou d'un Taureau et de passer cinq jours à suivre un match de cricket, mais ils sont incapables de trouver l'intérêt ou le temps nécessaires pour acquérir les connaissances rudimentaires de ce qui les constitue en tant qu'êtres humains.

J'ai poursuivi ma présentation telle que je l'avais préparée. Il était trop tard pour la modifier et il devait bien y avoir dans le public quelques individus suffisamment informés pour suivre.

J'avais raison. Une main s'est levée. Sexe masculin, approximativement douze ans.

— Vous venez de dire qu'il est peu probable qu'il existe un seul marqueur génétique ; d'après vous, plusieurs gènes entrent vraisemblablement en jeu et l'expression globale dépend de leur combinaison spécifique. Affirmatif ?

Exactement !

— Plus des facteurs environnementaux. La situation est analogue à celle des troubles bipolaires, qui...

Nouvelle interruption de Julie :

— Autrement dit, pour ceux d'entre nous qui ne sont pas des génies, le professeur Tillman cherche, si j'ai bien compris, à nous rappeler que l'Asperger est présent dès la naissance. Ce n'est la faute de personne.

J'ai été atterré par l'utilisation du mot « faute », chargé de tant de connotations négatives, surtout dans la bouche d'une personne en position d'autorité. J'ai abandonné l'idée de ne pas m'écarter des questions génétiques. Ce sujet avait dû me travailler inconsciemment, de sorte que le volume sonore de ma voix a probablement augmenté.

— La faute ? Comment peut-on parler de faute à propos de l'Asperger ? Il ne s'agit en aucun cas d'une déficience. Ce n'est qu'une variante. Je dirais même que ce syndrome présente un grand avantage potentiel. Il est associé à de remarquables facultés d'organisation, de concentration, de pensée innovante et de détachement rationnel.

Une femme au fond de la salle a levé la main. Concentré sur mon argumentation, j'ai commis une erreur sociale mineure, que j'ai promptement corrigée :

— Oui, la grosse... la dame en *surpoids*, au fond ?

Elle est restée silencieuse un moment et a regardé autour d'elle avant de poser sa question :

— Vous parlez de « détachement rationnel » : est-ce un euphémisme pour désigner l'absence d'émotion ?

— Un synonyme. Les émotions peuvent être cause de problèmes majeurs.

J'ai pensé qu'il pourrait être utile de donner un exemple, à l'aide d'une histoire mettant en évidence les conséquences désastreuses que peut avoir un comportement émotionnel.

— Imaginez, ai-je dit, que vous vous cachiez dans un sous-sol avec vos amis. L'ennemi est à vos trousses. Tout le monde doit rester parfaitement silencieux, mais votre bébé pleure. (J'ai fait une imitation, comme l'aurait fait Gene, pour rendre mon récit plus convaincant.) Ouiiin. (J'ai ménagé une interruption théâtrale.) Vous avez un fusil.

Des mains se sont levées dans toute la salle. Julie a bondi sur ses pieds pendant que je continuais.

— Muni d'un silencieux. Ils approchent. Ils vont tous vous tuer. Que faites-vous ? Le bébé pleure toujours...

Les gamins se battaient pour répondre. L'un d'eux a crié : « On flingue le bébé », et bientôt tous braillaient à qui mieux mieux :

— On flingue le bébé, on flingue le bébé !

Le garçon qui avait posé la question de génétique a hurlé :

— On flingue l'*ennemi*.

Puis un autre a lancé :

— On lui tend une embuscade.

Les suggestions fusaient.

— On se sert du bébé comme appât.

— Combien on a de fusils ?

— On le bâillonne.

— Combien de temps est-ce qu'il peut vivre sans respirer ?

Comme je l'avais prévu, toutes les idées venaient des « malades » d'Asperger. Les parents n'ont pas apporté la moindre proposition constructive ; certains cherchaient même à réprimer la créativité de leurs enfants.

J'ai levé les deux mains.

— Délai écoulé. Excellent travail. Toutes les solutions rationnelles sont venues des Aspis. Tous les autres ont été inhibés par leurs émotions.

Un garçon a crié :

— Les Aspis, au pouvoir !

J'avais relevé cette abréviation dans la littérature médicale, mais visiblement, les enfants ne la connaissaient pas encore. Elle avait l'air de leur plaire, et bientôt, ils ont tous été debout sur leurs chaises, puis sur leurs pupitres, à lever le poing en scandant en chœur :

— Les Aspis, au pouvoir !

D'après ce que j'avais lu, les enfants atteints du syndrome d'Asperger manquent souvent d'assurance dans les situations sociales. Avoir su résoudre le problème que je leur avais posé semblait les avoir temporairement guéris, et pourtant, cette fois encore, leurs parents se sont montrés incapables de leur apporter une rétroaction positive : ils les grondaient et certains cherchaient même à les faire descendre des pupitres. De toute évidence, ils se souciaient davantage du respect des conventions sociales que des progrès de leurs enfants.

J'avais l'impression d'avoir été convaincant. Julie, pour sa part, a jugé inutile de poursuivre sur la génétique. Les parents semblaient fort occupés à réfléchir à ce que leurs enfants avaient appris et sont partis sans autre interaction sociale avec moi. Il n'était que 19h43. Excellent résultat.

Pendant que je rangeais mon ordinateur, Julie a éclaté de rire.

— La vache ! a-t-elle dit. Je boirais bien un coup !

Je ne comprenais pas très bien pourquoi elle partageait cette information avec quelqu'un qu'elle ne connaissait que depuis quarante-six minutes. Si je prévoyais moi-même de consommer de l'alcool dès que je serais rentré chez moi, je ne voyais aucune raison d'en informer Julie.

Elle a poursuivi :

— Vous savez, nous n'employons jamais ce mot, « Aspis ». Nous ne voulons surtout pas qu'ils se prennent pour les membres d'une sorte de club.

Nouveaux sous-entendus négatifs de la part de quelqu'un qui était probablement payé pour apporter aux enfants assistance et encouragements.

— Comme les homosexuels ? ai-je demandé.

— Bien vu ! C'est tout de même différent. S'ils ne changent pas, ils n'entretiendront jamais de vraies relations – ils ne trouveront jamais de partenaires.

C'était un argument raisonnable, que je pouvais parfaitement comprendre en raison de mes propres difficultés dans ce domaine. Mais Julie a changé de sujet.

— Vous semblez dire qu'il y a des choses – des choses utiles – qu'ils sont capables de faire mieux que... les non-Aspis. En dehors de tuer des bébés.

— Évidemment. (J'étais surpris qu'une personne chargée de l'éducation d'individus dotés d'attributs rares ne soit pas consciente de la valeur et des débouchés de ces attributs.) Il y a une société au Danemark qui recrute des Aspis pour tester des applications informatiques.

— Je ne savais pas. On peut dire que vous m'ouvrez des horizons insoupçonnés. (Elle m'a regardé pendant quelques instants.) Vous avez le temps de prendre un verre ?

Puis elle a posé la main sur mon épaule.

J'ai tressailli automatiquement. Contact absolument inopportun. Si j'avais fait ça à une femme, cela m'aurait certainement valu des ennuis. Elle aurait peut-être même porté plainte pour harcèlement sexuel auprès de la Doyenne, ce qui aurait pu avoir des conséquences sur ma carrière. Évidemment, personne n'allait *la* critiquer pour ça.

— Malheureusement, j'ai d'autres activités au programme.

— Aucune flexibilité ?

— Absolument aucune.

Ayant réussi à rattraper le temps perdu, je n'allais certainement pas replonger ma vie dans le chaos.

Avant de rencontrer Gene et Claudia, j'ai eu deux amies. La première était ma sœur aînée. Elle était professeur de mathématiques mais ne s'intéressait pas beaucoup aux progrès de sa discipline. Pourtant, comme elle n'habitait pas très loin de chez moi, elle me rendait visite deux fois par semaine et même de temps en temps à l'improviste. Nous mangions ensemble et nous discutions de banalités, des événements survenus dans la vie de nos proches, des relations avec nos collègues. Une fois par mois, nous allions dîner à Shepparton avec nos parents et notre frère. Elle était célibataire, sans doute parce qu'elle était timide et ne répondait pas aux canons conventionnels de la beauté. Elle est morte à la suite d'une incompétence médicale flagrante et inexcusable.

Ma deuxième amie était Daphné ; notre amitié a partiellement chevauché celle de Gene et Claudia. Daphné avait emménagé dans l'appartement situé au-dessus du mien quand son mari avait été admis dans une maison de retraite pour cause de démence. Des problèmes de genoux aggravés par l'obésité lui interdisaient de faire plus de quelques pas, mais elle était d'une intelligence supérieure. J'ai pris l'habitude de lui rendre visite régulièrement. Elle n'avait pas de qualification professionnelle, car elle avait toujours exercé une activité traditionnelle de femme au foyer. J'estimais que c'était un terrible gaspillage de talent – d'autant que ses descendants ne lui en savaient aucun gré. Comme elle s'intéressait à mon travail, nous avons lancé l'Opération « Enseigner la Génétique à Daphné », aussi passionnante pour elle que pour moi.

Elle a commencé à venir dîner chez moi tous les soirs, sachant que faire la cuisine pour deux représente une économie de travail appréciable par rapport à la préparation de deux repas individuels. Tous les dimanches à 15 heures, nous allions rendre visite à son mari dont la maison de retraite se trouvait à 7,3 kilomètres. Cela me permettait d'associer une marche à pied de 14,6 kilomètres en poussant un fauteuil roulant à une intéressante conversation sur la génétique. Pendant qu'elle parlait à son mari dont le niveau de compréhension, bien que difficile à déterminer, était indéniablement bas, je lisais.

Daphné devait son nom à la plante en floraison au moment de sa naissance, le 28 août. À chacun de ses anniversaires, son mari lui offrait un bouquet de daphnés et elle y voyait un geste extrêmement romantique. Elle parlait avec mélancolie de son prochain anniversaire ; pour la première fois depuis cinquante-six ans, elle devrait se passer de ce rituel symbolique. La solution était évidente et quand j'ai poussé son fauteuil roulant jusqu'à mon appartement pour le dîner, le jour de ses soixante-dix-huit ans, elle a découvert que je lui avais acheté une masse de fleurs.

Elle en a immédiatement reconnu le parfum et s'est mise à pleurer. J'ai d'abord cru avoir commis une grave erreur, puis elle m'a expliqué que ses larmes étaient un symptôme de bonheur. Le gâteau au chocolat que j'avais préparé l'a beaucoup impressionnée aussi, mais moins que le bouquet.

Pendant le repas, elle m'a fait une déclaration incroyable :

— Don, vous feriez un merveilleux mari.

Cette affirmation contredisait tellement mes expériences de rejet de la part des femmes que j'en ai été momentanément abasourdi. Je lui ai ensuite exposé les faits – l'historique de mes tentatives pour trouver une partenaire, en commençant par ma conviction de petit garçon que je grandirais et me marierais, pour finir par mon renoncement à ce projet devant l'accumulation des preuves de mon inaptitude dans ce domaine.

Sa thèse était simple : il existe quelqu'un pour chacun. Statistiquement elle avait presque certainement raison. Malheureusement, la probabilité de trouver la personne en question était infinitésimale. Cela m'a tout de même occupé l'esprit, comme un problème mathématique dont on sait qu'il a forcément une solution.

Lors de ses deux anniversaires suivants, nous avons reproduit le rituel des fleurs. Les conséquences ont été moins spectaculaires que la première fois, mais je lui avais aussi acheté des cadeaux – des livres sur la génétique – et elle a eu l'air très contente. Elle m'a confié que son anniversaire avait toujours été son jour préféré. J'avais beau savoir que c'était un point de vue courant chez les enfants, à cause des cadeaux, je ne l'aurais pas imaginé de la part d'un adulte.

Quatre-vingt-treize jours après son troisième dîner d'anniversaire, sur le trajet de la maison de retraite, nous discutions d'un article de génétique que Daphné avait lu la veille quand j'ai constaté qu'elle avait oublié certains détails essentiels. Ce n'était pas la première fois, ces derniers temps, que sa mémoire lui faisait défaut. J'ai immédiatement pris rendez-vous pour un examen de ses fonctions cognitives. Le diagnostic est tombé : maladie d'Alzheimer.

Les capacités intellectuelles de Daphné se sont rapidement dégradées et, bientôt, nous avons dû renoncer à poursuivre nos discussions sur la génétique. Nous avons tout de même continué à prendre nos repas ensemble et à nous rendre à la maison de retraite. Désormais, Daphné parlait essentiellement de son passé, surtout de son mari et de sa famille, ce qui m'a permis de me faire une image globale de ce que pouvait être la vie conjugale. Elle était toujours convaincue que je pourrais trouver une partenaire compatible et connaître moi aussi le grand bonheur que la vie lui avait offert. Des recherches complémentaires m'ont confirmé que les arguments de Daphné étaient étayés par les résultats de la science : les hommes mariés sont plus heureux et vivent plus longtemps.

Un jour, Daphné m'a demandé : « C'est quand, mon prochain anniversaire ? », et j'ai compris qu'elle avait perdu tous ses repères chronologiques. Il m'a paru justifié de lui mentir pour maximiser son bonheur. Le problème était de trouver des daphnés hors saison, mais j'ai eu une chance inattendue. Je connaissais l'existence d'un généticien qui travaillait sur la modification et le prolongement de la floraison des végétaux à des fins commerciales. Il a été en mesure de fournir des daphnés à ma fleuriste et nous avons organisé une simulation de dîner d'anniversaire. J'ai répété cette procédure chaque fois que Daphné m'interrogeait à ce sujet.

Finalement, Daphné a dû rejoindre son mari à la maison de retraite et, alors que sa mémoire continuait à se détériorer, nous avons fêté son anniversaire de plus en plus souvent, puis tous les jours. La fleuriste m'a donné une carte de fidélité spéciale. J'ai calculé que, d'après le nombre de ses anniversaires, Daphné avait deux cent sept ans le jour où elle a cessé de me reconnaître et trois cent quatre-vingt-dix quand elle n'a plus manifesté la moindre réaction en voyant les daphnés, date à laquelle j'ai mis fin à mes visites.

Je pensais ne plus jamais avoir de nouvelles de Julie. Comme d'ordinaire, mes hypothèses sur le comportement humain étaient erronées. Mon téléphone a sonné à 15 h 37 deux jours après la conférence en affichant un numéro inconnu. Julie a laissé un message me demandant de la rappeler, ce dont j'ai déduit que j'avais dû oublier quelque chose dans la salle.

Une fois de plus, je me trompais. Elle voulait poursuivre notre conversation sur le syndrome d'Asperger. J'ai été heureux de constater que mon intervention avait eu autant d'influence. Elle a proposé que nous dînions ensemble, ce qui n'est sans doute pas la circonstance la plus propice à un entretien productif. Comme je dîne habituellement seul, c'était cependant facile à programmer. Les recherches de fond posaient un problème plus complexe.

— À quels sujets précis vous intéressez-vous ?

— Oh, je pensais que nous pourrions parler en général... faire plus ample connaissance.

Sa réponse m'a paru insuffisamment ciblée.

— Il me faudrait au moins une vague indication. Qu'est-ce qui vous a particulièrement intéressée dans ce que j'ai dit ?

— Oh... peut-être ce truc à propos des testeurs d'informatique au Danemark.

— Des testeurs d'*applications* informatiques. (Dans ce cas, j'allais effectivement être obligé de potasser la question.) Qu'est-ce que vous aimeriez savoir ?

— Je me demandais comment ils les recrutent. La plupart des adultes atteints du syndrome d'Asperger ne savent pas qu'ils en souffrent.

Bonne remarque. Organiser des entretiens avec des candidats sélectionnés au hasard constituerait une méthode parfaitement inefficace pour détecter un syndrome dont la fréquence estimée est inférieure à 0,3 %.

J'ai hasardé une supposition.

— J'imagine qu'ils procèdent à un filtrage préliminaire à l'aide d'un questionnaire.

Je n'avais même pas terminé ma phrase qu'une lumière s'est allumée dans ma tête – pas au sens propre, bien sûr.

Un questionnaire ! La solution évidente ! Un instrument spécialement conçu à cette fin, scientifiquement valide et intégrant les meilleures pratiques actuelles afin d'éliminer tous les cas qui vous font perdre du temps – les postulantes qui se rendent coupables de discrimination à propos de crème glacée, qui se plaignent de harcèlement visuel, qui lisent dans les boules de cristal, qui consultent leur horoscope, qui regardent les rencontres sportives à la télé, qui sont nulles en sciences, les désorganisées, les obsédées de mode, les fanatiques religieuses, les végétaliennes, les créationnistes, les fumeuses, les homéopathes, ne laissant, dans le meilleur des cas, que la partenaire parfaite ou, pour être plus réaliste, une liste raisonnable de candidates.

— Don ? (Julie était toujours en ligne.) Quand est-ce qu'on se retrouve ?

La situation avait évolué. Mes priorités avaient changé.

— Impossible, ai-je répondu. Mon programme est complet.

J'aurais besoin de tout mon temps disponible pour ce nouveau projet.

L'Opération Épouse.

3.

Après ma conversation avec Julie, j'ai filé à l'Institut de psychologie où j'ai constaté que Gene n'était pas dans son bureau. Heureusement, Helena, son assistante personnelle surnommée la Belle Hélène mais qu'on ferait mieux d'appeler Hélène la Casse-Pieds, était absente elle aussi, ce qui m'a permis de consulter l'agenda de Gene : il donnait une conférence qui s'achevait à 17 heures et avait un trou avant une réunion à 17 h 30. Parfait. Je n'aurais qu'à raccourcir la séance de gym inscrite à mon programme. J'ai réservé le créneau disponible sur son agenda.

Après une séance à la salle de sport abrégée par la suppression des activités douche et changement de tenue, j'ai rejoint l'amphithéâtre au pas de gymnastique et j'ai attendu devant l'entrée des enseignants. Je transpirais abondamment du fait de la chaleur ambiante et de l'exercice, mais j'étais gonflé à bloc, physiquement et mentalement. Je suis entré dès que ma montre a indiqué 17 h 00. Gene était debout devant le lutrin dans l'amphithéâtre plongé dans le noir. Il avait dû oublier l'heure, parce qu'il parlait toujours, répondant à une question sur le financement. À mon arrivée, un rai de lumière avait filtré dans la salle et je me suis rendu compte que les auditeurs s'étaient retournés, comme s'ils s'attendaient à ce que j'intervienne.

— Il est l'heure, ai-je expliqué. J'ai rendez-vous avec Gene.

Le public a immédiatement commencé à se lever et j'ai aperçu la Doyenne au premier rang avec trois individus en costume d'hommes d'affaires. J'ai supposé qu'ils étaient là en qualité de financeurs potentiels et non en raison d'un quelconque intérêt intellectuel pour l'attirance sexuelle chez les primates. Gene essaie toujours de quémander de l'argent pour la recherche, et la Doyenne menace constamment de réduire les effectifs des Instituts de génétique et de psychologie en raison d'un budget insuffisant. Ce sont des questions dont je ne m'occupe pas.

Gene a élevé la voix pour couvrir le brouhaha.

— Il me semble que mon collègue, le professeur Tillman, cherche à nous faire comprendre qu'il serait préférable de choisir un autre moment pour discuter du volet finances, aussi capital soit-il pour notre travail en cours. (Il s'est tourné vers la Doyenne et les personnes qui l'accompagnaient.) Je vous remercie encore de l'intérêt que vous avez manifesté pour mon travail – et, bien sûr, pour celui de tous mes collègues de l'Institut de psychologie.

Des applaudissements ont éclaté. Apparemment, mon intervention avait été opportune.

Quand la Doyenne et ses amis du monde économique sont passés devant moi, elle m'a adressé personnellement la parole :

— Désolée de vous avoir mis en retard pour votre rendez-vous, professeur Tillman. Je suis sûre que nous pourrons trouver de l'argent ailleurs.

J'étais heureux de l'apprendre, mais une foule se bousculait maintenant autour de Gene, ce qui était contrariant. Une femme aux cheveux roux avec plusieurs objets métalliques dans les oreilles lui parlait. Assez fort.

— Je ne peux pas croire que vous ayez profité d'une conférence publique pour mettre en avant vos programmes de recherche personnels.

— Dans ce cas, je suis ravi que vous ayez fait le déplacement. Grâce à moi, vous êtes revenue sur un de vos a priori. C'est sans doute une première.

L'attitude de la femme témoignait d'une certaine animosité, malgré le sourire de Gene.

— Même si vous aviez raison, ce qui n'est pas le cas, avez-vous pensé à l'impact social ?

La réponse de Gene m'a étonné, non par ses intentions, qui me sont familières, mais par la subtilité avec laquelle il a changé de sujet. Gene possède un niveau de compétences sociales que je n'atteindrai jamais.

— Voilà un sujet de débat passionnant. Et si nous reprenions cette conversation un de ces jours devant un café ?

— Navrée, a-t-elle dit. J'ai des recherches à faire. Des preuves à rassembler, si vous voyez ce que je veux dire.

Je m'apprêtais à intervenir, malheureusement, une grande femme blonde se trouvait juste devant moi et je n'ai pas voulu prendre le risque d'un contact corporel involontaire. Elle s'exprimait avec l'accent norvégien.

— Professeur Barrow, a-t-elle dit en s'adressant à Gene. Sans vouloir vous manquer de respect, il me semble que votre présentation de la position féministe est un peu réductrice.

— Si vous souhaitez parler philosophie, peut-être pourrions-nous le faire dans un café ? a répondu Gene. Je vous retrouve au Barista dans cinq minutes.

La femme a hoché la tête et s'est dirigée vers la porte.

Nous avions enfin le temps de discuter.

— C'est quel accent, d'après toi ? m'a demandé Gene. Suédois ?

— Norvégien. Je croyais que tu avais déjà eu une Norvégienne.

Je lui ai annoncé que nous avions rendez-vous, mais Gene ne pensait qu'à aller prendre un café avec cette femme. La plupart des animaux mâles sont programmés pour accorder une plus grande priorité au sexe qu'à l'aide à apporter à un individu extérieur à leur famille. S'y ajoutait, dans le cas de Gene, la motivation de son programme de recherche. Il aurait été inutile de parlementer.

— Tu n'as qu'à réserver la prochaine plage libre sur mon planning, m'a-t-il dit.

La Belle Hélène était apparemment en congé pour la journée, ce qui m'a permis de consulter à nouveau librement l'agenda de Gene. J'ai modifié mon propre emploi du temps pour l'adapter à ce rendez-vous. Dorénavant, l'Opération Épouse bénéficierait d'une priorité absolue.

Le lendemain matin, j'ai attendu qu'il soit 7 h 30 précises pour frapper à la porte de Gene et Claudia. Cela m'avait obligé à avancer à 5 h 45 mon jogging jusqu'au marché, une séance de sport qui présentait l'avantage supplémentaire de me permettre d'acheter de quoi dîner. Ce changement d'horaire m'avait lui-même conduit à me coucher plus tôt la veille au soir, avec des répercussions en série sur un certain nombre de tâches programmées.

J'ai entendu des exclamations surprises à travers la porte avant que leur fille Eugénie ne l'ouvre. Eugénie a été, comme toujours, ravie de me voir et m'a supplié de la hisser sur mes épaules et de caracoler jusqu'à la cuisine. On s'est bien amusés. J'ai pensé que je pourrais peut-être inclure Eugénie et son demi-frère Carl parmi mes amis, ce qui ferait un total de quatre.

Gene et Claudia prenaient le petit déjeuner et m'ont dit qu'ils ne m'attendaient pas. J'ai conseillé à Gene de mettre son agenda en ligne – cela lui permettrait de rester à jour et à moi, d'éviter de déplaisantes rencontres avec la Belle Hélène. L'idée n'a pas eu l'air de l'enthousiasmer.

Comme j'avais sauté le petit déjeuner, je suis allé prendre un pot de yaourt dans le réfrigérateur. Sucré ! Pas étonnant que Gene souffre de surcharge pondérale.

Ce n'est pas encore le cas de Claudia, mais il ne m'avait pas échappé qu'elle avait pris un peu de poids ces derniers temps. J'ai signalé le problème et fait remarquer que le yaourt en était peut-être responsable.

Claudia m'a demandé si la conférence sur l'Asperger m'avait intéressé. Elle semblait croire que c'était Gene qui s'en était chargé et que je n'avais fait qu'y assister. J'ai corrigé son erreur et lui ai répondu que j'avais trouvé le sujet passionnant.

— Les symptômes ne t'ont fait penser à personne ? a-t-elle poursuivi.

Bien sûr que si. C'était une description presque parfaite de Laszlo Hevesi qui travaille à l'Institut de physique. J'étais sur le point de raconter l'excellente histoire de Laszlo et du pyjama quand le fils de Gene, Carl, seize ans, est arrivé en uniforme scolaire. Il s'est approché du réfrigérateur comme pour l'ouvrir, avant de faire brusquement volte-face et de balancer un vigoureux coup de poing en direction de ma tête. J'ai intercepté son bras et je l'ai flanqué doucement mais fermement par terre, pour lui faire constater que j'obtenais ce résultat par un effet de levier plus que par la force. C'est un rituel entre nous. Le problème était que Carl n'avait pas remarqué que j'avais un yaourt en main, et nous en avions maintenant plein nos vêtements.

— Ne bouge pas, a dit Claudia. Je vais chercher un torchon.

Elle pensait vraiment nettoyer ma chemise avec un torchon ? Laver une chemise requiert une machine, du détergent, de l'assouplissant et énormément de temps.

— Je vais en emprunter une à Gene, ai-je dit et je me suis dirigé vers leur chambre.

Quand je suis revenu, vêtu d'une chemise blanche inconfortablement trop grande et agrémentée d'un jabot, j'ai voulu leur présenter l'Opération Épouse, mais Claudia était accaparée par des activités concernant les enfants. Ça commençait à être agaçant. J'ai donc réservé le créneau horaire du dîner du samedi soir et leur ai demandé de ne pas programmer d'autres sujets de conversation.

En fait, ce délai n'a pas été inutile, car il m'a permis d'entreprendre quelques recherches sur la conception des questionnaires, d'établir une liste des attributs souhaités et de présenter un projet d'enquête préliminaire. Il a fallu bien sûr que j'arrive à concilier ces activités avec mes engagements d'enseignement et de recherche, ainsi qu'avec un rendez-vous avec la Doyenne.

Le vendredi matin, nous avons eu, elle et moi, une nouvelle interaction déplaisante à la suite d'une invervention de ma part : j'avais dénoncé un étudiant en licence qui s'était rendu coupable de tricherie. Ce n'était pas la première malhonnêteté de Kevin Yu que je constatais. Cette fois-ci, en corrigeant son dernier dossier, j'avais reconnu une phrase utilisée par un autre étudiant dans un travail que celui-ci m'avait rendu trois ans auparavant. Une brève enquête m'avait appris que l'ancien étudiant en question était désormais le tuteur particulier de Kevin et avait rédigé au moins une partie de son devoir à sa place. L'affaire remontait à quelques semaines. J'avais signalé le fait et m'attendais à ce que la procédure disciplinaire suive son cours. Apparemment, ce n'était pas si simple.

— La situation de Kevin est un peu délicate, a observé la Doyenne.

Nous étions dans son bureau aménagé dans un style femme d'affaires. Elle portait son tailleur du même style, composé d'une jupe et d'une veste bleu foncé assorties, une tenue, selon Gene, censée renforcer son apparence de puissance. C'est une petite femme mince, d'une cinquantaine d'années. Il est possible que ce tailleur la fasse paraître plus grande, mais je ne vois pas l'intérêt d'établir un rapport de domination physique dans un environnement universitaire.

— C’est la troisième infraction de Kevin. Dans ce genre de cas, le règlement universitaire prévoit l’exclusion, a-t-elle continué.

Les faits étaient visiblement établis et la mesure à prendre parfaitement claire. J’ai cherché à identifier la situation « délicate » à laquelle la Doyenne avait fait allusion.

— Les preuves sont-elles insuffisantes ? A-t-il déposé un recours ?

— Non, tout est parfaitement limpide. Mais sa première infraction était d’une telle naïveté ! Il a fait un copier-coller sur un site internet et s’est fait prendre par le logiciel de plagiat. Il était en première année et avait des difficultés en anglais. Sans parler des différences culturelles.

J’ignorais l’existence de ce premier délit.

— La deuxième fois, vous avez relevé un emprunt à un article obscur dont vous aviez eu connaissance par je ne sais quel prodige.

— Exact.

— Don, aucun de nos enseignants n’est aussi... vigilant... que vous.

Il était rare que la Doyenne me félicite pour mon zèle et pour l’ampleur de mes lectures.

— Ces jeunes paient très cher pour venir faire leurs études ici, a-t-elle ajouté. Nous dépendons des frais de scolarité qu’ils nous versent. Il n’est évidemment pas question d’accepter qu’ils pillent internet de façon éhontée. Pourtant il faut reconnaître qu’ils ont besoin d’assistance, et puis... Kevin n’a plus qu’un semestre à faire. Nous ne pouvons tout de même pas le renvoyer chez lui sans diplôme après trois ans et demi d’études. Ce serait mauvais pour notre image.

— Et s'il était étudiant en médecine ? Imaginez que vous soyez hospitalisée et que le médecin qui vous opère ait triché à ses examens.

— Kevin n'est pas en médecine. Et il n'a pas triché à ses examens, il s'est simplement fait aider pour un devoir.

Selon toute apparence, la Doyenne ne m'avait complimenté que pour m'inciter à adopter un comportement contraire à l'éthique. La solution à son dilemme était pourtant évidente. Si elle ne voulait pas enfreindre les règles, il fallait qu'elle les change. Je le lui ai fait remarquer.

Je ne suis pas très compétent pour interpréter les expressions, et celle qui est apparue sur le visage de la Doyenne ne m'était pas familière.

— Il n'est pas question de donner l'impression que nous autorisons la tricherie, a-t-elle dit.

— Même si c'est le cas ?

Je suis sorti de cette entrevue désorienté et irrité. Des questions sérieuses étaient en jeu. Et si nos recherches n'étaient pas reconnues parce que nous avions une réputation de laxisme ? Le traitement de certaines maladies pouvait en être retardé et des gens risquaient de mourir. Et si un laboratoire de génétique engageait un ancien étudiant qui avait obtenu son diplôme en trichant et qu'il commettait de graves erreurs ? La Doyenne semblait se préoccuper davantage de ce que pensaient les autres que de ces problèmes pourtant essentiels.

J'ai essayé d'imaginer ma vie en compagnie de la Doyenne. Une idée vraiment effroyable. Le problème de fond chez elle était ce souci d'image. Il fallait absolument que mon questionnaire élimine impitoyablement les femmes soucieuses des apparences.

4.

Gene m'a ouvert la porte, un verre de vin rouge à la main. J'ai rangé ma bicyclette dans leur entrée, j'ai retiré mon sac à dos dans lequel j'ai récupéré le dossier de l'Opération Épouse. J'en ai sorti l'exemplaire provisoire destiné à Gene. Je l'avais élagué et il ne couvrait plus que seize doubles pages.

— Relax, Don, y a pas le feu, a-t-il dit. On va commencer par passer à table comme des êtres civilisés. On s'occupera de ton questionnaire après. Si tu veux faire des rencontres, il faut que tu travailles le volet dîner.

Il avait raison, bien sûr. Claudia est une excellente cuisinière et Gene possède une remarquable collection de vins, classée par crus, millésimes et producteurs. Nous sommes allés dans sa « cave », qui en réalité ne se trouve pas au sous-sol, il m'a montré ses récentes acquisitions et nous avons choisi une deuxième bouteille. Nous avons mangé avec les enfants. J'ai réussi à éviter les échanges de banalités en jouant avec Eugénie à un jeu de mémoire. J'ai posé mon classeur étiqueté

« Opération Épouse » sur la table dès que j'ai eu terminé mon dessert. Elle l'a remarqué et m'a demandé :

— Tu vas te marier, Don ?

— Exact.

— Avec qui ?

Je m'apprêtais à lui répondre quand Claudia a envoyé Carl et Eugénie dans leurs chambres – décision judicieuse car ils ne possédaient pas les compétences nécessaires pour participer au débat.

J'ai remis des questionnaires à Claudia et à Gene, qui nous a servi du porto à tous les trois. Je leur ai expliqué que j'avais suivi les meilleures pratiques de conception en la matière, en incluant questions à choix multiples, échelles de Likert, validations croisées, fausses questions et questions de substitution. Claudia m'a demandé un exemple de cette dernière catégorie.

— Question 35 : *Mangez-vous des rognons ?* La bonne réponse est la *c*, *occasionnellement.* Test d'élimination des incompatibilités alimentaires. Si tu les interroges directement sur leurs goûts, elles te répondront : « Je mange de tout » et tu découvriras ensuite qu'elles sont végétariennes.

Je suis parfaitement conscient qu'il existe de nombreux arguments en faveur du végétarisme. Toutefois, puisque je mange de la viande, il me paraissait plus commode que ma partenaire en mange aussi. Lors de cette étape préliminaire, j'avais trouvé logique de ne retenir que la solution idéale, quitte à réviser mon questionnaire ultérieurement en cas de besoin.

Claudia et Gene lisaient.

— Pour un rendez-vous, a dit Claudia, je mettrais *b*, *un peu en avance.*

C'était évidemment une réponse erronée, ce qui démontrait que même Claudia, une amie pourtant, serait une partenaire inadéquate.

— La bonne réponse est *c*, *à l'heure*, ai-je dit. Être régulièrement en avance représente cumulativement une grande perte de temps.

— Si j'étais toi, j'accepterais *un peu en avance*, a repris Claudia. Ça peut vouloir dire qu'elle fait un gros effort. Ce n'est pas une mauvaise chose.

Remarque intéressante. J'ai pris note d'y repenser, tout en observant que *d*, *un peu en retard*, et *e*, *très en retard*, étaient absolument inacceptables.

— Une femme qui se présente comme une excellente cuisinière est sûrement un peu prétentieuse, a poursuivi Claudia. Demande-lui simplement si elle aime faire la cuisine. Et ajoute que pour toi, c'est le cas.

C'était précisément le genre de contributions que je recherchais – ces finesses de langage m'échappent en général. Il m'est venu à l'esprit que si la candidate était comme moi, elle ne remarquerait pas la différence. Il était cependant déraisonnable d'exiger de ma partenaire potentielle qu'elle partage mon manque de subtilité.

— Pas de bijoux, pas de maquillage ? a demandé Claudia, devinant sans se tromper les réponses à deux questions qui m'avaient été inspirées par ma récente interaction avec la Doyenne. Porter des bijoux ne révèle pas forcément un trop grand souci des apparences, a-t-elle ajouté. Si tu y tiens absolument, laisse tomber les bijoux et garde le maquillage. Demande-lui tout de même si elle se maquille tous les jours.

— Taille, poids *et* indice de masse corporelle. (Gene parcourait la suite.) Tu ne peux pas faire le calcul toi-même ?

— C'est le but de la question : vérifier leurs compétences en arithmétique élémentaire. Je ne veux pas d'une partenaire nulle en mathématiques.

— Je pensais que tu aurais peut-être envie de savoir à quoi elles ressemblent, a enchaîné Gene.

— Il y a une question sur la condition physique.

— Je pensais au sexe.

— Pour changer, a observé Claudia, une affirmation étrange si l'on songe que Gene parle tout le temps de sexe.

La remarque n'en était pas moins intéressante.

— Je vais ajouter une question sur le VIH et sur l'herpès.

— Stop, a dit Claudia. Tu es beaucoup trop pinailleur.

J'essayais de lui expliquer qu'une maladie sexuellement transmissible incurable était un grave inconvénient quand elle m'a interrompu.

— Pinailleur sur tout.

Une réaction compréhensible. Mais ma stratégie consistait à minimiser le risque de commettre une erreur de Type Un – perdre du temps à cause d'un choix inapproprié. Cela augmentait forcément le risque de commettre une erreur de Type Deux – éliminer une personne appropriée. Ce risque était néanmoins acceptable dans la mesure où mon enquête portait sur un échantillon démographique très large.

Au tour de Gene :

— Non fumeuse, d'accord ! Et pour la consommation d'alcool, quelle est la bonne réponse ?

— *Pas du tout.*

— Attends, tu bois bien, toi. (Il a désigné mon verre de porto, qu'il venait de remplir une nouvelle fois.) Et pas mal, même.

J'ai expliqué que j'attendais de ce projet certains progrès personnels.

Nous avons continué sur ce mode, ce qui m'a permis d'obtenir quelques excellents retours d'information. J'avais l'impression que mon questionnaire était désormais moins discriminatoire, même si j'étais convaincu qu'il réussirait tout de même à éliminer la plupart sinon l'intégralité des femmes qui m'avaient posé des problèmes par le passé. La Femme à la Glace à l'Abricot aurait été recalée à cinq questions au moins.

J'envisageais de passer des annonces sur des sites traditionnels de rencontres, tout en ajoutant aux informations généralement insuffisamment sélectives sur ma taille, ma profession et mon goût éventuel pour les longues promenades sur la plage un lien avec le questionnaire.

Gene et Claudia étaient d'avis que des rencontres de visu constitueraient d'excellents exercices de compétences sociales. L'idée d'une validation sur le terrain m'a paru intéressante et, tout en attendant des réponses en ligne, j'ai imprimé un certain nombre de questionnaires et j'ai renoué avec la méthode des rendez-vous que je pensais avoir abandonnée pour toujours.

J'ai commencé par m'inscrire à « Une table pour huit », un service que proposait une agence de rencontres. À la suite d'un processus de sélection préliminaire indéniablement douteux car fondé sur des données manifestement insuffisantes, l'agence a transmis à quatre femmes et quatre hommes, dont moi, les coordonnées d'un restaurant de la ville où une table avait été réservée. J'ai mis quatre questionnaires dans mon sac et suis arrivé à 20 heures précises. *Une seule femme était là !* Les trois autres étaient en retard. Une confirmation stupéfiante des avantages du travail sur le terrain. Ces femmes auraient parfaitement pu répondre *b, un peu en avance* ou *c, à l'heure*, alors que leur comportement concret démontrait le contraire. J'ai décidé d'accepter temporairement *d, un peu en retard*, dans la mesure où un cas unique pouvait ne pas être représentatif de leur performance globale. J'entendais Claudia dire : « Don, il peut arriver à tout le monde d'être en retard. »

Il y avait aussi deux hommes assis à la table. Nous nous sommes serré la main. L'idée m'a traversé l'esprit que c'était l'équivalent du salut précédant un combat d'art martial.

J'ai évalué les autres concurrents. L'homme qui s'était présenté sous le nom de Craig avait à peu près mon âge, mais était en surpoids et portait une chemise blanche de type cadre supérieur trop étroite pour lui. Il avait une moustache et des dents mal soignées. Le second, Danny, devait avoir quelques années de moins que moi et paraissait en bonne santé. Il portait un T-shirt blanc, avait des tatouages sur les bras et avait appliqué sur ses cheveux noirs une forme d'additif cosmétique.

La femme à l'heure s'appelait Olivia et elle a initialement (et logiquement) partagé son attention entre les trois hommes présents. Elle nous a dit qu'elle était anthropologue. Danny a confondu avec archéologue, et Craig a enchaîné avec une blague raciste sur les Pygmées. Il était évident, même pour moi, que leurs réactions n'avaient pas fait bonne impression à Olivia. Pour une fois, je n'ai pas eu le sentiment d'être la personne la moins compétente socialement du groupe. Olivia s'est tournée vers moi pour m'interroger sur mon métier. Je venais de lui répondre quand nous avons été interrompus par l'arrivée du quatrième homme, qui s'est présenté sous le nom de Gerry, avocat, et de deux femmes, Sharon et Maria, respectivement comptable et infirmière. La nuit était chaude et Maria avait choisi une robe qui présentait le double avantage d'être légère et de transmettre un message sexuel parfaitement explicite. Sharon portait l'uniforme conventionnel de la femme d'affaires composé d'un pantalon et d'une veste. J'ai deviné qu'elles devaient toutes les deux avoir approximativement mon âge.

Olivia a recommencé à discuter avec moi tandis que les autres échangeaient des fadaises – une perte de temps extraordinaire alors qu'une décision capitale pour leur vie était en jeu. Sur les conseils de Claudia, j'avais appris le questionnaire par cœur. Elle estimait que poser des questions en lisant un formulaire risquait de créer une mauvaise « dynamique » et jugeait préférable que j'essaie de les introduire subtilement dans la conversation. La subtilité, lui avais-je rappelé, n'était pas mon fort. Elle m'avait recommandé de ne pas poser de questions sur les maladies sexuellement transmissibles et de procéder moi-même aux estimations de poids, de taille et d'indice de masse corporelle. J'ai estimé l'IMC d'Olivia à dix-neuf : mince, sans signes d'anorexie. J'ai estimé celui de Sharon la Comptable à vingt-trois, et celui de Maria l'Infirmière à vingt-huit. Le maximum recommandé par les spécialistes de la santé est de vingt-cinq.

Plutôt que d'interroger Olivia sur son QI, j'ai préféré procéder moi-même à son évaluation à partir de ses réponses à des questions sur l'impact historique des variations de la prédisposition à la syphilis parmi les populations natives d'Amérique du Sud. Nous avons eu une conversation passionnante, et je me suis demandé si le sujet ne me permettrait pas de glisser discrètement la question sur les maladies sexuellement transmissibles. Son QI était indéniablement supérieur au minimum requis. Gerry l'Avocat s'est livré à quelques commentaires censés, m'a-t-il semblé, être des plaisanteries, avant de renoncer à nous interrompre.

À ce moment-là, la femme manquante est arrivée, *avec vingt-huit minutes de retard.* J'ai profité de ce qu'Olivia était distraite pour enregistrer les données que j'avais déjà recueillies sur trois des quatre questionnaires posés sur mes genoux. Je n'ai pas gaspillé de papier pour la dernière venue, car elle a annoncé qu'elle était « toujours en retard ». Cela n'a pas paru gêner Gene l'Avocat, qui facturait pourtant sans doute ses consultations par plages de six minutes et aurait donc dû accorder une grande valeur au temps. De toute évidence, le sexe en avait encore davantage à ses yeux, car sa conversation commençait à ressembler à celle de Gene.

Juste après l'arrivée de la Femme en Retard, le serveur nous a apporté les menus. Olivia a parcouru le sien du regard avant de demander :

— Le potage à la citrouille est préparé avec du bouillon végétal ?

Je n'ai pas entendu la réponse. La question me livrait l'information critique : végétarienne.

Peut-être a-t-elle remarqué mon expression dépitée.

— Je suis hindoue.

J'avais déjà déduit de son sari et de ses attributs physiques qu'Olivia était probablement indienne. Je ne savais pas très bien si le terme « hindoue » était employé comme l'affirmation d'une authentique foi religieuse ou comme l'indicateur d'un héritage culturel. Mon incapacité à établir cette distinction m'avait déjà valu des reproches par le passé.

— Vous mangez de la glace ? ai-je demandé.

La question me semblait pertinente après la déclaration de végétarisme. Très habile.

— Bien sûr. Je ne suis pas végétalienne. À condition qu'elle ne contienne pas d'œuf.

Ça ne s'arrangeait pas.

— Vous avez un parfum préféré ?

— Pistache. Oui, pistache, incontestablement.

Elle a souri.

Maria et Danny étaient sortis fumer une cigarette. Trois femmes ayant été éliminées, dont la Femme en Retard, ma tâche était presque terminée.

Mes cervelles d'agneau sont arrivées et j'en ai coupé une en deux, révélant la structure interne. Puis j'ai tapoté sur la main de Sharon, qui discutait avec Craig le Raciste, et je lui ai tendu mon assiette.

— Vous aimez la cervelle ?

Et de quatre, mission accomplie. J'ai poursuivi ma conversation avec Olivia, dont la compagnie était très plaisante, et j'ai même commandé un verre supplémentaire après le départ des trois couples qui s'étaient formés. Nous avons continué à bavarder jusqu'à ce qu'il n'y ait plus personne d'autre que nous dans le restaurant. Quand j'ai rangé les questionnaires dans mon sac à dos, Olivia m'a donné ses coordonnées, que j'ai notées pour ne pas être impoli. Puis nous sommes partis chacun de notre côté.

En pédalant pour rentrer chez moi, j'ai réfléchi à ce dîner. La méthode de sélection de l'agence était d'une inefficacité grossière, mais le questionnaire avait donné la preuve de son immense valeur. Sans lui, j'aurais certainement fait l'essai d'un deuxième rendez-vous avec Olivia, une personne intéressante et charmante. Nous aurions peut-être même prolongé par une troisième, une quatrième et une cinquième rencontre et un beau jour, des œufs entrant dans la composition de tous les desserts du restaurant où nous aurions dîné, nous aurions traversé la rue et serions allés chez le glacier pour découvrir qu'il n'avait pas de glace à la pistache sans œuf. Mieux valait se renseigner soigneusement avant d'investir dans une relation.

5.

J'étais dans l'entrée d'un pavillon de banlieue qui me rappelait la maison à parement de brique de mes parents, à Shepparton. J'avais pris la ferme résolution de ne plus jamais assister à des soirées de célibataires, mais le questionnaire devait me permettre d'éviter le supplice des interactions sociales non structurées avec des personnes étrangères.

Au fur et à mesure de l'arrivée des invitées, je leur distribuais des questionnaires à remplir au moment qui leur conviendrait le mieux et à me retourner le soir même, ou par courrier. L'hôtesse m'ayant d'abord invité à rejoindre les autres au salon, je lui ai exposé ma stratégie et elle m'a laissé faire. Au bout de deux heures, une femme d'environ trente-cinq ans, IMC estimé vingt et un, est sortie du salon avec deux coupes de mousseux dans une main, un questionnaire dans l'autre. Elle m'a tendu un verre.

— J'ai pensé que vous deviez avoir soif, a-t-elle dit avec un séduisant accent français.

Je n'avais pas soif, mais j'étais content qu'elle me propose de l'alcool. J'avais décidé de ne pas renoncer à boire, sauf si je trouvais une partenaire qui ne buvait pas. Et à la suite d'un petit travail d'autoanalyse, j'avais conclu que *c, modérément* était une réponse acceptable à la question sur l'alcool et j'avais pris note d'actualiser le questionnaire.

— Merci.

J'espérais qu'elle allait me rendre le questionnaire rempli et que cela marquerait peut-être la fin de ma quête, ce qui était évidemment improbable. Non seulement elle était vraiment très séduisante, mais de surcroît, en m'apportant ce verre de vin, elle révélait un niveau d'attention à autrui que n'avaient manifesté aucune des autres invitées, pas plus que notre hôtesse.

— Vous êtes chercheur, c'est bien ça ?

Elle a tapoté le questionnaire du bout des doigts.

— Exact.

— Moi aussi. Il n'y a pas beaucoup d'universitaires ici ce soir.

Bien qu'il soit toujours risqué de tirer des conclusions du comportement des gens et de leurs sujets de conversation, mon jugement sur les participants à cette soirée était conforme à cette observation.

— Je m'appelle Fabienne. (Elle m'a tendu sa main libre, que j'ai serrée en veillant à appliquer le degré de fermeté recommandé.) Ce vin est épouvantable, vous ne trouvez pas ?

Je ne pouvais que lui donner raison. C'était un vin doux gazéifié, que seule sa teneur en alcool rendait acceptable.

— Et si nous allions dans un bar à vins voir s'ils n'ont pas quelque chose de meilleur ? a-t-elle demandé.

J'ai secoué la tête. La médiocrité du vin était gênante, mais pas déterminante.

Fabienne a pris une profonde inspiration.

— Écoutez. J'ai bu deux verres de vin, ça fait six semaines que je n'ai pas couché avec un homme et je préférerais attendre encore six semaines plutôt que d'essayer avec qui que ce soit d'autre parmi ceux qui sont ici. Bien. Puis-je vous inviter à prendre un verre, maintenant ?

C'était une proposition très aimable. D'un autre côté, la soirée venait de commencer.

— Tout le monde n'est pas encore arrivé, ai-je dit. Si vous attendez un peu, vous trouverez peut-être quelqu'un d'adéquat.

Fabienne m'a remis son questionnaire :

— Je suppose que vous préviendrez les gagnantes en temps voulu.

Je lui ai répondu que oui. Après son départ, j'ai rapidement parcouru ses réponses. Comme j'aurais pu le prévoir, elle avait échoué sur un certain nombre de points. C'était décevant.

Ma dernière solution hors internet était le speed-dating, une méthode que je n'avais pas encore expérimentée.

La soirée se tenait dans la salle de réception d'un hôtel. Devant mon insistance, le responsable a accepté de me divulguer l'heure *réelle* où la séance commençait, et j'ai attendu au bar pour éviter toute interaction inutile jusque-là. Quand je suis revenu, j'ai pris le dernier siège disponible à une longue table, en face d'une personne étiquetée Frances – âge approximatif cinquante ans, IMC approximatif vingt-huit –, qui ne répondait pas aux canons conventionnels de la beauté.

L'organisateur a fait tinter une cloche et mes trois minutes en compagnie de Frances ont commencé.

J'ai sorti mon questionnaire et j'y ai griffonné son nom – pas de temps à perdre en subtilités dans de telles circonstances.

— J'ai classé les questions en vue d'une rapidité de filtrage maximale, ai-je expliqué. Je pense pouvoir éliminer la plupart des candidates en moins de quarante secondes. Vous pourrez ensuite choisir librement le sujet de conversation pour le reste du temps imparti.

— Quel intérêt, puisque j'aurai été éliminée ? a remarqué Frances.

— Uniquement comme partenaire potentielle. Cela ne nous empêchera pas d'avoir une discussion intéressante.

— J'aurai quand même été éliminée.

J'ai acquiescé d'un signe de tête.

— Vous fumez ?

— De temps en temps, a-t-elle dit.

J'ai rangé le questionnaire.

— Excellent.

J'étais ravi : la classification de mes questions était remarquablement efficace. Nous aurions pu perdre notre temps avec des problèmes de parfums de glace ou de maquillage pour découvrir ensuite qu'elle fumait. Inutile de préciser que le tabac n'était pas négociable.

— Plus de questions, ai-je ajouté. De quoi voulez-vous que nous parlions ?

Malheureusement, Frances n'avait pas envie de poursuivre la conversation après ce constat de notre incompatibilité. Et toute la soirée s'est poursuivie selon le même schéma.

Ces interactions personnelles étaient évidemment secondaires. Je comptais sur internet, et des questionnaires remplis ont effectivement commencé à affluer peu après que j'ai posté mes premiers messages. J'ai programmé une réunion d'évaluation dans mon bureau avec Gene.

— Combien de réponses ? a-t-il demandé.

— Deux cent soixante-dix-neuf.

Il a eu l'air impressionné. Je ne lui ai pas dit que la qualité des réponses était très variable et que beaucoup de questionnaires n'étaient que partiellement complétés.

— Pas de photos ?

De nombreuses femmes en avaient ajouté, mais j'avais supprimé ces clichés de l'affichage de la base de données pour laisser place aux informations plus importantes.

— Montre-les-moi, a dit Gene.

J'ai modifié les réglages pour afficher les photos, et Gene en a regardé rapidement quelques-unes avant de double-cliquer sur l'une d'elles. La résolution était remarquable. Il m'a semblé que cette candidate recueillait son adhésion, alors qu'un simple coup d'œil à ses données révélait qu'elle était tout à fait inadéquate. J'ai repris la souris et je l'ai effacée. Gene a protesté.

— Hé, hé, hé ! Mais qu'est-ce que tu fous ?

— Elle croit à l'astrologie et à l'homéopathie. En plus, elle s'est trompée dans le calcul de son IMC.

— Qui était de combien ?

— Vingt-trois et demi.

— Pas mal. Tu peux annuler l'effacement ?

— Elle est tout à fait inadéquate.

— Tu en as combien d'adéquates ? a demandé Gene, revenant enfin à l'essentiel.

— Pour le moment, aucune. Ce questionnaire est un excellent filtre.

— Tu ne crois pas que tu mets la barre un tout petit peu trop haut ?

Je lui ai fait remarquer que je recueillais des données qui devaient m'aider à prendre une décision absolument capitale. Le moindre compromis serait totalement inacceptable.

— Il faut toujours faire des compromis, a dit Gene – une assertion incroyable, complètement fausse de surcroît en ce qui le concernait.

— Tu as trouvé l'épouse parfaite, lui ai-je fait remarquer. Extrêmement intelligente, très belle et, en plus, elle accepte que tu aies des rapports sexuels avec d'autres femmes.

Gene m'a suggéré de ne pas féliciter Claudia personnellement pour sa tolérance et m'a redemandé combien j'avais obtenu de réponses. Le total réel était plus élevé que le chiffre que je lui avais annoncé, parce que je n'avais pas inclus les questionnaires sur papier. Trois cent quatre.

— Donne-moi ta liste. Je vais t'en choisir quelques-unes.

— Aucune ne répond aux critères. Elles présentent toutes un défaut.

— Prends ça comme un exercice.

Ce n'était pas une mauvaise idée. Il m'était arrivé de repenser à Olivia l'Anthropologue Indienne et d'envisager les conséquences d'une existence avec une végétarienne hindoue dotée d'une forte préférence en matière de glace. Ce n'est qu'en me rappelant que je ferais mieux d'attendre la partenaire parfaite que j'avais renoncé à reprendre contact avec elle. J'avais même revérifié le questionnaire de Fabienne la Chercheuse Privée de Sexe.

J'ai transmis le tableau à Gene par e-mail.

— Il faut qu'elles soient non fumeuses.

— D'accord, mais tu devras les inviter à sortir. À dîner. Dans un restaurant correct.

Gene a dû constater que cette perspective ne m'enchantait pas. Il a habilement réglé le problème en me proposant une autre solution, encore moins acceptable :

— Il y a aussi le bal de la fac.

— Va pour le restaurant.

Gene a souri comme pour compenser mon manque d'enthousiasme.

— Rien de plus facile. « Et si nous dînions ensemble ce soir ? » Répète après moi.

— Et si nous dînions ensemble ce soir ?

— Tu vois, ce n'est pas sorcier. Ne fais que des commentaires positifs sur leur physique. Paie le repas. Ne parle pas de sexe. (Gene s'est dirigé vers la porte, puis s'est retourné.) Et les questionnaires papier ?

Je lui ai donné ceux d'« Une table pour huit », de la soirée pour célibataires et même, parce qu'il insistait, ceux du speed-dating partiellement remplis. L'affaire était entre ses mains.

6.

Environ deux heures après le départ de Gene avec les réponses au questionnaire de l'Opération Épouse, on a frappé à la porte de mon bureau. J'étais en train de peser des travaux d'étudiants, une méthode qui n'est pas interdite uniquement, je le soupçonne, parce que personne ne sait que je la pratique. Elle s'intégrait dans un projet destiné à réduire la masse de travail exigée par les évaluations grâce à des paramètres facilement quantifiables tels que la présence d'un sommaire ou d'une page de titre tapée à la machine plutôt qu'une page de garde manuscrite. Autant d'éléments susceptibles de donner une aussi bonne idée de la qualité d'un devoir que le processus fastidieux consistant à le lire intégralement.

J'ai fait glisser la balance sous mon bureau au moment où la porte s'ouvrait et, levant les yeux, j'ai découvert sur le seuil une femme que je n'ai pas reconnue. J'ai estimé son âge à trente et son indice de masse corporelle à vingt.

— Professeur Tillman ?

Mon nom figurant sur la porte, cette question ne révélait pas une perspicacité particulière.

— Exact.

— Le professeur Barrow m'a conseillé de venir vous voir.

Épaté par l'efficacité de Gene, j'ai observé plus attentivement la femme quand elle s'est approchée de mon bureau. Pas de signes manifestes d'inadéquation. Pas de maquillage décelable. La forme de son corps et la couleur de son teint semblaient compatibles avec une bonne santé et une forme physique correcte. Elle portait des lunettes à grosse monture qui ont réveillé quelques mauvais souvenirs de la Femme à la Glace à l'Abricot, un long T-shirt noir déchiré à plusieurs endroits et une ceinture noire avec des chaînes en métal. Heureusement que la question sur les bijoux avait été supprimée, parce qu'elle avait de grandes boucles d'oreilles en métal et un pendentif intéressant autour du cou.

Bien qu'en règle générale les tenues vestimentaires ne retiennent pas mon attention, la sienne ne m'a pas paru conforme à ce que je pouvais attendre d'une universitaire ni d'une femme exerçant une autre profession hautement qualifiée, pas plus qu'au temps estival qu'il faisait. Je n'ai pu que supposer qu'elle travaillait à son compte ou qu'elle était en vacances. Ainsi affranchie des règles du milieu du travail, elle avait choisi ses vêtements au hasard. Ce que je pouvais comprendre.

Comme cela faisait un assez long moment qu'aucun de nous n'avait parlé, j'ai pris conscience que c'était probablement à moi de le faire. J'ai quitté des yeux son pendentif et me suis rappelé les instructions de Gene.

— Et si nous dînions ensemble ce soir ?

Ma question a paru l'étonner, puis elle a répondu :

— Ouais, ouais, d'accord. Que diriez-vous du Gavroche ? C'est vous qui payez.

— Parfait. Je vais réserver pour 20 heures.

— C'est une blague ?

Quelle curieuse réaction. Pourquoi aurais-je eu envie de faire une plaisanterie déroutante avec quelqu'un que je connaissais à peine ?

— Non. Ce soir, 20 heures, ça vous va ?

— Attendez, que les choses soient bien claires : vous m'invitez à dîner ce soir au Gavroche ?

Après la question concernant mon nom, je commençais à penser que Gene aurait probablement dit de cette femme qu'elle n'avait « pas inventé le fil à couper le beurre ». J'ai envisagé de faire machine arrière ou au moins d'user d'une tactique dilatoire pour me laisser le temps de vérifier son questionnaire, mais ne trouvant pas de moyen socialement acceptable de le faire, je lui ai simplement confirmé qu'elle avait bien interprété ma proposition. Elle s'est retournée, elle est sortie, et je me suis rendu compte que je ne savais même pas comment elle s'appelait.

J'ai immédiatement téléphoné à Gene. Il a d'abord eu l'air un peu déconcerté, puis franchement hilare. Peut-être ne s'attendait-il pas à ce que je manœuvre aussi habilement avec cette candidate.

— Elle s'appelle Rosie, m'a-t-il dit. Ne m'en demande pas plus. Amuse-toi bien. Et n'oublie pas ce que je t'ai recommandé à propos du sexe.

J'ai regretté qu'il ne m'ait pas donné plus de détails

parce qu'un problème s'est posé : le Gavroche n'avait pas de table libre à l'heure prévue. J'ai essayé de retrouver le profil de Rosie sur mon ordinateur et, pour une fois, les photos ont été utiles. La femme qui s'était présentée dans mon bureau ne ressemblait à aucune des candidates dont le prénom commençait par R. Il devait s'agir d'un des questionnaires sur papier. Gene n'était plus dans son bureau et il avait coupé son téléphone.

J'ai été obligé de recourir à une mesure qui, sans être strictement illégale, était indéniablement immorale. Je l'ai justifiée par le fait qu'il serait encore plus immoral de manquer à mon engagement envers Rosie. Le système de réservation en ligne du Gavroche possédait une fonction destinée aux VIP. J'ai donc réservé une table au nom de la Doyenne après m'être connecté en utilisant un logiciel de piratage assez rudimentaire.

Je suis arrivé à 19h59. Le restaurant était situé dans un grand hôtel. J'ai cadenassé mon vélo dans le hall parce qu'il pleuvait beaucoup. Heureusement, il ne faisait pas froid et ma veste en goretex avait parfaitement rempli sa mission de protection. Le T-shirt que je portais dessous n'était même pas humide.

Un homme en uniforme s'est approché de moi. Comme il tendait le doigt vers mon vélo, j'ai devancé ses protestations :

— Professeur Lawrence. Je me suis connecté à votre système de réservation à 17h11.

Manifestement, l'employé ne connaissait pas la Doyenne, ou alors il m'a pris pour un autre professeur Lawrence, car il s'est contenté de consulter une liste sur une écritoire à pince et a acquiescé d'un signe de tête. Son efficacité m'a impressionné, mais il était déjà 20 h 01 et Rosie n'était pas là. Peut-être était-elle arrivée, réponse *b*, *un peu en avance* et avait-elle déjà pris place à notre table.

C'est alors qu'un autre problème s'est posé.

— Je suis navré, monsieur, mais nous avons un code vestimentaire, a dit l'employé.

Je le savais. Cette indication figurait en gras sur leur site internet : Les messieurs sont tenus de porter une veste.

— Pas de veste, pas de repas, exact ?

— Plus ou moins, monsieur.

Que dire de ce genre de règle ? J'étais prêt à garder ma veste pendant tout le repas. La salle était probablement climatisée et devait offrir une température compatible avec cette exigence.

J'ai continué à me diriger vers l'entrée, mais l'employé m'a barré le passage.

— Excusez-moi, je n'ai peut-être pas été suffisamment clair. Vous devez porter une veste.

— J'en porte une.

— J'ai bien peur que nous n'exigions quelque chose de plus formel, monsieur.

L'employé de l'hôtel m'a montré sa propre veste en guise d'exemple. Pour justifier ce qui a suivi, je propose ici la définition du mot « veste » telle qu'elle figure dans l'*Oxford English Dictionary* (Compact, deuxième édition) : « 1 (a) *Vêtement de dessus couvrant le haut du corps.* » Je note également que le mot « veste » apparaît sur les instructions d'entretien de ma veste en goretex relativement neuve et parfaitement propre. Pourtant, selon toute apparence, sa définition d'une veste se limitait à une « veste de complet conventionnel ».

— Nous serions ravis de vous en prêter une, monsieur. De ce genre.

— Vous avez une réserve de vestes ? Dans toutes les tailles ?

Je n'ai pas ajouté que l'obligation de conserver un tel stock témoignait indéniablement de leur incapacité à communiquer clairement leur règle, et qu'il serait plus efficace d'en améliorer la formulation ou de renoncer purement et simplement à cette exigence. Je n'ai pas mentionné non plus que les frais d'achat et de nettoyage de toutes ces vestes ne pouvaient que se répercuter sur le prix des repas. Leurs clients avaient-ils conscience de subventionner un dépôt de vestes ?

— Il m'est difficile de vous répondre, monsieur, a-t-il dit. Mais je vais certainement trouver quelque chose qui vous conviendra.

Inutile de préciser que l'idée de devoir enfiler un vêtement public d'une propreté douteuse me mettait mal à l'aise. Pendant quelques instants, l'absurdité de la situation m'a accablé. J'étais déjà stressé, puisque je me préparais à rencontrer pour la deuxième fois une femme susceptible d'être ma partenaire pour la vie. Et voilà que l'établissement que je payais pour nous fournir un repas – le *prestataire de services* qui aurait certainement dû faire tout son possible pour me mettre à l'aise – plaçait des obstacles arbitraires sur mon chemin. Ma veste en goretex, ce vêtement de haute technologie qui m'avait protégé de la pluie et de tempêtes de neige, se voyait désormais, de façon totalement irrationnelle, injuste et contre-productive, désavantageusement comparée à l'équivalent en laine essentiellement décoratif de l'employé. J'avais payé la mienne mille quinze dollars, dont cent vingt dollars de supplément pour la couleur jaune fluo disponible sur option. J'ai fait valoir mon argument.

— Ma veste est supérieure à la vôtre en vertu de tous les critères rationnels : étanchéité, visibilité dans des conditions de faible luminosité, capacité de stockage. (J'ai défait la fermeture à glissière pour lui montrer les nombreuses poches intérieures et j'ai poursuivi.) Rapidité de séchage, protection antitache, présence d'un capuchon...

L'employé ne manifestait toujours aucune réaction interprétable, alors que j'avais certainement élevé la voix.

— ... et bien meilleure résistance à la traction.

Pour illustrer ce point, j'ai saisi le revers de la veste de l'employé. Je n'avais évidemment pas l'intention de la déchirer, mais j'ai soudain été empoigné par-derrière par un inconnu qui a cherché à me jeter à terre. J'ai réagi automatiquement par un coup à faible impact et sans risque, pour le mettre hors de combat sans perdre mes lunettes. L'expression « faible impact » s'applique évidemment à un adepte des arts martiaux capable de maîtriser sa chute. Ce n'était pas le cas de cet individu, qui est tombé pesamment.

Je me suis retourné pour voir qui c'était – un homme très grand et furieux. Pour éviter tout nouvel acte de violence, j'ai été obligé de m'asseoir sur lui.

— Putain, tu vas te tirer de là, ouais, putain, j'vais te tuer ! a-t-il dit.

Sur cette base, il paraissait illogique d'accéder à sa requête. À cet instant, un autre homme est arrivé et il a cherché à me relever de force. Craignant que la

Brute Numéro Un ne mette sa menace à exécution, je n'ai pas eu d'autre solution que de mettre la Brute Numéro Deux hors de combat elle aussi. Personne n'avait été gravement blessé, mais c'était une situation sociale extrêmement délicate et je sentais mon cerveau se paralyser.

Heureusement, Rosie est arrivée.

L'Homme à la Veste a dit, apparemment étonné :

— Rosie !

De toute évidence, il la connaissait. Le regard de Rosie s'est posé sur lui, puis sur moi.

— Professeur Tillman – Don – que se passe-t-il ?

— Vous êtes en retard, ai-je répondu. Nous sommes en présence d'un problème social.

— Tu connais ce type ? a demandé l'Homme à la Veste à Rosie.

— Qu'est-ce que tu crois, que j'ai deviné son nom ?

Rosie avait pris un ton belliqueux et j'ai pensé que ce n'était peut-être pas la méthode la plus opportune. Il aurait sûrement été préférable de présenter nos excuses et de nous retirer. Il me semblait peu probable désormais que nous puissions dîner dans ce restaurant.

Une petite foule s'était rassemblée. L'idée qu'une autre brute risquait d'arriver m'a traversé l'esprit ; il fallait que je trouve le moyen de libérer une de mes mains sans lâcher les deux premières brutes. Du coup, l'une d'elles a enfoncé son coude dans l'œil de l'autre et leur niveau de colère en a été considérablement accru. L'Homme à la Veste a ajouté :

— Il a agressé Jason.

Rosie a répondu :

— Je vois ça. Pauvre Jason. L'éternelle victime.

J'ai enfin pu lever les yeux vers elle. Elle portait une robe noire sans ornement, des chaussures noires à grosses semelles et une énorme quantité de bijoux en argent aux bras. Ses cheveux roux étaient hérissés comme une nouvelle espèce de cactus. J'avais déjà entendu employer l'adjectif « stupéfiant » pour décrire des femmes, mais c'était la première fois que j'étais vraiment stupéfié par l'une d'elles. Ce n'étaient pas seulement la tenue, les bijoux ou une autre caractéristique individuelle de Rosie elle-même, c'était leur effet combiné. Je ne savais pas si son apparence pouvait être considérée comme répondant aux canons conventionnels de la beauté, ni même si elle était acceptable pour le restaurant qui avait refusé ma veste. « Stupéfiant » était le mot parfait. Ce qu'elle a fait ensuite l'était encore plus. Elle a sorti son téléphone de son sac et l'a tendu vers nous. Il y a eu deux flashs. L'Homme à la Veste s'est avancé pour le lui prendre.

— N'y songe même pas, a lancé Rosie. Je vais tellement me marrer avec ces photos qu'on ne rencontrera plus jamais ces types près d'une porte. *Le professeur fout la branlée aux videurs !*

Pendant que Rosie parlait, un homme coiffé d'une toque de cuisinier est arrivé. Il a échangé quelques mots avec l'Homme à la Veste et avec Rosie. Ayant obtenu l'assurance que nous pourrions partir sans autres tracasseries, Rosie m'a alors demandé de libérer mes agresseurs. Nous nous sommes tous relevés, et conformément à la tradition, je me suis incliné avant de tendre la main aux deux hommes, dont j'avais conclu qu'il s'agissait d'agents de sécurité. Ils n'avaient fait que ce pour quoi ils étaient payés et avaient risqué de se faire blesser dans l'exercice de leurs fonctions. Ce protocole ne leur était apparemment pas familier. Pourtant après un instant d'étonnement, l'un d'eux a ri et m'a serré la main, et l'autre a suivi son exemple. Tout se terminait bien, mais je n'avais plus très envie de dîner dans ce restaurant.

J'ai repris mon vélo et nous avons marché dans la rue. Alors que je m'attendais à ce que Rosie soit fâchée à cause de cet incident, elle souriait. Je lui ai demandé d'où elle connaissait l'Homme à la Veste.

— J'ai travaillé ici quelque temps.

— Vous avez donc choisi ce restaurant parce que vous le connaissiez ?

— Si vous voulez, oui. J'avais envie de les faire chier. (Elle s'est mise à rire.) Peut-être pas à ce point, tout de même.

Je lui ai dit que sa solution était géniale.

— Je bosse dans un bar, a-t-elle poursuivi. Pas un simple bar – au Marquis de Queensbury. J'ai appris à me débrouiller avec les connards. C'est comme ça que je gagne ma vie.

Je lui ai fait remarquer que si elle était arrivée à l'heure, elle aurait pu faire usage de ses compétences sociales et que toute violence aurait été superflue.

— Dans ce cas, je suis bien contente d'être arrivée en retard. C'était du judo, hein ?

— De l'aïkido. (Quand nous avons traversé la rue, j'ai fait passer mon vélo de l'autre côté, entre Rosie et moi.) Je pratique aussi le karaté, mais l'aïkido était plus approprié.

— Ça alors ! Il faut un temps fou pour apprendre ces machins-là, non ?

— J'ai commencé à sept ans.

— Vous vous entraînez souvent ?

— Trois fois par semaine, sauf en cas de maladie, de fêtes légales et de déplacement pour des congrès à l'étranger.

— Qu'est-ce qui vous a attiré vers cette discipline ?

J'ai montré mes lunettes.

— La revanche des bigleux, a-t-elle observé.

— C'est la première fois depuis le collège que j'ai eu à m'en servir à des fins d'autodéfense. Je fais surtout ça pour rester en forme. (Je m'étais un peu détendu et Rosie m'avait fourni une bonne occasion de glisser un point du questionnaire de l'Opération Épouse.) Vous faites du sport régulièrement ?

— Tout dépend de ce que vous entendez par « régulièrement ». (Elle a ri.) Plus flemmarde que moi, tu meurs.

— Le sport a des effets bénéfiques majeurs sur la santé.

— C'est ce que dit mon père. Il est coach sportif. Il ne me lâche pas. Il m'a offert un abonnement dans un club de gym pour mon anniversaire. *Son* club de gym. Il voudrait qu'on s'entraîne ensemble au triathlon.

— Vous feriez certainement bien de suivre son conseil.

— Putain, j'ai presque trente ans. Je suis assez grande pour que mon père arrête de me dire ce que je dois faire. (Elle a changé de sujet.) Vous savez quoi, je meurs de faim. Et si on allait prendre une pizza ?

Je n'étais pas disposé à envisager d'aller au restaurant après le traumatisme que je venais de subir. Je lui ai expliqué que j'avais l'intention d'en revenir à mon plan initial pour la soirée : me faire à manger chez moi.

— Il y en a assez pour deux ? Vous me devez toujours un dîner.

C'était vrai, mais ma journée avait déjà été trop pleine d'événements imprévus.

— Allons... Je ne ferai aucune critique. En ce qui me concerne, je ne réussirais pas à préparer un repas correct même si ma vie était en jeu.

Je ne me souciais pas d'éventuelles critiques sur mes compétences culinaires. En revanche, sa totale inaptitude en la matière était, *jusqu'à présent*, le troisième point du questionnaire de l'Opération Épouse sur lequel elle était en défaut, après son arrivée en retard et son manque d'exercice physique. Je pouvais certainement en ajouter tout de suite un quatrième : il était peu probable que sa profession de serveuse et de barmaid soit compatible avec le niveau intellectuel requis. Il était donc parfaitement inutile de poursuivre.

Sans me laisser le temps d'intervenir, Rosie avait hélé un taxi monospace au coffre suffisamment vaste pour mon vélo.

— Vous habitez où ? a-t-elle demandé.

7.

— Ouah ! Mais c'est la maison de Monsieur Range-Tout ! Pourquoi est-ce qu'il n'y a rien aux murs ?

Je n'avais reçu personne chez moi depuis que Daphné avait quitté l'immeuble. Je savais que je n'avais qu'à sortir une assiette et des couverts supplémentaires, mais la soirée avait déjà été stressante et l'euphorie due à la montée d'adrénaline qui avait immédiatement suivi l'Incident de la Veste s'était dissipée, pour ma part en tout cas. Rosie, elle, donnait l'impression d'être dans un état d'exaltation permanent.

Nous nous trouvions dans la partie séjour, contiguë à la cuisine.

— Parce que si je mettais quelque chose, ai-je répondu, au bout d'un moment je cesserais de le remarquer. Le cerveau humain est programmé pour se concentrer sur les différences au sein de son environnement – il faut qu'il puisse rapidement repérer la présence d'un prédateur. Si j'avais des reproductions ou d'autres objets décoratifs, je les remarquerais pendant quelques jours et ensuite mon cerveau les ignorerait. Quand j'ai envie de voir des œuvres d'art, je vais au musée. Les peintures y sont de meilleure qualité et le coût global, à long terme, est inférieur au prix d'achat de posters bon marché.

En réalité, je n'avais pas mis les pieds dans un musée d'art depuis le 10 mai, trois ans auparavant. Conscient que cette information ne pouvait qu'affaiblir mon argumentation, je n'ai vu aucune raison d'en faire part à Rosie et de risquer de susciter de nouvelles interrogations sur d'autres aspects de ma vie personnelle.

Rosie s'était avancée dans la pièce et examinait ma collection de CD. Cette indiscrétion devenait contrariante. Nous étions déjà en retard pour le dîner.

— Vous aimez vraiment Bach, a-t-elle remarqué.

C'était une déduction raisonnable puisque ma collection de CD contient exclusivement des œuvres de ce compositeur. Pourtant, elle n'était pas exacte.

— J'ai décidé de me concentrer sur Bach après avoir lu *Gödel, Escher, Bach* de Douglas Hofstadter. Malheureusement, je n'ai pas beaucoup avancé. Je crois que mon cerveau ne fonctionne pas assez vite pour arriver à décoder les structures musicales.

— Vous ne l'écoutez pas pour le plaisir ?

Ça m'a rappelé mes premières conversations avec Daphné du temps où elle venait dîner, et je n'ai pas répondu.

— Vous avez un iPhone ? a-t-elle demandé.

— Oui, bien sûr, mais je ne m'en sers pas pour la musique. Je télécharge des podcasts.

— Laissez-moi deviner... Sur la génétique.

— La science en général.

Je suis passé à la cuisine pour commencer à préparer le dîner, suivi par Rosie, qui s'est arrêtée pour étudier le programme affiché sur mon tableau blanc.

— Ouah, a-t-elle fait, une fois de plus.

Cette réaction commençait à devenir prévisible. Je me suis demandé quelle exclamation lui inspirerait la structure de l'ADN ou l'histoire de l'évolution.

J'ai sorti des légumes et des fines herbes du réfrigérateur.

— Je peux vous aider ? a-t-elle demandé. Vous voulez que je hache quelque chose ?

Ce qui sous-entendait qu'émincer était une tâche à la portée d'une personne inexpérimentée ignorant tout de la recette. Je n'avais pas oublié qu'elle avait reconnu être incapable de préparer un repas même si sa vie en dépendait. J'ai soudain eu la vision d'énormes morceaux de poireau et de fragments de fines herbes tellement minuscules qu'ils passeraient par les trous de l'écumoire.

— Pas besoin d'aide. Je recommande la lecture d'un livre.

J'ai suivi Rosie des yeux pendant qu'elle se dirigeait vers la bibliothèque. Elle en a inspecté attentivement le contenu et s'est éloignée. Peut-être se servait-elle de logiciels IBM plutôt que Mac. Pourtant, un grand nombre de manuels étaient valables pour les deux systèmes.

Ma chaîne hi-fi est équipée d'un port iPod dont je me sers pour écouter des podcasts pendant que je fais la cuisine. Rosie y a branché son téléphone et les haut-parleurs se sont mis à diffuser de la musique. Le volume était faible, mais j'étais certain que si, invité chez quelqu'un, j'avais passé un podcast sans demander l'autorisation, on m'aurait reproché un comportement social inadapté. J'en étais *parfaitement* certain car j'avais précisément commis cette erreur à un dîner quatre ans et soixante-sept jours plus tôt.

Rosie a poursuivi son exploration, comme un animal introduit dans un nouveau milieu, ce qui était évidemment son cas. Elle a écarté les stores puis les a relevés, faisant voler un peu de poussière. Comme je n'ai jamais besoin d'ouvrir les stores – et bien que je me considère comme très tatillon en matière de ménage –, un peu de saleté s'était probablement accumulée aux endroits qui ne sont pas accessibles quand ils sont baissés. Derrière les stores, il y a des portes-fenêtres ; Rosie a tiré les verrous et les a ouvertes.

Cette violation de mon environnement personnel me mettait extrêmement mal à l'aise. J'ai essayé de me concentrer sur la préparation des aliments pendant que Rosie disparaissait sur le balcon. Je l'ai entendue traîner deux gros pots de plantes, probablement mortes depuis toutes ces années. J'ai mis le mélange d'herbes et de légumes dans la grande casserole avec l'eau, le sel, le vinaigre de vin de riz, le mirin, les écorces d'orange et les graines de coriandre.

— Je ne sais pas ce que vous préparez, a crié Rosie, mais je suis plus ou moins végétarienne.

Végétarienne ! J'avais déjà commencé à faire la cuisine ! À partir d'ingrédients achetés en partant de l'hypothèse que je dînerais seul ! Et puis, que signifiait « plus ou moins » ? Fallait-il en conclure à une marge étroite de flexibilité, à l'image de ma collègue Esther qui avait admis, mais uniquement au terme d'un interrogatoire serré, qu'elle accepterait peut-être de manger du porc si sa vie en dépendait ?

Les végétariens et les végétaliens peuvent être incroyablement contrariants. Il y a une blague que raconte Gene : « Comment savoir si quelqu'un est végétarien ? Attends dix minutes et il te le dira. » Si c'était le cas, il n'y aurait pas vraiment de problème. Mais non ! Les végétariens acceptent de venir dîner chez vous et vous annoncent ensuite : « Je ne mange pas de viande. » *C'était la deuxième fois*. Le Désastre du Pied de Porc s'était produit six ans auparavant, quand Gene m'avait conseillé d'inviter une femme à dîner chez moi. Il prétendait que mes compétences culinaires me rendraient plus désirable et qu'au moins je n'aurais pas à gérer la pression de l'environnement d'un restaurant. « En plus, tu pourras boire autant que tu veux et tituber jusqu'à ta chambre. »

La femme s'appelait Bethany et son profil internet ne mentionnait *pas* qu'elle était végétarienne. Conscient que la qualité du repas serait capitale, j'avais emprunté à la bibliothèque un ouvrage de recettes récent intitulé *Du groin à la queue* et prévu plusieurs plats à base de différentes parties du cochon : cervelle, langue, mésentère, pancréas, rognons, etc.

Bethany était arrivée à l'heure et avait l'air tout à fait charmante. Nous avions pris un verre de vin, après quoi tout était allé de mal en pis. Nous avions commencé par du pied de porc frit, qui avait exigé une préparation extrêmement complexe, et dont Bethany avait très peu mangé. « Je ne suis pas particulièrement friande des pieds de cochon », avait-elle dit. Ce n'était pas entièrement déraisonnable : nous avons tous des préférences et elle se souciait peut-être de la teneur en lipides et en cholestérol des aliments. Mais voilà que quand j'avais annoncé les plats suivants, elle avait déclaré être végétarienne. Incroyable !

Elle avait proposé de m'inviter à dîner au restaurant

mais j'avais consacré tant de temps à ce repas que je n'avais pas voulu laisser perdre cette nourriture. J'avais mangé seul, et n'avais jamais revu Bethany.

Maintenant, Rosie. Après tout, c'était peut-être une bonne chose. Rosie partirait, et ma vie reprendrait son cours normal. Elle n'avait de toute évidence pas répondu sincèrement au questionnaire, ou alors Gene s'était trompé. À moins qu'il ne l'ait sélectionnée pour son haut niveau d'attrait sexuel, m'imposant ainsi ses propres critères de préférence.

Rosie est revenue du balcon et m'a regardé comme si elle attendait une réponse.

— Les fruits de mer, c'est OK, a-t-elle dit. À condition qu'ils soient issus de l'aquaculture durable.

J'éprouvais des sentiments ambigus : il est toujours satisfaisant de trouver la solution à un problème, d'un autre côté, cela voulait dire que Rosie resterait pour le dîner. Je suis passé à la salle de bains et elle m'a suivi. J'ai attrapé le homard qui rampait au fond de la baignoire.

— Oh merde, a-t-elle fait.

— Vous n'aimez pas le homard ? ai-je demandé en le rapportant à la cuisine.

— J'adore le homard, mais...

Le problème était évident et je pouvais comprendre sa réticence.

— Vous trouvez le processus de mise à mort déplaisant. Je suis d'accord avec vous.

J'ai fourré l'animal dans le congélateur et expliqué à Rosie qu'après des recherches sur les méthodes d'exécution des homards, j'avais constaté que celle du congélateur passait pour la plus humaine. Je lui ai donné la référence d'un site internet.

Pendant que le homard mourait, Rosie a continué à fouiner un peu partout. En ouvrant le placard à provisions, elle a eu l'air impressionnée par son degré d'organisation : une étagère pour chaque jour de la semaine, plus des espaces de rangement pour les ressources communes, alcool, petit déjeuner, etc., avec l'état des stocks affiché au dos de la porte.

— Vous n'avez pas envie de venir faire un peu de rangement chez moi ?

— Vous voulez appliquer le Système de Repas Normalisé ?

Malgré ses avantages considérables, la plupart des gens le trouvent bizarre.

— Un grand nettoyage du frigo, ça serait déjà pas mal, a-t-elle répondu. Je suppose que vous voulez les ingrédients du mardi ?

Supposition inutile, l'ai-je informée, puisque nous étions précisément mardi.

Elle m'a tendu les feuilles de nori et les flocons de bonite. Je lui ai demandé l'huile de noix de macadamia, le sel marin et le moulin à poivre rangés dans la zone des ressources communes.

— Vin de riz chinois, ai-je ajouté. Section alcool.

— Ça va de soi. (Elle m'a passé le vin et a entrepris d'inspecter les autres bouteilles d'alcool.) Vous faites le même repas tous les mardis, c'est bien ça ?

— Exact.

Je lui ai énuméré les huit avantages majeurs du Système de Repas Normalisé.

1. Pas besoin d'accumuler les livres de recettes.
2. Liste de courses normalisée – d'où efficacité supérieure de l'activité achats.

3. Gaspillage presque nul – rien dans le réfrigérateur ni dans le placard à l'exception des ingrédients indispensables aux recettes.

4. Régime alimentaire planifié et équilibré à l'avance sur le plan nutritionnel.

5. Pas de temps perdu à se demander ce qu'on va préparer.

6. Pas d'erreurs, pas de surprises déplaisantes.

7. Excellente nourriture, supérieure à celle de la plupart des restaurants, à un prix largement inférieur (voir point 3).

8. Charge cognitive minimale requise.

— Charge cognitive ?

— Les procédures de préparation sont stockées dans mon cervelet – ce qui permet d'éviter la quasi-intégralité des efforts conscients.

— Comme quand on fait du vélo.

— Exact.

— Vous pouvez préparer du homard à la je-ne-sais-quoi sans réfléchir ?

— Salade de homard, mangue, avocat avec œufs de poisson volant enrobés de wasabi et garniture d'algues croustillantes et de poireau frit. Exact. Actuellement, je travaille sur le désossage des cailles : je n'y arrive pas encore sans effort conscient.

Rosie riait. Ça m'a rappelé des souvenirs d'école. De bons souvenirs.

Au moment où je sortais du réfrigérateur des ingrédients supplémentaires nécessaires à l'assaisonnement, Rosie est passée devant moi avec deux demi-bouteilles de chablis qu'elle a mises au congélateur avec le homard.

— On dirait que notre dîner ne bouge plus.

— Il faut un peu plus de temps pour être certain qu'il est mort. Malheureusement, l'Incident de la Veste a bouleversé le programme des préparatifs. Il va falloir recalculer tout l'emploi du temps.

Je me suis rendu compte que j'aurais dû mettre le homard au congélateur dès notre arrivée à l'appartement, mais j'étais en surcharge cérébrale en raison des problèmes créés par la présence de Rosie. J'ai commencé à noter sur le tableau blanc les horaires de préparation révisés. Rosie passait les ingrédients en revue.

— Vous aviez l'intention de manger tout ça à vous seul ?

Je n'avais pas modifié le Système de Repas Normalisé depuis le départ de Daphné et mangeais désormais la totalité de la salade de homard du mardi, en supprimant le vin pour compenser l'absorption additionnelle de calories.

— La quantité est suffisante pour deux, ai-je confirmé. Impossible de réduire les proportions. Il est inenvisageable d'acheter une fraction de homard vivant.

J'avais conçu cette dernière phrase comme une plaisanterie anodine et Rosie a réagi en riant. J'ai éprouvé un nouveau sentiment inattendu de bien-être tout en continuant à recalculer les horaires.

Rosie m'a de nouveau interrompu :

— Si vous aviez respecté votre programme normal, quelle heure serait-il en ce moment ?

— 18 h 38.

L'horloge du four indiquait 21 h 09. Rosie a repéré le bouton de réglage et entrepris de rectifier l'heure.

J'ai compris ce qu'elle faisait. Une solution parfaite. Quand elle a eu fini, l'horloge indiquait 18 h 38. Plus besoin de recalculer. Je l'ai félicitée d'avoir eu cette idée.

— Vous avez créé un nouveau fuseau horaire. Le dîner sera prêt à 20 h 55, heure de Rosie.

— En plus, ça évite les maths.

Cette observation m'a donné l'occasion de lui poser une autre question de l'Opération Épouse :

— Vous avez des difficultés en mathématiques ?

Elle a ri.

— C'est la partie de mon boulot qui me donne le plus de mal. Ça me rend cinglée.

Si le calcul élémentaire des additions d'un bar et d'un restaurant la dépassait, j'avais peine à imaginer que nous puissions avoir des discussions intéressantes.

— Où est-ce que vous planquez le tire-bouchon ? a-t-elle demandé.

— Il n'y a pas de vin au programme du mardi.

— Rien à foutre.

La réponse de Rosie ne manquait pas d'une certaine logique intrinsèque. Après tout, je n'allais manger qu'une part du dîner. Dernière étape du renoncement au programme de la soirée.

J'ai annoncé le changement :

— Le temps a été redéfini. Les règles antérieures ne sont plus valables. L'alcool est par la présente déclaré obligatoire dans le Fuseau Horaire de Rosie.

8.

Pendant que je finissais de préparer le dîner, Rosie a mis la table – pas la table conventionnelle qui se trouve dans la salle de séjour, mais une table improvisée sur le balcon qu'elle a fabriquée en retirant un tableau blanc du mur de la cuisine et en le posant sur les deux gros pots de fleurs qu'elle avait débarrassés de leurs plantes mortes. Elle était allée prendre un drap blanc dans le placard à linge pour servir de nappe. Les couverts en argent – un cadeau de pendaison de crémaillère de mes parents dont je ne m'étais jamais servi – et les verres à vin décoratifs étaient posés sur la table. Elle chamboulait tout mon appartement !

Je n'avais jamais eu l'idée de manger sur le balcon. La pluie du début de soirée avait cessé quand je suis sorti avec le plat. J'ai estimé la température à vingt-deux degrés.

— Il faut qu'on mange tout de suite ? a demandé Rosie – question bizarre puisqu'elle avait prétendu être morte de faim plusieurs heures auparavant.

— Non, ça ne risque pas de refroidir. C'est déjà

froid. (J'étais conscient d'avoir l'air légèrement contrarié.) Il y a une raison d'attendre ?

— Les lumières de la ville. La vue est sensationnelle.

— Malheureusement, elle est statique. Lorsqu'on l'a regardée une fois, elle ne présente plus aucun intérêt. Comme les tableaux.

— Mais non, ça change tout le temps. Et le matin, très tôt ? Ou quand il pleut ? Ça doit être sympa de venir s'asseoir ici un moment, juste comme ça, non ?

Je n'avais aucune réponse susceptible de la satisfaire. J'avais remarqué la vue quand j'avais acheté cet appartement. Elle ne changeait pas beaucoup en fonction du moment de la journée ni des conditions météorologiques. Et s'il m'arrivait de rester assis « juste comme ça », c'était uniquement quand j'attendais l'heure d'un rendez-vous ou que je réfléchissais à un problème. Dans ce cas, un environnement intéressant aurait constitué une distraction importune.

Je suis passé derrière Rosie et j'ai rempli son verre. Elle a souri. Elle avait certainement mis du rouge à lèvres.

J'ai beau essayer de produire un repas normalisé, reproductible, la qualité des ingrédients varie inévitablement d'une semaine à l'autre. Cette fois, ils m'ont paru exceptionnels. La salade de homard n'avait jamais été aussi délicieuse.

Je me suis rappelé la règle de base voulant qu'en compagnie d'une femme, on la fasse parler d'elle. Rosie avait déjà abordé le problème des clients difficiles du bar où elle travaillait, alors je lui ai demandé de développer. Excellente initiative. Elle connaissait un certain nombre d'histoires hilarantes et j'ai pris note de certaines techniques interpersonnelles en vue d'un éventuel usage ultérieur.

Une fois le homard terminé, Rosie a ouvert son sac et en a sorti... un paquet de cigarettes ! Comment décrire mon horreur ? Fumer n'est pas seulement malsain en soi et nocif pour tous ceux qui se trouvent au voisinage. C'est une preuve évidente d'une approche irrationnelle de la vie. J'avais eu de bonnes raisons d'en faire le premier point de mon questionnaire.

Rosie a dû remarquer que j'étais scandalisé.

— Du calme. On est dehors.

Inutile de discuter. Je ne la reverrais pas après cette soirée. Une flamme a jailli du briquet qu'elle a approché de la cigarette serrée entre ses lèvres d'un rouge artificiel.

— En fait, j'avais une question de génétique à vous poser, a-t-elle dit.

— Allez-y, ai-je répondu, soulagé de retrouver mon univers familier.

— Il paraît qu'on peut savoir si quelqu'un est monogame d'après la dimension de ses testicules.

Les aspects sexuels de la biologie sont régulièrement abordés dans la presse populaire, si bien que cette affirmation était moins stupide qu'elle n'en avait l'air, malgré la notion typiquement erronée qu'elle véhiculait. Je me suis demandé s'il ne s'agissait pas d'une sorte de message codé dissimulant des avances sexuelles, mais j'ai préféré ne pas courir de risque et j'ai donc pris la question au pied de la lettre.

— Absurde.

Rosie a eu l'air enchantée.

— Vous êtes génial. Je viens de gagner mon pari.

J'ai entrepris de développer, et j'ai remarqué que

l'expression de satisfaction de Rosie se dissipait. J'ai supposé qu'elle avait simplifié exagérément sa question et que mon explication plus détaillée coïncidait en réalité avec ce qu'on lui avait dit.

— On peut observer une certaine corrélation au niveau individuel, mais la règle s'applique à l'espèce. *Homo sapiens* est fondamentalement monogame, bien que tactiquement infidèle. Si les mâles ont intérêt à féconder le plus de femelles possible, ils ne peuvent en revanche assurer la survie que d'un certain nombre de descendants. Les femelles recherchent pour leurs enfants des gènes de qualité supérieure, ainsi qu'un mâle apte à assurer leur survie.

Je venais de m'installer dans mon rôle familier d'enseignant quand Rosie m'a interrompu :

— Et les testicules ?

— De plus gros testicules produisent davantage de sperme. Les espèces monogames peuvent se contenter de la quantité suffisante pour leur partenaire. Les êtres humains ont intérêt à disposer d'un excédent pour pouvoir profiter des occasions fortuites et attaquer le sperme d'intrus récents.

— Sympa.

— Pas vraiment. Ce comportement s'est développé dans l'environnement ancestral. Le monde moderne impose des règles complémentaires.

— Ouais. Comme d'être là pour s'occuper de ses gosses.

— Exact. Mais les instincts sont incroyablement puissants.

— Non, sans blague ?

J'ai commencé à expliquer :

— L'instinct est une expression de...

— Question de pure forme, m'a interrompu Rosie. J'ai vécu ça. Ma mère est allée à la chasse aux gènes à sa soirée de remise des diplômes de médecine.

— Il s'agit de comportements inconscients. Ce n'est pas délibérément que les gens...

— Pigé.

J'en doutais. Les profanes interprètent souvent de façon inexacte les découvertes de la psychologie évolutive. L'histoire était pourtant intéressante.

— Vous dites que votre mère s'est livrée à un rapport sexuel non protégé en dehors de sa relation primaire ?

— Oui. Avec un autre étudiant. À l'époque où elle sortait déjà avec mon (à ce moment-là, Rosie a levé les mains et esquissé, à deux reprises, un mouvement descendant avec l'index et le majeur de chaque main) père. Mon vrai père est forcément médecin. C'est tout ce que je sais. Franchement, ça me prend la tête.

Fasciné par ses mouvements de mains, je suis resté silencieux un moment, le temps d'essayer de les déchiffrer. Était-ce un signe de détresse parce qu'elle ne savait pas qui était son père ? Si tel était le cas, je ne connaissais pas ce geste. Et pourquoi avait-elle choisi de ponctuer ses propos à ce moment précis... Évidemment ! Une ponctuation !

— Guillemets, ai-je lancé tout haut au moment où cette idée me traversait l'esprit.

— Comment ?

— Vous avez entouré « père » de guillemets pour attirer mon attention sur le fait qu'il ne fallait pas interpréter ce mot dans son sens habituel. Très subtil.

— Et merde ! Moi qui m'imaginais que vous réfléchissiez au petit problème que me pose toute ma putain de vie. Et que vous auriez peut-être quelque chose d'intelligent à dire.

Je l'ai corrigée :

— Ce n'est pas du tout un petit problème ! (J'ai levé un doigt en l'air pour esquisser un point d'exclamation.) Vous devriez insister pour obtenir des informations.

Après quoi j'ai enfoncé le même doigt pour marquer un point. C'était très amusant.

— Ma mère est morte. Elle est morte dans un accident de voiture quand j'avais dix ans. Elle n'a dit à personne qui était mon père – même pas à Phil.

— Phil ?

Ne trouvant pas comment indiquer un point d'interrogation, j'ai renoncé temporairement à ce jeu. Le moment ne se prêtait pas à l'expérimentation.

— Mon (mains en l'air, tortillement des doigts) père. Qui se foutrait en pétard si je lui disais que je veux savoir.

Rosie a fini son verre et s'est resservie. La deuxième demi-bouteille était vide. Son histoire était triste, mais n'avait rien d'exceptionnel. Bien que mes parents aient continué à entretenir avec moi des relations routinières et rituelles, j'estimais que cela faisait plusieurs années qu'ils ne s'intéressaient plus à moi. Leur devoir avait été accompli quand j'ai été en mesure d'assurer ma survie. La situation de Rosie était légèrement différente, puisqu'elle incluait un beau-père. Je lui ai proposé une interprétation génétique.

— Son comportement n'a rien de surprenant. Vous ne possédez pas ses gènes. Les lions mâles tuent les lionceaux issus des accouplements antérieurs quand ils reprennent une troupe.

— Merci pour l'info.

— Je peux vous conseiller quelques lectures complémentaires si ça vous intéresse. Vous m'avez l'air plutôt intelligente pour une serveuse.

— Quelle avalanche de compliments !

Apparemment, je m'en tirais bien et je me suis autorisé un petit instant de satisfaction que j'ai fait partager à Rosie.

— Excellent. Les rencontres ne sont pas vraiment mon fort, vous savez. Il y a tant de règles à retenir.

— Vous vous en sortez bien. Sauf que vous n'arrêtez pas de reluquer mes nichons.

Réaction décevante. La robe de Rosie était très décolletée, mais j'avais fait de gros efforts pour maintenir un contact exclusivement oculaire.

— J'examinais votre pendentif, c'est tout. Il est extrêmement intéressant.

Rosie a immédiatement posé la main dessus.

— Qu'est-ce qu'il représente ?

— La déesse Isis avec l'inscription : *Sum omnia quae fuerunt, suntque, eruntque ego*, « Je suis tout ce qui fut, est et sera ».

J'espérais avoir correctement déchiffré le texte en latin ; les caractères étaient très petits.

Rosie a paru impressionnée.

— Et le pendentif que j'avais ce matin ?

— Un poignard avec trois petites pierres rouges et quatre blanches.

Rosie a fini son vin. Elle avait l'air plongée dans ses pensées. Qui n'avaient rien de profond, en réalité.

— Et si vous alliez chercher une autre bouteille ?

Sa proposition m'a légèrement abasourdi. Nous avions déjà bu la quantité maximum recommandée.

Il est vrai qu'elle fumait, ce qui révélait une attitude désinvolte en matière de santé.

— Vous voulez plus d'alcool ?

— Exact, a-t-elle dit d'une voix bizarre.

Je me suis demandé si elle m'imitait.

Je suis allé à la cuisine choisir une autre bouteille, décidant de réduire ma consommation d'alcool du lendemain pour compenser. Puis j'ai vu l'horloge : 23 h 40. J'ai décroché le téléphone et commandé un taxi. Avec un peu de chance, il serait là avant le début du tarif d'après minuit. J'ai ouvert une demi-bouteille de syrah que nous pourrions boire en attendant qu'il arrive.

Rosie voulait poursuivre la conversation sur son père biologique.

— Vous pensez qu'il pourrait y avoir une sorte de motivation génétique ? Que nous serions programmés pour vouloir savoir qui sont nos parents ?

— Il est primordial que les parents puissent reconnaître leurs propres enfants. Pour pouvoir protéger les porteurs de leurs gènes. Et les enfants en bas âge doivent pouvoir repérer leurs parents pour s'assurer cette protection.

— C'est peut-être une sorte de vestige de cette nécessité.

— Ça paraît peu probable. Mais pas impossible. Notre comportement est fortement affecté par l'instinct.

— C'est ce que vous disiez. Toujours est-il que cette histoire me bouffe. Elle me fout en l'air.

— Pourquoi ne posez-vous pas la question aux candidats potentiels ?

— « Cher docteur, êtes-vous mon père ? » Vous croyez vraiment ?

Une idée évidente m'est venue, évidente parce que je suis généticien :

— Vous avez des cheveux d'une couleur tout à fait inhabituelle. Peut-être...

Elle a ri.

— Vous auriez du mal à trouver un gène responsable de cette nuance de roux. (Elle a dû remarquer que j'étais troublé.) Elle sort d'un flacon, vous savez.

J'ai compris ce qu'elle voulait dire. Elle avait délibérément teint ses cheveux d'une couleur vive qui n'était pas naturelle. Incroyable. Je n'avais même pas pensé à inclure ce point dans mon questionnaire. J'ai pris mentalement note de l'ajouter.

La sonnette de la porte a tinté. Je ne lui avais pas parlé du taxi, et je l'ai donc mise au courant de mon plan. Elle a rapidement vidé son verre puis m'a tendu la main, et j'ai eu l'impression que je n'étais pas le seul à être mal à l'aise.

— Eh bien, a-t-elle dit, quelle soirée ! Bonne chance dans la vie.

C'était une manière atypique de dire bonsoir. Il m'a paru plus prudent de m'en tenir aux conventions. « Bonne nuit. J'ai passé une excellente soirée », à quoi j'ai ajouté :

— J'espère que vous retrouverez votre père.

— Merci.

Et elle est partie.

Je ne tenais pas en place, mais ce n'était pas une nervosité déplaisante. Plutôt une forme de surcharge sensorielle. J'ai constaté avec satisfaction qu'il restait du vin dans la bouteille. J'ai rempli mon verre et j'ai téléphoné à Gene. C'est Claudia qui a décroché et je me suis dispensé de civilités.

— Il faut que je parle à Gene.

— Il n'est pas là. (Elle paraissait désorientée. Peut-être avait-elle bu.) Je croyais que tu l'avais invité à manger du homard.

— Gene m'a envoyé la femme la plus incompatible du monde. Une barmaid. En retard, végétarienne, désorganisée, irrationnelle, une hygiène de vie déplorable, fumeuse – fumeuse ! –, des problèmes psychologiques, ne sait pas faire la cuisine, incompétente en mathématiques, couleur de cheveux artificielle. Je suppose que c'était une blague.

Claudia a dû prendre ça pour un appel de détresse parce qu'elle m'a demandé :

— Ça va, Don ?

— Bien sûr. Je l'ai trouvée très amusante. Mais tout à fait inadéquate pour l'Opération Épouse.

En prononçant ces mots, indéniablement conformes à la réalité, j'ai éprouvé un pincement de regret en contradiction avec mon évaluation intellectuelle. Claudia a interrompu ma tentative pour concilier ces deux états cérébraux conflictuels.

— Don, tu sais quelle heure il est ?

Je n'avais pas de montre. C'est alors que j'ai compris mon erreur. Je m'étais référé à l'horloge de la cuisine au moment d'appeler le taxi. L'horloge que Rosie avait réglée à son heure. Il devait être près de 2 h 30. Comment avais-je pu perdre ainsi toute notion du temps ? Voilà qui me rappelait durement les dangers de toute perturbation du programme. Rosie allait devoir payer le tarif d'après minuit.

J'ai laissé Claudia se rendormir. En ramassant

les deux assiettes et les deux verres pour les rapporter à l'intérieur, j'ai regardé une dernière fois la vue sur la ville de nuit – cette vue que je n'avais jamais remarquée, alors qu'elle avait toujours été là.

J'ai décidé de sauter mon habituelle séance d'aïkido d'avant-coucher. Et de laisser la table improvisée en place.

9.

— C'était mon outsider personnel, m'a avoué Gene le lendemain quand je l'ai réveillé du petit somme impromptu qu'il faisait sous son bureau.

Il avait une mine épouvantable. Je lui ai dit qu'il ferait mieux de ne pas se coucher aussi tard – bien que, pour une fois, je me sois rendu coupable de la même erreur. Il était indispensable qu'il prenne son déjeuner à l'heure pour recaler son rythme circadien. Il avait apporté des sandwichs de chez lui et nous nous sommes dirigés vers une des pelouses du parc de l'université. Je me suis arrêté en chemin au café japonais pour acheter de la salade d'algues, de la soupe miso et une pomme.

Il faisait beau. En conséquence de quoi un certain nombre de personnes de sexe féminin en vêtements très courts étaient assises dans l'herbe ou se promenaient, ce qui risquait malheureusement de distraire Gene. Gene a cinquante-six ans, une information qui n'est pas censée être divulguée. À cet âge, la diminution de la production de testostérone aurait dû réduire considérablement ses pulsions sexuelles. Ma théorie est que son intérêt exceptionnel pour le sexe est dû à une accoutumance mentale. Il est vrai que la physiologie humaine varie, et peut-être Gene représente-t-il un cas exceptionnel.

À l'inverse, je suis convaincu qu'aux yeux de Gene, mes pulsions sexuelles sont anormalement faibles. Ce n'est pas le cas – c'est plutôt que je ne suis pas aussi compétent que lui pour les exprimer d'une manière socialement appropriée. Mes tentatives occasionnelles pour imiter Gene ont été extrêmement infructueuses.

Nous avons trouvé un banc où nous asseoir et Gene a entrepris de me donner quelques éclaircissements.

— C'est quelqu'un que je connais.

— Pas de questionnaire ?

— Pas de questionnaire.

Voilà qui expliquait la cigarette. En réalité, ça expliquait tout. Gene en était revenu à la pratique inefficace d'organiser des rencontres avec des personnes de sa connaissance. Mon expression a dû traduire ma contrariété.

— Tu perds ton temps avec tes questionnaires. Tu ferais mieux de mesurer la longueur de leurs lobes d'oreilles.

Les questions d'attirance sexuelle sont la spécialité de Gene.

— Il y a une corrélation ? ai-je demandé.

— Les individus à lobes d'oreilles longs sont plus susceptibles de choisir des partenaires présentant la même caractéristique. C'est un indice plus sûr que le QI.

C'est effarant, mais il existe une foule de comportements qui se sont développés dans notre environnement ancestral et nous paraissent incroyables quand nous les observons dans le contexte actuel. L'évolution n'a pas suivi. Tout de même ! Les lobes d'oreilles ! Peut-on imaginer fondement plus irrationnel pour une relation ? Pas étonnant qu'autant de mariages soient des échecs.

— Tu as passé une bonne soirée au moins ? a demandé Gene.

Je lui ai fait remarquer que sa question n'était pas pertinente : mon objectif était de trouver une partenaire et Rosie était de toute évidence inadéquate. Gene m'avait fait perdre beaucoup de temps.

— Mais est-ce que tu as passé une bonne soirée ? a-t-il répété.

S'attendait-il à ce que je donne une réponse différente à la même question ? À vrai dire, je ne lui avais pas vraiment répondu, pour une excellente raison. Je n'avais pas eu le temps de réfléchir à ce qui s'était passé et d'en faire un bilan approprié. Il me semblait que parler d'une « bonne soirée » aurait été une simplification excessive d'une expérience extrêmement complexe.

J'ai livré à Gene un résumé des événements. Pendant que je lui racontais l'épisode du dîner sur le balcon, il m'a interrompu :

— Si tu la revois...

— Il n'y a aucune raison pour que je la revoie.

— *Si tu la revois*, a poursuivi Gene, tu ferais certainement mieux de ne pas mentionner l'Opération Épouse. Puisqu'elle n'a pas été à la hauteur.

Abstraction faite de l'hypothèse erronée selon laquelle je pourrais revoir Rosie, le conseil paraissait judicieux.

À cet instant, notre conversation a pris un tout autre

tour, ce qui ne m'a pas permis d'apprendre comment Gene avait fait la connaissance de Rosie. La raison de ce changement était le sandwich de Gene. Il a mordu dedans, a poussé un cri de douleur et attrapé ma bouteille d'eau.

— Et merde ! Merde ! Claudia a foutu des piments dans mon sandwich.

Il était difficilement compréhensible que Claudia ait pu commettre une erreur pareille. Mais la priorité était de soulager la souffrance de mon ami. Le piment est insoluble dans l'eau et boire celle que contenait ma bouteille n'était donc d'aucune utilité. J'ai conseillé à Gene de trouver de l'huile. Nous avons regagné le café japonais sans pouvoir poursuivre notre discussion sur Rosie. Je disposais néanmoins des informations fondamentales dont j'avais besoin. Gene avait sélectionné une femme sans se référer au questionnaire. La revoir serait en totale contradiction avec les principes de l'Opération Épouse.

En rentrant chez moi, j'ai réexaminé la question. Je suis arrivé à trouver trois raisons qui pourraient m'obliger à revoir Rosie.

1. Une bonne méthode expérimentale exige le recours à un groupe de contrôle. Il serait intéressant d'utiliser Rosie comme sujet de référence afin d'établir une comparaison avec les femmes sélectionnées par le questionnaire.

2. Le questionnaire n'avait pour le moment livré aucun résultat pertinent. Je pouvais poursuivre une interaction avec Rosie en attendant.

3. En tant que généticien ayant accès aux analyses d'ADN et disposant des connaissances nécessaires

pour les interpréter, j'étais en mesure d'aider Rosie à retrouver son père biologique.

Les raisons 1 et 2 n'étaient pas valables : de toute évidence Rosie était inadéquate comme partenaire de vie. Inutile donc de poursuivre une interaction avec une personne d'une incompatibilité aussi manifeste. Mais la raison 3 méritait d'être prise en considération. Utiliser mes compétences pour l'aider dans la recherche d'une information importante coïncidait avec l'objectif de ma vie. Je pourrais affecter à cette tâche le temps imparti à l'Opération Épouse en attendant que le questionnaire livre une candidate adéquate.

Dans ce cas, il fallait que je reprenne contact avec Rosie. Je ne voulais pas que Gene soit informé de mon intention de la revoir alors que je venais de lui déclarer qu'il n'y avait aucune raison que je le fasse. Heureusement je me rappelais le nom du bar où elle travaillait : le Marquis de Queensbury.

Il n'existait qu'un bar de ce nom, et il se trouvait dans une ruelle d'une proche banlieue. J'avais déjà modifié mon programme de la journée, renonçant à aller au marché pour rattraper le temps de sommeil perdu. J'achèterais un dîner tout fait à la place. Si on me reproche parfois d'être rigide, voilà me semble-t-il la preuve de ma capacité à m'adapter aux circonstances les plus insolites.

Je suis arrivé à 19h04 pour découvrir que le bar n'ouvrait qu'à 21 heures. *Incroyable*. Et l'on s'étonne que les gens commettent des fautes professionnelles. Serait-il bondé de chirurgiens et de contrôleurs aériens, buvant jusqu'après minuit pour aller travailler le lendemain ?

J'ai dîné dans un restaurant indien du quartier. Après être venu à bout du festin qu'on m'avait servi, je suis retourné au bar. Il était alors 21 h 27. Un agent de sécurité se tenait à la porte et je me suis préparé à voir se reproduire la scène de la veille. Il m'a examiné attentivement, puis m'a demandé :

— Vous savez où vous allez ?

Je connais plutôt bien les bars, mieux sans doute que la plupart des gens. Quand je me rends à des colloques, je me débrouille généralement pour trouver un établissement agréable à proximité de mon hôtel et j'y vais tous les soirs pour dîner et boire. J'ai répondu affirmativement et je suis entré.

J'ai d'abord cru que je m'étais trompé d'endroit. La caractéristique la plus évidente de Rosie était qu'elle appartenait au sexe féminin, or les clients du Marquis de Queensbury étaient tous, sans exception, de sexe masculin. Un certain nombre d'entre eux portaient des costumes originaux. J'ai consacré quelques minutes à en examiner toute la gamme. Deux hommes ont remarqué que je les observais, l'un d'eux m'a adressé un grand sourire et m'a fait un signe de tête. J'ai répondu à son sourire. Ce bar avait l'air très sympa.

Mais j'étais venu chercher Rosie. Je me suis donc dirigé vers le comptoir. Les deux hommes m'ont suivi et se sont assis à côté de moi, un à ma droite, l'autre à ma gauche. Celui qui était rasé de près portait un T-shirt découpé et passait visiblement beaucoup de temps au gymnase. Une consommation de stéroïdes anabolisants n'était pas exclue. Le moustachu portait un costume de cuir et une casquette noire.

— C'est la première fois que je vous vois ici, a dit Casquette Noire.

Je lui ai donné une explication très simple :

— C'est la première fois que je viens.

— Je peux vous offrir un verre ?

— Vous voulez m'offrir un verre ?

C'était une proposition inhabituelle de la part d'un étranger et j'ai supposé que je serais censé lui rendre la pareille, sous une forme ou une autre.

— C'est ce que je viens de dire, non ? Qu'est-ce qui vous tente ?

J'ai répondu à Casquette Noire que le goût n'avait pas grande importance, pourvu que la teneur en alcool soit suffisante. Comme dans la plupart des situations sociales, j'étais tendu.

C'est alors que Rosie est apparue de l'autre côté du comptoir, portant la tenue conventionnelle de sa fonction, un chemisier noir à col. J'ai éprouvé un immense soulagement. J'étais au bon endroit et elle était de service. Casquette Noire lui a fait signe. Il a commandé trois Budweiser. À cet instant, Rosie m'a aperçu.

— Don.

— Salutations.

Rosie nous a regardés et a demandé :

— Vous êtes ensemble, les mecs ?

— Laisse-nous quelques minutes, a dit Monsieur Stéroïdes.

— Je crois que c'est moi que Don est venu voir, a fait remarquer Rosie.

— Exact.

— Dans ce cas, excuse-nous de te déranger dans ta vie sociale en commandant à boire, lui a lancé Casquette Noire.

— Vous pourriez utiliser l'ADN, ai-je suggéré.

De toute évidence, Rosie n'avait pas suivi, faute de contexte.

— Comment ?

— Pour identifier votre père. L'ADN est la meilleure méthode.

— C'est sûr. Ça va de soi. « Ayez l'amabilité de m'envoyer votre ADN pour que je puisse vérifier si vous êtes mon père. » N'y pensez plus, j'ai parlé à tort et à travers.

— Vous pourriez vous procurer des échantillons. (Je ne savais pas très bien comment Rosie réagirait à la suite de ma suggestion.) Subrepticement.

Rosie s'est tue. En tout cas, l'idée la faisait réfléchir. Ou peut-être se demandait-elle si elle devait me dénoncer. Sa réponse étayait la première hypothèse.

— Et qui procédera à l'analyse ?

— Je suis généticien.

— Si je peux obtenir un échantillon, vous l'analyseriez pour moi ? C'est bien ce que vous êtes en train de dire ?

— Rien de plus facile. Combien d'échantillons devrons-nous analyser ?

— Probablement un seul. Je suis presque sûre de mon coup. Un ami de la famille.

Monsieur Stéroïdes a toussé bruyamment et Rosie est allée chercher deux bières dans le réfrigérateur. Casquette Noire a posé un billet de vingt dollars sur le comptoir, mais Rosie l'a repoussé et leur a fait signe de s'éloigner.

J'ai essayé le truc de la toux, moi aussi. Cette fois, Rosie a mis un moment à interpréter le message. Elle a tout de même fini par aller me chercher une bière.

— De quoi avez-vous besoin ? a-t-elle demandé. Pour analyser l'ADN ?

Je lui ai expliqué qu'en général, nous nous servions de frottis de la paroi interne de la joue, mais qu'il était évidemment impossible d'obtenir ce type de prélèvement à l'insu du sujet.

— Le sang convient très bien aussi, tout comme les raclures cutanées, le mucus, l'urine...

— Passons.

— ... les matières fécales, le sperme...

— De mieux en mieux. Il ne me reste plus qu'à baiser avec un ami de la famille, un type de soixante ans, en espérant découvrir qu'il est mon père.

J'étais choqué.

— Vous seriez prête à avoir un rapport sexuel...

Rosie m'a expliqué qu'elle plaisantait. Sur un sujet aussi sérieux !

Il commençait à y avoir de l'animation à proximité du comptoir et de nombreux signaux de toux. Un moyen efficace de répandre des maladies. Rosie a noté un numéro de téléphone sur un bout de papier.

— Appelez-moi.

10.

C'est avec un certain soulagement que le lendemain matin, j'ai repris ma routine si gravement perturbée depuis deux jours. Mes joggings du mardi, du jeudi et du samedi jusqu'au marché sont un élément de mon programme qui associe exercice physique, acquisition des ingrédients nécessaires à mes repas et possibilité de réflexion. J'avais grand besoin de cette dernière.

Une femme m'avait donné son numéro de téléphone et m'avait dit de l'appeler. Plus que l'Incident de la Veste, le Repas du Balcon et même que l'excitation de l'Opération Père, ce fait avait bouleversé tout mon univers. Je savais que ce genre de chose se produisait régulièrement : dans les livres, les films et les émissions de télé, les gens agissent exactement comme Rosie l'avait fait. Mais cela ne m'était encore jamais arrivé. Aucune femme n'avait jamais noté son numéro de téléphone sur un papier avec désinvolture, sans réfléchir, machinalement, pour me le tendre en me disant : « Appelez-moi. » J'avais été temporairement intégré dans une culture dont je me croyais exclu. Il était parfaitement logique, bien sûr, que Rosie m'indique un moyen de la contacter, et pourtant j'avais le sentiment irrationnel qu'au moment où je l'appellerais, elle comprendrait qu'elle avait commis une erreur.

Je suis arrivé au marché et j'ai commencé à faire mes courses. Grâce à la normalisation des ingrédients quotidiens, je sais à quels étals aller et les marchands ont généralement préparé et emballé mes articles à l'avance. Il ne me reste qu'à payer. Ils me connaissent bien et sont toujours aimables.

Il est cependant impossible de partager son temps entre une activité intellectuelle intense et le processus d'achat en raison d'une quantité d'obstacles humains ou inanimés : morceaux de plantes potagères qui traînent par terre, vieilles dames qui tirent des cabas à roulettes, marchands qui n'ont pas fini d'installer leurs stands, femmes asiatiques qui comparent les prix, livraison de marchandises et touristes qui se prennent réciproquement en photo devant les pyramides de fruits et légumes. Heureusement, je suis habituellement le seul joggeur.

En rentrant chez moi, j'ai repris mon analyse de l'affaire Rosie. J'ai dû reconnaître que mes actions avaient été dictées par l'instinct plus que par la logique. Une foule de gens avaient besoin d'aide, dont beaucoup se trouvaient dans une situation plus préoccupante que celle de Rosie. De plus, il existait de nombreux projets scientifiques intéressants dont l'étude représenterait une utilisation plus judicieuse de mon temps que la recherche du père d'un individu unique. Sans compter que je devais accorder une priorité absolue à l'Opération Épouse. Il était donc préférable d'inciter Gene à choisir des femmes plus adéquates sur la liste, ou bien d'assouplir les critères de sélection les moins importants, comme je l'avais déjà fait avec la règle pas-d'alcool.

La décision logique consistait à appeler Rosie pour lui expliquer qu'il valait mieux renoncer à l'Opération Père. J'ai téléphoné à 6h43 en rentrant de mon jogging et j'ai laissé un message en lui demandant de me rappeler. Quand j'ai raccroché, je transpirais alors que la matinée était encore fraîche. J'espérais que je n'avais pas de fièvre.

Rosie m'a rappelé pendant que je donnais un cours. Normalement, j'éteins mon portable dans ces moments-là, mais j'avais hâte de régler ce problème. La perspective d'une interaction m'obligeant à revenir sur une proposition que j'avais faite me stressait. Parler au téléphone devant un amphithéâtre rempli d'étudiants était une situation gênante, d'autant que j'étais équipé d'un micro-cravate. Ils pouvaient donc entendre une partie de la conversation.

— Salut, Rosie.

— Don, je tiens à vous remercier de faire ça pour moi. Cette affaire me bouffe à un point ! Je ne m'en étais même pas rendu compte. Vous connaissez le petit café qui se trouve en face du Commerce Building – le Barista ? Demain après-midi à deux heures, ça vous irait ?

Maintenant que Rosie avait accepté mon aide, il aurait été immoral de me dédire – une rupture de contrat en quelque sorte.

— Demain à 14 heures au Barista, ai-je confirmé bien que j'aie été temporairement incapable pour cause de surcharge d'accéder au programme enregistré dans mon cerveau.

— Vous êtes génial, a-t-elle dit.

Son ton indiquait que c'était la fin de sa contribution à la conversation. Il fallait évidemment que je réponde par une banalité conventionnelle et la solution la plus simple aurait été de répéter : « Vous êtes géniale », ce qui n'aurait eu aucun sens, comme n'importe qui, même moi, pouvait s'en convaincre immédiatement. Elle était la bénéficiaire de mon génie sous l'aspect de ma compétence en génétique. À la réflexion, j'aurais pu me contenter d'un « Au revoir » ou « À bientôt », mais je n'ai pas eu le temps de réfléchir. La nécessité de faire une réponse opportune me soumettait à une terrible pression.

— Moi aussi je vous aime beaucoup.

Tout l'amphithéâtre a applaudi.

Une étudiante au premier rang a dit : « Trop chou » en souriant.

Heureusement, j'ai l'habitude de provoquer l'amusement sans le faire exprès.

Je n'étais pas trop mécontent de n'avoir pas réussi à clore l'Opération Père. La masse de travail exigée par une unique analyse d'ADN était insignifiante.

Nous nous sommes retrouvés au Barista le lendemain à 14h07. Inutile de préciser que Rosie était responsable de ce retard. Les étudiants de mon cours de 14h15 allaient devoir patienter. J'avais prévu de ne lui donner que quelques conseils sur la manière de recueillir un échantillon d'ADN, mais elle paraissait incapable d'assimiler correctement les instructions. Rétrospectivement j'ai pensé que je lui avais sans doute présenté trop d'options et donné trop de détails techniques, trop rapidement de surcroît. Comme je ne disposais que de sept minutes pour discuter du problème (en comptant une minute pour courir jusqu'à mon cours), nous avons admis que la meilleure solution serait de procéder ensemble au prélèvement.

Nous sommes arrivés au domicile du docteur Eamonn Hugues, le père putatif, le samedi après-midi. Rosie l'avait averti de notre visite.

Eamonn avait l'air plus âgé que je ne m'y attendais. Soixante ans, ai-je estimé, IMC vingt-trois. L'épouse d'Eamonn, qui s'appelait Belinda (approximativement cinquante-cinq ans, IMC vingt-huit), nous a préparé du café, comme Rosie l'avait prévu. C'était essentiel, car le bord de la tasse représenterait une source de salive parfaite. Je me suis assis à côté de Rosie, feignant d'être son ami. Eamonn et Belinda étaient en face de nous, et j'avais du mal à détourner les yeux de la tasse d'Eamonn.

Heureusement, je n'ai pas été obligé d'échanger de banalités. Eamonn étant cardiologue, nous avons eu un entretien passionnant sur les marqueurs génétiques des maladies cardiaques. Eamonn a enfin terminé son café, et Rosie s'est levée pour débarrasser et apporter les tasses à la cuisine. Cela devait lui permettre d'essuyer le bord de la tasse et de nous procurer un excellent échantillon. Quand nous avions discuté du plan, je lui avais fait remarquer que ce serait une infraction aux conventions sociales, mais Rosie m'avait assuré qu'elle connaissait bien Eamonn et Belinda puisque c'étaient des amis de sa famille. Comme elle serait la plus jeune du groupe, personne n'y trouverait rien à redire. Pour une fois, ma connaissance des conventions sociales s'est révélée plus pertinente que la sienne. Malheureusement.

Quand Rosie a ramassé la tasse de Belinda, celle-ci a protesté :

— Mais non, laisse ça, je ferai ça tout à l'heure.

— Je t'en prie, a répondu Rosie et elle s'est précipitée sur la tasse d'Eamonn.

Belinda a pris la mienne et celle de Rosie en disant : « Bon, d'accord, dans ce cas, donne-moi un coup de main. » Elles se sont dirigées ensemble vers la cuisine. Rosie allait de toute évidence avoir du mal à opérer le prélèvement en présence de Belinda. Je ne voyais pas comment attirer celle-ci hors de la cuisine.

— Rosie vous a-t-elle dit que j'avais fait mes études de médecine avec sa mère ? a demandé Eamonn.

J'ai hoché la tête. Si j'avais été psychologue, j'aurais pu déduire des propos d'Eamonn et de son langage corporel s'il cherchait à dissimuler qu'il était le père de Rosie. J'aurais même pu orienter la conversation de manière à le piéger. Mais nous ne misions pas sur mes compétences dans ce domaine. Si Rosie réussissait à recueillir l'échantillon voulu, je serais en mesure de lui apporter une réponse bien plus sûre que n'auraient pu le faire d'éventuelles observations comportementales.

— Si vous me permettez de vous donner un petit encouragement, a repris Eamonn, il faut que vous sachiez que la mère de Rosie était un peu délurée dans sa jeunesse. Supérieurement intelligente, très jolie fille. Elle avait tous les garçons à ses pieds. Les autres filles de la promo ont toutes fini par épouser des médecins. (Il a souri.) Elle nous a franchement épatés en jetant son dévolu sur un gars que personne ne connaissait ni d'Ève ni d'Adam. Le type s'est obstiné et n'a pas lâché le morceau.

Heureusement que je n'étais pas en quête d'indices. Mon expression a dû traduire ma totale incompréhension.

— J'ai l'impression que Rosie pourrait bien marcher sur les traces de sa mère.

— Par quel aspect de son existence ?

Il me semblait plus prudent de demander des éclaircissements que supposer que mon interlocuteur lui attribuait de fortes chances de tomber enceinte d'un camarade d'études inconnu ou de mourir dans un accident. Or c'étaient les seuls faits dont j'avais connaissance à propos de la mère de Rosie.

— Tout ce que je veux dire, c'est que vous êtes sûrement quelqu'un de bien pour elle. Elle est passée par de sales moments. Vous allez me dire de m'occuper de mes affaires, mais vous devez savoir que c'est une chouette gosse.

Cette fois, l'intention de ses propos était claire, même si Rosie était certainement trop âgée pour être qualifiée de « gosse ». Eamonn me prenait pour son petit ami. Une erreur compréhensible. La rectifier aurait compliqué inutilement la situation, alors j'ai préféré garder le silence. Puis nous avons entendu un bruit de vaisselle brisée.

Eamonn a crié :

— Tout va bien ?

— Une tasse cassée, ce n'est rien, a répondu Belinda.

Casser une tasse ne faisait pas partie du programme. Sans doute Rosie l'avait-elle laissée tomber par nervosité ou en essayant d'empêcher Belinda de la prendre. J'étais un peu contrarié de n'avoir pas prévu de plan de secours. Je n'avais pas traité ce projet comme un travail sur le terrain sérieux. Face à ce manque de professionnalisme gênant, il m'incombait de trouver une solution de rechange. Celle-ci m'obligerait certainement à recourir à la tromperie, ce qui ne fait pas partie de mes compétences. Mieux valait donc essayer de trouver une raison légitime d'analyser son ADN.

— Vous avez entendu parler du Programme génographique ?

— Non.

Je lui ai expliqué qu'avec un échantillon de son ADN, nous pouvions retrouver son ascendance lointaine. Ça l'a fasciné. Je lui ai proposé d'analyser son ADN s'il pouvait se procurer un échantillon de frottis buccal et me le faire parvenir.

— Occupons-nous de ça tout de suite avant que j'oublie, a-t-il proposé. Du sang ferait l'affaire ?

— Le sang est idéal pour les tests ADN, mais...

— Je suis médecin. Accordez-moi une minute.

Eamonn est sorti, et j'ai entendu Belinda et Rosie discuter dans la cuisine.

— Tu vois ton père de temps en temps ? demandait Belinda.

— Je passe. Question suivante.

Cela n'a pas empêché Belinda d'enchaîner par une affirmation :

— Il a l'air sympa, Don.

Excellent. Je m'en sortais bien.

— C'est juste un ami, a répliqué Rosie.

Si elle avait su combien j'avais d'amis, elle aurait compris quel immense compliment elle me faisait.

— D'accord, d'accord, a répondu Belinda.

Rosie et Belinda sont revenues au salon en même temps qu'Eamonn muni de sa sacoche de médecin.

Belinda en a raisonnablement déduit qu'un problème de santé se posait, mais son mari lui a exposé les grandes lignes du Programme génographique. Étant infirmière, Belinda a réalisé la prise de sang avec une compétence professionnelle.

Quand j'ai tendu le tube à essai plein à Rosie pour qu'elle le range dans son sac, j'ai remarqué que ses mains tremblaient. J'ai diagnostiqué de l'anxiété, probablement liée à la confirmation imminente de l'identité de son père. Je n'ai pas été surpris qu'elle me demande si nous pouvions traiter le prélèvement immédiatement. Cela m'obligerait à ouvrir le labo un samedi soir, mais au moins l'opération serait bouclée.

Le laboratoire était vide : dans toute l'université, l'idée archaïque voulant qu'on travaille du lundi au vendredi est à l'origine d'une incroyable sous-utilisation d'installations onéreuses. L'Institut de génétique procédait à l'essai d'un appareil d'analyse permettant une vérification très rapide des relations parent-enfant. Et nous disposions d'un échantillon idéal. Il est possible d'extraire l'ADN d'une grande diversité de sources et quelques cellules suffisent pour qu'on puisse procéder à une analyse. En revanche, le travail préparatoire peut être long et complexe.

La nouvelle machine avait été installée dans un petit local équipé d'un évier et d'un réfrigérateur que les chercheurs utilisaient autrefois comme salle de pause. J'ai regretté un moment qu'il ne soit pas plus impressionnant – preuve d'une intrusion inhabituelle de l'ego dans mes pensées. J'ai ouvert le réfrigérateur et j'ai décapsulé une bière. Rosie a toussé. Identifiant le code, j'en ai décapsulé une deuxième pour elle.

J'ai essayé de lui expliquer le processus d'analyse pendant que je préparais le matériel, mais elle n'arrêtait pas de parler, même pendant qu'elle se grattait l'intérieur de la joue avec un écouvillon pour me fournir son propre échantillon d'ADN.

— Je n'arrive pas à croire que ce soit aussi facile. Aussi rapide. En un sens, je m'en suis toujours doutée. Quand j'étais gamine, il m'apportait des cadeaux chaque fois qu'il venait à la maison.

— Cet appareil est d'une puissance bien supérieure à ce que nécessite une recherche aussi banale.

— Un jour, il m'a apporté un jeu d'échecs. Phil m'offrait des trucs de filles – des coffrets à bijoux, ce genre de merdes. Plutôt bizarre pour un prof de gym si on y réfléchit bien.

— Vous jouez aux échecs ?

— Non, pas vraiment. Mais ça ne fait rien. Au moins, il admettait que j'avais une cervelle. Ils n'ont jamais eu d'enfant, Belinda et lui. J'avais l'impression qu'il était tout le temps fourré chez nous. C'était peut-être même le meilleur ami de ma mère. Mais je n'ai jamais imaginé consciemment qu'il puisse être mon père.

— Il ne l'est pas.

Le résultat venait de s'afficher sur l'écran de l'ordinateur. Mission accomplie. J'ai commencé à ranger.

— Ouah, a fait Rosie. Vous n'avez jamais pensé à vous lancer dans l'accompagnement du deuil ?

— Non. J'ai envisagé un certain nombre de carrières, mais toutes dans le domaine scientifique. Mes compétences interpersonnelles ne sont pas très solides.

Rosie a éclaté de rire.

— Eh bien, préparez-vous à suivre un cours intensif et avancé.

J'ai fini par comprendre que c'était une sorte de plaisanterie que faisait Rosie. En effet, son approche de la thérapie du deuil reposait exclusivement sur l'administration d'alcool. Nous sommes allés à deux pas, chez Jimmy Watson, dans Lygon Street, et comme d'habitude, même le week-end, le bar était bondé d'universitaires. Nous nous sommes assis au comptoir et j'ai été étonné de découvrir que Rosie, dont le métier consistait pourtant à servir à boire, était terriblement ignorante en matière de vin. Quelques années auparavant, Gene m'ayant indiqué que le vin pouvait être un sujet de conversation parfaitement sûr, j'avais entrepris quelques recherches. Je connaissais donc l'origine et les caractéristiques des vins qu'on servait couramment dans ce bar. Nous avons beaucoup bu.

Rosie est sortie quelques instants à cause de sa dépendance à la nicotine. Le moment était bien choisi, car un couple est arrivé par le côté cour et a traversé le bar. L'homme était Gene ! La femme n'était pas Claudia, mais je l'ai reconnue. C'était Olivia, la Végétarienne Indienne d'« Une table pour huit ». Ils ne m'ont aperçu ni l'un ni l'autre et sont passés trop vite pour que je dise quelque chose.

La confusion que j'avais éprouvée à les voir ensemble n'a sans doute pas été étrangère à ma décision suivante. Un serveur s'étant approché pour me dire : « Il y a une table pour deux qui vient de se libérer dans la cour. Avez-vous l'intention de dîner ici ? », j'ai acquiescé. Cela m'obligerait à congeler les courses que j'avais faites au marché le matin même et à les garder pour le samedi suivant, ce qui entraînerait évidemment une perte de qualités nutritionnelles. L'instinct avait une fois de plus pris le pas sur la logique.

À son retour, Rosie a réagi positivement en apprenant qu'on nous avait réservé une table. Elle avait certainement faim, mais j'étais rassuré de constater que je n'avais pas commis d'impair, un risque toujours accru entre individus de sexe opposé.

La nourriture était excellente. Nous avons pris des huîtres fraîchement écaillées (ostréiculture durable), des sashimis de thon (choisis par Rosie et qui n'étaient sans doute pas issus de l'aquaculture durable), un millefeuille aubergine-mozzarella (Rosie), des ris de veau (moi), du fromage (tous les deux) et une seule portion de mousse aux fruits de la passion (que nous avons partagée). J'ai commandé une bouteille de marsanne, un accompagnement excellent.

Rosie a consacré une grande partie du repas à essayer de m'expliquer pourquoi elle tenait à identifier son père biologique. J'en voyais mal la raison. Cela aurait pu être utile autrefois pour déterminer le risque de maladies à composante génétique, mais à l'heure actuelle, Rosie pouvait faire analyser directement son propre ADN. D'un point de vue purement pratique, Phil semblait avoir joué son rôle de père, malgré les nombreux motifs de récrimination de Rosie : c'était un égoïste, il manifestait une attitude incohérente à son égard, il était sujet aux sautes d'humeur. Il était également fermement hostile à la consommation d'alcool, une position tout à fait défendable à mes yeux, qui n'en suscitait pas moins des frictions entre eux.

La motivation de Rosie me paraissait de nature

émotionnelle et, sans que je puisse en comprendre les ressorts psychologiques, savoir qui était son père était manifestement essentiel à son bonheur.

Après avoir fini la mousse, Rosie a quitté la table pour « aller au petit coin ». Ce qui m'a laissé le temps de réfléchir et de prendre conscience que j'étais sur le point d'achever un dîner sans incident et même extrêmement plaisant en compagnie d'une femme. Une réussite marquante que j'étais impatient de partager avec Gene et Claudia.

J'ai conclu que l'absence de problème était due à trois facteurs.

1. Je me trouvais chez Jimmy Watson, un restaurant familier. Je n'avais jamais eu l'idée d'y emmener une femme – ni personne d'autre d'ailleurs –, parce que je ne l'avais fréquenté jusque-là que comme source de vin.

2. Ce n'était pas un rendez-vous galant. J'avais écarté Rosie, de façon parfaitement compréhensible, comme partenaire potentielle et nous étions ensemble pour mener à bien un projet commun. Ce dîner équivalait à une réunion de travail.

3. J'étais légèrement ivre – donc détendu. À la suite de quoi je n'avais peut-être pas pris conscience d'éventuelles erreurs sociales.

À la fin du repas, j'ai commandé deux verres de Sambuca, puis j'ai demandé :

— Et maintenant, qui est-ce qu'on teste ?

11.

À part Eamonn Hughes, Rosie ne connaissait que deux « amis de la famille » qui avaient fait partie de la promotion de sa mère à la fac de médecine. En raison de la présence de Phil, il me paraissait peu probable qu'un homme ayant eu un rapport sexuel illicite avec sa mère soit resté en contact avec elle. Mais un argument évolutionniste pouvait l'avoir incité à vouloir vérifier que la porteuse de ses gènes recevait des soins appropriés. C'était aussi, plus ou moins, le raisonnement de Rosie.

Le premier candidat était le docteur Peter Enticott, qui habitait dans le coin. L'autre, Alan McPhee, était mort d'un cancer de la prostate, une bonne nouvelle pour Rosie dans la mesure où, n'ayant pas de glande prostatique, elle ne pouvait pas hériter de cette maladie. Bien qu'oncologue, il n'avait semblait-il pas diagnostiqué son propre cancer, un scénario qui n'a rien d'exceptionnel : les êtres humains sont souvent aveugles à ce qu'ils ont sous le nez et que les autres jugent évident.

Heureusement, le docteur McPhee avait une fille que Rosie avait fréquentée dans son enfance. Rosie a organisé une entrevue avec Natalie trois jours plus tard, sous prétexte de voir son bébé qui venait de naître.

En attendant, j'ai repris mon programme habituel. Mais l'Opération Père ne cessait de faire irruption dans mes pensées. J'ai tout préparé pour le prélèvement d'ADN – je ne voulais pas voir se reproduire le problème de la tasse cassée. J'ai également eu une nouvelle altercation avec la Doyenne, à la suite de l'Incident du Flet.

Une de mes fonctions consiste à enseigner la génétique aux étudiants en médecine. Au premier cours du semestre précédent, un étudiant, sans se présenter, avait levé la main alors que je venais de projeter ma première diapo : un diagramme qui résumait superbement et brillamment l'évolution, depuis les organismes unicellulaires jusqu'à l'incroyable diversité des formes de vie actuelles. Un récit fabuleux avec lequel seuls mes collègues de l'Institut de physique peuvent rivaliser. Je n'arrive pas à comprendre pourquoi certaines personnes s'intéressent davantage au résultat d'un match de football ou aux mensurations d'une actrice.

Cet étudiant-là appartenait à une autre catégorie.

— Monsieur le professeur, vous avez employé le mot « évolué ».

— Exact.

— Il me semble que vous devriez rappeler que l'évolution n'est qu'une théorie.

Ce n'était pas la première fois que je me trouvais en présence d'une intervention – ou d'une affirmation – de ce genre. L'expérience m'avait appris qu'il était impossible d'influencer l'opinion d'un tel étudiant, qui reposait forcément sur un dogme religieux. Je ne pouvais faire qu'une chose : m'assurer que d'autres apprentis médecins ne prendraient pas leur camarade au sérieux.

— Exact, avais-je répondu, mais votre utilisation de la forme restrictive est trompeuse. L'évolution est une théorie étayée par des preuves écrasantes. Comme la théorie de l'origine microbienne de certaines maladies, par exemple. En tant que médecin, vous êtes censé vous appuyer sur la science. À moins que vous ne souhaitiez vous faire guérisseur et faire appel à la foi. Auquel cas vous vous êtes trompé de cours.

Quelques rires avaient fusé. Le Guérisseur avait élevé une nouvelle objection :

— Je ne parle pas de foi. Je parle de la *science* de la création.

Dans la salle, les récriminations ont été très limitées. De toute évidence, un grand nombre d'étudiants appartenaient à des cultures qui, comme la nôtre, tolèrent mal les critiques contre la religion. Je m'étais vu interdire tout commentaire sur les questions religieuses à la suite d'un précédent incident. En l'occurrence, notre différend portait sur la science. J'aurais donc pu poursuivre la discussion, mais je n'avais pas l'intention de me laisser déconcentrer par un étudiant. Mes cours sont chronométrés avec précision pour durer très exactement cinquante minutes.

— L'évolution est une théorie, avais-je repris. Il n'existe pas d'autre théorie des origines de la vie qui soit largement acceptée par les scientifiques et d'une quelconque utilité en médecine. Il n'est pas question de la remettre en cause ici.

J’estimais avoir géré la situation de façon satisfaisante, tout en étant légèrement contrarié de ne pas avoir eu le temps de réfuter la pseudo-science du créationnisme.

Quelques semaines plus tard, alors que je déjeunais au Club Universitaire, j’ai trouvé le moyen de faire valoir mes arguments avec concision. En me dirigeant vers le bar, j’ai vu un des membres manger un flet dont la tête n’avait pas été détachée. Après une conversation un peu délicate, j’ai obtenu qu’il me cède la tête et le squelette du poisson que j’ai emballés et rangés dans mon sac à dos.

J’avais cours avec les étudiants en médecine quatre jours plus tard. J’ai repéré le Guérisseur et lui ai demandé en guise de préliminaire :

— Pensez-vous que les poissons ont été conçus sous leurs formes actuelles par un créateur doué d’intelligence ?

La question a paru l’étonner, peut-être parce que cela faisait sept semaines que nous avions interrompu ce débat. Il a tout de même acquiescé d’un signe de tête.

J’ai déballé le flet. Il dégageait à présent une odeur puissante, mais les étudiants en médecine doivent être prêts à faire face à des objets organiques déplaisants dans l’intérêt de leur formation. J’ai montré la tête :

— Observez l’asymétrie des yeux. (Les yeux avaient beau s’être décomposés, l’emplacement des orbites restait parfaitement visible.) Cette disposition s’explique par le fait que le flet, un poisson plat, a évolué à partir d’un poisson normal, aux yeux situés de part et d’autre de la tête. Un œil a lentement migré de l’autre côté, juste assez pour assurer un fonctionnement efficace. L'évolution n'a pas pris la peine de fignoler. Vous m'accorderez qu'un créateur intelligent n'aurait pas conçu un poisson aussi imparfait.

J'ai donné au Guérisseur le poisson pour qu'il puisse l'examiner et j'ai poursuivi mon cours.

Il a attendu le début de la nouvelle année scolaire pour porter plainte.

Au cours de notre entretien, la Doyenne a laissé entendre que j'avais cherché à humilier le Guérisseur, alors que mon intention avait été de lui présenter un argument solide. Comme il avait employé l'expression de « science de la création » sans mentionner de religion, j'ai fait valoir que personne ne pouvait me reprocher d'avoir dénigré la religion. Je n'avais fait qu'opposer une théorie à l'autre. Si cet étudiant voulait apporter des contre-exemples en cours, il était le bienvenu.

— Don, a-t-elle dit, comme d'habitude vous n'avez pas enfreint de règles au sens strict. Mais – comment vous faire comprendre ? – si quelqu'un venait m'annoncer qu'un de nos enseignants a apporté en cours un poisson mort et l'a donné à un étudiant qui avait fait une proclamation de foi religieuse, je devinerais immédiatement que c'est vous. Vous voyez où je veux en venir ?

— Vous voulez dire que je suis le membre du corps enseignant le plus susceptible d'agir de manière peu conventionnelle. Et que vous aimeriez que j'agisse de manière plus conventionnelle. Ce qui me paraît être une requête déraisonnable à présenter à un scientifique.

— J'en ai assez que vous froissiez les gens comme ça, c'est tout.

— Être contrarié et venir se plaindre sous prétexte

que votre théorie a été réfutée ne relève pas d'un comportement scientifique.

Une fois de plus, à l'issue de notre entretien, la Doyenne était mécontente de moi alors que je n'avais enfreint aucun règlement. Elle m'a exhorté à faire davantage d'efforts pour m'« intégrer ».

Au moment où je quittais son bureau, Regina, son assistante personnelle, m'a arrêté.

— Je ne me rappelle pas vous avoir inscrit au bal de la faculté, professeur Tillman. Il me semble que vous êtes le seul enseignant à n'avoir pas encore acheté de billets.

En pédalant pour rentrer chez moi, j'ai éprouvé une oppression au niveau du thorax et j'ai compris que c'était une réaction physique au sermon de la Doyenne. Je savais que si j'étais incapable de m'intégrer dans un institut scientifique universitaire, je n'arriverais à m'intégrer nulle part.

Natalie McPhee, la fille du défunt docteur Alan McPhee, père biologique potentiel de Rosie, habitait à dix-huit kilomètres de la ville. Nous aurions pu y aller à bicyclette, mais Rosie a préféré faire le trajet en voiture. J'ai été abasourdi de découvrir qu'elle conduisait une Porsche rouge décapotable.

— Elle est à Phil.

— Votre « père » ?

J'ai dessiné les guillemets en l'air.

— Ouais, il est en Thaïlande.

— Je croyais qu'il ne vous aimait pas beaucoup. Il vous prête quand même sa voiture ?

— Il est comme ça. Pas d'amour, rien que de la frime.

Cette Porsche était un véhicule parfait à prêter à quelqu'un qu'on n'aimait pas. Elle avait dix-sept ans (et utilisait donc une technologie d'émissions dépassée), consommait une quantité de carburant effroyable, disposait d'une place très limitée pour les jambes, était terriblement bruyante et avait un système de climatisation en panne. Rosie a confirmé mon hypothèse : elle était peu fiable et d'un entretien coûteux.

Quand nous sommes arrivés chez Natalie, j'ai pris conscience que j'avais passé tout le trajet à énumérer les imperfections du véhicule et à les détailler. J'avais évité les échanges de banalités, mais n'avais pas informé Rosie de la méthode de prélèvement de l'ADN que j'avais mise au point.

— Votre tâche consistera à occuper votre amie en bavardant avec elle pendant que je collecterai l'ADN.

Nous ferions ainsi le meilleur usage possible de nos compétences respectives.

J'ai rapidement compris que j'allais devoir recourir à mon plan de secours, Natalie ne voulant pas boire : elle évitait l'alcool parce qu'elle allaitait son bébé et il était trop tard pour prendre un café. Ces choix parfaitement louables nous empêcheraient de procéder à un prélèvement par tamponnement d'une tasse ou d'un verre. J'ai donc activé le plan B.

— Je peux voir le bébé ?

— Il dort, a-t-elle dit, alors il ne faudra pas faire de bruit.

Je me suis levé. Elle aussi.

— Dites-moi simplement où il est, ai-je proposé.

— Je vais vous accompagner.

Plus j'insistais pour voir le bébé sans elle, plus elle renâclait. Nous sommes allés dans la chambre de l'enfant où, comme elle l'avait prédit, il dormait. C'était très contrariant, car j'avais un certain nombre de plans, dont celui de prélever l'ADN du bébé de façon parfaitement non intrusive, puisqu'il était lui aussi évidemment apparenté à Alan McPhee. Malheureusement, je n'avais pas tenu compte de l'instinct protecteur de la mère. Chaque fois que je trouvais une raison de sortir de la pièce, Natalie m'emboîtait le pas. C'était extrêmement bizarre.

Finalement, Rosie s'est éclipsée pour aller aux toilettes. Même si elle avait su comment procéder, elle n'aurait pas pu s'approcher du nourrisson, car Natalie s'était placée de manière à voir la porte de sa chambre qu'elle ne quittait pour ainsi dire pas des yeux.

— Vous avez entendu parler du Programme génographique ? lui ai-je demandé.

Elle n'en avait pas entendu parler et ça ne la passionnait pas. Elle a changé de sujet.

— Vous semblez vous intéresser beaucoup aux bébés.

Il y avait sûrement une ouverture possible à condition de trouver le moyen de l'exploiter.

— C'est leur comportement qui m'intéresse. En dehors de toute influence corruptrice due à la présence d'un parent.

Elle m'a jeté un regard étrange.

— Vous avez des activités avec des enfants ? Je ne sais pas... les scouts, un club de paroisse...

— Non. Je ne pense pas posséder les compétences adéquates.

Rosie est revenue et le bébé s'est mis à pleurer.

— C'est l'heure de la tétée, a fait remarquer Natalie.

— Nous allons te laisser, a dit Rosie.

Échec ! Mon manque de compétences sociales était à l'origine du problème. Avec des compétences sociales appropriées, j'aurais certainement trouvé un moyen d'accéder au bébé.

— Je suis désolé, ai-je dit alors que nous regagnions le ridicule véhicule de Phil.

— Il ne faut pas. (Rosie a fouillé dans son sac d'où elle a sorti une boule de cheveux.) J'ai nettoyé sa brosse.

— Il nous faut des racines.

Elle en avait prélevé une telle masse qu'il était probable que nous trouverions une mèche avec des racines.

Elle a replongé la main dans son sac et en a sorti une brosse à dents. J'ai mis quelques secondes à comprendre ce que ça voulait dire.

— Vous lui avez volé sa brosse à dents !

— Elle en avait une d'avance dans son placard. Il était temps qu'elle en change.

J'étais scandalisé par ce vol, mais cette fois, nous disposions certainement d'un échantillon d'ADN utilisable. Il était difficile de ne pas être impressionné par l'ingéniosité de Rosie. Et si Natalie ne remplaçait pas régulièrement sa brosse à dents, Rosie lui avait rendu service.

Rosie ne voulait pas procéder immédiatement à l'analyse des cheveux ou de la brosse à dents. Elle tenait à prélever l'ADN du dernier candidat pour tester les deux échantillons en même temps. Parfaitement illogique selon moi : si l'échantillon de Natalie était positif, il était inutile de se procurer un autre ADN. Curieusement, Rosie paraissait imperméable au concept du séquençage des tâches destiné à minimiser les coûts et les risques.

Après le problème que nous avions rencontré pour accéder au bébé, nous avons décidé de collaborer pour définir la méthode la plus pertinente à appliquer au docteur Peter Enticott.

— Je vais lui raconter que j'envisage de faire médecine, a-t-elle suggéré.

Le docteur Enticott était professeur de médecine à la Deakin University. Elle lui donnerait rendez-vous pour prendre un café, ce qui lui permettrait d'appliquer la procédure du tamponnement de la tasse dont le taux d'échec était pour le moment de 100 %. Je voyais mal comment une barmaid arriverait à convaincre un professeur qu'elle avait les qualifications nécessaires pour entreprendre des études de médecine. Rosie a eu l'air vexée et a prétendu que de toute façon ça n'avait aucune importance ; il suffisait de le persuader de boire quelque chose avec nous.

Rosie craignait de ne pas pouvoir s'en sortir seule, ce qui posait un problème plus grave : comment allait-elle me présenter ?

— Vous êtes mon petit ami, a-t-elle dit. Et dans la mesure où c'est vous qui financez mes études, la question vous intéresse. (Elle m'a jeté un regard dur.) Inutile d'en faire trop, mais dorénavant, il va falloir qu'on se tutoie. D'accord ?

Un mercredi après-midi, Gene s'étant chargé d'un de mes cours en échange de la conférence Asperger, nous sommes partis avec la petite voiture de Phil pour la Deakin University. J'y étais déjà allé trois fois en tant que professeur invité et pour des travaux de recherche communs. Je connaissais même plusieurs membres de la faculté de médecine, mais pas Peter Enticott.

Nous l'avons retrouvé à une terrasse de café bourrée d'étudiants en médecine qui venaient de rentrer de leurs vacances d'été. Rosie a été stupéfiante ! Elle a tenu des propos intelligents sur la médecine, et même sur la psychiatrie, discipline dans laquelle elle a affirmé espérer pouvoir se spécialiser. Elle a prétendu être titulaire d'un master de psychologie comportementale et avoir déjà entrepris quelques recherches dans le cadre d'un troisième cycle.

Peter semblait obnubilé par la ressemblance entre Rosie et sa mère, ce qui n'avait rien à voir avec notre objectif. À trois reprises, il l'a interrompue pour évoquer cette similitude physique, et je me suis demandé si cette obsession pouvait révéler un lien particulier entre la mère de Rosie et lui – et, partant, être un indicateur de paternité. Comme je l'avais fait dans le salon d'Eamonn Hughes, j'ai cherché d'éventuels traits communs entre Rosie et son père potentiel, sans rien relever d'évident.

— Tout cela me paraît très bien, Rosie, a conclu Peter. Je ne participe pas au processus de sélection – officiellement du moins.

Sa formulation semblait sous-entendre la possibilité d'une assistance non officielle, donc non éthique. Fallait-il y voir du népotisme et donc un indice qu'il était bien le père de Rosie ?

— Tes antécédents universitaires sont irréprochables, mais il va falloir que tu passes l'examen d'entrée en fac de médecine. (Peter s'est tourné vers moi.) Le GAMSAT, a-t-il précisé.

— Je l'ai passé l'an dernier, a répondu Rosie. J'ai eu soixante-quatorze.

Il a eu l'air très impressionné.

— Avec une note pareille, tu pourrais être admise à Harvard. Mais ici, d'autres paramètres entrent aussi en jeu. Alors si tu décides effectivement de te présenter, n'oublie pas de me prévenir.

J'espérais qu'il ne lui arrivait jamais d'aller prendre un verre au Marquis de Queensbury.

Un serveur a apporté l'addition. Alors qu'il s'apprêtait à débarrasser la tasse de Peter, j'ai instinctivement posé la main dessus pour l'en empêcher. Il m'a jeté un regard très désagréable, et l'a prise brutalement. Je l'ai suivi des yeux alors qu'il l'apportait jusqu'à un chariot et l'ajoutait à un plateau de vaisselle.

Peter a regardé son téléphone.

— Il faut que j'y aille. Maintenant que tu as repris contact, ne nous perdons plus de vue, tu veux ?

Au moment où il s'éloignait, j'ai vu que le serveur surveillait le chariot.

— Il va falloir que tu détournes son attention, ai-je dit à Rosie.

— Occupe-toi de la tasse, c'est tout.

Je me suis avancé vers le chariot. Le serveur m'avait à l'œil, mais à l'instant même où j'atteignais le plateau, il a brusquement tourné la tête vers Rosie et s'est dirigé à grands pas vers elle. Je me suis emparé de la tasse.

Nous nous sommes retrouvés à la voiture, rangée à quelque distance de là. Cette petite marche m'avait donné le temps d'assimiler le fait que, soumis à la pression d'un objectif à remplir, je m'étais rendu coupable de vol. Devais-je envoyer un chèque au café ?

Quel pouvait être le prix d'une tasse ? On en cassait fréquemment, mais à la suite d'événements fortuits ; si tout le monde volait des tasses, le café deviendrait certainement une entreprise économiquement en péril.

— Tu as la tasse ?

Je l'ai brandie.

— C'est la bonne ?

Bien que je ne sois pas très fort en communication non verbale, je crois que je suis arrivé à lui faire comprendre que ce n'était pas parce que j'étais un petit délinquant que j'étais forcément sujet aux erreurs d'observation.

— Tu as payé l'addition ? ai-je demandé.

— C'est comme ça que j'ai détourné son attention.

— En payant l'addition ?

— Non, on paie au comptoir. Je me suis barrée, c'est tout.

— Il faut y retourner.

— Qu'ils aillent se faire foutre, a dit Rosie tandis que nous grimpions dans la Porsche et démarrions en trombe.

Alors ça, qu'est-ce qui m'arrivait ?

12.

Nous avons repris la route de la fac et du labo. L'Opération Père entrait dans sa dernière phase. Malgré les nuages sombres qui barraient l'horizon, il faisait chaud et Rosie a décapoté la voiture. Je retournais cette affaire de vol dans ma tête.

— C'est encore cette histoire d'addition qui te tracasse, Don ? a crié Rosie pour couvrir le bruit du vent. Franchement, tu es à mourir de rire. On vole de l'ADN et toi, tu te biles à cause d'une malheureuse tasse de café.

— Il n'est pas illégal de recueillir des échantillons d'ADN, ai-je répondu en haussant le ton moi aussi. (C'était conforme à la vérité, encore qu'en Angleterre nous aurions pu être poursuivis pour infraction à la loi sur les tissus humains de 2004.) Il faut y retourner.

— Utilisation du temps extrêmement inefficace, a lancé Rosie d'une voix bizarre quand un feu rouge nous a obligés à nous arrêter, nous permettant brièvement de communiquer normalement.

Elle a ri et j'ai compris qu'elle m'avait imité. Si son affirmation était exacte, une question morale n'en était pas moins en jeu. Or la nécessité d'agir moralement est censée supplanter toute autre considération.

— Relax, a-t-elle repris. Il fait beau, nous allons bientôt savoir qui est mon père et j'enverrai un chèque au café. *Promis*. (Elle s'est tournée vers moi.) Tu es capable de te détendre ? De t'amuser un peu ?

La question était trop complexe pour que je puisse y répondre, d'autant que le bruit du vent avait repris dès que nous nous étions éloignés du feu. Par ailleurs, chercher à s'amuser n'engendre pas un haut niveau de satisfaction globale, les études scientifiques l'ont régulièrement mis en évidence.

— Tu as raté la sortie, ai-je fait remarquer.

— Exact, a-t-elle répondu de sa voix de plaisanterie. On va à la plage.

Pour couvrir mes protestations, elle a répété : « Je ne t'entends pas, je ne t'entends pas » puis elle a mis de la musique – de la musique rock très bruyante. Cette fois, elle ne pouvait vraiment plus m'entendre. J'étais kidnappé !

Nous avons roulé pendant quatre-vingt-quatorze minutes. Je ne voyais pas le compteur et n'avais pas l'habitude de circuler en décapotable, mais j'ai estimé que nous dépassions constamment la limite de vitesse autorisée. Ce bruit discordant, le vent, le risque de mourir... Il ne me restait qu'à me mettre dans les mêmes dispositions mentales que chez le dentiste.

Enfin, nous nous sommes arrêtés sur un parking de plage. En cet après-midi de semaine il était presque vide.

Rosie m'a regardé.

— Allez, quoi, souris. On va faire une petite balade, puis on ira au labo. Ensuite je te raccompagnerai chez toi. Et tu n'entendras plus parler de moi.

— Et si on rentrait à la maison tout de suite ?

Je me suis rendu compte que j'avais parlé comme un enfant et je me suis rappelé que j'étais un homme adulte, de dix ans plus âgé et plus expérimenté que la personne avec laquelle je me trouvais. Celle-ci devait avoir une bonne raison d'agir comme elle le faisait. Je l'ai interrogée à ce sujet.

— Je vais bientôt savoir qui est mon père. Il faut que je fasse le ménage dans ma tête. Tu veux bien qu'on se balade ensemble une petite demi-heure ? Et pendant ce temps, pourrais-tu accepter de faire juste semblant d'être un être humain ordinaire et m'écouter ?

Je n'étais pas sûr d'être capable d'imiter un « être humain ordinaire », mais j'ai accepté la petite balade. De toute évidence, Rosie était troublée par des émotions et je respectais ses efforts pour les surmonter. En fait, elle n'a pour ainsi dire pas parlé. Du coup, la promenade a été très agréable – c'était presque comme de marcher seul.

Alors que nous approchions de la voiture à la fin de la petite balade, Rosie m'a demandé :

— Quelle musique est-ce que tu aimes *vraiment* ?

— Pourquoi ?

— Tu n'as pas aimé ce que j'ai mis à l'aller, n'est-ce pas ?

— Exact.

— Alors c'est à toi de choisir ce qu'on écoutera au retour. Je te préviens, je n'ai pas de Bach.

— En fait, je n'écoute pas vraiment de musique. L'expérience Bach a été un échec.

— Tu ne peux pas passer toute ta vie sans écouter de musique !

— Je n'y fais pas attention, c'est tout. Je préfère les émissions qui m'apprennent quelque chose.

Il y a eu un long silence. Nous étions arrivés à la voiture.

— Tes parents écoutaient de la musique ? Tes frères ? Tes sœurs ?

— Mes parents écoutaient du rock. Surtout mon père. Du temps où il était jeune.

Nous sommes montés en voiture et Rosie a de nouveau baissé la capote. Elle a tripoté son iPhone dont elle se servait comme support musical.

— Souvenirs, souvenirs..., a-t-elle dit et elle a mis la musique en marche.

Je m'apprêtais à reprendre place dans le fauteuil du dentiste, quand j'ai constaté l'exactitude des paroles de Rosie. Je connaissais cet air. Il avait accompagné mon enfance et mon adolescence. Je me suis soudain retrouvé dans ma chambre, porte fermée, en train d'écrire en Basic sur mon ordinateur de première génération avec cette mélodie en fond sonore.

— Je connais cette chanson !

Rosie a éclaté de rire.

— Ouf ! Parce que, autrement, j'aurais eu la preuve définitive que tu es un Martien.

Filant vers la ville dans une Porsche rouge conduite par une très jolie femme, avec cette chanson dans les oreilles, j'ai eu l'impression d'être au seuil d'un autre monde. J'ai reconnu cette sensation qui n'a fait que s'accentuer quand il s'est mis à pleuvoir et que la capote s'est coincée, nous empêchant de la remonter : c'était celle que j'avais déjà éprouvée en contemplant la ville après le Repas du Balcon, puis quand Rosie avait noté son numéro de téléphone sur un bout de papier. Un autre monde, une autre vie, proche mais inaccessible.

L'insaisissable... *Sa-tis-fac-tion.*

Il faisait nuit quand nous sommes arrivés à la fac. Nous étions trempés tous les deux. À l'aide du manuel d'instructions, j'ai réussi à refermer la capote à la main.

Au labo, j'ai ouvert deux bières (pas de toux nécessaire) et Rosie a trinqué avec moi.

— À la tienne, a-t-elle dit. Bien joué.

— Tu me promets d'envoyer un chèque au café ?

— Tout ce que tu veux. Juré, craché.

Parfait.

— Tu as été super, ai-je ajouté. (Cela faisait un moment que j'avais l'intention de le lui faire savoir. Son numéro de future étudiante en médecine avait été vraiment remarquable.) Mais pourquoi prétendre avoir obtenu une aussi bonne note à l'examen d'entrée ?

— À ton avis ?

Je lui ai expliqué que si j'avais été capable de déduire la réponse, je n'aurais pas posé la question.

— Pour ne pas avoir l'air idiote.

— Aux yeux de ton père potentiel ?

— Ouais. À ses yeux. À ceux de tout le monde. J'en ai un peu marre que certains me prennent pour une imbécile.

— Je trouve que tu es d'une intelligence remarquable...

— Ne le dis pas.

— Quoi donc ?

— « Pour une barmaid. » C'est bien ce que tu allais ajouter, non ?

La prédiction de Rosie était exacte.

— Ma mère était médecin, mon père aussi, si ce sont les gènes qui t'intéressent. Pas besoin d'être prof pour être intelligent, tu sais. Si tu crois que je n'ai pas vu la tête que tu faisais quand j'ai dit que j'avais obtenu soixante-quatorze au GAMSAT. Tu as pensé : « Il ne pourra jamais croire qu'elle est aussi forte que ça. » En fait, il l'a cru. Alors tu peux t'asseoir sur tes préjugés.

C'était une critique raisonnable. Je n'avais pas de nombreuses relations en dehors de l'université et j'avais forgé l'essentiel de mes hypothèses sur le reste du monde en allant au cinéma ou en regardant la télévision quand j'étais petit. J'étais bien obligé d'admettre que les personnages de *Perdus dans l'espace* et de *Star Trek* n'étaient pas représentatifs de l'espèce humaine en général. Rosie n'était certainement pas conforme à mon stéréotype de la barmaid. Selon toute probabilité, un grand nombre de mes autres hypothèses sur les gens devaient être erronées, elles aussi. Ce n'était pas une surprise.

L'analyseur d'ADN était prêt.

— Tu as une préférence ? ai-je demandé.

— Non. Je ne veux pas prendre de décision.

J'ai compris qu'elle faisait allusion à l'ordre dans lequel nous procéderions à l'analyse et non à l'identité du père. J'ai précisé ma question.

— Je ne sais pas. J'y ai réfléchi tout l'après-midi. Alan est mort, alors ça serait trop con. En plus, Natalie serait ma sœur et ça, je peux te dire que ça me ferait vraiment bizarre. D'un autre côté, ça me permettrait au moins de mettre un point final à cette affaire, si tu vois ce que je veux dire. Quant à Peter, je l'aime bien, mais je ne sais pas grand-chose de lui. Il a sûrement une famille.

J'ai constaté une nouvelle fois que l'Opération Père n'avait pas fait l'objet d'une réflexion suffisamment approfondie. Rosie avait passé l'après-midi à essayer de maîtriser des émotions importunes, et pourtant la motivation de ce projet semblait être intégralement affective.

J'ai d'abord testé Peter Enticott, parce que les cheveux de la brosse de Natalie exigeaient un temps de prétraitement plus long. Aucune concordance.

J'avais trouvé plusieurs racines dans la boule de cheveux, si bien que le vol de la brosse à dents avait été inutile. Pendant la procédure de traitement, j'ai réfléchi : les deux premiers candidats de Rosie, dont celui auquel elle attribuait une très forte probabilité, Eamonn Hughes, n'avaient révélé aucune concordance. J'étais presque sûr que les résultats de la fille d'Alan ne seraient pas plus concluants.

J'avais raison. J'ai pensé à regarder Rosie pour observer sa réaction. Elle avait l'air très triste. De toute évidence, nous allions devoir recommencer à nous soûler.

— Attends, a-t-elle dit, le prélèvement ne vient pas de lui, c'est celui de sa fille.

— J'en ai tenu compte.

— Évidemment. Bon, eh bien voilà.

— Mais nous n'avons pas trouvé la solution.

En tant que scientifique, je n'ai pas l'habitude d'abandonner les problèmes difficiles.

— Nous ne la trouverons pas. Nous avons testé tous ceux dont j'ai entendu parler.

— Les difficultés sont inévitables. Les grands projets exigent de la persévérance.
— Garde-la pour des trucs plus importants pour toi.

Pourquoi nous concentrons-nous sur certaines choses aux dépens des autres ? Nous sommes prêts à risquer notre vie pour sauver quelqu'un de la noyade et pourtant nous refusons de faire un don qui pourrait éviter à plusieurs dizaines d'enfants de mourir de faim. Nous installons des panneaux solaires dont l'impact sur les émissions de CO_2 est minime – et peut même être négatif si l'on prend en compte leur fabrication et leur installation – au lieu de participer à des projets d'infrastructures plus efficaces.

Je considère que les décisions que je prends dans ces domaines sont plus rationnelles que celles de la plupart des gens, mais il m'arrive de commettre des erreurs de même nature. Nous sommes génétiquement programmés pour réagir aux stimuli de notre environnement immédiat. Aborder des questions complexes qui échappent à notre perception directe exige l'intervention du raisonnement, lequel est moins puissant que l'instinct.

Telle était, me semblait-il, l'explication la plus vraisemblable à mon intérêt persistant pour l'Opération Père. Rationnellement, mes capacités de recherche pouvaient être employées à des fins plus importantes, et pourtant, instinctivement, j'avais envie d'aider Rosie à résoudre son problème le plus immédiat.

Pendant que nous prenions un verre de pinot noir Muddy Waters chez Jimmy Watson avant qu'elle ne retourne travailler, j'ai cherché à la convaincre de poursuivre nos recherches. Elle a fait valoir, assez raisonnablement, que rien ne permettait de sélectionner tel ancien élève de la promotion de sa mère plutôt que tel autre. Cela devait faire, selon elle, une bonne centaine d'anciens étudiants. Elle a souligné par ailleurs que trente ans plus tôt, en raison de présupposés de genre solidement enracinés, ils devaient être majoritairement de sexe masculin. La logistique requise pour localiser et tester plus de cinquante médecins, dont un certain nombre s'étaient probablement établis dans d'autres villes, voire dans d'autres pays, serait d'un coût prohibitif. Rosie a ajouté qu'après tout, elle n'y attachait pas « une *telle* importance ».

Elle m'a proposé de me raccompagner chez moi, mais j'ai préféré rester chez Jimmy Watson et continuer à boire.

13.

Avant de renoncer définitivement à l'Opération Père, j'ai tenu à vérifier l'évaluation du nombre de candidats à la paternité à laquelle s'était livrée Rosie. Il était certainement possible d'en éliminer plusieurs d'emblée. Les étrangers sont nombreux dans les classes d'étudiants en médecine auxquelles je donne des cours. À en juger par le teint franchement clair de Rosie, il me paraissait peu probable que son père soit chinois, vietnamien, noir ou indien.

J'ai commencé par une petite recherche élémentaire – j'ai surfé sur internet en espérant trouver des informations sur cette promotion de médecine à partir des trois noms dont je disposais. Les résultats ont dépassé mes attentes ; il est vrai que la solution d'un problème exige souvent un minimum de chance. Je n'ai pas été très étonné de découvrir que la mère de Rosie avait passé son diplôme dans mon actuelle université. À l'époque, il n'y avait que deux facs de médecine à Melbourne.

J'ai trouvé deux clichés exploitables. L'un était une photo officielle de l'ensemble de la promotion, accompagnée des noms des cent quarante-six étudiants. L'autre avait été pris au bal de fin d'études et les noms des participants y figuraient également. Il ne rassemblait que cent vingt-quatre visages, sans doute parce que certains étudiants n'étaient pas venus. Comme la chasse aux gènes avait eu lieu lors de cette soirée, ou juste après, nous pouvions éliminer les absents. J'ai vérifié que les cent vingt-quatre formaient bien un sous-ensemble des cent quarante-six.

Je m'attendais à ce que ma recherche livre une liste de diplômés et, sans doute, une photo. Bonus imprévu : j'ai trouvé un forum de discussion intitulé « Que sont-ils devenus ? ». Mais le vrai coup de chance a été de tomber sur l'annonce d'une réunion d'anciens élèves à l'occasion du trentième anniversaire de leur remise de diplôme. Cette soirée devait avoir lieu trois semaines plus tard seulement. Il n'y avait pas de temps à perdre.

J'ai dîné chez moi puis j'ai pris mon vélo pour aller au Marquis de Queensbury. Catastrophe, Rosie n'était pas là ! Le barman m'a informé qu'elle ne travaillait que trois soirs par semaine, ce qui m'a paru insuffisant pour lui assurer un revenu correct. Peut-être exerçait-elle aussi un emploi de jour. Je savais très peu de choses sur elle, hormis son métier, sa volonté de retrouver son père ainsi que son âge – dans la mesure où le bal de fin d'études avait eu lieu trente ans plus tôt, elle devait avoir vingt-neuf ans. Je n'avais toujours pas demandé à Gene comment il avait fait sa connaissance. Je ne savais même pas le nom de jeune fille de sa mère, ce qui m'aurait permis de l'identifier sur la photo.

Comme le barman était sympathique, j'ai commandé une bière et quelques fruits secs et j'ai consulté les notes que j'avais apportées.

Soixante-trois étudiants de sexe masculin figuraient sur la photo du bal de fin d'études, deux seulement de plus que les étudiantes, une marge insuffisante pour étayer l'allégation de discrimination de Rosie. Si certains étaient incontestablement de type non européen, ils n'étaient pas aussi nombreux que je l'aurais cru. Il est vrai que cette photo remontait à trente ans, avant l'arrivée massive d'étudiants chinois. Nous nous trouvions donc en présence d'un nombre important de candidats, mais cette réunion de promotion nous offrait une possibilité de traitement par lots.

J'avais compris à présent que le Marquis de Queensbury était un bar gay. Alors que la première fois je n'avais pas prêté attention aux interactions sociales parce que j'étais trop soucieux de trouver Rosie et de mettre en route l'Opération Père, ce soir-là j'ai pu consacrer plus d'attention à observer mon environnement. Ça m'a rappelé le club d'échecs que je fréquentais au lycée. Des gens rassemblés par un intérêt commun. C'était le seul club dont j'aie jamais été membre, à l'exception du Club Universitaire, qui est plutôt un réfectoire.

Je n'avais pas d'amis gay, ce qui tenait davantage au nombre globalement restreint de mon cercle amical qu'à un éventuel préjugé. Peut-être Rosie était-elle gay ? Elle travaillait dans un bar gay, dont tous les clients étaient pourtant des hommes. J'ai posé la question au barman. Il a ri.

— Bonne chance avec elle, a-t-il lancé.

Ça ne répondait pas à ma question, mais il s'était éloigné pour servir un autre client.

Le lendemain, comme je venais de finir de déjeuner au Club Universitaire, Gene est entré en compagnie d'une femme que j'ai reconnue – Fabienne la Chercheuse Privée de Sexe de la soirée pour célibataires. Elle avait apparemment trouvé une solution à son problème. Nous nous sommes croisés dans l'entrée de la salle à manger.

Gene m'a adressé un clin d'œil et m'a dit :

— Don, je te présente Fabienne. Elle vient de Belgique et nous envisageons différentes possibilités de collaboration.

Il m'a refait un clin d'œil avant de passer rapidement devant moi.

Belgique. J'avais supposé que Fabienne était française. Si elle était belge, ça expliquait tout. Gene avait déjà fait la France.

J'attendais devant le Marquis de Queensbury quand Rosie a ouvert les portes à 21 heures.

— Don ! (Elle a eu l'air étonnée.) Tout va bien ?

— J'ai des informations.

— Fais vite, alors.

— Impossible, il y a une foule de détails.

— Je suis désolée, Don, mon patron est là. Je vais avoir des ennuis. J'ai besoin de ce job.

— À quelle heure est-ce que tu finis ?

— À 3 heures.

Incroyable ! Quel genre de métiers les clients de Rosie pouvaient-ils bien exercer ? Après tout, peut-être travaillaient-ils tous dans des bars qui ouvraient à 21 heures et disposaient-ils tous de quatre nuits de congé par semaine. Toute une sous-culture nocturne invisible, employant des ressources qui, autrement, resteraient inutilisées. J'ai pris une immense inspiration et une immense décision :

— Je viendrai te chercher.

J'ai repris mon vélo, je suis rentré chez moi, je me suis couché et j'ai réglé le réveil sur 2 h 30. J'ai annulé le jogging que j'avais prévu avec Gene le lendemain matin pour récupérer une heure. Je laisserais aussi tomber la séance de karaté.

À 2 h 50, je traversais à vélo la proche banlieue. Ce n'était pas une expérience entièrement déplaisante. Je me suis même dit que travailler de nuit pourrait présenter de grands avantages. Des labos vides. Pas d'étudiants. Des temps de réaction plus courts sur le réseau. Pas de contact avec la Doyenne. Si je pouvais trouver un poste de recherche pure, sans enseignement, ce serait parfaitement envisageable. Je pourrais peut-être aussi enseigner par visioconférence dans une université située sur un autre fuseau horaire.

Je suis arrivé au bar de Rosie à 3 heures précises. La porte était verrouillée et affichait « Fermé ». J'ai frappé énergiquement. Rosie est venue m'ouvrir.

— Je suis crevée, a-t-elle dit.

Ce n'était pas tellement étonnant.

— Entre – j'ai presque fini.

Apparemment, le bar fermait à 2 h 30 mais Rosie devait encore faire le ménage.

— Tu veux une bière ? m'a-t-elle demandé.

Une bière ! À 3 heures ! Ridicule.

— Oui, volontiers.

Je me suis assis au bar et je l'ai regardée nettoyer.

Une question que j'avais posée la veille, exactement au même endroit, m'a retraversé l'esprit :

— Tu es gay ?

— C'est pour me demander ça que tu es venu jusqu'ici ?

— Non. Cette question est sans lien avec l'objet essentiel de ma visite.

— Heureuse de l'apprendre, toute seule dans un bar à trois heures du mat' avec un type étrange...

— Je ne suis pas étrange.

— À peine, a-t-elle repris en riant.

Peut-être voulait-elle dire « étranger » : il est vrai que nous ne nous connaissions pas encore très bien. En attendant, je n'avais toujours pas de réponse à ma question.

Elle s'est décapsulé une bière. J'ai pris mon classeur et en ai sorti la photo du bal.

— C'est bien la soirée où ta mère a été fécondée ?

— Putain, ça vient d'où, ça ?

Je lui ai expliqué les recherches que j'avais faites et lui ai montré le tableau que j'avais dressé.

— Tous les noms y figurent. Soixante-trois hommes, dont dix-neuf manifestement de type non européen, élément déterminé par évaluation visuelle et confirmé par les patronymes, trois déjà éliminés.

— Tu débloques. On ne va pas tester... trente et un mecs.

— Quarante et un.

— Peu importe. Je ne vois pas sous quel prétexte je pourrais les rencontrer.

Je lui ai parlé de la réunion.

— Léger problème, a remarqué Rosie. On n'est pas invités.

— Exact. Le problème est léger, et déjà réglé. Il y aura de l'alcool.

— Et alors ?

J'ai tendu le bras vers le bar et la collection de bouteilles qui occupait les étagères sur le mur du fond.

— Tes compétences seront requises.

— Tu te fous de moi.

— Tu crois que tu pourrais te faire embaucher pour la soirée ?

— Arrête, arrête. Ça devient complètement dingue. Tu te figures qu'on va se pointer à cette soirée et se mettre à écouvillonner les verres des invités ? Je rêve !

— Pas « on », toi. Je n'ai pas les compétences adéquates. Mais pour le reste, exact.

— Laisse tomber.

— Je croyais que tu voulais savoir qui est ton père.

— Je te l'ai déjà dit, ça n'a pas une *telle* importance pour moi.

Deux jours plus tard, Rosie a sonné à la porte de mon immeuble. Il était 20 h 47 et j'étais en train de nettoyer la salle de bains parce que Eva, la femme de ménage à jupe courte, s'était décommandée pour cause de maladie. J'ai appuyé sur le bouton de l'interphone pour la faire monter. J'avais enfilé ma tenue de nettoyage de salle de bains composée d'un short, de bottes et de gants en caoutchouc, sans chemise.

— Ouah. (Elle m'a regardé fixement pendant quelques instants.) C'est le résultat des séances d'arts martiaux ?

Elle faisait apparemment allusion à mes muscles pectoraux. Et puis tout d'un coup, elle s'est mise à sautiller sur place comme une petite fille.

— On a le job ! J'ai dégoté l'agence et je leur ai proposé des tarifs de merde, alors ils ont fait : « Ouais, super, surtout ne le dites à personne. » Je les dénoncerai au syndicat quand ce sera fini.

— J'avais cru comprendre que tu ne voulais pas le faire.

— Changé d'avis. (Elle m'a tendu un livre de poche taché.) Apprends ça par cœur. Il faut que j'aille bosser.

Puis elle est repartie. J'ai regardé le livre – *Le Manuel du parfait barman. Guide pratique de la préparation et de la présentation des cocktails.* Il contenait toutes les précisions concernant le rôle que j'aurais à jouer. J'ai mémorisé les premières recettes avant de terminer le ménage de la salle de bains. Alors que je me préparais à me coucher après avoir laissé tomber mes exercices d'aïkido pour étudier plus longuement le livre, il m'est venu à l'esprit que la situation dérapait *vraiment*. Ce n'était pas la première fois que le chaos envahissait ma vie. J'avais d'ailleurs défini un protocole pour faire face à ce problème et à la perturbation de ma pensée rationnelle dont il était responsable. J'ai appelé Claudia.

Elle a pu me recevoir le lendemain. Comme je ne suis pas un de ses patients officiels, elle tient à ce que nous discutions devant un café et non dans son bureau. Et c'est moi qu'on accuse d'être rigide !

Je lui ai esquissé les grandes lignes de la situation, en omettant l'élément de l'Opération Père, car je ne voulais pas parler des prélèvements clandestins d'ADN que Claudia risquait de trouver contraires à la déontologie. J'ai préféré laisser entendre que Rosie et moi partagions un goût commun pour le cinéma.

— Tu as parlé d'elle à Gene ? m'a demandé Claudia.

Je lui ai expliqué que c'était Gene qui m'avait présenté Rosie dans le cadre de l'Opération Épouse et qu'il ne ferait que m'encourager à avoir des rapports sexuels avec elle. Je lui ai expliqué que Rosie était tout à fait inadéquate en tant que partenaire potentielle, mais qu'elle croyait certainement, à tort, que je la fréquentais dans cette intention. Peut-être pensait-elle que notre intérêt commun n'était qu'un prétexte pour la draguer. J'avais commis une erreur sociale majeure en l'interrogeant sur son orientation sexuelle – ce qui ne pouvait que la renforcer dans ses illusions.

Rosie n'avait pourtant jamais mentionné l'Opération Épouse. L'Incident de la Veste nous avait obligés à nous écarter très rapidement de notre objectif et ensuite tout s'était déroulé de manière totalement imprévue. Je craignais pourtant de heurter sa sensibilité en lui annonçant qu'elle avait été éliminée de la liste de candidates de l'Opération Épouse dès notre premier rendez-vous.

— C'est ça qui t'inquiète ? a demandé Claudia. L'idée de heurter sa sensibilité ?

— Exact.

— C'est super, Don.

— Inexact. C'est un grave problème.

— Ce que je veux dire, c'est que tu te préoccupes de ses sentiments. Et quand vous êtes ensemble, tu t'amuses bien ?

— Énormément.

C'était la première fois que j'en prenais vraiment conscience.

— Et elle ? Elle s'amuse ?

— Sûrement, oui. Il n'empêche qu'elle a peut-être des projets pour nous deux.

— Ne t'en fais pas pour ça. Elle m'a l'air d'avoir du ressort. Amuse-toi bien, c'est tout.

Le lendemain, il s'est passé une chose bizarre. Pour la toute première fois, Gene m'a demandé de venir le voir dans son bureau. Jusqu'à présent, c'était toujours moi qui avais pris l'initiative de nos entretiens, or cela faisait un moment que je ne l'avais pas fait parce que j'étais très pris par l'Opération Père.

Le bureau de Gene est plus grand que le mien, en raison de son statut supérieur plus que d'un réel besoin d'espace. La Belle Hélène m'y a fait entrer parce que Gene était en réunion et avait du retard. J'en ai profité pour vérifier sur sa mappemonde la présence d'épingles en Inde et en Belgique. J'étais presque certain que celle de l'Inde s'y trouvait déjà auparavant, mais peut-être Olivia n'était-elle pas vraiment indienne. Elle avait dit être hindoue et pouvait très bien venir de Bali ou des îles Fidji, voire de n'importe quel pays abritant une population hindoue. Gene travaillait par nationalités plus que par ethnies, comme ces voyageurs qui tiennent le compte des pays où ils se sont rendus. Il n'y avait toujours pas d'épingle sur la Corée du Nord, j'aurais pu m'en douter.

Gene est arrivé et a demandé à la Belle Hélène d'aller nous chercher des cafés. Nous nous sommes assis à sa table, comme pour une réunion.

— Alors comme ça, a dit Gene, tu as parlé à Claudia.

C'était un des inconvénients de ne pas être un de ses patients officiels : je ne bénéficiais pas de la protection du secret professionnel.

— J'en conclus que tu as revu Rosie. Conformément aux prédictions de l'expert.

— Oui, mais pas dans le cadre de l'Opération Épouse.

Gene avait beau être mon meilleur ami, je n'avais aucune envie de l'informer de l'Opération Père. Heureusement, il n'a pas insisté, sans doute parce qu'il m'attribuait des intentions sexuelles à l'égard de Rosie. J'ai même été surpris qu'il n'aborde pas le sujet immédiatement.

— Qu'est-ce que tu sais sur elle ? m'a-t-il demandé.

— Pas grand-chose, ai-je répondu honnêtement. Nous n'avons pas beaucoup parlé d'elle. Notre discussion a porté sur des sujets extérieurs.

— Arrête ton char. Tu sais quand même ce qu'elle fait, où elle passe son temps.

— Elle est barmaid.

— OK. C'est tout ce que tu sais ?

— Et elle n'aime pas son père.

Gene a ri sans raison évidente.

— Ça ne fait pas de lui un mouton à cinq pattes.

J'ai trouvé ridicule cette affirmation à propos du père de Rosie, avant de me rappeler que la référence à cette anomalie du règne animal pouvait signifier métaphoriquement : « Ce n'est pas un cas exceptionnel » ou, dans le contexte présent, « Il n'est pas le seul que Rosie n'aime pas ». J'ai dû avoir l'air perplexe le temps de trouver la solution, car Gene a précisé :

— La liste des hommes que Rosie n'apprécie pas est longue, tu sais.

— Elle est gay ?

— C'est tout comme. Tu as vu comment elle se fringue ?

Le commentaire de Gene semblait faire allusion

au genre de tenue qu'elle portait la première fois qu'elle était venue dans mon bureau. En revanche, elle mettait des vêtements conventionnels pour aller travailler au bar et, lors de nos expéditions de collecte d'ADN, elle avait porté des jeans et des hauts tout à fait ordinaires. Le soir de l'Incident de la Veste, elle n'était pas habillée de façon conventionnelle, ce qui ne l'empêchait pas d'être extrêmement séduisante.

Peut-être préférait-elle ne pas envoyer de signaux de disponibilité sexuelle dans l'environnement où Gene avait fait sa connaissance, probablement un bar ou un restaurant. La tenue vestimentaire des femmes est en grande partie destinée à accentuer leur charme afin d'attirer un partenaire dans le cadre d'une stratégie de reproduction. Si Rosie ne cherchait pas de partenaire de reproduction, ses choix vestimentaires paraissaient tout à fait rationnels. Bien que j'aie eu envie de poser à Gene une foule de questions sur elle, je me suis dit que l'interroger sous-entendrait un niveau d'intérêt qu'il risquait de mal interpréter. Il y avait tout de même une question que je ne pouvais pas éluder :

— Pourquoi a-t-elle accepté de participer à l'Opération Épouse ?

Gene a hésité un instant.

— Qui sait ? a-t-il fini par dire. Ce n'est peut-être pas une cause perdue, mais ne te fais pas trop d'illusions. Cette fille-là, c'est un problème ambulant. N'oublie pas le reste de ta vie.

Le conseil de Gene était d'une étonnante perspicacité. Savait-il combien de temps je consacrais au manuel de cocktails ?

14.

« Je m'appelle Don Tillman et je suis alcoolique. » Ces mots se sont imposés à mon esprit. Si je ne les ai pas prononcés tout haut, ce n'était pas parce que j'étais saoul (ce que j'étais) mais parce qu'il me semblait que si je les prononçais, ils prendraient plus de réalité ; dès lors, je n'aurais pas d'autre solution que de suivre la voie rationnelle consistant à arrêter définitivement de boire.

Mon ébriété était une conséquence de l'Opération Père – et plus précisément de la nécessité d'acquérir les compétences indispensables à un garçon de café. J'avais acheté un shaker, des verres, des olives, des citrons, un zesteur et un stock substantiel d'alcools suivant les recommandations du *Manuel du parfait barman* : je voulais maîtriser les aspects mécaniques de la préparation des cocktails. C'était une activité étonnamment complexe, or je ne suis pas très habile de mes mains par nature. En fait, à l'exception de l'escalade – que je n'ai pas pratiquée depuis la fin de mes études – et des arts martiaux, je suis maladroit et incompétent dans la plupart des sports. Mes capacités en karaté et en aïkido sont le fruit d'exercices assidus et prolongés.

J'ai d'abord travaillé la précision, puis la rapidité. À 23h07, épuisé, j'ai pensé qu'il pourrait être intéressant de tester la qualité des cocktails. J'ai préparé un martini classique, une vodka-martini, une margarita et un Cock-Sucking Cowboy – des cocktails que le manuel classait parmi les plus populaires. Ils étaient tous excellents et chacun avait un goût beaucoup plus caractéristique que les différents parfums de glace. Comme j'avais pressé plus de citron vert qu'il n'en fallait pour la margarita, j'en ai préparé une seconde, histoire de ne pas gaspiller.

Toutes les recherches montrent que, s'agissant de consommation d'alcool, les risques pour la santé sont supérieurs aux bénéfices. Mon argument personnel est que les bénéfices pour ma santé *mentale* sont supérieurs aux risques. L'alcool semble à la fois me calmer et me mettre de bonne humeur, une combinaison paradoxale mais plaisante. Et il réduit mon malaise en société.

En général, je gère soigneusement ma consommation en programmant deux journées d'abstinence par semaine, bien que l'Opération Père ait entraîné un certain nombre de dérogations à cette règle. En soi, mon niveau de consommation ne suffit pas à faire de moi un alcoolique. Je crains cependant que ma violente aversion à l'idée d'y mettre fin ne démontre le contraire.

La Sous-Opération Collecte Massive d'ADN se poursuivait de manière satisfaisante. Je progressais avec la rapidité requise dans mon apprentissage de la confection de cocktails. Contrairement à la croyance populaire, l'alcool ne détruit pas les neurones.

Au moment d'aller me coucher, j'ai éprouvé une forte envie de téléphoner à Rosie pour lui faire part de mes progrès. Un tel appel ne répondait à aucune nécessité logique. Rapporter qu'un projet se poursuit conformément au plan, ce qui devrait être l'hypothèse par défaut, représentait un gaspillage d'énergie évident. La rationalité l'a emporté. De justesse.

Nous nous sommes retrouvés, Rosie et moi, pour prendre un café vingt-huit minutes avant la réception. À mon master et à mon doctorat mention très bien, je pouvais désormais ajouter un *Responsible Service of Alcool Certificate* qui me permettait de servir de l'alcool dans des lieux publics. L'examen n'avait pas été difficile.

Rosie était déjà en uniforme de serveuse et avait apporté à mon intention le modèle équivalent pour homme.

— Je suis allée le chercher de bonne heure et je l'ai lavé, a-t-elle précisé. Je préférais éviter une démonstration de karaté.

Elle faisait manifestement allusion à l'Incident de la Veste, bien que l'art martial employé ce soir-là ait été l'aïkido.

J'avais tout préparé avec le plus grand soin en vue des prélèvements d'ADN – sachets en plastique à fermeture à glissière, mouchoirs en papier et étiquettes adhésives préimprimées portant les noms qui figuraient à côté de la photo de la cérémonie de diplômes. Rosie m'ayant fait remarquer avec insistance qu'il était inutile de prélever des échantillons de ceux qui n'avaient pas assisté au bal, j'ai biffé leurs noms. Elle a eu l'air surprise que je les aie retenus et je lui ai expliqué que j'étais bien décidé à ne pas provoquer d'erreurs par suite de connaissances insuffisantes.

La soirée se tenait dans un club de golf, ce qui m'a d'abord paru bizarre, mais j'ai constaté que les installations étaient moins prévues pour encourager la pratique du golf que pour la restauration et la vente de boissons. J'ai aussi remarqué que nous étions largement surqualifiés. La préparation des boissons était en effet du ressort d'employés permanents du bar. Notre travail se limitait à prendre les commandes, à les servir et, tâche capitale, à débarrasser les verres vides. J'avais de toute évidence perdu mon temps en consacrant toutes ces heures à développer mes compétences dans le domaine de la confection des cocktails.

À l'arrivée des premiers invités, on m'a donné un plateau de verres à leur distribuer. J'ai immédiatement relevé un problème. Pas de badges ! Comment allions-nous identifier nos sources d'ADN ? J'ai réussi à trouver Rosie, qui avait elle aussi pris conscience de cet obstacle et avait déjà imaginé une solution grâce à ses connaissances des comportements sociaux.

— C'est très simple. Tu leur dis : « Bonjour, je m'appelle Don, c'est moi qui suis chargé de vous servir ce soir, docteur... »

Elle m'a montré comment donner l'impression que la phrase était incomplète, les encourageant à me donner leur nom. Chose extraordinaire, cette méthode s'est avérée efficace dans 72,5 % des cas. J'ai compris que si je voulais éviter de donner l'impression d'être sexiste, il fallait que je procède de la même manière avec les femmes.

Eamonn Hughes et Peter Enticott, les candidats que nous avions déjà éliminés, sont arrivés. En tant qu'ami de la famille, Eamonn n'ignorait certainement pas la profession de Rosie et elle lui a expliqué que je travaillais le soir pour compléter mes revenus universitaires. Pour ce qui est de Peter Enticott, Rosie lui a dit qu'elle avait pris un emploi de barmaid à temps partiel pour financer son doctorat. Peut-être ont-ils supposé tous les deux que nous avions fait connaissance sur notre lieu de travail.

En fait, tamponner les verres discrètement s'est révélé l'aspect le plus épineux de toute l'opération. Je n'arrivais à prélever qu'un échantillon, et encore, par plateau. Rosie rencontrait encore plus de difficultés que moi.

— Je me perds dans tous ces noms, m'a-t-elle confié d'un ton affolé quand nous nous sommes croisés, nos plateaux de verres à la main.

Il commençait à y avoir du monde et elle paraissait un peu nerveuse. J'ai tendance à oublier que beaucoup de gens ignorent les techniques de base de mémorisation des données. Le succès de la sous-opération reposait donc sur mes épaules.

— Ce sera beaucoup plus facile quand ils seront assis, lui ai-je dit. Pas la peine de s'en faire.

J'ai parcouru du regard les tables dressées pour le dîner, dix convives par table, plus deux de onze, ce qui faisait quatre-vingt-douze personnes. En incluant évidemment les médecins femmes. (Les conjoints n'avaient pas été invités.) Le risque était faible, mais le père de Rosie pouvait être transsexuel. J'ai pris note mentalement d'observer attentivement les femmes pour vérifier l'absence de caractéristiques masculines et tester toutes celles qui me paraîtraient douteuses. Dans l'ensemble, cependant, les chiffres semblaient prometteurs.

Le mode de service a changé quand les invités se sont installés à leurs places : au lieu de proposer une variété limitée de boissons, nous avons commencé à prendre les commandes. C'était apparemment une procédure inhabituelle. En temps ordinaire, nous aurions dû nous contenter de poser des bouteilles de vin, de bière et d'eau sur les tables, mais comme il s'agissait d'une réception prestigieuse, le club avait décidé de laisser le choix aux convives. On nous avait cependant exhortés à « pousser à la consommation », sans doute pour augmenter les profits. Je me suis dit que si je m'en sortais bien sur ce plan, on me pardonnerait d'éventuels impairs.

Je me suis approché d'une des tables de onze. Je m'étais déjà présenté à sept des invités et avais obtenu six identités. J'ai commencé par une femme dont je connaissais le nom.

— Salutations, docteur Collie. Que puis-je vous servir ?

Elle m'a regardé bizarrement et, pendant un moment, j'ai eu peur que la méthode d'association de mots que j'avais utilisée ne m'ait induit en erreur. Peut-être s'appelait-elle Doberman ou Caniche. Mais elle ne m'a pas repris.

— Un verre de vin blanc, ce sera tout, merci.

— Je vous recommande une margarita. Le cocktail le plus populaire du monde.

— Vous préparez des cocktails ?

— Exact.
— Dans ce cas, je prendrai un martini.
— Standard ?
— Oui, merci.
Facile. Je me suis tourné vers l'homme non identifié qui était assis à côté d'elle et j'ai expérimenté la méthode d'extraction de nom de Rosie.
— Bonsoir, je m'appelle Don et c'est moi qui vous servirai ce soir, docteur...
— Vous disiez que vous avez des cocktails ?
— Exact.
— Vous connaissez le Rob Roy ?
— Bien sûr.
— Dans ce cas, mettez-en un pour moi.
— *Sweet*, *dry* ou *perfect* ? ai-je demandé.
Un des hommes assis en face de mon client a ri.
— Ça t'en bouche un coin, hein, Brian ?
— *Perfect*, a répondu celui dont je savais désormais qu'il s'agissait du docteur Brian Joyce.
Il y avait deux Brian, et j'avais déjà identifié le premier.
Le docteur Walsh (sexe féminin, aucune caractéristique transsexuelle) a commandé une margarita.
— Standard, *premium*, fraise, mangue, melon ou bien sauge et ananas ? ai-je demandé.
— Sauge et ananas ? Pourquoi pas ?
Mon client suivant était le seul homme non identifié restant, celui qui avait ri quand j'avais pris la commande de Brian. Ayant précédemment échoué à le faire réagir à la méthode d'extraction du nom, j'ai préféré ne pas renouveler l'expérience.
— Que désirez-vous ? ai-je demandé.

— Je prendrai un voilier du Kurdistan au bain-marie à torsion renversée. Agité, pas remué.

Je ne connaissais pas cette boisson, mais j'ai pensé que les professionnels qui étaient derrière le bar sauraient de quoi il s'agissait.

— Votre nom, je vous prie ?

— Pardon ?

— Votre nom. Pour éviter tout risque d'erreur.

Il y a eu un moment de silence. Le docteur Jenny Broadhurst, assise à côté de lui, est intervenue :

— Il s'appelle Rod.

— Docteur Roderick Broadhurst, exact ? ai-je demandé en guise de confirmation.

La règle consistant à ne pas inviter les conjoints ne s'appliquait évidemment pas à ceux qui entretenaient une relation conjugale avec un autre membre de la promotion. J'avais dénombré sept couples de ce genre et Jenny était certainement assise à côté de son mari.

— Qu'est-ce..., a commencé Rod, mais Jenny l'a interrompu.

— Parfaitement exact. Je m'appelle Jenny et je prendrai une margarita sauge-ananas, moi aussi, s'il vous plaît. (Elle s'est tournée vers Rod.) Tu joues au con ou quoi ? C'est quoi, cette histoire de voilier ? Si tu as envie de t'amuser, tu pourrais au moins t'en prendre à quelqu'un qui a autant de synapses que toi.

Rod l'a regardée, puis il s'est tourné vers moi.

— Désolé, mon vieux, c'était une blague. Je prendrai un martini. Standard.

J'ai recueilli sans difficulté le reste des noms et des commandes. J'ai compris que Jenny avait cherché à faire discrètement comprendre à Rod que j'étais dépourvu d'intelligence, une déduction sans doute inspirée par ma fonction de serveur. Elle avait employé une astuce sociale sympa, dont j'ai pris note pour un futur usage, mais avait commis une confusion factuelle que Rod n'avait pas rectifiée. Peut-être feraient-ils un jour, l'un ou l'autre, une erreur de diagnostic ou de recherche à la suite de cette méprise.

Avant de rejoindre le bar, je me suis tourné vers eux.

— Il n'existe aucune preuve expérimentale de corrélation entre le nombre de synapses et le niveau d'intelligence au sein des populations de primates. Je vous recommande à ce sujet la lecture de Williams et Herrup, *Annual Review of Neuroscience*.

J'espérais leur avoir été utile.

Quand je suis retourné au bar, les commandes de cocktails ont provoqué un certain chaos. Parmi les trois employés permanents, une seule serveuse savait confectionner un Rob Roy, et uniquement la version conventionnelle. Je lui ai donné les instructions nécessaires pour la version *perfect*. Un problème d'ingrédients s'est également posé avec la margarita sauge-ananas. Le bar avait de l'ananas (en boîte, et comme le manuel indiquait « frais si possible », j'en ai conclu que c'était acceptable) mais pas de sauge. Je suis allé voir à la cuisine, où on n'a même pas pu me proposer de sauge séchée. De toute évidence, nous n'étions pas dans ce que le *Manuel du parfait barman* appelait un « bar bien approvisionné, prêt à faire face à toutes les situations ». Bien que le personnel de cuisine ait été très occupé lui aussi, nous avons arrêté notre choix sur des feuilles de coriandre et je me suis dépêché de noter mentalement les ingrédients disponibles pour éviter d'autres désagréments de ce genre.

Rosie prenait des commandes elle aussi. Nous n'en étions pas encore à l'étape du ramassage des verres et j'ai trouvé que certaines personnes buvaient très lentement. Je me suis dit qu'un fréquent renouvellement des boissons ne pouvait qu'accroître nos chances. Malheureusement, il m'était impossible d'encourager nos clients à consommer plus rapidement, car j'aurais manqué à mes obligations de titulaire du *Responsible Service of Alcool Certificate*. J'ai décidé de trouver un moyen terme en leur rappelant certains des délicieux cocktails que nous pouvions leur proposer.

Tout en prenant les commandes, j'ai relevé une modification dans la dynamique de l'écosystème. Elle s'est manifestée par l'air contrarié qu'affichait Rosie en me croisant.

— À la table 5, ils refusent d'avoir affaire à moi. Ils préfèrent t'attendre.

Apparemment, presque tout le monde voulait des cocktails plutôt que du vin. Les propriétaires seraient certainement contents de leurs bénéfices. Le problème était qu'on n'avait manifestement pas embauché les effectifs nécessaires pour faire face à cette situation. On avait dû partir de l'idée que la plupart des invités commanderaient de la bière ou du vin. Les employés du bar avaient du mal à suivre. Leur connaissance des cocktails était étonnamment sommaire, et j'étais obligé de leur en dicter les recettes en leur transmettant les commandes.

La solution aux deux problèmes était très simple : Rosie est passée derrière le bar pour les aider et je me suis chargé de prendre l'intégralité des commandes. Avoir une bonne mémoire représentait un immense atout. Cela m'évitait d'avoir à tout noter ou de m'occuper d'une seule table à la fois. Je prenais les commandes pour l'ensemble de la salle et je les transmettais au bar à intervalles réguliers. Si les gens réclamaient un peu de temps pour réfléchir, je les laissais et revenais plus tard au lieu d'attendre. En fait, je courais plus que je ne marchais et j'ai accéléré mon taux de mots à la minute jusqu'au niveau maximum possible sans perdre en intelligibilité. Le procédé était extrêmement efficace et semblait apprécié des convives, à qui il arrivait d'applaudir quand j'étais en mesure de leur proposer un cocktail répondant à des critères particuliers ou de répéter les commandes de toute une table s'ils craignaient que j'aie mal entendu.

Les invités terminant leurs apéritifs, j'ai constaté que je pouvais tamponner trois verres entre la salle à manger et le bar. J'ai regroupé les autres et les ai montrés à Rosie en posant le plateau sur le comptoir, tout en lui indiquant rapidement les noms de leurs propriétaires.

Elle avait l'air légèrement stressée. Moi, je m'amusais énormément. J'ai eu la présence d'esprit de vérifier le stock de crème avant qu'on ne serve les desserts. Selon toute prévision, la quantité serait insuffisante pour le nombre de cocktails que j'avais l'intention d'écouler pour accompagner la mousse de mangue et le *sticky date pudding*. Rosie a filé en chercher à la cuisine. Quand je suis revenu au bar, un des barmen m'a hélé :

— Je viens d'avoir le boss au téléphone. Il apporte de la crème. Il te faut autre chose ?

Après avoir inspecté les étagères, j'ai fait quelques prévisions fondées sur les « dix cocktails de dessert les plus populaires ».

— Brandy, Galliano, crème de menthe, Cointreau, Advocaat, rhum ambré, rhum blanc.

— Moins vite, moins vite, a-t-il protesté.

Impossible. J’étais, comme on dit, « remonté à bloc ».

15.

Le boss, un homme d'âge moyen (IMC estimé vingt-sept), a apporté les ingrédients supplémentaires juste à temps pour le dessert et a procédé à une certaine réorganisation de la méthode de travail derrière le bar. La fin du repas a été une vraie partie de plaisir, même si j'avais du mal à entendre les commandes en raison du niveau sonore des conversations. J'ai surtout vendu les cocktails à base de crème, que la plupart des convives ne connaissaient pas et auxquels ils ont réservé un accueil enthousiaste.

Pendant que les serveurs débarrassaient les tables, je me suis livré à un calcul mental approximatif de notre taux de couverture. Si cela dépendait beaucoup des résultats enregistrés par Rosie, il me semblait tout de même que nous avions dû obtenir des échantillons d'au moins 85 % des hommes. En admettant qu'il soit correct, ce taux ne représentait pourtant pas une utilisation optimale de cette occasion. Ayant vérifié les noms des invités, j'avais établi que tous les membres de type européen et de sexe masculin du bal de fin d'études étaient présents, sauf douze, parmi lesquels

Alan McPhee, dans l'impossibilité de venir pour cause de décès, mais déjà éliminé grâce à la brosse à cheveux de sa fille.

Le docteur Ralph Browning m'a suivi alors que je me dirigeais vers le bar.

— Puis-je vous demander un autre Cadillac ? Je crois que c'est le meilleur cocktail que j'aie jamais bu.

Alors que le personnel du bar était déjà en train de ranger, le boss a dit à Rosie :

— Préparez un Cadillac pour monsieur.

Jenny et Rod Broadhurst ont surgi de la salle à manger.

— Mettez-en trois, a dit Rod.

Les autres employés du bar s'étaient regroupés près du propriétaire, et ils discutaient.

— Les gars doivent partir, m'a expliqué le boss en haussant les épaules et il s'est tourné vers Rosie : Tarif double ?

Pendant ce temps, les convives s'étaient massés autour du bar, levant la main pour attirer notre attention.

Rosie a tendu un Cadillac au docteur Browning, puis s'est adressée au boss :

— Désolée, il me faut au moins deux aides. Je ne peux pas servir cent clients à moi toute seule.

— Lui et moi, a suggéré le boss en me désignant.

J'avais enfin la possibilité d'exploiter mes compétences. Rosie a soulevé la partie articulée du bar et m'a laissé passer.

Le docteur Miranda Ball a levé la main.

— La même chose, s'il vous plaît.

J'ai crié à Rosie, très fort, parce que le secteur du bar était devenu extrêmement bruyant :

— Miranda Ball. Alabama Slammer. Une part de gin à la prunelle, une de whisky, une de Galliano, une de triple sec, une de jus d'orange, une tranche d'orange et une cerise.

— On n'a plus de triple sec, a hurlé Rosie.

— Remplace par du cointreau. Réduis la quantité de 20 %.

Le docteur Lucas a reposé son verre vide sur le bar et a levé le doigt. Encore un.

— Gerry Lucas. Verre vide, ai-je crié.

Rosie a pris le verre ; j'espérais qu'elle se rappelait que nous n'avions pas encore procédé à son prélèvement.

— Un autre Anal Probe pour le docteur Lucas.

— Ça marche, a-t-elle crié depuis la cuisine.

Excellent, elle avait pensé à tamponner le verre.

Le docteur Martin Van Krieger a demandé d'une voix sonore :

— Est-ce qu'il existe un cocktail avec du Galliano et de la tequila ?

La foule s'est tue. Ce genre de questions étaient devenues courantes au cours du dîner et mes réponses avaient eu l'air d'impressionner les convives. Il m'a fallu quelques instants de réflexion.

Martin a repris :

— Sinon tant pis.

— Je réindexe ma base de données intérieure, ai-je dit pour expliquer le délai. (Cela m'a pris un petit moment.) Mexican Gold ou Freddy Fudpucker.

La foule a applaudi.

— Un de chaque, a-t-il lancé.

Rosie savait préparer les Freddy Fudpucker. J'ai donné au boss la recette du Mexican Gold.

Nous avons continué sur ce mode avec un immense succès. J'ai décidé d'en profiter pour tester tous les médecins de sexe masculin présents, même ceux que j'avais éliminés précédemment pour cause d'apparence ethnique incompatible. À 1 h 22, j'étais certain que nous avions tous les échantillons, sauf un. Il était temps de passer à l'offensive.

— Docteur Anouar Khan, approchez-vous du bar s'il vous plaît.

C'était une expression que j'avais entendue à la télévision. J'espérais qu'elle véhiculait l'autorité nécessaire.

Le docteur Khan n'avait utilisé que son verre à eau, qu'il a apporté jusqu'au bar.

— Vous n'avez rien commandé à boire de toute la soirée, ai-je remarqué.

— Est-ce vraiment un problème ? Je ne bois pas d'alcool.

— Très raisonnable de votre part, ai-je approuvé tout en donnant le mauvais exemple avec une bière ouverte à côté de moi. Je vous recommande une Virgin Colada. Une Virgin Mary. Virgin...

À cet instant, le docteur Eva Gold a posé le bras autour des épaules du docteur Khan. Elle était manifestement affectée par l'alcool.

— Lâche-toi un peu, Anouar.

Le docteur Khan l'a regardée, puis il a regardé la foule qui manifestait elle aussi, m'a-t-il semblé, quelques signes d'ébriété.

— Et puis merde, a-t-il dit. Alignez les vierges.

Il a posé son verre vide sur le bar.

Il était très tard quand j'ai quitté le club de golf. Les derniers invités sont partis à 2 h 32, soit deux heures et deux minutes après l'horaire prévu pour la fin de la réception. Rosie, le boss et moi avions préparé cent quarante-trois cocktails. Rosie et le boss avaient aussi vendu quelques bières dont je n'avais pas tenu le compte.

— Vous pouvez y aller, les gars, a dit le boss. On fera le ménage dans la matinée.

Il m'a tendu la main et je l'ai serrée conformément aux usages ; il me semblait pourtant bien tard pour des présentations.

— Amghad, a-t-il dit. Super boulot, les gars.

Il n'a pas serré la main de Rosie, mais il l'a regardée et a souri. J'ai remarqué qu'elle avait l'air un peu fatiguée. Je débordais encore d'énergie.

— Vous avez le temps de prendre un verre ? a demandé Amghad.

— Excellente idée.

— Tu déconnes ou quoi ! a protesté Rosie. Moi, j'y vais. Tous les machins sont dans ton sac. Tu ne veux vraiment pas que je te ramène, Don ?

J'avais mon vélo et n'avais bu que trois bières pendant cette longue soirée. J'ai estimé que mon taux d'alcoolémie serait largement inférieur à la limite légale, même si je prenais encore un verre avec Amghad. Rosie est partie.

— C'est quoi, votre poison préféré ? a demandé Amghad.

— Poison ?

— Qu'est-ce que vous voulez boire ?

Bien sûr. Mais pourquoi, pourquoi, pourquoi les gens ne disent-ils pas simplement ce qu'ils pensent ?

— Une bière, s'il vous plaît.

Amghad a ouvert deux pale-ales et nous avons trinqué avec les bouteilles.

— Vous faites ça depuis combien de temps ? m'a-t-il demandé.

L'Opération Père avait déjà requis une certaine dose de duplicité, pourtant ça me mettait toujours mal à l'aise.

— C'est la première fois que je travaille dans ce domaine, ai-je dit. J'ai commis une erreur ?

Amghad a ri.

— Quel drôle de pistolet ! Écoutez, cette boîte n'est pas trop mal, mais c'est surtout steak, bière et vin de qualité moyenne. Ce soir, ça a marché du tonnerre de Dieu, et c'est essentiellement grâce à vous. (Il a bu quelques gorgées de bière et m'a regardé sans rien dire pendant un moment.) J'ai dans l'idée d'ouvrir un truc dans l'Inner West – un petit bar à cocktails, une boîte qui ait du cachet. Esprit New York, avec un petit plus derrière le bar, si vous voyez ce que je veux dire. Si ça vous intéresse...

Il me proposait un job ! C'était flatteur au vu de mon expérience limitée et ma réaction immédiate et irrationnelle a été de regretter que Rosie n'ait pas été là pour entendre ça.

— J'ai déjà un emploi. Merci.

— Je ne parle pas d'emploi. Je parle de participation dans l'entreprise.

— Non, merci. Je suis désolé. Je pense que vous ne me trouveriez pas à la hauteur, vous savez.

— Si vous le dites. Mais en général, je suis plutôt bon juge. Passez-moi un coup de fil si vous changez d'avis. Rien ne presse.

Le lendemain était un dimanche.

Nous étions convenus, Rosie et moi, de nous retrouver au labo à 15 heures. Elle était en retard, comme d'habitude, et j'étais déjà au travail à son arrivée. Je lui ai confirmé que nous avions obtenu des échantillons de tous les hommes présents à la réception ; autrement dit, à onze près, nous aurions bientôt les résultats d'analyse de l'intégralité des anciens étudiants de type européen et de sexe masculin de la promotion de sa mère.

Rosie portait un jean moulant et un chemisier blanc et s'est dirigée vers le réfrigérateur.

— Pas de bière avant qu'on ait testé tous les échantillons, ai-je dit.

Ce travail a pris un certain temps et j'ai dû aller chercher d'autres produits chimiques au laboratoire central.

À 19h06, Rosie est sortie acheter une pizza, un choix malsain, mais comme j'avais sauté le dîner la veille au soir, j'ai calculé que mon organisme réussirait à supporter les calories supplémentaires. À son retour, j'étais en train d'analyser un des quatre candidats restants. Mon portable a sonné au moment où nous ouvrions le carton de pizza. Je savais qui c'était.

— Ça ne répondait pas chez toi, a dit ma mère. Je me suis inquiétée. (Une réaction raisonnable de sa part, son appel téléphonique du dimanche faisant partie de mon programme hebdomadaire.) Où es-tu ?

— Au labo.

— Tu vas bien ?

— Tout à fait, oui.

J'étais embarrassé que Rosie surprenne une conversation personnelle. J'ai donc tout fait pour y mettre fin rapidement, répondant le plus brièvement possible. Rosie s'est mise à rire – pas assez fort heureusement pour que ma mère l'entende – et à faire des grimaces.

— Ta mère ? a-t-elle demandé quand j'ai enfin réussi à raccrocher.

— Exact. Comment as-tu deviné ?

— On aurait dit un ado de seize ans en train de parler à sa maman en présence de... (Elle s'est interrompue ; ma contrariété était probablement manifeste.) Ou bien moi en train de parler à Phil.

J'ai appris avec intérêt que Rosie avait elle aussi des difficultés à avoir une conversation avec l'un de ses parents. Ma mère est quelqu'un de bien, mais elle tient beaucoup à l'échange d'informations personnelles. Rosie a pris une tranche de pizza et a regardé l'écran de l'ordinateur.

— Rien de neuf, je suppose.

— Au contraire. Cinq éliminations supplémentaires. Plus que quatre analyses à faire. Dont celle-ci. (Le résultat s'était affiché pendant que j'étais au téléphone.) Supprime Anouar Khan.

Rosie a actualisé le tableau.

— Allah est grand.

— La commande la plus compliquée du monde, lui ai-je rappelé.

Le docteur Khan avait demandé cinq cocktails différents, compensant ainsi sa sobriété du début de soirée. À la fin de la nuit, il était parti bras dessus bras dessous avec le docteur Gold.

— Ouais, et en plus j'ai foiré. J'ai foutu du rhum dans sa Virgin Colada.

— Tu lui as servi de l'alcool ?

C'était certainement contraire aux règles personnelles ou religieuses du docteur Khan.

— On va peut-être lui sucrer ses soixante-douze vierges à cause de moi.

Je connaissais cette théorie religieuse. Ma position publique, négociée avec la Doyenne, est que j'attribue un mérite égal à toutes les convictions non fondées sur la science. Celle-ci me paraissait tout de même curieuse.

— Je trouve ça irrationnel, ai-je remarqué. De vouloir des vierges. Une femme ayant une certaine expérience sexuelle est certainement préférable à une novice.

Rosie a ri et a ouvert deux bières. Puis elle m'a regardé fixement, de la façon dont je ne suis pas censé regarder les autres.

— Étonnant. Toi, je veux dire. Tu es le mec le plus étonnant que j'aie jamais rencontré. Je ne sais pas pourquoi tu fais ça, mais en tout cas, merci.

Elle a trinqué en heurtant sa bouteille contre la mienne et a bu.

J'étais content d'être apprécié. D'un autre côté, c'était précisément ce qui m'avait inquiété quand j'avais discuté avec Claudia. Rosie s'interrogeait sur mes motivations. Elle s'était présentée pour l'Opération Épouse et entretenait certainement des espoirs sur cette base. Il était temps de faire preuve d'honnêteté.

— Tu penses sans doute que j'ai l'intention de m'engager dans une relation sentimentale avec toi.

— Cette idée m'a traversé l'esprit, a reconnu Rosie.

Hypothèse confirmée.

— Je regrette profondément d'avoir pu te donner une fausse impression.

— Comment ça ?

— Je ne m'intéresse pas à toi en tant que partenaire potentielle. J'aurais dû te le dire plus tôt, mais tu es tout à fait inadéquate.

J'ai essayé de déchiffrer la réaction de Rosie, malheureusement l'interprétation des expressions faciales n'est pas mon fort.

— Bien, tu seras sûrement content de savoir que je m'en remettrai. D'ailleurs, je te trouve plutôt inadéquat, toi aussi.

Quel soulagement. Je n'avais pas blessé ses sentiments. Il restait pourtant une question en suspens.

— Dans ce cas, pourquoi t'es-tu présentée pour l'Opération Épouse ?

J'utilisais le verbe « présenter » dans un sens un peu flou dans la mesure où Gene n'avait pas demandé à Rosie de remplir le questionnaire. Sa réponse a pourtant révélé un malentendu bien plus profond.

— L'*Opération Épouse* ? a-t-elle demandé comme si elle en ignorait tout.

— Gene t'a envoyée dans mon bureau dans le cadre de l'Opération Épouse. Comme outsider.

— Il a fait quoi ?

— Tu n'as pas entendu parler de l'Opération Épouse ? ai-je demandé, désireux de partir sur des bases bien claires.

— Non, a-t-elle répliqué du ton qu'on emploie habituellement pour donner des instructions à un enfant. Je n'ai jamais entendu parler de l'Opération Épouse. Cette lacune ne va pas tarder à être comblée, j'en suis sûre. Et dans le détail.

— Évidemment. Mais il serait judicieux de partager le temps nécessaire avec l'absorption de pizza ou de bière.

— Évidemment.

Je lui ai exposé l'Opération Épouse de façon assez complète, sans oublier l'examen des candidatures en compagnie de Gene et les expériences sur le terrain dans des établissements de rencontres. J'ai terminé au moment où nous mangions les dernières parts de pizza. Rosie n'avait pas vraiment posé de questions, se contentant de lancer quelques exclamations comme « Bordel » et « Putain ».

— Bien, a-t-elle dit. Et tu la continues, l'Opération Épouse ?

Je lui ai expliqué que le processus était toujours théoriquement actif, mais qu'en l'absence de candidates présentant les qualités requises, il était au point mort.

— Quel dommage ! La femme parfaite ne s'est pas encore présentée.

— J'ai tendance à penser qu'il y a plus d'une candidate susceptible de répondre aux critères. Le problème est le même que quand on cherche un donneur de moelle osseuse : pas suffisamment de volontaires.

— Espérons qu'il y aura assez de femmes conscientes de leur devoir civique pour se présenter aux épreuves.

C'était un commentaire intéressant. Je n'avais pas vraiment vu ça comme un devoir. Au cours des dernières semaines, en réfléchissant à l'Opération Épouse et à son insuccès, j'avais été attristé qu'il y ait autant de femmes à la recherche de partenaires, et suffisamment désespérées pour répondre au questionnaire, alors qu'il n'y avait qu'une faible probabilité pour qu'elles satisfassent aux critères.

— C'est entièrement facultatif, ai-je précisé.

— Trop sympa. Tiens, voilà un bon sujet de réflexion pour toi. Toute femme qui passe cet examen accepte de se faire traiter comme un objet. Tu me diras que c'est leur choix. Mais si tu veux bien consacrer deux minutes à examiner les pressions sociales que subissent les femmes pour qu'elles se considèrent elles-mêmes comme des objets, tu changeras peut-être d'avis. Ce que je voudrais savoir, c'est si tu as vraiment envie d'une femme qui ait cette image d'elle-même. C'est ça le genre d'épouse que tu veux ? (Rosie avait l'air très en colère.) Tu sais pourquoi je m'habille comme ça ? Pourquoi je mets ces lunettes ? Parce que je *ne veux pas* être traitée comme un objet. Si tu savais à quel point je me sens insultée à l'idée que tu aies pu me prendre pour une postulante, une *candidate*...

— Mais alors, pourquoi es-tu venue me voir ce jour-là ? ai-je demandé. Le jour de l'Incident de la Veste ?

Elle a secoué la tête.

— Tu te rappelles peut-être que chez toi, sur ton balcon, je t'ai posé une question sur la taille des testicules ?

J'ai acquiescé.

— Tu n'as pas trouvé bizarre que je t'interroge sur un sujet pareil à notre premier rendez-vous ?

— Pas vraiment. Tu sais, dans ce genre de circonstances, je suis obligé de faire tellement d'efforts pour ne pas dire moi-même des trucs bizarres.

— OK, laisse tomber. (Elle paraissait un peu plus calme.) Si je t'ai posé cette question sur les testicules, c'était à cause d'un pari que j'avais fait avec Gene. Ce salaud sexiste affirmait mordicus que les êtres humains sont naturellement non monogames et en voulait pour preuve les dimensions de leurs testicules. Il m'a envoyée consulter un spécialiste de génétique pour déterminer qui avait gagné le pari.

Il m'a fallu quelques instants pour assimiler pleinement les implications des propos de Rosie. Gene ne l'avait pas préparée à l'invitation à dîner. Une femme

– Rosie – avait accepté de sortir avec moi sans avoir été préalablement avertie et configurée à cette fin. J'ai été envahi par un sentiment de contentement irrationnellement disproportionné. D'un autre côté, Gene m'avait trompé. Et avait apparemment profité financièrement de Rosie.

— Tu as perdu beaucoup d'argent ? ai-je demandé. Franchement, je trouve que pour un professeur de psychologie, faire un pari avec une barmaid, c'est de l'exploitation.

— Putain de bordel, je ne suis pas barmaid !

Le recours à une obscénité m'a fait comprendre que Rosie était de nouveau en colère. Elle ne pouvait tout de même pas nier l'évidence. Ce qui m'a fait comprendre mon erreur – une erreur qui m'aurait valu des ennuis si je l'avais commise devant une classe d'étudiants.

— Pardon. Avec une personne qui travaille dans un bar.

— « Employé – barre oblique *e* – de bar » est la formule non sexiste recommandée. D'accord ? Mais la question n'est pas là. C'est un job à temps partiel. Je prépare mon doctorat de psychologie, tu piges ? À l'institut de Gene. Ça y est ? Ça fait tilt ?

Évidemment ! Je me suis soudain rappelé où je l'avais déjà vue : elle discutait avec Gene après sa conférence. Je me suis souvenu qu'il l'avait invitée à prendre un café avec lui – comme il le faisait habituellement avec les jolies femmes – et qu'elle avait refusé. Je ne sais pas trop pourquoi, ça m'a fait plaisir. Mais si je l'avais reconnue quand elle était venue dans mon bureau pour la première fois, nous aurions pu éviter ce terrible malentendu. Tout se tenait parfaitement à présent, même ses résultats à l'examen d'entrée à la faculté de médecine. Tout sauf deux choses.

— Pourquoi est-ce que tu ne me l'as pas dit ?

— Parce que je *suis* barmaid et que je n'en ai pas honte. C'est à prendre ou à laisser.

J'ai supposé que c'était une expression métaphorique.

— Excellent, ai-je dit. Ça explique presque tout.

— Eh bien, dans ce cas, tout est pour le mieux dans le meilleur des mondes. Mais pourquoi « presque » ? Autant ne rien laisser dans le vague, au point où on en est.

— Pourquoi est-ce que Gene ne m'a rien dit ?

— Parce que c'est un sale con.

— Gene est mon meilleur ami.

— Tant pis pour toi.

Les choses étant réglées, il était temps de conduire notre projet à son terme, malgré nos faibles chances d'identifier son père ce soir-là. Il restait quatorze candidats et nous n'avions plus que trois échantillons. Je me suis levé et me suis approché de la machine.

— Attends, a dit Rosie. Je vais te reposer la question : pourquoi est-ce que tu fais ça ?

Je me suis rappelé mes réflexions sur cette question ainsi que la réponse à laquelle j'étais arrivé et qui incluait défi scientifique et altruisme à l'égard d'êtres humains de mon entourage. Au moment de commencer mes explications, je me suis rendu compte que ce n'était pas vrai. Nous venions de rectifier de nombreuses hypothèses invalides et plusieurs erreurs de communication. Inutile d'en créer une autre.

— Je ne sais pas, ai-je reconnu.

Je suis retourné à l'appareil et j'ai commencé à charger l'échantillon. Mon travail a été interrompu par un bruit de verre cassé. Rosie avait jeté un bécher contre le mur. Heureusement, ce n'était pas un de ceux qui contenaient les échantillons non testés.

— J'en ai ras le bol, ras le bol, *ras le bol.*

Elle est sortie.

Le lendemain matin, on a frappé à la porte de mon bureau. Rosie.

— Entre, ai-je dit, tu veux sûrement connaître les trois derniers résultats.

Rosie s'est approchée avec une curieuse lenteur de mon bureau, alors que j'étais en train de vérifier des données susceptibles de changer ma vie.

— Non. Ils sont négatifs, évidemment. Même un type comme toi m'aurait appelée si tu avais trouvé une concordance.

— Exact.

Elle est restée debout et m'a regardé sans rien dire. J'avais beau savoir que ce genre de silence a pour fonction de m'inciter à continuer à parler, je ne voyais rien d'utile à dire. Finalement, elle a comblé le vide.

— Euh... désolée d'avoir pété les plombs hier soir.

— Parfaitement compréhensible. Il est incroyablement frustrant de travailler aussi dur sans obtenir de résultat. En même temps, c'est très courant en science. (Je me suis rappelé qu'elle n'était pas seulement barmaid mais aussi diplômée en sciences.) Comme tu le sais.

— Je veux parler de ton Opération Épouse. Je trouve ça hyper moche, vraiment. D'un autre côté, ta façon de chosifier les femmes n'est pas tellement différente de celle de tous les autres hommes que je connais – plus honnête simplement. Quoi qu'il en soit, tu as fait beaucoup pour moi...

— Une erreur de communication. Heureusement rectifiée désormais. Nous pouvons poursuivre l'Opération Père sans parasites personnels.

— Pas tant que je n'aurai pas compris pourquoi tu fais ça.

Toujours cette question incroyablement difficile. Elle avait pourtant été tout à fait satisfaite de procéder à cette étude quand elle m'attribuait une motivation sentimentale, même sans intérêt réciproque de sa part.

— Ma motivation n'a pas changé, ai-je dit sincèrement. C'est la tienne qui me préoccupait. J'ai cru que tu t'intéressais à moi comme partenaire potentiel. Heureusement, cette hypothèse était fondée sur une information erronée.

— Tu ne ferais pas mieux de consacrer tout ce temps à ton projet de chosification ?

Cette réflexion arrivait à point nommé. Les données qui s'affichaient sur mon écran révélaient une avancée majeure.

— Bonne nouvelle. J'ai une candidate qui remplit toutes les conditions requises.

— Parfait, a dit Rosie, dans ce cas tu n'as plus besoin de moi.

C'était vraiment une réaction bizarre. Je n'avais jamais eu besoin de Rosie pour autre chose que son propre projet.

16.

La candidate s'appelait Bianca Rivera et satisfaisait effectivement à tous les critères. Il y avait cependant un obstacle auquel j'allais devoir consacrer du temps. Elle avait noté qu'elle avait remporté deux fois le championnat national de danses de salon et recherchait un partenaire qui soit un danseur accompli. Il m'a paru raisonnable qu'elle ait ses propres exigences, elle aussi, et celle-ci était facile à remplir. En plus, je savais déjà où l'inviter. Idéal.

J'ai appelé Regina, l'assistante personnelle de la Doyenne, qui m'a confirmé qu'elle vendait toujours des billets pour le bal annuel de la faculté. Puis j'ai envoyé un e-mail à Bianca et l'ai invitée à m'y accompagner. Elle a accepté ! J'avais un rendez-vous – le rendez-vous parfait. Il me restait dix jours pour apprendre à danser.

Je travaillais mes pas de danse quand Gene est entré dans mon bureau.

— Il me semble que les statistiques de longévité reposent sur des mariages avec des femmes vivantes, Don.

Il faisait allusion au squelette que j'utilisais pour m'entraîner. Je me l'étais fait prêter par l'Institut d'anatomie et personne ne m'avait posé de question. À en juger par les dimensions du pelvis, il s'agissait certainement d'un squelette de sexe masculin, ce qui était sans importance pour mes exercices. J'ai expliqué sa fonction à Gene, en lui montrant du doigt la scène du film *Grease* affichée sur le mur de mon bureau.

— Alors comme ça, a dit Gene, Miss Super – pardon, le docteur Super vient d'apparaître dans ta boîte de réception.

— Elle ne s'appelle pas Supaire mais Rivera.

— Photo ?

— Inutile. Nous avons pris des dispositions très précises pour nous retrouver. Je l'ai invitée au bal de la faculté.

— Et merde. (Gene s'est tu un moment et j'ai repris mes exercices.) Don, c'est vendredi en huit.

— Exact.

— Tu ne peux pas apprendre à danser en neuf jours.

— Dix. J'ai commencé hier. Les figures sont faciles à mémoriser. Il n'y a que la mécanique qui nécessite un minimum d'entraînement. C'est beaucoup moins compliqué que les arts martiaux.

J'ai enchaîné une séquence en guise de démonstration.

— Très impressionnant, a dit Gene. Assieds-toi, Don.

Je me suis assis.

— J'espère que tu n'es pas trop en pétard contre moi à cause de cette histoire avec Rosie.

J'avais déjà presque oublié.

— Pourquoi est-ce que tu ne m'as pas dit qu'elle était étudiante en psychologie ? Et pourquoi tu ne m'as pas parlé du pari ?

— D'après Claudia, vous aviez l'air de drôlement bien vous entendre tous les deux. J'ai pensé qu'elle avait une bonne raison de ne pas te le dire. Elle est peut-être un peu tordue, mais elle n'est pas idiote.

— Parfaitement raisonnable.

À quoi bon discuter d'interaction humaine avec un professeur de psychologie ?

— Heureux d'apprendre qu'il y en a au moins un de vous qui ne m'en veut pas. Pour tout t'avouer, Rosie était un peu fâchée contre moi. Un peu fâchée contre la vie. Écoute, Don, je l'ai persuadée d'aller au bal. Seule. Si tu savais combien de fois Rosie suit mes conseils, tu comprendrais que c'est un exploit. Je voulais te suggérer d'en faire autant.

— De suivre tes conseils ?

— Non, d'aller au bal – seul. Ou d'inviter Rosie à t'y accompagner.

J'ai compris alors où Gene voulait venir. Il est tellement obsédé par l'attirance sexuelle qu'il en voit n'importe où. Cette fois pourtant, il se trompait du tout au tout.

— Nous avons clairement discuté de la question d'une relation, Rosie et moi. Ça ne nous intéresse ni l'un ni l'autre.

— Depuis quand les femmes discutent-elles clairement de quoi que ce soit ? a demandé Gene.

Je suis allé voir Claudia pour lui demander quelques conseils à propos de mon rendez-vous capital avec Bianca. Je supposais qu'elle assisterait au bal dans son rôle d'épouse de Gene et voulais la prévenir que j'aurais peut-être besoin de son aide pendant la soirée. J'ai découvert qu'elle ne savait même pas qu'il y avait un bal.

— Sois toi-même, Don, c'est tout. Si elle ne veut pas de toi tel que tu es, ça veut dire que ce n'est pas la personne qui te convient.

— Il me paraît improbable qu'une femme, quelle qu'elle soit, m'accepte tel que je suis.

— Et Daphné ? a demandé Claudia.

Elle avait raison – Daphné était différente de toutes les femmes avec qui j'étais sorti. Excellente thérapie ; réfutation par contre-exemple. Bianca serait peut-être une version plus jeune et dansante de Daphné.

— Et Rosie ?

— Rosie est tout à fait inadéquate.

— Ce n'est pas ce que je te demande. Tout ce que je veux savoir, c'est si elle t'accepte tel que tu es.

J'y ai réfléchi quelques instants. C'était une question difficile.

— Je pense que oui. Parce qu'elle ne me juge pas comme un partenaire potentiel.

— Il vaut sans doute mieux que tu aies ce sentiment.

Sentiment ! Sentiment, sentiment, sentiment ! Les sentiments perturbaient mon bien-être. En plus d'une envie tenace de travailler sur l'Opération Père plutôt que sur l'Opération Épouse, j'éprouvais désormais un haut niveau d'angoisse lié à Bianca.

Toute ma vie, on m'a reproché d'être incapable d'éprouver des émotions, comme si c'était un défaut fondamental. Mes interactions avec les psychiatres et les psychologues – Claudia comprise – partent du principe que je devrais être plus « à l'écoute » de mes émotions. Ce qu'ils veulent dire en réalité, c'est que je devrais y céder. Je me contente parfaitement de savoir déceler, reconnaître et étudier les émotions. C'est une compétence utile que je serais heureux de mieux maîtriser. Occasionnellement, on peut sans doute prendre plaisir à éprouver une émotion – la reconnaissance que m'inspirait ma sœur qui n'avait jamais cessé de venir me voir même dans les périodes difficiles, le sentiment de bien-être élémentaire que provoque la consommation d'un verre de vin –, mais il faut faire attention à ce qu'elles ne vous paralysent pas.

J'ai diagnostiqué un surmenage cérébral et ai dressé un tableau pour analyser la situation.

J'ai commencé par établir la liste des perturbations récentes apportées à mon programme. Deux d'entre elles étaient incontestablement positives. Eva, la femme de ménage à jupe courte, faisait un excellent travail et m'avait libéré un temps considérable. Sans elle, la plupart de mes récentes activités additionnelles n'auraient pas été possibles. Et, malgré toute mon angoisse, j'avais enfin ma première postulante parfaitement qualifiée à l'Opération Épouse. J'avais décidé que je voulais trouver une partenaire et, pour la première fois, j'avais une candidate adéquate. La logique voulait que l'Opération Épouse, à laquelle j'avais prévu d'affecter l'essentiel de mon temps libre, se voie désormais consacrer une attention maximale. Cela m'a permis d'identifier le Problème Numéro Un : absence de coïncidence entre émotion et logique. L'idée d'exploiter cette chance ne m'inspirait aucun enthousiasme.

Je ne savais pas s'il fallait considérer l'Opération

Père comme positive ou négative, mais elle avait indéniablement mobilisé énormément de temps pour un résultat nul. Mes arguments en sa faveur avaient toujours été faibles. Or j'en avais fait bien plus qu'on ne pouvait raisonnablement m'en demander. Si Rosie voulait localiser et obtenir l'ADN des candidats restants, rien ne l'empêchait de le faire sans moi. Elle avait désormais une bonne expérience pratique de la procédure de prélèvement. Je pouvais lui proposer de me charger de l'aspect concret des analyses. Une fois de plus, logique et émotion n'étaient pas en phase. J'avais envie de continuer l'Opération Père. Pourquoi ?

Il est presque impossible d'établir des comparaisons pertinentes entre les niveaux de bonheur, surtout sur de longues périodes. Pourtant, si on m'avait demandé quel avait été le jour le plus heureux de ma vie, j'aurais cité sans hésitation la première journée que j'avais passée au Musée d'histoire naturelle de New York. Je m'étais rendu dans cette ville à l'occasion d'un colloque, à l'époque où je préparais mon doctorat. Le deuxième plus beau jour de ma vie avait été le deuxième jour que j'y avais passé, et le troisième, le troisième jour. Depuis les récents événements, la situation était moins claire. J'avais du mal à choisir entre le Musée d'histoire naturelle et la nuit que j'avais passée à préparer des cocktails au club de golf. Devais-je envisager de démissionner de mon poste, accepter l'offre d'association d'Amghad et aller travailler dans un bar à cocktails ? Mon bonheur serait-il permanent ? Cette idée paraissait ridicule.

L'origine de ma confusion était simple : j'essayais de résoudre une équation contenant d'importantes valeurs négatives – dont la plus sérieuse était le bouleversement de mon programme – et d'importantes valeurs positives – les expériences extrêmement plaisantes que celui-ci avait entraînées. Mon incapacité à quantifier ces éléments avec précision m'empêchait d'en déterminer le résultat net – négatif ou positif. Et la marge d'erreur était considérable. J'ai attribué à l'Opération Père une valeur nette indéterminée et l'ai classée comme la perturbation la plus grave.

Le dernier élément de mon tableau était le risque immédiat que ma nervosité et mon ambivalence à propos de l'Opération Épouse n'entravent mon interaction sociale avec Bianca. Ce n'était pas la danse qui m'inquiétait – j'étais certain de pouvoir m'appuyer sur l'expérience acquise lors de ma préparation à des compétitions d'arts martiaux. Je bénéficierais en outre d'un avantage complémentaire, la possibilité d'une absorption d'alcool optimale, ce qui n'est pas autorisé dans les rencontres d'arts martiaux. Je redoutais davantage les impairs sociaux. Devoir renoncer à la compagne parfaite parce que j'aurais été incapable de déceler de l'ironie ou que je l'aurais regardée dans les yeux pendant une durée supérieure ou inférieure au temps conventionnel, quelle catastrophe ! Je me suis rassuré en me disant que Claudia avait fondamentalement raison : si Bianca se souciait excessivement de ces détails, ce n'était pas la partenaire idéale. Cette soirée me permettrait au moins de perfectionner mon questionnaire pour un usage ultérieur.

Sur la recommandation de Gene, je me suis rendu dans un établissement de location de tenues de soirée et j'ai précisé que je désirais quelque chose de « très habillé ». Je ne voulais surtout pas revivre l'Incident de la Veste.

17.

Le bal avait lieu un vendredi soir dans une salle située au bord du fleuve. Pour plus d'efficacité, j'avais emporté mon costume au bureau et j'ai répété le cha-cha-cha et la rumba avec mon squelette en attendant qu'il soit l'heure. Quand je suis allé chercher une bière au labo, j'ai éprouvé une violente émotion. La stimulation de l'Opération Père me manquait.

Comme ma tenue de soirée, avec sa queue-de-pie et son chapeau haut de forme, n'était vraiment pas pratique pour faire du vélo, j'ai pris un taxi et suis arrivé comme prévu à 19h55 précises. Un autre taxi s'est arrêté juste derrière le mien et une grande femme brune en est sortie. Elle portait la robe la plus étonnante du monde : une multitude de couleurs vives – rouge, bleu, jaune, vert – et une structure complexe avec notamment une longue fente sur un côté. Je n'avais jamais vu de créature aussi spectaculaire. Âge estimé trente-cinq, IMC vingt-deux, conforme aux réponses du questionnaire. Ni légèrement trop tôt ni légèrement trop tard. Avais-je ma future épouse sous les yeux ? C'était presque incroyable.

Quand je suis sorti du taxi, elle m'a dévisagé un instant puis s'est détournée et s'est dirigée vers la porte. J'ai pris une profonde inspiration et je l'ai suivie. Elle est entrée et a regardé autour d'elle. Ses yeux se sont arrêtés à nouveau sur moi et, cette fois, elle m'a examiné plus attentivement. Je me suis approché, assez près pour pouvoir lui parler tout en veillant à ne pas empiéter sur son espace personnel. Je l'ai regardée bien en face. J'ai compté un, deux. Puis j'ai légèrement baissé les paupières, mais à peine.

— Bonsoir, ai-je dit, je suis Don.

Elle m'a fixé avant de me tendre la main pour serrer la mienne en lui imprimant une faible pression.

— Je suis Bianca. Vous... vous êtes vraiment mis sur votre trente et un.

— Bien sûr, l'invitation précisait « tenue habillée ».

Au bout de deux secondes approximativement, elle a éclaté de rire.

— Vous avez failli m'avoir. Quel pince-sans-rire ! Vous savez, on a beau indiquer « solide sens de l'humour » sur la liste des qualités qu'on recherche, on ne s'attend pas à tomber sur un authentique comédien. Je suis sûre que nous n'allons pas nous ennuyer tous les deux.

Les choses se passaient remarquablement bien.

La salle de bal était immense – plusieurs dizaines de tables d'universitaires en habit de soirée. *Tout le monde* s'est retourné pour nous regarder et, de toute évidence, nous avons fait forte impression. J'ai d'abord pensé que c'était à cause de la robe spectaculaire de Bianca ; pourtant, plusieurs autres femmes étaient vêtues de façon intéressante. J'ai ensuite remarqué que tous les hommes, presque sans exception, portaient un costume noir avec une chemise blanche et un nœud papillon. Aucun n'avait de queue-de-pie ni de chapeau. Cela expliquait la réaction initiale de Bianca. C'était contrariant, mais j'avais l'habitude de ce genre de situation. J'ai soulevé mon chapeau pour saluer la foule, qui m'a acclamé. Bianca semblait apprécier l'attention dont nous faisions l'objet.

Selon les indications du plan de salle, nous étions à la table 12, juste au bord de la piste de danse. Un orchestre s'accordait. En observant leurs instruments, il m'a semblé que mes compétences en cha-cha-cha, samba, rumba, fox-trot, valse, tango et lambada ne seraient pas requises. Je devrais certainement m'appuyer sur le programme de ma deuxième journée de l'Opération Danse – le rock.

Gene m'ayant recommandé d'arriver trente minutes après l'heure officielle, toutes les places de notre table étaient déjà occupées sauf trois. L'une des trois était celle de Gene, qui était debout et servait du champagne à la ronde. Claudia n'était pas là.

J'ai identifié Laszlo Hevesi de l'Institut de physique, vêtu de façon totalement inappropriée en treillis et chemise de randonnée, assis à droite d'une femme que j'ai été surpris de découvrir là : c'était Frances, de la soirée de speed-dating. La Belle Hélène était à gauche de Laszlo. Il y avait aussi un homme brun d'environ trente ans (IMC approximativement vingt) qui donnait l'impression de ne pas s'être rasé depuis plusieurs jours et, à côté de lui, la plus belle femme que j'aie jamais vue. Elle portait une robe verte sans aucun ornement qui contrastait avec la complexité de la tenue de Bianca et était d'une telle sobriété qu'il n'y avait même pas de bretelles pour la tenir en place. Il m'a fallu un moment pour reconnaître Rosie.

Bianca et moi avons pris les deux places libres entre le Mal Rasé et Frances, en respectant l'alternance homme-femme qui avait été établie. Rosie a fait les présentations et j'ai reconnu le protocole que j'avais appris en prévision des colloques sans l'avoir jamais mis en pratique.

— Don, je te présente Stefan.

Elle faisait allusion au Mal Rasé. Je lui ai tendu la main et ai serré la sienne, m'adaptant à sa pression que j'ai jugée excessive. Il m'a inspiré une réaction négative immédiate. Je ne suis généralement pas compétent pour évaluer les autres êtres humains, sinon par le contenu de leur conversation ou de leurs communications écrites. En revanche, je suis assez fort pour repérer les étudiants susceptibles d'être des perturbateurs.

— Votre réputation vous a précédé, a remarqué Stefan.

Peut-être mon jugement avait-il été trop hâtif.

— Vous connaissez mon travail ?

— On peut dire les choses comme ça.

Il a ri.

Je me suis rappelé qu'il fallait que je présente Bianca avant de pouvoir poursuivre la conversation.

— Rosie, Stefan, permettez-moi de vous présenter Bianca Rivera.

Rosie a tendu la main en disant :

— Enchantée.

Elles se sont souri et Stefan a serré la main de Bianca.

Mon devoir accompli, je me suis tourné vers Laszlo, avec qui je n'avais pas discuté depuis un certain temps.

Laszlo est la seule personne à ma connaissance dont les compétences sociales soient encore plus médiocres que les miennes. Il était donc rassurant de l'avoir dans le voisinage en guise de faire-valoir.

— Salutations, Laszlo, ai-je dit, estimant qu'en l'occurrence le formalisme n'était pas de mise. Salutations, Frances. Je vois que vous avez trouvé un partenaire. Combien de rencontres vous a-t-il fallu ?

— C'est Gene qui nous a présentés, a répondu Laszlo.

Il regardait Rosie de façon inappropriée. Gene a levé le pouce en direction de Laszlo, puis s'est faufilé entre Bianca et moi avec la bouteille de champagne. Bianca a immédiatement retourné son verre.

— Nous ne buvons pas, Don et moi, a-t-elle annoncé en retournant aussi le mien.

Gene m'a adressé un immense sourire. C'était une curieuse réaction à un contrariant oubli d'actualisation de ma part – Bianca avait apparemment répondu à la version initiale du questionnaire.

Rosie a demandé à Bianca :

— Comment avez-vous fait connaissance, Don et vous ?

— Nous partageons un intérêt commun pour la danse, a répondu Bianca.

J'ai trouvé que c'était une excellente réponse, car elle ne mentionnait pas l'Opération Épouse, ce qui n'a pas empêché Rosie de me regarder bizarrement.

— Très sympa. Malheureusement, la préparation de mon doctorat m'occupe tellement que je ne vois pas comment je trouverais le temps d'aller danser.

— Il suffit d'être organisée, a repris Bianca. Une excellente organisation, c'est essentiel dans la vie.

— Sans doute, a dit Rosie, je...

— L'année où que je suis arrivée pour la première fois en finale du championnat national, j'étais en plein doctorat. J'avais envisagé de laisser tomber le triathlon ou les cours de cuisine japonaise, mais...

Rosie a souri, mais ce n'était pas son sourire habituel.

— Surtout pas, ça aurait été une très mauvaise idée ! Les hommes adorent les femmes qui savent faire la cuisine.

— J'aime à penser que nous avons dépassé ces stéréotypes. Don est lui-même un excellent cuisinier.

La suggestion de Claudia qui m'avait conseillé de mentionner mes compétences en cuisine sur le questionnaire avait manifestement été efficace. Rosie a renchéri :

— Il est fantastique, en effet. Nous avons dégusté un homard absolument fabuleux sur son balcon.

— Ah oui, vraiment ?

J'ai apprécié que Rosie me recommande à Bianca, tout en remarquant que Stefan refaisait sa mine d'étudiant perturbateur. J'ai appliqué ma technique de cours en lui posant immédiatement une question :

— Vous êtes le petit ami de Rosie ?

Stefan n'avait pas de réponse toute prête, et en cours, j'aurais immédiatement enchaîné, assuré d'avoir inspiré au trublion potentiel une saine méfiance à mon égard. Mais Rosie a répondu à sa place.

— Stefan prépare son doctorat avec moi.

— Il serait plus exact de dire que nous sortons ensemble, a ajouté Stefan.

— Juste pour ce soir, a précisé Rosie.

Stefan a souri.

— Premier rendez-vous.

Il était curieux qu'ils ne se soient pas mis d'accord sur la nature de leur relation. Rosie s'est tournée vers Bianca.

— Est-ce aussi votre premier rendez-vous avec Don ?

— En effet, Rosie.

— Qu'avez-vous pensé du questionnaire ?

Bianca m'a jeté un rapide coup d'œil avant de se retourner vers Rosie.

— J'ai trouvé ça génial. La plupart des hommes ne veulent parler que d'eux. J'ai tellement apprécié que quelqu'un se concentre entièrement sur moi.

— Oui, j'imagine bien que ça puisse vous plaire, a commenté Rosie.

— Et un danseur ! Quelle chance ! Je n'y croyais pas. Vous savez ce qu'on dit : la chance sourit aux audacieux.

Rosie a pris son verre de champagne et Stefan a demandé :

— Ça fait combien de temps que vous dansez, Don ? Vous avez remporté des prix ?

L'arrivée de la Doyenne m'a évité d'avoir à répondre.

Elle portait une robe rose compliquée, dont la partie inférieure était très évasée, et elle était accompagnée d'une femme approximativement du même âge qu'elle, vêtue de la tenue de soirée masculine standard, costume noir et nœud papillon. La réaction des invités a été la même qu'au moment de mon entrée, les acclamations amicales à la fin en moins.

— Oh, mon Dieu, s'est exclamée Bianca.

Malgré ma piètre opinion de la Doyenne, ce commentaire m'a mis mal à l'aise.

— Vous n'aimez pas les lesbiennes ? a demandé Rosie avec une certaine agressivité.

— Mais non, ce n'est pas du tout ça, voyons. C'est son sens de l'élégance qui me laisse un peu sceptique.

— Dans ce cas, je vous souhaite bien du plaisir avec Don.

— Je trouve que Don a une classe *incroyable*, a rétorqué Bianca. Il faut avoir du chic pour oser se distinguer du lot. N'importe qui peut porter un smoking ou une robe toute simple. Vous n'êtes pas de cet avis, Don ?

J'ai acquiescé poliment. Bianca manifestait exactement les caractéristiques que je recherchais. Il y avait toutes les chances pour qu'elle soit parfaite. Pourtant, je ne sais pourquoi, mon instinct se rebellait. Peut-être à cause de la règle de l'abstinence. Mon addiction sous-jacente à l'alcool incitait sans doute mon subconscient à m'envoyer un signal de rejet en présence d'une personne qui m'empêchait de boire. Il fallait que je surmonte cette impulsion.

Nous avons fini les hors-d'œuvre et l'orchestre a joué quelques accords bruyants. Stefan s'est dirigé vers les musiciens et a pris le micro des mains du chanteur.

— Bonsoir à tous. Je tenais à vous annoncer que nous avons parmi nous ce soir une ancienne finaliste du championnat de danse national. Peut-être l'avez-vous vue à la télévision : Bianca Rivera. Je vous propose d'accorder quelques minutes à Bianca et à Don, son cavalier, pour nous faire une petite démonstration.

Je ne m'attendais pas à ce que mon premier essai soit aussi public, mais au moins la piste était dégagée, ce qui présentait un avantage. J'avais donné des cours devant des auditoires plus nombreux et participé à des combats d'arts martiaux en présence de véritables foules. Je n'avais aucune raison d'être inquiet. Nous nous sommes avancés, Bianca et moi, sur la piste.

J'ai posé la main sur sa taille pour exécuter la figure d'ouverture classique, comme je m'y étais exercé sur le squelette. J'ai immédiatement éprouvé le malaise, proche de la répulsion, qui m'étreint en cas de contact intime forcé avec un autre être humain. Je m'y étais préparé mentalement, alors que je n'avais pas prévu un autre problème, beaucoup plus embarrassant : je ne m'étais pas entraîné à danser sur de la musique. Je suis certain d'avoir exécuté les pas avec exactitude, malheureusement ils n'étaient pas tout à fait à la bonne vitesse et étaient décalés par rapport à la pulsation du rythme. Nous nous sommes immédiatement emmêlé les jambes et le résultat a clairement été un *désastre*. Bianca a essayé de me guider, mais je n'avais jamais dansé avec une cavalière vivante, et encore moins avec une cavalière qui cherchait à me conduire.

Le public s'est mis à rire. J'ai l'habitude de provoquer l'hilarité et, quand Bianca s'est écartée de moi, j'ai passé la salle en revue pour repérer ceux qui ne riaient pas. Un excellent moyen d'identifier mes amis. Gene et Rosie, et, plus surprenant, la Doyenne et sa cavalière étaient mes amis ce soir. Stefan absolument pas.

Seule une initiative majeure était en mesure de remédier à la situation. Au cours de mes recherches sur la danse, j'avais noté certaines figures dont je n'avais pas eu l'intention de me servir. Je les avais tout de même retenues parce qu'elles étaient vraiment intéressantes. Elles présentaient aussi l'avantage de ne pas être aussi étroitement dépendantes du rythme et de la synchronisation et de ne pas exiger un contact physique important. Le moment était venu de les mettre en pratique.

J'ai exécuté l'homme qui court, la vache qu'on trait et l'imitation du pêcheur, ramenant Bianca au bout de mon fil, bien qu'elle n'ait pas exécuté les mouvements requis. En fait, elle était complètement figée. Pour finir, j'ai tenté une manœuvre de contact corporel. On s'en sert d'ordinaire pour apporter une conclusion spectaculaire au numéro, l'homme balançant la femme d'un côté à l'autre, sur son dos et entre ses jambes. Malheureusement, cette figure exige la coopération de la cavalière, surtout si elle est plus lourde qu'un squelette. Bianca n'a pas joué le jeu, ce qui a eu le même effet que si je l'avais attaquée. Et, contrairement à l'aïkido, la pratique de la danse ne comprend manifestement pas l'apprentissage des chutes indolores.

Quand je lui ai proposé de l'aider à se relever, elle a fait comme si elle ne voyait pas la main que je lui tendais et s'est dirigée vers les toilettes, apparemment indemne.

J'ai regagné notre table et me suis assis. Stefan riait toujours.

— Espèce de salaud, lui a lancé Rosie.

Gene a dit quelque chose à Rosie, sans doute pour éviter une manifestation de colère inappropriée en public, et elle a paru se calmer.

Bianca est revenue, mais c'était juste pour prendre son sac.

— Simple problème de synchronisation, ai-je dit pour essayer de me justifier. Mon métronome cérébral n'est pas réglé sur la même fréquence que celui de l'orchestre.

Bianca s'est détournée. Rosie semblait, quant à elle, disposée à écouter mes explications.

— J'ai coupé le son pendant l'entraînement pour pouvoir me concentrer sur l'apprentissage des pas.

Rosie n'a pas répondu. J'ai entendu Bianca dire à Stefan :

— Ça arrive. Ce n'est pas la première fois, vous savez. Probablement la pire, tout de même. Les hommes prétendent savoir danser...

Elle s'est dirigée vers la sortie sans me dire bonsoir. Gene l'a suivie et l'a rattrapée un peu plus loin.

J'en ai profité pour retourner mon verre et le remplir de vin. C'était un Gordo Blanco mal vinifié avec trop de sucres résiduels. Je l'ai bu et m'en suis servi un autre. Rosie s'est levée et s'est dirigée vers l'orchestre. Elle a parlé au chanteur, puis au batteur.

Elle s'est retournée et a tendu le doigt vers moi dans un geste caractéristique. J'ai reconnu la scène – je l'avais vue plus de dix fois. C'était le signal qu'Olivia Newton-John adresse à John Travolta dans *Grease* pour ouvrir la séquence de danse que je travaillais quand Gene m'avait interrompu, neuf jours plus tôt. Rosie m'a entraîné vers la piste.

— Danse, a-t-elle dit. Danse, putain, et ne t'occupe de rien d'autre.

J'ai commencé à danser sans musique. C'était comme ça que je m'étais exercé. Rosie m'a suivi, en se réglant sur mon tempo. Puis elle a levé le bras et s'est mise à l'agiter au même rythme que nos mouvements. J'ai entendu le batteur commencer à jouer et j'ai senti dans mon corps que nous étions tous en mesure. Quand le reste de l'orchestre a enchaîné, je l'ai à peine remarqué.

Rosie était une bonne danseuse, beaucoup plus facile à manipuler que le squelette. Je l'ai guidée dans les figures les plus compliquées, entièrement concentré sur la mécanique et sans commettre d'erreurs. La chanson de *Grease* s'est terminée et tout le monde a applaudi. Mais avant que nous ayons eu le temps de regagner notre table, l'orchestre a recommencé à jouer et le public s'est mis à taper dans ses mains en cadence : *Satisfaction*.

C'était peut-être dû à l'effet du Gordo Blanco sur mes fonctions cognitives, toujours est-il que j'ai été soudain submergé par un sentiment extraordinaire – pas de satisfaction, mais de joie absolue. Le sentiment que j'avais éprouvé au Musée d'histoire naturelle de New York et en préparant des cocktails. Nous avons recommencé à danser, et cette fois, je me suis laissé aller pour mieux me concentrer sur les sensations de mon corps qui bougeait au rythme de cette chanson de mon enfance et de Rosie qui suivait la même mesure.

La musique s'est arrêtée et tout le monde s'est remis à applaudir.

J'ai cherché des yeux Bianca, ma cavalière, et je l'ai repérée près de la sortie avec Gene. J'avais pensé qu'elle serait impressionnée de constater que le problème était réglé, et pourtant, même de loin et malgré ma capacité limitée à interpréter les expressions, j'ai bien vu qu'elle était furieuse. Elle a fait demi-tour et s'est éloignée.

Le reste de la soirée a été incroyable, complètement transformé par une seule danse. *Tout le monde* est venu nous féliciter, Rosie et moi. Le photographe nous a donné gratuitement une photo à chacun. Stefan est parti de bonne heure. Gene a obtenu que le bar nous serve du champagne premier choix et nous en avons bu plusieurs verres avec lui et avec une chercheuse hongroise de l'Institut de physique qui s'appelait Klara. Nous avons encore dansé, Rosie et moi, puis j'ai dansé avec presque toutes les femmes de la salle. J'ai demandé à Gene s'il pensait que je devais inviter la Doyenne ou sa cavalière, mais il a estimé que cette question dépassait ses propres compétences sociales. Finalement, je ne l'ai pas fait, parce que la Doyenne était visiblement de mauvaise humeur. La foule avait clairement manifesté qu'elle préférait danser plutôt que d'écouter le discours qu'elle avait préparé.

À la fin de la soirée, l'orchestre a joué une valse. Quand elle a été terminée, j'ai parcouru la salle du regard pour constater qu'il ne restait que Rosie et moi sur la piste. Tout le monde a recommencé à applaudir. Ce n'est que plus tard que j'ai pris conscience d'avoir eu un contact rapproché et prolongé avec un être humain sans éprouver de malaise. J'ai attribué cette expérience au fait que j'étais concentré sur l'exécution correcte des pas de danse.

— On partage un taxi ? m'a demandé Rosie.

J'ai trouvé que c'était une utilisation raisonnable de combustibles fossiles.

Dans le taxi, Rosie m'a dit :

— Tu aurais dû t'exercer sur différents rythmes. Je t'aurais cru plus futé que ça.

J'ai regardé par la fenêtre du taxi.

Puis elle a dit :

— C'est pas vrai ! *Putain*, c'est pas vrai ! Tu

l'avais fait, c'est ça ? C'est encore pire. Tu as préféré te ridiculiser devant tout le monde plutôt que de lui dire qu'elle ne te branchait pas !

— C'était extrêmement délicat. Je n'avais aucune raison de la rejeter.

— Sinon de ne pas avoir envie d'épouser une perruche.

J'ai trouvé ça d'une drôlerie incroyable, sans doute la conséquence de l'alcool et de la décompression après tout ce stress. Nous avons ri tous les deux pendant plusieurs minutes, et Rosie m'a même touché l'épaule plusieurs fois. Ça ne m'a pas dérangé, mais quand nous avons cessé de rire, je me suis de nouveau senti mal à l'aise et j'ai détourné le regard.

— Tu es impossible, a dit Rosie. Regarde-moi quand je te parle.

J'ai continué à regarder par la vitre. J'étais déjà surstimulé.

— Je sais comment tu es.

— De quelle couleur sont mes yeux ?

— Bruns.

— Quand je suis née, j'avais les yeux bleus. Bleu layette. Comme ma mère. Elle était irlandaise, mais elle avait les yeux bleus. Puis ils sont devenus bruns.

J'ai regardé Rosie. C'était stupéfiant.

— Les yeux de ta mère ont changé de couleur ?

— Mais non, les *miens*. Un phénomène fréquent chez les bébés. C'est à ce moment-là que ma mère a compris que Phil n'était pas mon père. Elle avait les yeux bleus et Phil aussi. Elle a décidé de le lui dire. Heureusement que ce n'était pas un lion.

J'avais du mal à comprendre tout ce que disait Rosie, sans doute à cause des effets de l'alcool et de son parfum. Elle m'avait tout de même permis de replacer la conversation en terrain sûr. La transmission de caractéristiques courantes génétiquement influencées comme la couleur des yeux est plus complexe qu'on ne le croit généralement et j'étais certain de pouvoir disserter sur ce sujet assez longtemps pour occuper le reste du trajet. Je me suis cependant rendu compte que c'était une action défensive, discourtoise de surcroît à l'égard de Rosie : elle avait accepté, dans mon intérêt, de se mettre dans une situation extrêmement embarrassante et potentiellement préjudiciable à sa relation avec Stefan.

En pensée, je suis revenu en arrière et me suis arrêté sur son affirmation : « Heureusement que ce n'était pas un lion. » J'ai supposé qu'elle faisait allusion à la conversation que nous avions eue, le soir du Repas sur le Balcon, quand je l'avais informée que les lions tuent la progéniture née de précédents accouplements des femelles. Peut-être avait-elle envie de parler de Phil. Ce n'était pas non plus sans intérêt pour moi. Toute la motivation de l'Opération Père résidait dans l'échec de Phil à jouer correctement ce rôle. Et pourtant, Rosie n'en avait apporté aucune preuve concrète si ce n'est son hostilité à l'alcool, la possession d'un véhicule très malcommode et le choix d'un coffret à bijoux comme cadeau.

— Est-ce qu'il était violent ? ai-je demandé.

— Non. (Elle s'est interrompue un moment.) C'était simplement... une vraie girouette. Un jour j'étais la gamine la plus extraordinaire du monde, le lendemain il aurait préféré me voir disparaître dans un trou.

Ce comportement me paraissait très répandu et

ne justifiait pas vraiment un vaste programme de recherche et d'analyse d'ADN.

— Tu peux me donner un exemple ?

— Par où commencer... Voilà. La première fois, c'est quand j'ai eu dix ans. Il avait promis de m'emmener à Disneyland. J'en avais parlé à tout le monde à l'école. J'ai attendu, attendu, attendu, et on n'y est jamais allés.

Le taxi s'est arrêté devant un immeuble résidentiel. Rosie parlait toujours, les yeux fixés sur le dossier du siège du chauffeur.

— Alors évidemment, j'ai un problème de rejet. (Elle s'est tournée vers moi.) Et *toi,* tu gères ça comment ?

— La question ne s'est jamais posée.

Ce n'était pas le moment d'aborder un nouveau sujet de conversation.

— Tu parles, a dit Rosie.

Apparemment, j'allais être obligé de répondre franchement. J'étais en présence d'une thésarde en psychologie.

— J'ai bien connu quelques difficultés à l'école, ai-je admis. D'où les arts martiaux. Mais j'ai mis au point certaines techniques non violentes pour gérer les situations sociales difficiles.

— Comme ce soir.

— J'ai appris à accentuer ce qui semblait amuser les gens.

Rosie n'a pas réagi. J'ai reconnu la technique de thérapie, sans trouver d'autre solution que de poursuivre.

— Je n'avais pas beaucoup d'amis. Zéro, en fait, à part ma sœur. Malheureusement, elle est morte il y a deux ans en raison d'une incompétence médicale.

— Que s'est-il passé ? a demandé Rosie tout bas.
— Grossesse extra-utérine non diagnostiquée.
— Oh, Don, a dit Rosie avec une grande compassion.
J'ai senti que j'avais choisi la personne appropriée pour me confier.
— Vivait-elle... en couple ?
— Non. (J'ai anticipé la question suivante.) Nous n'avons jamais trouvé la source.
— Comment s'appelait-elle ?
C'était en apparence une question anodine, mais je ne voyais pas l'intérêt que Rosie sache le nom de ma sœur. L'allusion indirecte était sans ambiguïté, puisque je n'avais qu'une sœur. J'étais pourtant très mal à l'aise. Il m'a fallu quelques instants pour comprendre pourquoi. Sans qu'il s'agisse d'une décision délibérée de ma part, je n'avais pas prononcé son nom depuis sa mort.
— Michelle, ai-je répondu à Rosie.
Après quoi aucun de nous n'a plus dit un mot pendant un moment.
Le chauffeur de taxi a toussé de façon exagérée. J'ai supposé que ce n'était pas pour commander une bière.
— Tu veux monter ? m'a demandé Rosie.
J'étais accablé. Le rendez-vous avec Bianca, le bal, le rejet de Bianca, la pression sociale, la discussion sur des sujets personnels – et maintenant, à l'instant précis où le supplice touchait à sa fin, Rosie semblait me proposer de poursuivre la conversation. Je n'étais pas sûr de pouvoir le supporter.
— Il est très tard, ai-je objecté.
J'étais certain que c'était une manière socialement acceptable de lui faire savoir que je voulais rentrer chez moi.
— Les taxis sont moins chers le matin.

Si j'avais bien compris ce qu'elle suggérait, j'étais complètement dépassé. Il fallait que je m'assure de ne pas me méprendre sur ses propos.

— Tu me proposes de rester pour la nuit ?

— Peut-être. Mais d'abord, il faudra que tu écoutes l'histoire de ma vie.

« *Alerte ! Danger, Will Robinson ! Des extraterrestres non identifiés approchent !* » Je me sentais glisser dans un abîme d'émotions. J'ai réussi à rester suffisamment calme pour lui répondre.

— Malheureusement, j'ai un certain nombre d'activités programmées pour demain matin.

Routine, normalité.

Rosie a ouvert la porte du taxi. Je voulais qu'elle parte, mais elle avait encore quelque chose à dire.

— Don, je peux te poser une question ?

— Une seule.

— Tu me trouves séduisante ?

Gene m'a expliqué le lendemain que j'avais commis une erreur. Facile à dire : ce n'était pas lui qui était assis dans un taxi après une soirée de surcharge sensorielle absolue en compagnie de la plus belle femme du monde. J'ai cru bien faire. J'ai repéré la question piège. Je voulais que Rosie m'apprécie et je me suis rappelé ses propos passionnés sur les hommes qui traitaient les femmes comme des objets. Elle me mettait à l'épreuve pour savoir si je la considérais comme un objet ou comme une personne. La réponse pertinente était évidemment la seconde.

— Je ne sais pas. Je n'ai pas fait attention, ai-je répondu à la plus belle femme du monde.

18.

J'ai envoyé un texto à Gene depuis le taxi. Il était 1h08, mais il avait quitté le bal en même temps que moi et avait un plus long trajet à faire. « Urgent : jogging demain 6 h. » Gene a répondu : « Dimanche 8 h. Apporte-moi infos contact Bianca. » J'étais sur le point d'insister pour le voir plus tôt, puis j'ai pensé que ce délai me permettrait de mettre un peu d'ordre dans mes idées.

Il me paraissait évident que Rosie m'avait invité à avoir un rapport sexuel avec elle. J'avais eu raison d'éviter cette situation. Nous avions bu l'un comme l'autre une quantité non négligeable de champagne. L'alcool, on le sait, tend à encourager les décisions déraisonnables en matière de sexe. Rosie était bien placée pour le savoir : la décision de sa mère, indéniablement provoquée par l'alcool, continuait à être une source de souffrance pour elle.

Ma propre expérience sexuelle était limitée. Gene m'avait expliqué que les conventions voulaient qu'on attende le troisième rendez-vous. Or mes relations n'avaient jamais dépassé le premier. En fait, je n'avais eu à proprement parler qu'un rendez-vous avec Rosie – le soir de l'Incident de la Veste et du Repas sur le Balcon.

Je ne recourais pas aux services de professionnelles, moins pour des raisons morales que parce que l'idée même me répugnait. Ce n'était pas une justification rationnelle, mais dans la mesure où le bénéfice recherché était purement primitif, on pouvait juger qu'une raison primitive était valable.

Voilà pourtant que je me trouvais, selon toute apparence, devant une occasion de me livrer à ce que Gene aurait appelé un « rapport sexuel sans engagement réciproque ». Toutes les conditions requises étaient réunies. Avant qu'elle ne me fasse savoir qu'elle souhaitait avoir un rapport sexuel avec moi, nous avions clairement admis, Rosie et moi, qu'aucun de nous n'était intéressé par une relation sentimentale. Et moi, est-ce que j'avais envie d'avoir un rapport sexuel avec Rosie ? Je ne voyais pas de raison logique de répondre par la négative, ce qui me laissait libre d'obéir aux injonctions de mes désirs primitifs. La réponse était un oui clair et net. Ayant pris cette décision complètement rationnelle, je n'ai plus pu penser à autre chose.

Gene m'attendait devant chez lui le dimanche matin. Je lui avais apporté les renseignements figurant sur la fiche de Bianca et j'avais vérifié sa nationalité : panaméenne. Gene a été très satisfait de cette information.

Il aurait voulu que je lui raconte dans le détail ce qui s'était passé avec Rosie. J'ai préféré ne pas gaspiller mes efforts en donnant deux fois les mêmes explications : autant exposer les faits à Claudia en même temps qu'à lui. Comme je n'avais pas d'autre sujet à aborder et que Gene avait du mal à courir et à parler en même temps, nous avons passé les quarante-sept minutes suivantes dans le silence.

Quand nous sommes retournés chez Gene, Claudia et Eugénie prenaient le petit déjeuner. Je me suis assis et j'ai dit :

— J'ai besoin d'un conseil.

— Ça ne peut pas attendre ? a protesté Claudia. On doit conduire Eugénie à l'équitation puis retrouver des amis pour un brunch.

— Non. J'ai peut-être commis une erreur sociale. J'ai enfreint une des règles de Gene.

Gene a dit :

— Don, je crois que ton oiseau panaméen s'est définitivement envolé. Prends ça comme une expérience.

— La règle en question concerne Rosie, pas Bianca : ne laisse jamais passer une occasion d'avoir un rapport sexuel avec une femme de moins de trente ans.

— C'est un conseil de Gene ? a demandé Claudia.

Carl venait d'arriver et je m'apprêtais à me défendre contre son attaque rituelle, mais il s'est arrêté pour regarder son père.

— Je me suis dit qu'il serait utile que je te consulte toi parce que tu es psychologue, et que je consulte Gene à cause de sa vaste expérience pratique.

Gene s'est tourné vers Claudia, puis vers Carl.

— Dans ma folle jeunesse, a-t-il précisé. Et je parle de jeunesse, *pas* d'adolescence. Il me semble que ça peut attendre demain, au déjeuner, a-t-il ajouté à mon intention.

— Et Claudia ? ai-je demandé.

Claudia s'est levée de table.

— Je suis certaine qu'il n'y a rien que Gene ignore sur ce sujet.

C'était un commentaire encourageant, surtout venant de son épouse.

— Qu'est-ce que tu lui as dit ? m'a demandé Gene.

Nous déjeunions ensemble au Club Universitaire comme prévu.

— Je lui ai dit que je n'avais pas fait attention à son apparence. Je ne voulais pas qu'elle s'imagine que je la considérais comme un objet sexuel.

— Bordel ! La seule fois de ta vie où tu réfléchis avant de parler, c'est la seule fois où tu aurais mieux fait de t'abstenir.

J'étais incrédule.

— J'aurais dû lui dire qu'elle était belle ?

— Gagné ! Et du premier coup, a lancé Gene, à tort puisque justement je n'avais pas gagné du premier coup. Je comprends mieux le gâteau.

J'ai dû avoir l'air abasourdi. Pour des raisons évidentes.

— Elle a mangé du gâteau au chocolat. À son bureau. Pour le petit déjeuner.

J'ai trouvé que c'était un choix malsain, cohérent avec la cigarette, mais qui ne révélait pas un désarroi particulier. Gene m'a pourtant assuré qu'elle cherchait à se remonter le moral.

Maintenant que j'avais livré les informations indispensables sur le contexte, je lui ai exposé mon problème.

— Tu prétends que ce n'est pas Elle, que ce n'est pas la femme de ta vie, a remarqué Gene.

— Tout à fait inadéquate. Extrêmement séduisante tout de même. Si je dois avoir un rapport sexuel sans engagement avec quelqu'un, c'est la candidate idéale.

Elle n'éprouve pas non plus d'attachement sentimental à mon égard.

— Alors pourquoi ce stress ? Tu as déjà eu une activité sexuelle ?

— Bien sûr. Mon médecin y est tout à fait favorable.

— Les frontières de la médecine..., a murmuré Gene.

C'était probablement une plaisanterie. Il me semble que cela fait un certain temps que toutes les études s'accordent sur les bienfaits d'une activité sexuelle régulière. J'ai poursuivi mes explications.

— Seulement, c'est plus compliqué quand on ajoute une deuxième personne.

— Évidemment. J'aurais dû y penser. Et si tu te trouvais un bouquin ?

Les informations étaient disponibles sur internet, mais quelques minutes consacrées à dépouiller les résultats d'une recherche sur « positions sexuelles » ont suffi à me convaincre que l'option livre fournirait un support pédagogique plus judicieux, avec moins de données parasites.

Je n'ai pas eu de mal à me procurer un ouvrage adéquat. De retour à mon bureau, j'ai choisi une position au hasard. Elle s'appelait la « position du cow-boy inversée (variante 2) ». J'ai essayé – facile. Toutefois, comme je l'avais expliqué à Gene, la difficulté venait de la présence d'une seconde personne. Je suis allé chercher le squelette dans le placard et l'ai disposé sur moi, en respectant le schéma du livre.

À la fac, la règle veut que personne n'ouvre une porte sans avoir frappé au préalable. Gene ne l'applique pas dans mon cas, parce que nous sommes de bons amis. Je ne considère pas la Doyenne comme mon amie. La situation était d'autant plus embarrassante qu'elle était accompagnée de quelqu'un, ce dont elle était cependant entièrement responsable. Heureusement, j'avais gardé mes vêtements.

— Don, a-t-elle dit, si vous pouvez interrompre quelques instants la réparation de ce squelette, j'aimerais vous présenter le docteur Peter Enticott du Conseil de la recherche médicale. Je lui ai parlé de vos travaux sur la cirrhose et il a très envie de faire votre connaissance. Pour examiner la possibilité d'un *programme de financement*.

Elle a accentué les trois derniers mots, comme si j'étais déconnecté de la politique universitaire au point d'oublier que le financement occupait le centre de son univers. Elle n'avait pas tort.

J'ai immédiatement reconnu Peter : l'ancien candidat au rôle de père qui travaillait à la Deakin University et avait été à l'origine de l'incident du vol de tasse. Il m'a reconnu lui aussi.

— Nous nous sommes déjà rencontrés, Don et moi, a-t-il dit. Son amie envisage de faire des études de médecine. Et nous nous sommes revus tout récemment à une soirée. (Il m'a adressé un clin d'œil.) Tout me porte à croire que vos chercheurs sont scandaleusement sous-payés.

Nous avons eu une discussion passionnante à propos de mon travail sur les souris alcooliques. Peter a eu l'air extrêmement intéressé et j'ai dû le rassurer à plusieurs reprises en lui expliquant que j'avais conçu cette recherche pour pouvoir me passer de tout apport financier extérieur. La Doyenne agitait les mains et faisait des grimaces. Elle aurait voulu, je l'ai deviné, que je prétende avoir impérativement besoin d'une subvention pour mon étude. Cela lui aurait permis d'utiliser cet argent au profit d'un projet incapable d'obtenir une aide financière pour ses propres mérites. J'ai choisi de feindre l'incompréhension, ce qui a eu pour seul effet d'intensifier ses signaux. Ce n'est que par la suite que je me suis rendu compte que je n'aurais pas dû laisser le livre des positions sexuelles ouvert par terre.

Je me suis dit que dix positions seraient probablement suffisantes pour commencer. Il serait toujours temps d'en apprendre davantage si la première rencontre était un succès. Il ne m'a pas fallu longtemps – moins longtemps que pour maîtriser le cha-cha-cha. Cette activité m'a paru nettement préférable à la danse en termes de rapport gain-effort. J'étais impatient de m'y mettre.

Je suis allée chercher Rosie dans le bâtiment du troisième cycle. La salle réservée aux étudiants de doctorat était un espace sans fenêtre, avec des tables de travail le long des murs. J'ai dénombré huit étudiants, parmi lesquels Rosie et Stefan, qui occupaient deux bureaux côte à côte.

Stefan m'a adressé un sourire bizarre. Je me méfiais toujours de lui.

— On ne voit que vous sur Facebook, Don. (Il s'est tourné vers Rosie.) Il va falloir que tu mettes à jour ton statut de relation.

Son écran affichait une photo spectaculaire de Rosie et moi en train de danser, identique à celle que le photographe m'avait donnée et qui se trouvait maintenant chez moi, près de mon ordinateur. Je faisais tournoyer Rosie et l'expression de son visage révélait un bonheur extrême. Je n'avais pas été à proprement parler « tagué », puisque je n'étais pas enregistré sur Facebook (les réseaux sociaux ne faisant pas partie de mes centres d'intérêt), mais nos noms figuraient sur la légende de la photo : « Don Tillman, prof. de génétique, et Rosie Jarman, doctorante en psychologie. »

— Ne m'en parle pas, a lancé Rosie.

Ça m'a paru mauvais signe.

— Tu n'aimes pas cette photo ?

— C'est à cause de Phil. Je ne voudrais pas qu'il voie ça.

— Tu crois que ton père passe sa vie sur Facebook ? a demandé Stefan.

— Attends un peu qu'il m'appelle, a rétorqué Rosie. « Combien il gagne ? » « Tu couches avec lui ? » « Quel poids il lève aux haltères ? ».

— Ce ne sont pas des questions tellement insolites de la part d'un père à propos du type qui sort avec sa fille, a remarqué Stefan.

— Je ne sors pas avec Don. On a partagé un taxi, un point c'est tout. Pas vrai, Don ?

— Exact.

Rosie s'est retournée vers Stefan.

— Alors, tu peux te mettre ta petite théorie où je pense. Et pour de bon.

— J'aimerais te parler en privé, ai-je annoncé à Rosie.

Elle m'a regardé droit dans les yeux.

— Je ne vois pas la nécessité d'un entretien en privé.

J'ai trouvé ça bizarre. Mais sans doute partageait-elle avec Stefan le même genre d'informations que moi avec Gene. Après tout, il l'avait accompagnée au bal.

— Je voudrais revenir sur mon refus à ta proposition de rapport sexuel, ai-je poursuivi.

Stefan a posé la main sur sa bouche. Il y a eu un silence relativement long – je l'estimerais à six secondes.

Puis Rosie a dit :

— Don, c'était une blague. Une blague.

Je ne savais pas quoi en penser. Je pouvais comprendre qu'elle ait éventuellement changé d'avis. Peut-être ma réaction à l'affaire de l'objet sexuel avait-elle été fatale. Mais une blague ? Je ne pensais tout de même pas être insensible aux signaux sociaux au point de ne pas m'être rendu compte qu'elle plaisantait. En fait, si. Il m'était déjà arrivé par le passé de ne pas repérer les blagues. Souvent, même. Une blague... j'avais été obsédé par une blague.

— Oh ! Et quand nous reverrons-nous pour l'autre projet ?

Rosie a baissé les yeux vers son bureau.

— Il n'y a pas d'autre projet.

19.

J'ai passé une semaine à essayer de reprendre mon programme habituel, profitant du temps libéré par le ménage d'Eva et par l'annulation de l'Opération Père pour rattraper les entraînements de karaté et d'aïkido que j'avais manqués.

J'étais au dojo à travailler au sac de sable quand Seisei, cinquième dan, un homme qui ne parle pas beaucoup et encore moins aux ceintures noires, m'a pris à l'écart.

— Quelque chose t'a mis très en colère, m'a-t-il dit.

Rien de plus. Il me connaissait suffisamment pour savoir qu'une fois une émotion identifiée, je ne la laisserais pas prendre le dessus. Il avait tout de même eu raison de venir me parler parce que je ne m'étais pas rendu compte que j'étais en colère.

J'avais été brièvement en colère contre Rosie parce que, contrairement à toute attente, elle m'avait refusé quelque chose dont j'avais envie. Ensuite, j'avais été en colère contre moi-même et contre mon incompétence sociale qui avait certainement été une source d'embarras pour Rosie.

J'ai fait plusieurs tentatives pour joindre Rosie et je suis systématiquement tombé sur sa boîte vocale. Finalement, j'ai laissé un message :

— Et si tu avais une leucémie et que tu sois incapable de localiser un donneur de greffe de moelle osseuse ? Ton père biologique ferait un excellent candidat doté d'une forte motivation à te porter secours. Renoncer à poursuivre cette opération jusqu'au bout pourrait être mortel. Il ne reste que onze candidats.

Elle ne m'a pas rappelé.

— Ce sont des choses qui arrivent, m'a dit Claudia au cours de notre troisième rendez-vous café en l'espace de quatre semaines. Tu t'engages dans une relation avec une femme, ça ne marche pas...

C'était donc ça. Je m'étais, à ma manière, « engagé dans une relation » avec Rosie.

— Qu'est-ce que je dois faire ?

— Ce n'est pas facile, mais tout le monde te donnera le même conseil : tourne la page. Tu finiras bien par rencontrer quelqu'un d'autre.

La logique de Claudia, étayée par de solides fondements théoriques et inspirée par une vaste expérience professionnelle, était certainement supérieure à mes propres sentiments irrationnels. Pourtant, en y réfléchissant, je me suis dit que ses conseils, et en fait toute la psychologie en tant que discipline, reposaient sur les résultats de recherches effectuées sur des êtres humains normaux. Je suis parfaitement conscient de présenter certaines caractéristiques inhabituelles. N'était-il pas envisageable que les conseils de Claudia ne s'appliquent pas à mon cas ?

J'ai choisi une solution de compromis. Je poursuivrais l'Opération Épouse. Si (et *seulement* si) il me restait un peu de temps libre, je l'emploierais à poursuivre l'Opération Père de mon côté. Si je réussissais à apporter la solution à Rosie, peut-être pourrions-nous redevenir amis.

En m'inspirant du Désastre Bianca, j'ai révisé mon questionnaire, ajoutant des critères plus rigoureux. J'y ai introduit des questions sur la danse, les sports de raquette et le bridge pour éliminer les candidates qui exigeraient de moi l'acquisition de compétences dans des activités inutiles, et j'ai accentué la difficulté des problèmes de mathématiques, de physique et de génétique. La réponse c, *modérément*, serait la *seule* acceptable à la question sur l'alcool. J'ai tout organisé pour que les réponses soient adressées directement à Gene, qui s'était manifestement engagé dans la pratique de recherche solidement établie d'exploitation secondaire des données. Il me préviendrait si quelqu'un répondait à mes exigences. À toutes mes exigences.

En l'absence de candidates à l'Opération Épouse, j'ai beaucoup réfléchi à la meilleure manière d'obtenir des échantillons d'ADN pour l'Opération Père.

La réponse m'est venue à l'esprit pendant que je désossais une caille. Tous les candidats étaient des médecins qui accepteraient certainement d'apporter une contribution à la recherche en génétique. La seule chose qu'il me fallait, c'était un prétexte plausible pour leur demander leur ADN. Or j'en avais un, grâce aux travaux de préparation que j'avais faits pour la conférence sur le syndrome d'Asperger.

J'ai sorti ma liste de onze noms. Deux étaient ceux de morts confirmés. Il n'en restait donc que neuf, dont sept vivaient à l'étranger, ce qui expliquait leur absence à la soirée des anciens élèves. Les deux derniers avaient des numéros de téléphone locaux. L'un d'eux était le directeur de l'Institut de recherche médicale de ma propre université. Je l'ai appelé en premier.

— Bureau du professeur Lefebvre, a répondu une voix de femme.

— Ici le professeur Tillman de l'Institut de génétique. J'aimerais inviter le professeur Lefebvre à participer à un programme de recherche.

— Le professeur Lefebvre est en congé sabbatique aux États-Unis. Il sera de retour dans quinze jours.

— Parfait. Il s'agit d'une recherche sur la présence de marqueurs génétiques de l'autisme chez les individus très performants. Il faudrait simplement qu'il remplisse un questionnaire et me fournisse un échantillon d'ADN.

Deux jours plus tard, j'avais réussi à localiser les neuf candidats vivants et je leur avais envoyé des questionnaires préparés à partir des articles de recherche sur l'Asperger et accompagnés d'écouvillons buccaux. Les questionnaires étaient sans intérêt, mais devaient donner une apparence de légitimité à ma recherche. Ma lettre d'envoi insistait sur mes références de professeur de génétique employé par une prestigieuse université. En attendant, il fallait que j'identifie des membres de la famille des deux médecins morts.

J'ai trouvé sur internet une notice nécrologique du docteur Gerhard von Deyn, victime d'un infarctus. Le nom de sa fille, alors étudiante en médecine, y figurait. Je n'ai eu aucun mal à localiser le docteur Brigitte von Deyn. Elle a été enchantée de participer à cette étude. Facile.

Le cas de Geoffrey Case posait un problème beaucoup plus complexe. Il était mort un an après avoir passé son diplôme. J'avais relevé depuis un certain temps l'essentiel des informations à son sujet grâce au site de la réunion de promotion. Il ne s'était pas marié et n'avait pas d'enfant (connu).

Sur ces entrefaites, les échantillons d'ADN ont commencé à arriver. Deux médecins, installés à New York l'un comme l'autre, ont décliné ma proposition. Pourquoi des praticiens refusaient-ils de participer à une étude de première importance ? Avaient-ils quelque chose à cacher ? Comme l'existence d'une fille illégitime dans la ville même d'où émanait cette requête ? Il m'est venu à l'esprit que s'ils soupçonnaient mes motifs, rien ne les empêchait d'envoyer l'ADN d'un ami. Un refus était donc préférable à une tricherie.

Sept candidats, dont le docteur von Deyn Jr., m'ont envoyé des échantillons. Aucun n'était le père de Rosie, ni sa demi-sœur. Le professeur Simon Lefebvre est rentré de son congé sabbatique et a exigé de me rencontrer personnellement.

— Je suis venu chercher un paquet de la part du professeur Lefebvre, ai-je annoncé à la réceptionniste de l'hôpital municipal où il assurait des consultations, espérant éviter ainsi une rencontre concrète et un inévitable interrogatoire.

Échec. Elle a appuyé sur le bouton de l'interphone, a donné mon nom et le professeur Lefebvre est arrivé. Il devait avoir, ai-je estimé, approximativement cinquante-quatre ans – j'avais rencontré de nombreux individus de cinquante-quatre ans au cours des treize dernières semaines. Il tenait une grosse enveloppe, qui contenait certainement le questionnaire rempli, destiné à la poubelle de recyclage, et son ADN.

Quand il est arrivé devant moi, j'ai cherché à prendre l'enveloppe au moment même où il tendait son autre main pour serrer la mienne. C'était gênant, mais le résultat net a été que nous avons échangé une poignée de main et qu'il a conservé l'enveloppe.

— Simon Lefebvre, a-t-il dit. Bien, qu'est-ce que vous cherchez au juste ?

C'était complètement inattendu. Pourquoi s'interrogeait-il sur mes motifs ?

— Votre ADN, ai-je répondu. Et le questionnaire. Pour un projet d'étude de première importance. D'une importance capitale.

J'étais stressé et cela s'entendait certainement dans ma voix.

— Je n'en doute pas un instant. (Simon a ri.) Et c'est le hasard qui vous fait choisir pour cobaye le directeur de l'Institut de recherche médicale ?

— Nous nous intéressons à des individus particulièrement performants.

— Qu'est-ce que Charlie fricote cette fois ?

— Charlie ?

Je ne connaissais personne du nom de Charlie.

— D'accord, a-t-il dit. Question idiote. Combien voulez-vous que je mette ?

— Rien. Et il n'y a pas de Charlie en jeu. Tout ce que je vous demande, c'est votre prélèvement d'ADN... et le questionnaire.

Simon s'est remis à rire.

— Vous avez réussi à m'intriguer. Vous pourrez le dire à Charlie. Balancez-moi votre descriptif du projet. Et l'approbation du comité d'éthique. Tout le bazar.

— Et je pourrai avoir votre échantillon ? ai-je demandé. Un important taux de réponses est indispensable pour que l'analyse statistique soit valable.

— Envoyez-moi la paperasse, c'est tout.

La requête de Simon Lefebvre était parfaitement raisonnable. Malheureusement, je n'avais pas la « paperasse » qu'il réclamait, puisque ce projet était fictif. Il me faudrait sans doute plusieurs centaines d'heures de travail pour préparer un programme de recherche qui tienne la route.

J'ai essayé d'évaluer la probabilité que Simon Lefebvre soit le père de Rosie. Il restait à présent quatre candidats non testés : Simon Lefebvre, Geoffrey Case (mort) et les deux New-Yorkais, Isaac Esler et Solomon Freyberg. Sur la foi des informations dont disposait Rosie, il y avait 25 % de probabilités pour que n'importe lequel d'entre eux soit son père. Dans la mesure où jusqu'à présent toutes nos recherches avaient échoué à obtenir un résultat positif, j'étais bien obligé d'envisager d'autres possibilités. Deux de nos résultats provenaient d'analyses effectuées sur les descendantes des candidats et non d'un test direct. Il n'était pas exclu que l'une de ces filles voire les deux soient, à l'image de Rosie, le fruit d'un rapport sexuel extraconjugal, ce qui, comme le souligne Gene, est un phénomène plus courant qu'on ne le croit communément. S'y ajoutait l'éventualité qu'une ou plusieurs des personnes sondées pour le projet de recherche fictif m'ait délibérément envoyé un faux échantillon.

Il n'était pas non plus impossible que la mère de Rosie n'ait pas dit la vérité. Je n'y avais pas pensé tout de suite, car mon hypothèse par défaut est que les gens sont honnêtes. Mais peut-être avait-elle voulu que Rosie s'imagine être la fille d'un médecin, comme elle, plutôt que d'un membre d'une profession moins prestigieuse. Tout bien considéré, j'ai estimé à 16 % les chances que Simon Lefebvre soit le père de Rosie. Mettre au point la documentation pour le programme de recherche sur l'Asperger allait me coûter une masse de travail considérable, avec une faible probabilité d'obtenir la réponse souhaitée.

J'ai décidé de le faire quand même. Cette décision n'était pas entièrement rationnelle.

J'étais en plein travail quand un notaire m'a téléphoné pour m'annoncer la mort de Daphné. Son décès remontait à un certain temps déjà, ce qui ne m'a pas empêché de déceler en moi un sentiment inattendu de solitude. Notre amitié avait été simple. Tout était devenu tellement plus compliqué depuis.

La raison de cet appel était que Daphné m'avait légué par testament ce que le notaire a appelé « une petite somme ». Dix mille dollars. Elle avait aussi laissé une lettre, rédigée avant son départ pour la maison de retraite. Elle était écrite à la main, sur du papier décoratif.

Cher Don,

Merci d'avoir rendu les dernières années de ma vie aussi stimulantes. Après l'admission d'Edward en maison de retraite, je n'attendais plus grand-chose de l'existence. Je suis persuadée que vous n'ignorez pas tout ce que vous m'avez appris et l'intérêt que j'ai pris à nos conversations, mais peut-être n'avez-vous pas eu conscience d'avoir été pour moi un compagnon aussi merveilleux et de m'avoir apporté un soutien aussi immense.

Je vous ai dit un jour que vous feriez un mari formidable et je vous le répète, dans l'éventualité où vous l'auriez oublié. Je suis certaine que si vous cherchez bien, vous trouverez la personne qu'il vous faut. Ne renoncez pas, Don.

Je sais que vous n'avez pas besoin de mon argent, contrairement à mes enfants, mais je vous ai tout de même laissé une petite somme. Je serais heureuse que vous l'employiez à quelque chose d'irrationnel.

Très affectueusement,
votre amie,
Daphné Speldewind

Il m'a fallu moins de dix secondes pour trouver un motif irrationnel de dépense : en fait, je ne me suis accordé que ce laps de temps pour être certain que ma décision ne serait pas affectée par le moindre processus de réflexion logique.

Le projet de recherche sur l'Asperger était captivant, mais m'a effectivement pris beaucoup de temps. Le dossier final était impressionnant et j'étais certain qu'il aurait franchi sans problème l'étape de l'évaluation collégiale s'il avait été soumis à un organisme de financement. Je laissais entendre que tel avait bien été le cas, sans aller tout de même jusqu'à rédiger une fausse lettre d'approbation. J'ai appelé l'assistante personnelle de Lefebvre et je lui ai expliqué qu'ayant oublié de lui envoyer les documents, j'allais les lui apporter personnellement. Mes compétences en supercherie s'amélioraient.

Je me suis présenté à la réception et la procédure de notre précédente rencontre s'est reproduite. Son assistante a fait venir Lefebvre. Cette fois, il n'avait pas d'enveloppe. J'ai voulu lui donner les documents, il a essayé de me serrer la main et la confusion de la fois précédente s'est répétée. Lefebvre avait l'air de trouver ça très amusant. J'avais conscience d'être tendu. Après tout ce travail, je voulais obtenir son ADN.

— Salutations, ai-je dit. Voici la documentation demandée. Toutes les conditions requises sont remplies. Il me faut maintenant votre échantillon d'ADN et votre questionnaire.

Lefebvre a ri, comme toujours, et m'a inspecté de la tête aux pieds. Mon aspect présentait-il quelque chose de bizarre ? J'avais le T-shirt que je porte un jour sur deux, celui qui représente la classification périodique des éléments, un cadeau d'anniversaire que j'avais reçu l'année suivant mon diplôme, et je portais le pantalon fonctionnel qui convient aussi bien pour la marche que pour les cours, la recherche et les tâches physiques. Ainsi que des chaussures de sport de première qualité. L'unique erreur était que mes chaussettes, certainement visibles sous mon pantalon, étaient de couleurs légèrement différentes, ce qui arrive couramment quand on s'habille sous un éclairage insuffisant. Mais Simon Lefebvre avait l'air de s'amuser de tout.

— Magnifique, a-t-il dit.

Puis il a répété mes paroles en se livrant à ce qui m'a paru être une tentative pour imiter mon intonation :

— Toutes les conditions requises sont remplies, avant d'ajouter d'une voix normale, dites à Charlie que je lui promets d'examiner attentivement ce projet.

Encore Charlie ! C'était ridicule.

— L'ADN, ai-je dit fermement. Veuillez me remettre votre échantillon.

Lefebvre a ri comme si j'avais fait la meilleure blague de tous les temps. Des larmes ruisselaient sur son visage. De vraies larmes.

— Ça faisait longtemps que je n'avais pas autant rigolé, je vous assure.

Il a pris un mouchoir en papier dans une boîte posée sur le bureau de la réception, il s'est essuyé le visage, s'est mouché et a jeté le mouchoir usagé dans la poubelle en s'éloignant avec mon dossier.

Je me suis dirigé vers la poubelle et j'en ai ressorti le mouchoir.

20.

Cela faisait trois jours d'affilée que je venais m'asseoir avec un journal dans la salle de lecture du Club Universitaire. Je voulais faire croire à un hasard. De la place où je me trouvais, j'avais une excellente vue sur le comptoir où Rosie venait parfois faire la queue pour acheter son déjeuner, bien qu'elle n'ait pas atteint le niveau d'études requis pour être membre du Club. Gene m'avait transmis l'information à contrecœur : « Don, je crois que tu ferais mieux de laisser tomber. Tu vas te faire du mal. »

Je n'étais pas de son avis. Je suis très fort pour gérer les émotions. Je m'étais préparé à un rejet.

Rosie est entrée et a pris place dans la file. Je me suis levé et me suis glissé derrière elle.

— Don, a-t-elle dit. Quelle coïncidence !

— J'ai des nouvelles pour toi. À propos de notre projet.

— Il n'y a pas de projet. Pardon pour... pour la dernière fois que nous nous sommes vus. Et puis merde ! C'est toi qui me mets dans l'embarras, et c'est moi qui te demande pardon.

— Excuses acceptées. Il faut que tu viennes à New York avec moi.

— Quoi ? Non. Non, Don. Non, non et non.

Nous avions atteint la caisse sans avoir choisi de repas et nous avons dû reprendre la queue. Quand nous nous sommes assis, j'avais eu le temps de lui exposer mon programme de recherche sur l'Asperger.

— J'ai dû inventer tout un descriptif – trois cent soixante et onze pages – pour ce seul professeur. Je peux te dire que je suis devenu un spécialiste du phénomène de l'idiot savant.

La réaction de Rosie n'était pas facile à décoder, mais j'ai eu l'impression qu'elle était plus ébahie qu'impressionnée.

— Un spécialiste au chômage si tu te fais choper, a-t-elle remarqué. Je suppose que ce n'est pas mon père.

— Exact. (J'avais été soulagé de constater que le prélèvement de Lefebvre était négatif, malgré les efforts considérables que j'avais dû déployer pour l'obtenir. J'avais déjà fait des plans et un résultat positif les aurait bouleversés.) Il ne reste que trois possibilités. Deux de ces candidats se trouvent à New York et ils ont refusé l'un comme l'autre de participer à l'étude. Je les ai donc classés comme difficiles et il faut absolument que tu viennes à New York avec moi.

— À New York ! Don, non. Non, non, non, non. Tu n'iras pas à New York et moi non plus.

J'avais envisagé un refus de la part de Rosie. Mais le montant du legs de Daphné avait été suffisant pour payer le prix de deux billets.

— Au besoin, j'irai seul. Le problème est que je ne suis pas certain de pouvoir gérer les aspects sociaux de la collecte.

Rosie a secoué la tête.

— C'est complètement cinglé.

— Tu ne veux pas savoir qui ils sont ? Deux des trois hommes susceptibles d'être ton père ?

— Vas-y.

— Isaac Esler. Psychiatre.

Je voyais Rosie fouiller dans sa mémoire.

— Peut-être... Isaac... Ça me dit quelque chose. Peut-être un ami de quelqu'un. Merde, ça fait si longtemps... Et l'autre ?

— Solomon Freyberg. Chirurgien.

— Apparenté à Max Freyberg ?

— Son nom complet est Solomon Maxwell Freyberg.

— Putain ! Max Freyberg. Il est à New York maintenant ? Je rêve ! Tu dis que j'ai une chance sur trois d'être sa fille ? Et deux sur trois d'être juive ?

— En admettant que ta mère ait dit la vérité.

— Elle n'aurait pas menti.

— Quel âge avais-tu quand elle est morte ?

— Dix ans. Je sais ce que tu penses. Je sais aussi que j'ai raison.

De toute évidence, il était impossible d'avoir une discussion rationnelle à ce sujet. J'ai donc enchaîné sur son autre affirmation.

— Ça te poserait un problème d'être juive ?

— Non, juive, je m'en fiche. Le problème, c'est Freyberg. D'un autre côté, si c'est Freyberg, ça expliquerait que ma mère n'ait pas voulu le dire. Tu n'as jamais entendu parler de lui ?

— Uniquement dans le cadre de cette opération.

— Si tu t'intéressais au foot, tu saurais qui c'est.

— Il a été footballeur ?

— Non. Président de club. Un connard de première. Et le troisième candidat ?

— Geoffrey Case.

— Oh mon Dieu. (Rosie a pâli.) Il est mort.

— Exact.

— Maman parlait souvent de lui. Il a eu un accident. Ou bien il était malade... Je ne sais plus... Le cancer, peut-être ? Quelque chose de grave, en tout cas. Je ne savais pas qu'il était dans sa promotion.

J'ai soudain été frappé par la négligence de notre approche de l'opération, essentiellement due aux nombreux malentendus qui avaient conduit à des abandons provisoires suivis de redémarrages. Si nous avions consulté d'emblée la liste de noms, l'évidence de ces éventualités ne nous aurait pas échappé.

— Tu sais autre chose à son sujet ?

— Non. Maman était très triste de ce qui lui était arrivé. Merde... Ça serait parfaitement logique, tu ne trouves pas, qu'elle n'ait pas voulu m'en parler.

Je ne voyais pas où était la logique.

— Il venait de la campagne, a poursuivi Rosie. Je crois que son père avait un cabinet en pleine cambrousse.

Je savais par le site internet que Geoffrey Case était originaire de Moree dans le nord de la Nouvelle-Galles du Sud. Mais cela n'expliquait pas vraiment pourquoi la mère de Rosie aurait tenu à dissimuler son identité s'il avait été son père. Son seul autre trait distinctif étant d'être mort, c'était peut-être ce à quoi pensait Rosie – sa mère n'aurait pas voulu lui apprendre que son père était décédé. Rien ne l'empêchait en revanche de confier cette information à Phil pour qu'il la transmette à Rosie le jour où elle aurait été assez grande pour y faire face.

Pendant que nous parlions, Gene est entré. Avec Bianca ! Ils nous ont fait un petit signe de la main en se dirigeant vers l'escalier de la salle à manger privée. Incroyable.

— Quel salaud, a lancé Rosie.

— Il fait une recherche sur le potentiel d'attirance sexuelle des différentes nationalités.

— Bien sûr. Je plains sa femme, c'est tout.

J'ai expliqué à Rosie que Gene et Claudia formaient un couple ouvert.

— Tant mieux pour elle. Tu as l'intention de proposer le même genre d'arrangement à la lauréate de l'Opération Épouse ?

— Bien sûr.

— Bien sûr..., a répété Rosie.

— Si elle le souhaite, ai-je ajouté en craignant qu'elle n'ait mal interprété mes propos.

— Parce que tu t'imagines que c'est probable ?

— Si je trouve une partenaire, ce qui me paraît de plus en plus *improbable*, je n'aurai pas envie d'avoir de rapport sexuel avec une autre personne. Mais je ne suis pas très fort pour comprendre les désirs d'autrui.

— Tu parles d'un scoop ! Tu en as d'autres comme ça ? a demandé Rosie sans raison évidente.

Je me suis creusé la tête un instant pour trouver une information récente, susceptible de l'intéresser.

— Ahhh... Les testicules des faux bourdons et des argiopes frelons explosent pendant l'acte sexuel.

Il était contrariant que la première chose qui me soit venue à l'esprit soit liée au sexe. En tant que diplômée en psychologie, Rosie risquait d'en tirer une interprétation freudienne. Mais elle m'a regardé et a secoué la tête. Puis elle a ri.

— Je n'ai pas les moyens d'aller à New York. D'un autre côté, tu ne t'en sortiras jamais tout seul, ça, c'est sûr.

Le numéro de téléphone d'un certain M. Case figurait dans l'annuaire, parmi les abonnés de la localité de Moree. La femme qui a répondu m'a appris que le docteur Case Sr., dont le prénom était également Geoffrey, ce qui était un peu troublant, était décédé depuis plusieurs années et que sa veuve, Margaret, était atteinte de la maladie d'Alzheimer depuis deux ans et avait été admise à la maison de retraite locale. C'était une bonne nouvelle. Il était préférable que la mère soit encore en vie plutôt que le père – il y a rarement de doute sur l'identité de la mère biologique.

J'aurais pu demander à Rosie de m'accompagner, mais elle avait déjà accepté de venir à New York et je ne voulais pas courir le risque de commettre une erreur sociale susceptible de compromettre notre voyage. Je savais grâce à mon expérience avec Daphné que je n'aurais aucun mal à prélever un échantillon d'ADN sur une personne atteinte de la maladie d'Alzheimer. J'ai loué une voiture et j'ai préparé des cotons-tiges, des écouvillons buccaux, des sacs à fermeture à glissière et une pince à épiler. Je me suis également muni d'une carte de visite de l'université datant d'avant ma nomination au poste de professeur associé, pensant que le *docteur* Don Tillman recevrait un meilleur accueil dans un établissement médical.

Moree est à mille deux cent trente-deux kilomètres de Melbourne. Je suis allé chercher la voiture de location le vendredi, à 15h43, après mon dernier cours. Le calculateur d'itinéraire sur internet estimait le trajet à quatorze heures et trente-quatre minutes, dans un sens comme dans l'autre.

Quand j'étais étudiant, je faisais régulièrement l'aller-retour jusqu'à Shepparton où habitent mes parents et j'avais découvert que les longs trajets me faisaient le même effet que mes joggings au marché. La recherche a démontré que l'exécution de tâches mécaniques simples comme le jogging, la cuisine et la conduite automobile accroît la créativité. Il est toujours utile d'avoir du temps pour réfléchir sans distraction.

J'ai pris Hume Highway vers le nord et me suis servi de l'indicateur de vitesse d'une grande précision du GPS pour régler très exactement le régulateur à la limite maximum, au lieu de me référer au chiffre artificiellement gonflé affiché par le compteur. Cela me permettrait de gagner quelques minutes sans risquer de commettre une infraction. Seul dans la voiture, j'avais l'impression que toute ma vie s'était transformée en aventure, dont le point culminant serait le voyage à New York.

J'avais décidé de ne pas écouter de podcasts pendant le trajet, afin de réduire la charge cognitive et d'encourager mon inconscient à traiter les récentes données. Mais au bout de trois heures, j'ai constaté que je commençais à m'ennuyer. Je ne prête pas grande attention à mon environnement au-delà de la nécessité d'éviter les accidents, et en tout état de cause, l'autoroute ne présentait guère d'intérêt. La radio étant susceptible de provoquer une distraction identique à celle des podcasts, j'ai décidé d'acheter mon premier CD depuis l'expérience Bach. Malgré le choix limité dont disposait la station-service située juste avant d'entrer en Nouvelle-Galles du Sud, j'ai reconnu certains albums de la collection de mon père. J'ai choisi *Running on Empty* de Jackson Browne. Grâce à la fonction *repeat* que j'avais enclenchée, ce disque a été la bande-son de mon voyage et de mes réflexions pendant trois jours. Contrairement à beaucoup de gens, la répétition ne me dérange pas. Sans doute était-il préférable que je sois seul.

Mon inconscient restant improductif, j'ai décidé de me livrer à une analyse objective de l'état actuel de l'Opération Père. Quelles étaient les informations dont je disposais ?

1. J'avais testé quarante et un candidats sur quarante-quatre. (Plus quelques-uns de ceux dont l'apparence ethnique était incompatible.) Je n'avais obtenu aucune concordance. Il n'était pas entièrement exclu qu'une des sept personnes ayant répondu à l'enquête sur l'Asperger et ayant fourni des échantillons m'ait envoyé le frottis buccal d'un autre. Cela me paraissait pourtant improbable. Il était plus simple de ne pas participer du tout à l'enquête, comme l'avaient fait Isaac Esler et Max Freyberg.

2. Rosie avait identifié quatre candidats comme des connaissances de sa mère – Eamonn Hughes, Peter Enticott, Alan McPhee et, plus récemment, Geoffrey Case. Elle avait attribué une forte probabilité aux trois premiers, ce qui s'appliquait également à Geoffrey Case. Il représentait donc désormais le candidat le plus prometteur.

3. Toute l'opération s'appuyait sur le témoignage de la mère de Rosie selon lequel elle avait accompli

l'acte sexuel déterminant au cours de la fameuse soirée de fin d'études. Il était possible qu'elle ait menti parce que le père biologique était un individu moins prestigieux qu'un médecin. Cela expliquerait qu'elle ait refusé d'en révéler l'identité.

4. La mère de Rosie avait décidé de rester avec Phil. C'était ma première réflexion nouvelle. Elle étayait l'idée que le père biologique était moins attirant ; peut-être aussi était-il indisponible pour un mariage. Il serait intéressant de savoir si Esler ou Freyberg étaient déjà mariés ou en couple à cette époque.

5. Geoffrey Case était mort quelques mois après la naissance de Rosie et, probablement, la découverte que Phil n'était pas son père. Peut-être avait-il fallu à la mère de Rosie un certain temps pour prendre les dispositions nécessaires en vue d'un test ADN de confirmation, date à laquelle Geoffrey Case était peut-être déjà mort, et donc indisponible comme partenaire de substitution.

C'était un exercice utile. Le statut de l'opération était plus clair dans mon esprit, j'avais ajouté quelques idées nouvelles bien que mineures et j'étais certain que mon voyage se justifiait par la probabilité que Geoffrey Case soit le père de Rosie.

J'ai décidé de conduire jusqu'à ce que je sois fatigué – une décision tout à fait inhabituelle : normalement, j'aurais dû programmer mon temps de conduite conformément aux études publiées sur la fatigue et réserver une chambre d'hôtel en fonction de ces données. Mais j'avais été trop occupé pour planifier quoi que ce soit. Je me suis tout de même arrêté pour faire des pauses toutes les deux heures et j'ai constaté que j'étais capable de maintenir mon niveau de concentration. À 23 h 43, j'ai décelé une certaine lassitude. Au lieu de dormir, je me suis arrêté à une station-service, j'ai fait le plein et commandé quatre doubles expressos. J'ai ouvert le toit et j'ai poussé à fond le volume du lecteur de CD pour combattre la fatigue. Le samedi à 7 h 19, la caféine irriguant encore mon cerveau, nous sommes arrivés à Moree, Jackson Browne et moi.

21.

J'avais programmé le GPS pour qu'il me conduise à la maison de retraite, où je me suis présenté comme un ami de la famille.

— J'ai bien peur qu'elle ne vous reconnaisse pas, m'a dit l'infirmière.

C'était l'hypothèse que j'avais faite, mais j'avais tout de même préparé une histoire plausible pour parer à toute éventualité. L'infirmière m'a accompagné jusqu'à une chambre particulière avec salle de bains privée. Mrs Case dormait.

— Voulez-vous que je la réveille ? m'a demandé l'infirmière.

— Non, je vais attendre ici.

— Bien, je vous laisse. Appelez-moi si vous avez besoin de quelque chose.

J'ai pensé qu'un départ trop rapide paraîtrait bizarre, alors je suis resté assis un moment à côté du lit. J'ai estimé que Margaret Case devait avoir approximativement quatre-vingts ans, à peu près le même âge que Daphné quand elle avait été admise en maison de retraite. À en croire ce que m'avait raconté Rosie, il n'était pas du tout exclu que j'aie sa grand-mère sous les yeux.

Margaret Case étant parfaitement immobile et silencieuse dans son lit étroit, j'ai réfléchi à l'Opération Père. Seule la technologie rendait sa réalisation possible. Tout au long de l'existence humaine, exception faite de ces quelques dernières années, ce secret aurait disparu avec la mère de Rosie. Je suis d'avis qu'il est du devoir de la science, de l'humanité, de découvrir tout ce qui est du domaine du possible. Mais je suis spécialiste de sciences naturelles, pas psychologue.

La femme allongée devant moi n'était pas un médecin de cinquante-quatre ans de sexe masculin susceptible de s'être dérobé à ses responsabilités paternelles. Elle était totalement impuissante. Rien ne m'empêchait de lui couper une mèche de cheveux ou de tamponner sa brosse à dents. Pourtant, j'aurais eu l'impression de mal agir.

Pour ces raisons, et pour d'autres que je n'ai pas entièrement élucidées sur le moment, j'ai décidé de renoncer à ce prélèvement d'ADN.

Puis Margaret Case s'est réveillée. Elle a ouvert les yeux et m'a regardé bien en face.

— Geoffrey ? a-t-elle murmuré, tout bas mais très distinctement.

Réclamait-elle son mari ou son fils depuis longtemps disparu ? À une certaine époque, j'aurais répondu spontanément : « Ils sont morts », sans méchanceté, simplement parce que je suis programmé pour réagir aux faits plutôt qu'aux sentiments d'autrui. Mais quelque chose avait changé en moi, et j'ai réussi à réprimer cette affirmation.

Elle a dû s'apercevoir que je n'étais pas celui qu'elle espérait et s'est mise à pleurer. Des larmes coulaient sur ses joues, sans bruit. Machinalement, parce que j'avais déjà vécu cette situation avec Daphné, j'ai sorti mon mouchoir et je les ai essuyées. Elle a refermé les yeux. Le destin m'avait livré mon échantillon.

J'étais épuisé et quand je suis sorti de la maison de retraite, le manque de sommeil m'avait mis, à moi aussi, les larmes aux yeux. C'était le début de l'automne et il faisait déjà chaud dans cette région du Nord. Je me suis allongé sous un arbre et je me suis endormi.

Quand je me suis réveillé, un médecin de sexe masculin en blouse blanche se tenait au-dessus de moi. Pendant un moment d'effroi, j'ai cru revivre les mauvais jours d'il y a vingt ans. Cela n'a duré qu'un instant ; je me suis rapidement rappelé où je me trouvais et j'ai compris qu'il ne faisait que vérifier si je n'étais pas malade ou mort. Je ne commettais aucune infraction. Cela faisait quatre heures et huit minutes que j'avais quitté la chambre de Margaret Case.

Cet incident m'a rappelé opportunément les risques de la fatigue et j'ai planifié mon voyage de retour plus soigneusement. J'ai programmé une pause de cinq minutes toutes les heures et à 19h06, je me suis arrêté dans un motel, j'ai mangé un bifteck trop cuit et suis immédiatement allé me coucher, ce qui m'a permis de repartir le dimanche matin à 5 heures.

L'autoroute contourne Shepparton, mais j'ai pris la bretelle de sortie et me suis dirigé vers le centre-ville. J'ai décidé de ne pas aller voir mes parents. Les seize kilomètres supplémentaires pour me rendre chez eux puis regagner l'autoroute auraient ajouté un dangereux incrément imprévu à un trajet déjà éprouvant. J'avais simplement envie de revoir la ville.

Je suis passé devant la quincaillerie Tillman, fermée le dimanche. Mon père et mon frère devaient être à la maison avec ma mère. Mon père était sûrement en train de redresser les tableaux et ma mère de demander à mon frère de débarrasser son plan de construction de la table de la salle à manger pour qu'elle puisse dresser le couvert avant le déjeuner dominical. Je n'y étais pas retourné depuis l'enterrement de ma sœur.

La station-service était ouverte et j'ai fait le plein. Un homme d'environ quarante-cinq ans, IMC estimé trente, se tenait derrière le comptoir. Quand je me suis approché, je l'ai reconnu et j'ai révisé son âge à trente-neuf. Il avait perdu des cheveux, s'était fait pousser la barbe et avait pris du poids, mais c'était bien Gary Parkinson. Nous avions été au lycée ensemble. À l'époque, il voulait s'engager dans l'armée et voyager. Il n'avait manifestement pas réalisé cette ambition. Cela m'a rappelé que j'avais eu beaucoup de chance de pouvoir quitter Shepparton et réinventer ma vie.

Il m'avait visiblement reconnu lui aussi.

— Salut, Don, a-t-il dit.

— Salutations, GP.

Il a ri.

— Tu n'as pas changé.

Il faisait presque nuit le dimanche soir quand je suis arrivé à Melbourne et que j'ai rendu la voiture de location. J'ai laissé le CD de Jackson Browne dans le lecteur.

Deux mille quatre cent soixante-douze kilomètres, selon le GPS. Le mouchoir était en sécurité dans un sac à glissière, mais son existence ne changeait rien à ma décision de ne pas tester Margaret Case.

Le voyage à New York était toujours au programme.

J'ai retrouvé Rosie à l'aéroport. Comme elle était encore gênée que j'aie payé son billet, je lui ai proposé de me rembourser en sélectionnant quelques candidates à l'Opération Épouse pour que je les invite à dîner.

— Va te faire foutre, a-t-elle dit.

Apparemment, nous étions redevenus amis.

Rosie avait une quantité de bagages incroyable. Je lui avais conseillé d'emporter le moins d'affaires possible, mais elle dépassait la limite des sept kilos autorisés en cabine. Heureusement, j'ai pu transférer une partie de son équipement excédentaire dans mon propre sac. J'avais pris mon ordinateur ultraportable, une brosse à dents, un rasoir, une chemise propre, un short de gym, des sous-vêtements de rechange et – ce qui était contrariant – les volumineux cadeaux d'adieu de Gene et Claudia. Je n'avais pu obtenir qu'une semaine de congé et encore, j'avais dû batailler contre la Doyenne. Il était de plus en plus évident qu'elle n'attendait qu'une occasion de se débarrasser de moi.

Bien que Rosie ne soit jamais allée aux États-Unis, elle avait une certaine habitude des aéroports internationaux. Elle a été très impressionnée par le traitement de faveur dont je bénéficiais. Nous nous sommes enregistrés sans avoir à faire la queue et des agents de sécurité nous ont accompagnés jusqu'au salon de la classe affaires alors que nous voyagions en classe économique.

Pendant que nous prenions un verre de champagne, je lui ai expliqué comment j'avais acquis ces privilèges spéciaux : je m'étais montré particulièrement vigilant et respectueux des règles et des procédures lors de précédents voyages et j'avais fait un nombre substantiel de suggestions utiles concernant les pratiques d'enregistrement, les horaires de vols, la formation des pilotes et la manière dont il était possible de contourner les systèmes de sécurité. Mes conseils n'étaient plus requis, car j'avais apporté une contribution « suffisante pour toute une vie de voyages en avion ».

— Voilà ce que c'est, d'être différent, a commenté Rosie. Bien, quel est le programme ?

L'organisation est évidemment primordiale quand on voyage. J'avais donc établi un plan heure par heure – en subdivisant celles-ci au besoin – pour remplacer mon emploi du temps hebdomadaire habituel. Ce plan intégrait les rendez-vous que Rosie avait pris avec les deux candidats au titre de père, Esler le psychiatre et Freyberg le spécialiste de chirurgie esthétique. Chose surprenante, elle-même n'avait rien prévu, sinon de me retrouver à l'aéroport. L'avantage était qu'il n'y avait pas de programmes incompatibles à concilier.

J'ai affiché le mien sur l'écran de mon portable et j'ai commencé à en exposer les grandes lignes à Rosie. Je n'étais même pas au bout de la liste d'activités prévues pendant le vol quand elle m'a interrompu.

— Accélère, Don. Qu'est-ce qu'on va faire à New York ? Entre le dîner de samedi chez les Esler et notre visite à Freyberg le mercredi – c'est en soirée, n'est-ce pas ? –, on dispose de quatre jours pleins à New York.

— Samedi, après le dîner, rejoindre à pied la station de métro de Marcy Avenue et prendre la ligne J, M ou Z jusqu'à Delancey Street, changer pour la ligne F...

— Abrège, abrège. Entre dimanche et mercredi. Une phrase par jour. Laisse tomber les repas, le sommeil et les trajets.

Voilà qui me facilitait grandement la tâche.

— Dimanche Musée d'histoire naturelle, lundi Musée d'histoire naturelle, mardi Musée d'histoire naturelle, mercredi...

— Stop ! Ne me dis pas ce qui est prévu pour mercredi. Laisse-moi la surprise.

— Tu as sûrement deviné.

— Sûrement, oui. Combien de fois es-tu déjà allé à New York ?

— C'est la troisième.

— Ça ne sera sans doute pas ta première visite du musée ?

— Exact.

— Qu'est-ce que tu as pensé que je ferais pendant que tu serais au musée ?

— Je n'y ai pas réfléchi. Je suppose que tu as fait des projets de ton côté.

— Tu supposes mal. *Nous* allons visiter New York. Dimanche et lundi, c'est moi qui m'occupe de tout. Mardi et mercredi, c'est ton tour. Si tu veux que je passe deux jours au musée, je passerai deux jours au musée. Avec toi. Par contre, dimanche et lundi, c'est moi le guide.

— Impossible. Tu ne connais pas New York.

— Toi non plus.

Rosie a porté nos flûtes de champagne au bar pour qu'on nous resserve. Il n'était que 9 h 42 à Melbourne, mais j'étais déjà à l'heure new-yorkaise. Pendant son absence, j'ai rouvert mon ordinateur et me suis connecté au site du Musée d'histoire naturelle. J'allais devoir réviser mon plan de visites.

Rosie est revenue et a immédiatement envahi mon espace personnel : elle a rabattu le couvercle de mon ordinateur. Incroyable ! Si j'avais fait ça à un *étudiant* en train de jouer à « Angry Birds », je me serais retrouvé dans le bureau de la Doyenne dès le lendemain. Dans la hiérarchie universitaire, je suis professeur associé et Rosie étudiante en doctorat. J'ai droit à un certain respect.

— Parle-moi, a-t-elle dit. Nous n'avons pas eu le temps de parler de quoi que ce soit, à part d'ADN. Maintenant, on a une semaine devant nous et je veux savoir qui tu es. Et si tu dois être celui qui m'annoncera l'identité de mon père, il vaudrait mieux que tu saches qui je suis.

En moins d'un quart d'heure, tout mon programme avait été chamboulé, fracassé, rendu obsolète. Rosie avait pris le pouvoir.

Une hôtesse du salon nous a accompagnés jusqu'à l'avion pour les quatorze heures et demie de vol à destination de Los Angeles. Grâce à mon statut spécial, nous avions deux sièges, Rosie et moi, dans une rangée de trois. On ne me met à côté d'autres passagers que lorsque les vols sont complets.

— Commence par ton enfance, a dit Rosie.

Il aurait suffi qu'elle allume le plafonnier pour que le scénario de l'interrogatoire soit complet. J'étais prisonnier, alors j'ai négocié – en préparant des plans d'évasion.

— Il faut qu'on dorme. C'est le soir à New York.

— Il est 19 heures à New York. Tu connais quelqu'un qui se couche à sept heures du soir ? De toute façon, je n'arriverai pas à dormir.

— J'ai des somnifères.

Rosie s'est étonnée que je consomme des somnifères. Elle m'aurait cru hostile aux produits chimiques. Elle avait raison de dire qu'elle ne savait pas grand-chose de moi. Nous avons décidé que je lui résumerais les expériences de mon enfance – des informations qu'elle considérerait certainement comme hautement significatives vu sa formation en psychologie –, que nous dînerions, absorberions un somnifère et dormirions. Sous prétexte d'aller aux toilettes, j'ai demandé au chef de cabine de faire servir le dîner le plus rapidement possible.

22.

Raconter ma vie à Rosie ne me posait pas de problème. Comme tous les psychologues et psychiatres chez qui on m'a envoyé m'ont demandé de le faire, les faits essentiels sont très présents à mon esprit.

Mon père est propriétaire d'une quincaillerie dans une ville de province où il vit avec ma mère et mon frère cadet, qui reprendra probablement le magasin quand mon père sera à la retraite ou mourra. Ma sœur aînée est morte à quarante ans en raison d'une incompétence médicale. Quand c'est arrivé, ma mère est restée au lit pendant deux semaines et n'en est sortie que pour assister à l'enterrement. J'ai été très triste de la mort de ma sœur. En colère aussi, oui.

Mon père et moi entretenons une relation fonctionnelle, non émotionnelle. Elle nous satisfait tous les deux. Ma mère est très affectueuse, mais je la trouve étouffante. Mon frère ne m'aime pas. Je pense que c'est parce qu'il a toujours rêvé d'hériter de la quincaillerie et qu'il me considère comme une menace. Il ne respecte pas non plus le choix de vie que j'ai fait. La quincaillerie peut très bien avoir été une métaphore de l'amour de notre père. Si tel est le cas, c'est mon frère qui a gagné. En fait, ça m'est égal. Je ne vois pas ma famille très souvent. Ma mère m'appelle le dimanche.

J'ai eu une scolarité sans histoire. J'aimais les matières scientifiques. Je n'avais pas beaucoup d'amis et pendant quelque temps j'ai été l'objet de brimades. J'étais le meilleur élève du lycée dans toutes les disciplines sauf en anglais, où j'étais en tête des garçons. À la fin de mes études secondaires, j'ai quitté la maison pour entrer à l'université. Je me suis d'abord inscrit en informatique, mais le jour de mes vingt et un ans, j'ai décidé de changer pour étudier la génétique. Si ce choix était peut-être l'expression d'un désir inconscient de rester étudiant, il n'en était pas moins logique. La génétique était une discipline en plein essor. Il n'y a pas d'antécédents familiaux de maladie mentale.

Je me suis tourné vers Rosie et j'ai souri. Je lui avais déjà parlé de ma sœur et des brimades à l'école. Mon affirmation sur la maladie mentale était exacte, à condition de ne pas m'inclure dans la définition du mot « famille ». On doit encore pouvoir trouver quelque part au fond d'archives médicales un dossier vieux de vingt ans portant mon nom à côté des mots « dépression, trouble bipolaire ? TOC ? » et « schizophrénie ? ». Les points d'interrogation sont d'une importance capitale : à part celui, évident, de dépression, aucun diagnostic définitif n'a jamais été posé ; ce n'est pas faute d'efforts de la profession psychiatrique pour m'intégrer dans une catégorie réductrice. Je crois aujourd'hui que l'on pourrait imputer la quasi-totalité de mes problèmes au fait que mon cerveau n'est pas configuré comme celui de la majorité des êtres humains. Tous les symptômes psychiatriques étaient la conséquence de cette réalité, et non de quelque maladie sous-jacente. Bien sûr, j'étais déprimé : je n'avais pas d'amis, pas de vie sexuelle, pas de vie sociale, ce qui était simplement dû à mon incompatibilité avec les autres. L'intensité et la concentration avec lesquelles je poursuivais mes objectifs me faisaient passer à tort pour un maniaque. Et mon goût pour l'organisation était considéré comme un trouble obsessionnel compulsif. Les petits Aspis de Julie affrontent peut-être le même genre de difficultés dans leur existence. On leur a pourtant collé l'étiquette d'un syndrome sous-jacent. La profession psychiatrique, cependant, ferait bien de se rappeler le principe du rasoir d'Occam et d'admettre que leurs problèmes sont largement dus à leur configuration cérébrale particulière d'Asperger.

— Que s'est-il passé le jour de tes vingt et un ans ? m'a demandé Rosie.

Avait-elle lu dans mes pensées ? Ce qui s'est passé le jour de mes vingt et un ans, c'est que j'ai décidé qu'il fallait que je donne une nouvelle orientation à ma vie. N'importe quel changement valait mieux que de continuer à croupir au fond de la fosse de la dépression. Je la visualisais effectivement comme une fosse.

J'ai dit à Rosie une partie de la vérité. En général, je ne fête pas les anniversaires. Cette fois pourtant, ma famille avait insisté et avait invité de nombreux amis et parents pour compenser mon propre manque de relations.

Mon oncle avait prononcé un discours. Je savais qu'il était d'usage de se moquer de l'invité d'honneur, mais mon oncle avait tellement fait rire les gens que ça l'avait encouragé à poursuivre et à enchaîner anecdote sur anecdote. J'avais été atterré de découvrir qu'il connaissait un certain nombre de faits extrêmement personnels que seule ma mère avait pu lui confier. Elle avait beau le tirer par le bras pour essayer de le convaincre de s'arrêter, il l'avait ignorée et ne s'était interrompu que lorsqu'il s'était rendu compte qu'elle pleurait ; à ce moment-là, il avait achevé l'exposé détaillé de tous mes travers ainsi que de l'embarras et de la souffrance dont ils avaient été la cause. Le nœud du problème était apparemment que j'étais le stéréotype même du cinglé d'informatique. Voilà pourquoi j'avais décidé de changer.

— Pour devenir un cinglé de génétique.

— Ce n'était pas exactement mon but.

De toute évidence, c'était pourtant le résultat. J'étais sorti de la fosse pour m'engager à fond dans une nouvelle discipline. Mais pourquoi ne servait-on pas le dîner ?

— Parle-moi encore de ton père.

— Pourquoi ?

Je ne voulais pas réellement le savoir ; ce « pourquoi ? » était l'équivalent social de « À toi de jouer » et était censé replacer Rosie au centre de la conversation. C'était un truc que Claudia m'avait appris pour gérer les questions personnelles difficiles. Je me suis rappelé son conseil de ne pas en abuser. Mais c'était la première fois.

— Sans doute parce que je voudrais bien savoir si c'est à cause de ton père que tu es à la masse.

— Je ne suis pas à la masse.

— Bon, pas à la masse, pardon. Ne prends pas ça pour un jugement. Conviens tout de même que tu n'es pas exactement comme la moyenne des gens, a dit Rosie, candidate à un doctorat en psychologie.

— D'accord. « À la masse » signifie-t-il « pas exactement comme la moyenne des gens » ?

— Mauvaise terminologie. On recommence. Si je pose la question, c'est probablement parce que c'est à cause de mon père que *je* suis à la masse.

Une affirmation extraordinaire. À l'exception de son attitude désinvolte à l'égard de sa santé, Rosie n'avait jamais manifesté le moindre signe de dysfonctionnement cérébral.

— Quels sont les symptômes qui révèlent qu'on est à la masse ?

— Il y a des merdes dans ma vie dont je me passerais volontiers. Et je ne sais pas très bien y faire face. Tu comprends ce que je veux dire ?

— Bien sûr. Il se produit des événements inopportuns et tu ne possèdes pas toutes les compétences nécessaires pour en minimiser l'impact personnel. Quand tu as dit « à la masse », j'ai pensé que ta personnalité te posait un problème que tu souhaitais corriger.

— Non, ça, ça va, j'accepte d'être moi.

— Alors quelle est la nature des dégâts causés par Phil ?

Rosie n'avait pas de réponse toute prête à cette question capitale. Peut-être cela faisait-il justement partie des symptômes. Elle a fini par dire :

— Putain, ils pourraient servir à dîner quand même !

Rosie est allée aux toilettes et j'en ai profité pour déballer les paquets que Gene et Claudia m'avaient donnés. Comme ils m'avaient accompagné à l'aéroport, je n'avais pas pu les refuser. Heureusement que Rosie n'était pas là quand je les ai ouverts. Gene m'avait offert un nouveau manuel de positions sexuelles et avait écrit sur la page de garde : « Si tu es à court d'idées... » Il avait dessiné dessous le symbole du gène qu'il emploie comme signature. Le cadeau de Claudia n'était pas embarrassant, ce qui ne l'empêchait pas d'être complètement à côté de la plaque : un jean et une chemise. Les vêtements sont toujours utiles mais j'avais emporté une chemise de rechange et ne voyais pas la nécessité d'avoir un pantalon de plus pour huit jours de voyage.

Gene s'était mépris une fois de plus sur la nature de ma relation avec Rosie, ce qui était parfaitement compréhensible. Je ne pouvais pas lui exposer le véritable objectif de mon séjour à New York avec elle, et Gene avait fait une hypothèse cohérente avec sa propre vision du monde. Sur le chemin de l'aéroport, j'avais demandé conseil à Claudia : je n'avais jamais passé autant de temps en compagnie d'une seule personne et ne savais pas ce qu'il convenait de faire. « N'oublie pas d'écouter, m'avait-elle dit. Si elle te pose une question embarrassante, demande-lui pourquoi, renvoie-lui la balle. Puisqu'elle est étudiante en psychologie, elle sera ravie de parler d'elle. Sois à l'écoute de tes émotions autant que de la logique. Les émotions possèdent leur propre logique. Et tâche de suivre le courant. »

En fait, Rosie a passé presque tout le reste du voyage vers Los Angeles à dormir ou à regarder des films, mais elle m'a confirmé – à deux reprises – qu'elle n'était pas fâchée contre moi et qu'elle avait simplement besoin de souffler.

Je ne m'en suis pas plaint.

23.

Nous avons franchi sains et saufs l'obstacle des services de l'Immigration. Une expérience antérieure m'avait appris à ne faire ni observation ni suggestion, et je n'ai pas eu besoin de la lettre de recommandation de David Borenstein de la Columbia University certifiant que j'étais un individu sain d'esprit et compétent. Bien que l'évaluation des états émotionnels ne soit pas mon fort, j'ai trouvé Rosie terriblement nerveuse. J'ai eu peur qu'elle n'éveille les soupçons et qu'on ne nous refuse l'entrée sur le territoire américain *sans aucune raison valable*, comme cela m'était arrivé en une précédente occasion.

L'employé m'a demandé : « Profession ? » et j'ai répondu : « Généticien. » Il a ajouté : « Le meilleur du monde ? » et j'ai dit oui. Nous sommes passés. C'est tout juste si Rosie n'a pas couru jusqu'au service des douanes puis vers la sortie. Je la suivais à plusieurs mètres de distance, chargé de nos deux sacs. Il y avait un problème, c'était évident.

Je l'ai rejointe de l'autre côté des portes automatiques. Elle avait la main enfoncée dans son sac.

— Cigarette. (Elle en a allumé une et a aspiré une longue bouffée.) Ne dis rien, OK ? Si j'ai jamais eu besoin d'une bonne raison d'arrêter, ce coup-ci, c'est fait. Dix-huit heures et demie. Putain !

Heureusement que Rosie m'avait demandé de ne rien dire. Je me suis tu, mais j'étais scandalisé par les répercussions de l'addiction au tabac sur sa vie.

— C'est quoi, cette histoire de « meilleur généticien du monde » ?

Je lui ai expliqué que j'étais détenteur d'un visa spécial O-1 réservé aux voyageurs étranges dotés de compétences extraordinaires. Je voulais dire « étrangers », bien sûr. J'avais eu besoin d'un visa après m'être fait refouler par les services de l'Immigration et le O-1, assez rare, apportait la solution à tous mes problèmes. Les questions du formulaire sur le caractère extraordinaire de mes compétences n'appelaient qu'une réponse : « oui ». Rosie a trouvé amusant mon lapsus sur le mot « étrange ». Correction : hilarant.

Elle a terminé sa cigarette et nous nous sommes dirigés vers le bar. Il n'était que 7h48 à Los Angeles, mais rien ne nous empêchait de rester à l'heure de Melbourne jusqu'à notre arrivée à New York.

Comme nous n'avions pas de bagage enregistré et que les formalités des services de l'Immigration avaient été rapidement expédiées, j'ai pu appliquer ma solution du cas-le-plus-favorable. Nous avons donc pris un vol plus tôt que prévu pour New York.

À JFK, j'ai guidé Rosie vers l'AirTrain.

— Nous avons deux possibilités de métro.

— J'étais sûre que tu aurais appris l'horaire par cœur.

— Inutile. Je me suis contenté de mémoriser les lignes et les stations indispensables à nos trajets.

J'adore New York. Le plan de la ville est tellement logique, en tout cas à partir de la 14e Rue.

Quand Rosie avait téléphoné à l'épouse d'Isaac Esler, celle-ci avait été ravie d'avoir des nouvelles d'Australie et quelques échos de la réunion des anciens étudiants. Dans le métro, Rosie m'a dit :

— Il te faut un pseudonyme. Esler risque de reconnaître ton nom à cause de l'enquête Asperger.

J'y avais déjà pensé.

— Austin, ai-je dit. Comme *Austin Powers*. Spécialiste international du mystère.

Rosie a trouvé ça tordant. J'avais fait une plaisanterie intentionnelle et réussie, qui ne cherchait pas à exploiter une singularité de ma personnalité. Un événement mémorable.

— Profession ?

— Quincaillier.

L'idée s'était présentée spontanément à mon esprit.

— D'aaaaaccord, a fait Rosie. Entendu.

Nous avons pris la ligne E jusqu'au coin de Lexington Avenue et de la 53e Rue, avant de nous diriger vers le nord.

— Où est l'hôtel ? a demandé Rosie tandis que je la guidais vers Madison Avenue.

— Lower East Side. Mais avant, on a du shopping à faire.

— Putain, Don, il est cinq heures et demie. On est attendus chez les Esler à sept heures et demie. Comment veux-tu qu'on fasse du shopping ? Il faut encore que je me change.

J'ai regardé Rosie. Elle portait un jean et un chemisier – une tenue conventionnelle. Elle pouvait très bien rester comme ça. En plus, nous avions largement le temps.

— Je n'avais pas prévu de passer à l'hôtel avant le dîner, mais puisque nous sommes arrivés de bonne heure...

— Don, ça fait vingt-quatre heures qu'on est partis. Il est hors de question de continuer à suivre ton programme tant que je n'aurai pas vérifié son degré de loufoquerie.

— J'ai programmé quatre minutes pour cette affaire.

Nous étions déjà devant la boutique Hermès que mes recherches avaient identifiée comme le meilleur magasin de foulards au monde. Je suis entré et Rosie m'a suivi.

À part nous, la boutique était vide. Parfait.

— Don, tu n'as pas vraiment la tenue adéquate.

La tenue qu'il faut pour faire du shopping ! J'avais la tenue adéquate pour voyager, manger, avoir des relations sociales, visiter des musées – et faire du shopping : chaussures de sport, pantalon cargo, T-shirt et le pull tricoté par ma mère. Ce n'était quand même pas Le Gavroche. J'aurais été très surpris qu'ils refusent de participer à une transaction commerciale à cause de mes vêtements. J'avais raison.

Deux femmes se tenaient derrière le comptoir, la première (âge approximatif vingt-cinq ans, IMC approximatif dix-neuf) avait des bagues à ses huit doigts et l'autre (âge approximatif vingt ans, IMC approximatif vingt-deux) portait d'énormes lunettes violettes qui lui donnaient l'aspect d'une fourmi de taille humaine. Leurs vêtements étaient très élégants. J'ai engagé la transaction.

— Je voudrais un foulard de première qualité.

La Femme aux Bagues a souri.

— Je devrais pouvoir vous aider. C'est pour madame ?

— Non. Pour Claudia.

Je me suis rendu compte que cette précision n'était pas pertinente mais je ne savais pas comment poursuivre.

— Et Claudia a (elle a dessiné des cercles de la main) quel âge ?

— Quarante et un ans et trois cent cinquante-six jours.

— Ah ! a dit la Femme aux Bagues. Nous avons un anniversaire qui approche.

— Seulement Claudia. (Mon propre anniversaire était trente-deux jours plus tard, alors on ne pouvait pas vraiment dire qu'il « approchait ».) Claudia porte des foulards, même quand il fait chaud, pour couvrir les rides de son cou qu'elle trouve disgracieuses. Ce foulard n'a donc pas besoin d'être fonctionnel, il peut être purement décoratif.

La Femme aux Bagues a sorti un foulard.

— Que pensez-vous de celui-ci ?

Il était incroyablement léger – une protection presque nulle contre le vent et le froid. En revanche, il était indéniablement décoratif, comme stipulé. Le temps filait.

— Parfait. Combien ?

— Douze cents dollars.

J'ai ouvert mon portefeuille et en ai sorti ma carte de crédit.

— Ouah, ouah, *ouah*, a fait Rosie. Peut-être pourrions-nous voir autre chose avant de nous précipiter.

Je me suis tourné vers elle.

— Les quatre minutes sont presque écoulées.

La Femme aux Bagues a étalé trois autres foulards sur le comptoir. Rosie en a examiné un. Je l'ai imitée, et j'en ai regardé un autre. Je l'ai trouvé bien. Ils étaient tous bien. Je ne disposais d'aucun cadre de discrimination.

La Femme aux Bagues a continué à déplier d'autres foulards sur le comptoir et Rosie et moi avons continué à les regarder. La Femme Fourmi est venue nous aider. J'ai fini par en identifier un qui me permettait de faire un commentaire intelligent.

— Ce foulard a un défaut ! Il n'est pas symétrique. La symétrie est un élément clé de la beauté humaine.

Rosie a trouvé une réponse brillante :

— Peut-être l'absence de symétrie de ce foulard mettrait-il en valeur la symétrie de Claudia.

La Femme Fourmi a présenté un foulard rose avec des petits bouts duveteux. Il allait de soi, même pour moi, qu'il ne plairait pas à Claudia et je l'ai immédiatement déposé sur la pile des refusés.

— Qu'est-ce qu'il a qui ne va pas ? a demandé Rosie.

— Je ne sais pas. Il est inadéquat.

— Allons, a-t-elle insisté. Tu peux faire mieux que ça. Essaie d'imaginer qui pourrait le porter.

— Barbara Cartland, a dit la Femme aux Bagues.

Je ne connaissais pas ce nom, mais la réponse m'est venue spontanément :

— La Doyenne. Pour le bal de la fac.

Rosie a éclaté de rire.

— E-e-e-e-exact. (Elle a sorti un autre foulard de la pile.) Et celui-ci ?

Il était presque transparent.

— Julie, ai-je dit sans réfléchir, puis j'ai décrit

à Rosie et aux deux vendeuses la conseillère en syndrome d'Asperger et sa tenue suggestive. Elle ne voudrait sûrement pas qu'un foulard en réduise l'efficacité.

— Celui-là ?

C'était un foulard qui m'avait plu à cause de ses couleurs vives, mais que Rosie avait écarté comme trop « voyant ».

— Bianca.

— Exactement. (Rosie riait toujours.) Tu en sais plus long que tu ne crois sur les vêtements.

La Femme Fourmi a proposé un foulard couvert de représentations d'oiseaux. Je l'ai pris – les dessins étaient d'une remarquable précision. Il était très beau.

— Oiseaux du monde, a annoncé la Femme Fourmi.

— Oh non, surtout pas ! s'est écriée Rosie. Pas pour Claudia.

— Pourquoi ? Il est très intéressant.

— Oiseaux du monde ! Réfléchis un peu. Gene.

Des foulards arrivaient de partout, s'empilaient à toute allure, étaient examinés, rejetés. Tout allait si vite que ça m'a fait penser à la Grande Nuit des Cocktails, à cette différence près que cette fois, c'étaient nous les clients. Je me suis demandé si les femmes appréciaient leur travail autant que moi cette nuit-là.

Pour finir, j'ai laissé Rosie choisir. Elle s'est décidée pour le premier foulard qu'on nous avait montré. Quand nous sommes sortis de la boutique, Rosie a dit :

— Je crois que je viens de te faire perdre une heure de ta vie.

— Non, non, le résultat importait peu. On s'est vraiment amusés.

— Bien. La prochaine fois que tu auras envie de t'amuser, je ne dirais pas non à une paire de Manolo Blahnik.

Le mot « paire » m'a permis de deviner qu'elle faisait allusion à des chaussures.

— On a le temps ?

Nous avions déjà utilisé le créneau que Rosie avait prévu pour passer à l'hôtel.

— Je rigole, je rigole.

Heureusement, parce que nous allions avoir du mal à arriver à l'heure chez les Esler. Surtout s'il fallait encore que Rosie se change. Il y avait des toilettes à la gare d'Union Square. Rosie s'y est précipitée et en est ressortie étonnamment différente.

— Incroyable, ai-je dit. Tu as fait drôlement vite.

Rosie m'a regardé.

— Tu y vas comme ça ?

Son ton suggérait sa désapprobation.

— Ce sont mes vêtements, ai-je expliqué. J'ai une chemise de rechange.

— Fais voir.

J'ai fouillé dans mon sac pour chercher ma deuxième chemise. J'aurais été surpris que Rosie la préfère à celle que je portais, mais je me suis souvenu du cadeau de Claudia. J'ai montré la chemise à Rosie.

— C'est Claudia qui me l'a offerte. J'ai aussi un jean, si ça peut être utile.

— Vive Claudia ! Elle a bien mérité son foulard.

— Nous allons être en retard.

— Retard de politesse. Ne t'en fais pas.

Isaac et Judy Esler avaient un appartement à Williamsburg. Ma carte SIM américaine fonctionnant conformément au descriptif technique, nous avons pu nous servir du navigateur GPS du téléphone pour nous guider. J'espérais qu'un délai de quarante-six minutes était conforme à la définition de Rosie du « retard de politesse ».

— Austin, n'oublie pas, m'a rappelé Rosie en sonnant.

Judy est venue nous ouvrir. J'ai estimé son âge à cinquante ans et son IMC à vingt-six. Elle s'exprimait avec un accent new-yorkais. Elle avait eu peur, nous a-t-elle dit, que nous ne nous soyons perdus. Son mari Isaac était la caricature du psychiatre : milieu de la cinquantaine, petit, dégarni, un bouc noir, IMC dix-neuf. Il était moins aimable que sa femme.

Ils nous ont offert des martinis. N'ayant pas oublié l'effet que m'avait fait cette boisson pendant mon apprentissage en vue de la Grande Nuit des Cocktails, j'ai décidé de ne pas en prendre plus de trois. Judy avait préparé des canapés à base de poisson. Elle nous a interrogés sur notre voyage. Elle nous a demandé si nous étions déjà venus à New York, quelle était la saison en Australie (une question plutôt élémentaire) et si nous avions l'intention de faire un peu de shopping et de visiter des musées. Rosie s'est chargée de répondre à toutes ces questions.

— Isaac part demain matin pour Chicago, a annoncé Judy. Isaac, raconte-leur ce que tu vas faire là-bas.

— Je vais à un congrès, c'est tout, a bougonné Isaac.

Nous n'avons pas eu besoin, ni lui ni moi, de participer activement à la suite de la conversation. Il m'a posé une seule question avant que nous passions à la salle à manger.

— Qu'est-ce que vous faites dans la vie, Austin ?

— Austin tient une quincaillerie, a dit Rosie. Ça marche du tonnerre.

Judy nous a servi un délicieux dîner à base de saumon d'élevage – « aquaculture durable », a-t-elle assuré à Rosie. J'avais très peu mangé de la nourriture médiocre qu'on nous avait servie dans l'avion et j'ai beaucoup apprécié la cuisine de Judy. Isaac a ouvert du pinot gris de l'Oregon et a rempli mon verre très généreusement. Nous avons parlé de New York et des différences entre les politiques australienne et américaine.

— Eh bien, a lancé Judy. Ça m'a fait vraiment plaisir que vous puissiez venir. Ça me console un peu d'avoir manqué cette réunion. Isaac a tellement regretté de ne pas pouvoir y aller.

— Pas tant que ça, a-t-il protesté. Revisiter le passé ne se fait jamais à la légère. (Il a mangé le dernier morceau de poisson qu'il avait dans son assiette et a regardé Rosie.) Vous ressemblez beaucoup à votre mère. Elle devait être un peu plus jeune que vous la dernière fois que je l'ai vue.

— Nous nous sommes mariés le lendemain de la remise des diplômes, a enchaîné Judy, et ensuite, nous sommes venus nous installer ici. Isaac avait une gueule de bois épouvantable à notre mariage. Il s'était très mal tenu la veille, le vilain garçon.

— N'embête pas nos invités avec ces vieilles histoires, Judy, a protesté Isaac. Le passé est le passé.

Il a regardé Rosie fixement. Elle en a fait autant.

Judy a débarrassé l'assiette de Rosie et la mienne, une dans chaque main. J'ai décidé que c'était le moment d'agir, en profitant de la distraction générale. Je me suis levé et j'ai pris l'assiette d'Isaac dans une main, puis celle de Judy. Isaac était trop occupé à jouer au jeu des regards avec Rosie pour protester. J'ai emporté les deux assiettes à la cuisine, tamponnant la fourchette d'Isaac en cours de route.

— Austin et Rosie doivent être épuisés, a remarqué Judy quand nous avons regagné la table.

— Vous avez bien dit que vous étiez quincaillier, Austin ? (Isaac s'est levé.) J'ai un robinet qui fuit. Auriez-vous cinq minutes pour y jeter un coup d'œil ? Un plombier serait sans doute plus qualifié, mais c'est peut-être juste le joint.

Nous sommes descendus au sous-sol, Isaac et moi. J'étais certain de pouvoir régler son problème de robinet. J'avais passé toutes mes vacances scolaires à donner ce genre de conseils. Quand nous sommes arrivés au pied de l'escalier, la lumière s'est éteinte. Je me suis demandé pourquoi. Une panne de courant ?

— Tout va bien, Don ? a demandé Isaac d'une voix inquiète.

— Oui, bien sûr. Que s'est-il passé ?

— Ce qui s'est passé, c'est que vous avez répondu quand je vous ai appelé Don, Austin.

Comme nous étions là, dans le noir, je me suis demandé s'il existait des conventions sociales définissant le comportement à adopter en cas d'interrogatoire par un psychiatre au fond d'une cave obscure.

— Comment avez-vous compris ?

— Deux communications non sollicitées de la même université en l'espace d'un mois. Une petite recherche internet. Vous faites de remarquables partenaires de danse.

Silence et obscurité.

— Je connais la réponse à votre question, a-t-il

poursuivi. Malheureusement pour vous, j'ai promis de ne pas la révéler. Si j'estimais que c'est une affaire de vie ou de mort, ou en présence d'un grave problème de santé mentale, je pourrais changer d'avis. Mais je ne vois aucune raison de rompre une promesse que j'ai faite en sachant que les personnes concernées avaient longuement réfléchi à la meilleure solution possible. Vous avez fait un long voyage pour vous procurer mon ADN. J'imagine que vous l'avez prélevé quand vous avez débarrassé les assiettes. Peut-être accepterez-vous tout de même de réfléchir sans vous arrêter aux désirs de votre amie avant de poursuivre votre recherche.

Il a rallumé.

En remontant l'escalier, j'étais préoccupé. Je me suis arrêté sur la dernière marche.

— Si vous saviez ce que je voulais, pourquoi avez-vous accepté de nous recevoir ?

— Bonne question, a-t-il dit. Puisque vous l'avez posée, je suis sûr que vous pourrez trouver la réponse. J'avais envie de voir Rosie.

24.

Grâce à une consommation judicieusement programmée de somnifères, je me suis réveillé à 7 h 06 sans la moindre impression de désorientation spatio-temporelle.

Rosie s'était endormie dans le métro pendant que nous rejoignions notre hôtel. J'avais décidé de ne pas lui parler tout de suite de l'entretien de la cave et de ne pas mentionner non plus ce que j'avais remarqué sur le buffet. C'était une grande photo du mariage de Judy et Isaac. Debout à côté d'Isaac, vêtu avec l'élégance requise d'un témoin, j'avais identifié Geoffrey Case, à qui il ne restait que trois cent soixante-dix jours à vivre. Il souriait.

Je n'avais pas encore fini moi-même d'assimiler toutes les incidences de cette soirée. La réaction émotionnelle probable de Rosie risquait de gâcher notre expérience new-yorkaise. Elle avait été impressionnée que j'aie réussi à prélever l'ADN et plus impressionnée encore que j'aie agi aussi discrètement, en ramassant les assiettes sous prétexte d'aider Judy. « Fais gaffe ! m'avait-elle dit. Tu vas finir par acquérir des compétences sociales. »

L'hôtel était tout à fait confortable. Nous nous étions présentés à la réception et Rosie m'avait confié par la suite qu'elle avait d'abord craint que je n'aie l'intention de lui faire partager ma chambre en échange du prix de son billet d'avion. Comme une prostituée ! Je m'étais senti affreusement insulté. Ma réaction avait eu l'air de lui faire plaisir.

Après une excellente séance d'entraînement dans la salle de gym de l'hôtel, j'ai regagné ma chambre pour constater que le voyant lumineux des messages clignotait. Rosie.

— Où étais-tu passé ? m'a-t-elle demandé.

— À la salle de gym. L'exercice est très efficace pour réduire les effets du décalage horaire. La lumière solaire aussi. J'avais prévu de faire une petite marche au soleil, une distance de vingt-neuf blocs.

— Tu n'oublies rien ? Je te rappelle que c'est mon jour. Demain aussi. Tu es à moi jusqu'à lundi minuit. Alors grouille-toi. Ça fait un moment que je poireaute pour prendre le petit déj, moi.

— Tu veux que je vienne en tenue de gym ?

— Non, Don, pas en tenue de gym. Prends une douche, habille-toi. Tu as dix minutes.

— Mais je prends toujours mon petit déjeuner avant ma douche.

— Tu as quel âge ? a demandé Rosie agressivement. (Elle n'a pas attendu ma réponse.) On dirait un petit vieux : « Je prends toujours mon petit déjeuner avant ma douche, ne t'assieds pas dans mon fauteuil, c'est le mien... » *Tu vas arrêter de me faire chier, Don Tillman, c'est compris ?*

Elle avait prononcé ces derniers mots très lentement. Je me suis dit qu'il valait mieux ne pas la « faire chier ». Demain à minuit, ce serait fini. En attendant, j'adopterais l'attitude Cabinet dentaire.

Apparemment, j'étais bon pour une obturation canalaire, sinon pire. Les critiques ont fusé dès que je suis arrivé au rez-de-chaussée.

— Ça fait combien de temps que tu as cette chemise ?

— Quatorze ans. Elle sèche très vite. Idéale en voyage.

En fait, c'était une chemise spéciale randonnée, bien que la technologie des textiles ait, il est vrai, fait de gros progrès depuis la date de sa fabrication.

— D'accord, a dit Rosie. Elle t'a rendu de bons et loyaux services. Monte en changer.

— L'autre est mouillée.

— Mets la chemise de Claudia. Et le jean, tant que tu y es. Je n'ai pas l'intention de me balader dans tout New York avec un clodo.

Quand je suis redescendu pour une deuxième tentative de petit déjeuner, Rosie a souri.

— Tu sais, tu n'es pas si mal dans le fond. (Elle s'est interrompue et m'a regardé.) Don, ça ne te plaît pas tout ça, hein ? Tu préférerais aller tout seul au musée, pas vrai ? (Elle était remarquablement perspicace.) Je comprends. Mais tu as fait tout ça pour moi, tu m'as emmenée à New York et, d'ailleurs, je n'ai pas encore fini de dépenser ton argent. Alors je veux faire quelque chose pour toi, moi aussi.

J'aurais pu lui répliquer que *vouloir* faire quelque chose pour moi revenait en réalité à défendre ses propres intérêts. Comme cela risquait de provoquer un nouvel épisode de « Tu vas arrêter de me faire chier », je m'en suis abstenu.

— Tu es ailleurs, tu portes d'autres vêtements. Au Moyen Âge, quand les pèlerins arrivaient à Saint-Jacques après avoir parcouru des centaines de kilomètres à pied, ils brûlaient leurs habits pour symboliser leur transformation. Je ne te demande pas de brûler tes fringues – pas encore. Tu pourras les remettre mardi. Accepte simplement de t'ouvrir à autre chose. Laisse-moi te montrer mon univers pendant deux jours. En commençant par le petit déjeuner. Nous sommes dans la ville où on sert les meilleurs petits déjeuners du monde.

Elle a dû sentir ma résistance.

— Dis-moi, tu programmes toujours ton temps pour éviter de le gaspiller, pas vrai ?

— Exact.

— Tu t'es engagé à me consacrer deux jours. Si tu te bloques, tu vas gâcher deux journées de ta vie que quelqu'un essaie de rendre passionnantes, productives et divertissantes pour toi. Je vais... (Elle s'est interrompue.) J'ai oublié le guide dans ma chambre. Je vais vite le chercher et ensuite on ira prendre le petit déj.

Elle s'est retournée et s'est dirigée vers l'ascenseur.

J'étais troublé par la logique de Rosie. J'avais toujours justifié mon programme en termes d'efficacité. Mais était-ce à l'efficacité que j'étais attaché ou au programme lui-même ? Et si en réalité je ressemblais à mon père qui tenait à s'asseoir tous les soirs dans le même fauteuil ? Je n'en avais jamais parlé à Rosie, mais j'avais mon fauteuil attitré, moi aussi.

Il y avait un autre argument qu'elle n'avait pas avancé, tout simplement parce qu'elle l'ignorait. En considérant l'ensemble de mes visites au Musée d'histoire naturelle de New York comme un seul meilleur moment de ma vie d'adulte, deux des trois meilleurs moments que j'avais connus avaient eu lieu au cours des huit dernières semaines. Et j'avais vécu les deux en compagnie de Rosie. Y avait-il une corrélation ? Il était indispensable de tirer ce point au clair.

Quand Rosie est revenue, j'avais effectué une réinitialisation cérébrale, un exercice qui exige un effort de volonté considérable. J'étais désormais configuré en mode adaptation.

— Alors ? a-t-elle dit.

— Alors, où est-ce qu'on le trouve, ce Meilleur Petit Déjeuner du Monde ?

Nous l'avons trouvé au coin de la rue. C'était probablement le petit déjeuner le plus malsain que j'aie jamais consommé, mais je n'allais pas prendre un poids excessif ni perdre ma forme physique, mon acuité cérébrale et mes compétences en arts martiaux si je les négligeais pendant deux jours. Voilà comment mon cerveau fonctionnait désormais.

— Je n'arrive pas à croire que tu aies avalé tout ça, s'est étonnée Rosie.

— C'était vraiment délicieux !

— Pas de déjeuner. Dîner tardif.

— On mangera quand tu voudras.

Notre serveuse s'est approchée de la table. Rosie lui a montré nos tasses à café vides.

— Excellent ! Je crois que nous en supporterions facilement un autre.

— Hein ? a fait la serveuse.

Manifestement, elle n'avait pas compris ce que Rosie voulait dire. Et il était tout aussi manifeste que Rosie avait très mauvais goût en matière de café – ou alors elle avait fait comme moi, c'est-à-dire ignoré la dénomination « café » et dégusté le contenu de sa tasse comme si c'était une boisson entièrement nouvelle. Une technique remarquablement efficace.

— Un café crème et un café normal... s'il vous plaît, ai-je commandé.

— Ça marche !

C'était une ville où les gens parlaient clairement. Le genre de ville qui me plaît. J'aimais le vocabulaire américain : « crème » au lieu de « lait », « cookie » au lieu de « biscuit », « note » au lieu d'« addition ». J'avais appris par cœur une liste des différences entre les usages américains et australiens avant mon premier voyage aux États-Unis et avais été surpris de constater avec quelle rapidité mon cerveau était capable de passer automatiquement de l'un à l'autre.

Nous nous sommes dirigés vers le centre. Rosie consultait un guide intitulé *Interdit aux touristes !*, ce qui m'a paru être un très mauvais choix.

— Où est-ce qu'on va ? ai-je demandé.

— Nulle part. On y est.

Nous étions devant un magasin de vêtements. Rosie m'a demandé si j'accepterais d'y entrer.

— Pas la peine de demander. C'est ton jour.

— Pour les boutiques, je préfère poser la question. C'est un truc de filles. J'allais dire : « Je suppose que tu connais la Cinquième Avenue », mais je ne suppose plus rien à ton sujet.

La situation était symétrique. J'avais appris à ne rien supposer à propos de Rosie, autrement j'aurais été surpris qu'elle emploie le mot « fille » pour se désigner, un terme que les féministes, avais-je cru comprendre, refusaient qu'on applique à des femmes adultes.

Rosie était décidément d'une remarquable perspicacité pour tout ce qui me concernait. Je n'étais jamais allé que dans les centres de congrès et au musée, et voilà que grâce à ma nouvelle configuration cérébrale, je trouvais tout fascinant. Un magasin entier de cigares ! Les prix des bijoux ! Le Flatiron Building ! Le Musée du sexe ! Après avoir jeté un coup d'œil à ce dernier, Rosie a préféré ne pas y entrer. Sa décision était sans doute raisonnable – la visite était sûrement passionnante, mais le risque de commettre un impair devait être très élevé.

— Tu veux acheter quelque chose ? m'a demandé Rosie.

— Non.

Quelques minutes plus tard, une idée m'a traversé l'esprit.

— Tu crois qu'ils vendent des chemises pour hommes quelque part ?

Rosie a ri.

— Cinquième Avenue, New York. Avec un peu de bol, ça devrait être possible.

J'ai décelé du sarcasme, mais amical. Nous avons trouvé une nouvelle chemise du même genre que celle que Claudia m'avait offerte dans un immense magasin appelé Bloomingdale's. En réalité, il n'était pas sur la Cinquième Avenue. Comme nous ne parvenions pas à choisir entre deux chemises candidates, nous avons acheté les deux. Ma penderie allait éclater !

Nous sommes arrivés à Central Park.

— On saute le déjeuner, mais je prendrais bien une glace quand même, a dit Rosie.

Il y avait un marchand dans le parc qui vendait des cornets ainsi que des friandises industrielles.

Un sentiment irrationnel d'appréhension m'a envahi. Je l'ai identifié immédiatement. Il fallait pourtant que je sache.

— Tu as un parfum préféré ?

— Un truc avec des cacahuètes. On est aux États-Unis, après tout.

— Toutes les glaces ont le même goût.

— N'importe quoi !

Je lui ai expliqué le coup des papilles gustatives.

— Tu paries ? a répliqué Rosie. Si j'arrive à faire la différence entre cacahuète et vanille, deux billets pour *Spiderman*. À Broadway. Ce soir.

— Les textures seront différentes. À cause des cacahuètes.

— Alors deux autres parfums. N'importe lesquels. Choisis.

J'ai commandé une boule abricot et une boule mangue.

— Ferme les yeux, ai-je dit.

Ce n'était pas vraiment nécessaire : les couleurs étaient presque identiques, mais je ne voulais pas qu'elle me voie jouer à pile ou face pour décider du parfum à lui faire goûter. Je craignais que ses compétences psychologiques ne lui permettent de deviner ma séquence. J'ai lancé ma pièce et lui ai tendu une glace.

— Mangue, a deviné Rosie.

Exact. J'ai relancé la pièce, qui est retombée sur face.

— De nouveau mangue.

Elle a répondu trois fois mangue – exact –, puis abricot, et encore abricot. Exact. Il n'y avait qu'une chance sur trente-deux pour qu'elle ait obtenu ce résultat au hasard. Je pouvais être sûr à 97 % qu'elle était capable de distinguer les deux parfums. Incroyable.

— Alors, on va voir *Spiderman* ce soir ?

— Non. Tu t'es trompée une fois.

Rosie m'a regardé, très attentivement, puis elle a éclaté de rire.

— Tu me fais marcher, c'est ça ? Hé ! Mais je n'y crois pas ! Tu fais des blagues ! (Elle m'a donné une des glaces.) Puisque ça t'est égal, tu n'as qu'à prendre l'abricot.

J'ai regardé la glace. Comment faire ? Elle l'avait léchée.

Une fois de plus, elle a lu dans mes pensées.

— Et comment tu comptes embrasser une fille si tu refuses de partager sa glace ?

Pendant quelques minutes, j'ai éprouvé un sentiment irrationnel d'immense plaisir. J'étais ravi du succès de ma blague et j'essayais d'analyser sa phrase à propos du baiser : « embrasser *une* fille, partager *sa* glace » – si l'énoncé était à la troisième personne, il n'était sûrement pas sans lien avec la fille qui, en cet instant précis, partageait sa glace avec Don Tillman, vêtu d'une chemise et d'un jean neufs, et qui se promenait avec lui sous les arbres de Central Park, New York, par un dimanche après-midi ensoleillé.

J'avais passé une excellente journée, mais j'avais bien besoin des cent quatorze minutes de pause que nous nous sommes accordées à notre retour à l'hôtel. Douche, e-mail, exercices de relaxation associés à des étirements. J'ai envoyé un message à Gene avec copie à Claudia contenant un résumé de nos activités.

Rosie avait trois minutes de retard à notre rendez-vous de 19 heures dans le hall de l'hôtel. J'étais sur le point d'appeler sa chambre quand elle est arrivée, vêtue des habits achetés au cours de la journée – un jean blanc et une sorte de T-shirt bleu – et de la veste qu'elle portait déjà la veille. Je me suis rappelé un « geneisme », une phrase que j'avais entendu Gene dire à Claudia : « Tu es très élégante. » C'était une affirmation risquée ; heureusement, la réaction de Rosie m'a paru positive. Elle était vraiment très élégante.

Nous avons pris des cocktails à un bar qui proposait la Plus Longue Liste de Cocktails du Monde, dont plusieurs que je ne connaissais pas, et nous sommes allés voir *Spiderman*. En sortant, Rosie m'a dit qu'elle avait trouvé l'intrigue cousue de fil blanc. Quant à moi, j'avais été captivé par le spectacle. Une expérience très positive. Je n'étais plus allé au théâtre depuis que j'étais petit. J'aurais pu ignorer l'histoire et me concentrer entièrement sur la mécanique du vol. C'était tout simplement incroyable.

Nous avons pris le métro pour regagner le Lower East Side. J'avais beau avoir faim, je ne voulais pas enfreindre les règles en suggérant que nous allions dîner. Rosie avait décidément tout prévu. Réservation à 22 heures dans un restaurant qui s'appelait le Momofuku Ko. Nous étions de retour sur le fuseau horaire de Rosie.

— C'est mon cadeau, pour te remercier de m'avoir emmenée ici, a-t-elle annoncé.

Nous nous sommes assis à un comptoir pour douze d'où nous pouvions voir les cuisiniers travailler. Les formalités contrariantes qui rendent les restaurants tellement stressants étaient réduites au minimum.

— Des préférences, des allergies, des aversions ? a demandé le chef.

— Je suis végétarienne, mais je mange des produits de la mer issus de l'aquaculture durable, a répondu Rosie. Quant à lui, il mange de tout – absolument de tout.

J'ai perdu le compte des plats. J'ai pris des ris de veau, du foie gras – une première ! – et aussi des œufs d'oursin. Nous avons bu une bouteille de champagne rosé. J'ai discuté avec les cuisiniers, et ils m'ont expliqué ce qu'ils faisaient. J'ai mangé la meilleure nourriture de ma vie. Et personne ne m'a obligé à enfiler une veste pour pouvoir dîner. En fait, l'homme qui était assis à côté de moi portait un costume qui aurait paru extravagant même au Marquis de Queensbury, en plus de nombreux piercings faciaux. Il m'a entendu parler au chef et m'a demandé d'où je venais. Je le lui ai dit.

— Vous vous plaisez à New York ?

Je lui ai dit que tout était extrêmement intéressant et lui ai raconté comment nous avions passé la journée. En même temps, j'étais conscient que sous l'effet du stress dû à l'obligation de parler à un étranger, mon attitude avait changé – ou plus précisément que mes manières ordinaires avaient repris le dessus. Pendant la journée, en compagnie de Rosie, j'avais été détendu, et j'avais parlé et agi autrement que d'habitude. J'avais éprouvé la même facilité pendant ma conversation avec le chef, qui était pour l'essentiel un échange professionnel d'informations. En revanche, mon interaction sociale informelle avec un tiers avait réactivé mon comportement familier. Or, j'en suis parfaitement conscient, les autres ont tendance à trouver que je me conduis et m'exprime bizarrement. L'homme aux piercings s'en était certainement rendu compte.

— Vous savez ce que j'aime à New York ? a-t-il repris. C'est qu'il y a tellement de branques que plus personne n'y fait attention. On est tous parfaitement intégrés.

— Alors, comment c'était ? m'a demandé Rosie quand nous sommes rentrés à l'hôtel.

— La meilleure journée de toute ma vie d'adulte.

Ma réponse a paru faire tellement plaisir à Rosie que j'ai décidé de ne pas terminer ma phrase : « à l'exception du Musée d'histoire naturelle ».

— Tu peux dormir tard, a-t-elle dit. On se retrouve à 9h30 ici pour un nouveau brunch. Ça marche ?

Il aurait été parfaitement irrationnel de discuter.

25.

— J'ai eu un comportement inadéquat ?

Rosie avait craint que je ne fasse des commentaires inappropriés au cours de notre visite du site du World Trade Center. Notre guide, un ancien pompier qui s'appelait Frank et avait perdu plusieurs collègues dans l'attentat, était incroyablement intéressant. J'avais posé un certain nombre de questions techniques auxquelles il avait répondu avec intelligence et, m'avait-il semblé, enthousiasme.

— Tu as peut-être légèrement changé l'ambiance, a-t-elle remarqué. Tu as... – comment dire ? – détourné l'attention de l'impact émotionnel.

J'avais donc atténué la tristesse ambiante. Parfait.

Le lundi a été consacré à la visite de lieux touristiques populaires. Nous avons pris le petit déjeuner au Katz's Deli, où avait été tournée une scène d'un film appelé *Quand Harry rencontre Sally*. Nous sommes montés au sommet de l'Empire State Building, un endroit célèbre pour *Elle et lui*. Nous avons visité le MoMa et le Met, très intéressants tous les deux. Nous sommes rentrés à l'hôtel de bonne heure : 16 h 32.

— Rendez-vous ici à 18 h 30, a annoncé Rosie.

— Qu'est-ce qu'il y a de prévu pour le dîner ?

— Des hot-dogs. On va à un match de baseball.

Je ne regarde *jamais* de rencontres sportives. Jamais. Les raisons tombent sous le sens – ou devraient le faire pour tous ceux qui accordent un minimum de valeur à leur temps. Mais mon cerveau reconfiguré, soutenu par des doses considérables de renforcement positif, a accepté la proposition. J'ai passé les cent dix-huit minutes suivantes sur internet à apprendre les règles et le rôle des joueurs.

Dans le métro, Rosie m'a annoncé une nouvelle. Avant de quitter Melbourne, elle avait envoyé un e-mail à Mary Keneally, une chercheuse de la Columbia University qui travaillait dans son domaine. La réponse venait de lui parvenir. Mary pouvait la recevoir le lendemain. Du coup, Rosie n'aurait pas le temps de m'accompagner au Musée d'histoire naturelle. Elle pourrait venir le mercredi, mais est-ce que j'arriverais à me débrouiller seul le lendemain ? Bien sûr que oui.

Au Yankee Stadium, nous avons acheté de la bière et des hot-dogs. Un homme à casquette, âge estimé trente-cinq ans, IMC estimé quarante (c'est-à-dire d'un embonpoint dangereux), était assis à côté de moi. Il a mangé trois hot-dogs. La source de son obésité était évidente.

La partie a commencé et il a fallu que j'en explique le déroulement à Rosie. J'ai observé avec un immense intérêt l'application concrète des règles à une partie réelle. Chaque fois qu'il se passait quelque chose sur le terrain, le Gros Fan de Baseball prenait des notes dans son carnet. Il y avait des coureurs au deuxième et au troisième but quand Curtis Granderson est arrivé sur le marbre et le Gros Fan de Baseball m'a adressé la parole :

— S'il met les deux, il sera en tête de ligue pour les points produits. Quelles sont les probabilités ?

Je n'en savais rien. Tout ce que j'ai pu lui dire, c'est qu'en me fondant sur la moyenne des frappes et sur le pourcentage des coups de circuit figurant sur le profil que j'avais consulté, elles devaient se situer entre 9,9 % et 27,2 %. Je n'avais pas eu le temps de mémoriser les statistiques des doubles et des triples. Le Gros Fan de Baseball n'en a pas moins paru impressionné et nous avons engagé une conversation passionnante. Il m'a montré comment noter les différents événements sur le programme à l'aide de symboles et m'a expliqué le mécanisme des statistiques les plus complexes. Je n'aurais jamais imaginé que le sport pouvait être aussi stimulant intellectuellement.

Rosie est allée chercher de nouvelles bières et d'autres hot-dogs tandis que le Gros Fan de Baseball se mettait à me parler des « cinquante-six matchs consécutifs avec au moins un coup sûr » de Joe DiMaggio en 1941, un record défiant toutes les probabilités selon lui. J'en doutais, et notre conversation commençait tout juste à devenir passionnante quand la partie s'est achevée. Il a proposé que nous prenions le métro jusqu'à un bar de Midtown. Comme Rosie était responsable du programme de la journée, je lui ai demandé son avis et elle a accepté.

Le bar était bruyant et un match de baseball, encore un, était projeté sur l'énorme écran de télévision.

D'autres hommes, qui apparemment ne connaissaient pas encore le Gros Fan de Baseball, se sont joints à notre discussion. Nous avons bu beaucoup de bière et parlé de statistiques de baseball. Rosie observait, assise sur un tabouret, son verre à la main. Il était tard quand le Gros Fan de Baseball, qui en réalité s'appelait Dave, a déclaré qu'il fallait qu'il rentre chez lui. Nous avons échangé nos adresses électroniques et j'ai estimé que je m'étais fait un nouvel ami.

Sur le chemin de l'hôtel, je me suis rendu compte que je m'étais conduit d'une manière typiquement masculine : boire de la bière dans un bar, regarder la télévision et parler sport avec d'autres hommes. Tout le monde sait que les femmes ont une attitude négative à l'égard d'un tel comportement. J'ai demandé à Rosie si je l'avais blessée.

— Pas du tout. Ça m'a amusée de te voir agir comme un vrai mec – de voir que tu t'intégrais comme ça.

Je lui ai fait remarquer que c'était une réaction tout à fait inhabituelle de la part d'une féministe, qui ne pouvait cependant que la rendre extrêmement séduisante pour des hommes conventionnels.

— Encore faudrait-il que je m'intéresse aux hommes conventionnels.

J'ai trouvé que c'était une bonne occasion de lui poser une question sur sa vie privée.

— Tu as un petit ami ?

J'espérais avoir employé un terme approprié.

— Bien sûr, je ne l'ai pas encore sorti de ma valise, c'est tout, a-t-elle répondu.

C'était manifestement une blague, alors j'ai ri avant de lui signaler qu'elle n'avait pas vraiment répondu à ma question.

— Don, tu ne crois pas que si j'avais un petit ami, tu en aurais entendu parler depuis le temps ?

Il me paraissait tout à fait possible de ne pas en avoir entendu parler. J'avais posé à Rosie très peu de questions personnelles en dehors de l'Opération Père. Je ne connaissais aucun de ses amis, à l'exception peut-être de Stefan dont j'avais conclu qu'il n'était pas son petit ami. Bien sûr, il aurait été plus conforme aux traditions de venir au bal de la fac avec son éventuel partenaire et de ne pas me proposer de rapport sexuel ensuite, mais tout le monde ne se sentait pas lié par ce genre de conventions. Gene en offrait un parfait exemple. Rosie pouvait très bien avoir un petit ami qui n'aimait pas danser ou fréquenter des universitaires. Il aurait aussi pu être provisoirement absent ou entretenir avec elle une relation non exclusive. Elle n'avait aucune raison de me le dire. Dans ma propre vie, j'avais rarement parlé de Daphné ou de ma sœur à Gene et Claudia et inversement. Ils ne faisaient pas partie des mêmes sphères de mon existence. Je l'ai expliqué à Rosie.

— Réponse courte : non, a-t-elle repris. (Nous avons continué à marcher.) Réponse longue : quand je t'ai balancé que j'étais à la masse à cause de mon père, tu m'as demandé ce que je voulais dire. Petit abrégé de psychologie élémentaire : notre première relation avec un être de sexe masculin se fait avec notre père, et affecte définitivement les rapports que nous établissons avec les hommes. Alors moi, petite veinarde que je suis, j'ai le choix entre deux types : Phil, qui a un pète au casque, ou mon père biologique, qui nous a plaquées, ma mère et moi. Et ce choix m'a été présenté quand j'avais douze ans et que Phil m'a invitée à m'asseoir pour cette fameuse discussion « J'aurais préféré que ta mère soit là pour te le dire ». Tu vois, exactement le genre de trucs que ton père te sort couramment quand tu as douze ans : « Je ne suis pas ton papa, ta maman qui est morte avant que tu aies eu le temps de la connaître vraiment n'était pas la femme parfaite que tu imaginais, et tu n'es là que parce que ta mère était une fille facile, et franchement je préférerais que ça ne soit pas le cas, parce que comme ça je pourrais me tirer et avoir enfin une vraie vie. »

— Il t'a dit ça ?

— Pas en ces termes. Mais c'était la teneur générale.

J'ai trouvé très peu probable qu'une fille de douze ans – même future étudiante en psychologie – soit capable de déduire avec justesse les pensées tacites d'un adulte de sexe masculin. Dans certains cas, il est préférable d'avoir conscience, comme moi, de ses propres inaptitudes dans ce domaine plutôt que d'éprouver un faux sentiment de compétence.

— Résultat : je ne fais pas confiance aux hommes. Je n'arrive pas à croire qu'ils sont ce qu'ils prétendent être. J'ai peur qu'ils me laissent tomber. Voilà le résumé de mes sept années d'études de psychologie.

Comme c'était indéniablement un résultat très médiocre pour sept années d'efforts, j'ai supposé qu'elle omettait les connaissances plus générales que les cours lui avaient permis d'acquérir.

— Tu veux qu'on se retrouve demain soir ? a demandé Rosie. On fera ce que tu voudras.

J'avais déjà réfléchi à mes projets pour le lendemain.

— Je connais quelqu'un à la Columbia, ai-je répondu. On pourrait y aller ensemble.

— Et le musée ?

— J'ai déjà comprimé quatre visites en deux. Je peux en comprimer deux en une.

Il n'y avait pas la moindre logique dans cet énoncé, mais j'avais bu beaucoup de bière et j'avais envie d'aller à la Columbia, c'est tout. *Suivre le courant.*

— Rendez-vous à 8 heures – ne sois pas en retard, a dit Rosie.

Puis elle m'a embrassé. Ce n'était pas un baiser passionné, un simple baiser sur la joue, qui n'en était pas moins troublant. Ni positif ni négatif, juste troublant.

J'ai envoyé un e-mail à David Borenstein de la Columbia puis j'ai skypé avec Claudia et lui ai raconté ma journée, en omettant le baiser.

— Elle a l'air de se donner beaucoup de mal, a commenté Claudia.

C'était vrai, de toute évidence. Rosie avait su choisir des activités que j'aurais évitées en temps normal et qui m'avaient pourtant beaucoup plu.

— Alors, tu l'invites à une visite guidée du Musée d'histoire naturelle mercredi ?

— Non. Je vais aller voir les crustacés et puis la flore et la faune de l'Antarctique.

— Peut mieux faire, a commenté Claudia.

26.

On a pris le métro jusqu'à la Columbia. David Borenstein n'avait pas répondu à mon mail. Je n'en ai pas parlé à Rosie, qui m'a proposé d'assister à son rendez-vous, s'il n'était pas incompatible avec mes obligations.

— Je te présenterai comme un collègue, a-t-elle suggéré. J'aimerais bien que tu voies ce que je fais quand je ne suis pas derrière un bar.

Mary Keneally était professeur associé de psychiatrie à la faculté de médecine. Je n'avais jamais demandé à Rosie quel était son sujet de thèse. J'ai appris que c'était « Les facteurs de risque environnementaux dans l'apparition précoce du trouble bipolaire », un sujet scientifique sérieux. L'approche de Rosie m'a paru solide et bien documentée. Elle a discuté avec Mary pendant cinquante-trois minutes, puis nous sommes allés prendre un café ensemble.

— Dans le fond, a dit Mary à Rosie, vous êtes plus psychiatre que psychologue. Vous n'avez jamais envisagé de vous orienter vers la médecine ?

— Je viens d'une famille de médecins, a expliqué Rosie. Je me suis un peu rebellée.

— Eh bien, quand vous en aurez fini avec votre rébellion, sachez que nous avons un excellent cursus de médecine ici.

— C'est ça. Moi, à la Columbia !

— Et pourquoi pas ? D'ailleurs, puisque vous avez fait tout ce voyage... (Elle a rapidement passé un coup de fil et a souri.) Venez, on va voir le doyen.

Pendant que nous regagnions le bâtiment de la fac de médecine, Rosie m'a dit :

— J'espère que ce coup-ci, tu es impressionné.

Nous sommes arrivés au bureau du doyen qui est sorti pour nous accueillir.

— Don ! Je viens de lire votre mail. Je n'ai même pas eu le temps de vous répondre. (Il s'est tourné vers Rosie.) David Borenstein. Vous êtes avec Don ?

Nous avons tous déjeuné ensemble au Club Universitaire. David a raconté à Rosie qu'il avait appuyé ma demande de visa O-1.

— Je n'ai pas menti, a-t-il dit. Le jour où Don aura envie de venir jouer dans la cour des grands, il y a une place qui l'attend ici.

La pizza cuite au charbon de bois est censée être écologiquement incorrecte, mais je me méfie beaucoup des affirmations de ce genre. Elles reposent souvent sur des facteurs émotionnels plus que scientifiques et ne prennent pas en compte l'intégralité des coûts du cycle de vie. L'électricité c'est bien, le charbon c'est mal. Or d'où vient l'électricité ? La pizza que nous avons mangée chez Arturo était excellente. La Meilleure Pizza du Monde.

Une des phrases que Rosie avait prononcées à la Columbia avait retenu mon attention.

— Je croyais que tu admirais ta mère ? Pourquoi est-ce que tu n'as pas voulu être médecin ?

— Ce n'est pas à cause de ma mère. Mon père est médecin, lui aussi. Tu as oublié ? C'est même pour ça qu'on est ici. (Elle a vidé le reste de la bouteille de vin dans son verre.) J'y ai pensé. J'ai passé le GAMSAT, comme je l'ai dit à Peter Enticott, et j'ai effectivement obtenu soixante-quatorze. Prends ça dans les dents. (Malgré ces propos agressifs, son expression est restée amicale.) Je me suis dit que vouloir faire médecine relevait d'une forme d'obsession à l'égard de mon vrai père. Comme si je cherchais à marcher sur ses pas plutôt que dans ceux de Phil. En même temps, je savais bien que c'était un peu crétin.

Gene affirme souvent que les psychologues sont incompétents pour se comprendre eux-mêmes. Rosie me paraissait avoir donné une excellence preuve de l'exactitude de cette assertion. Pourquoi renoncer à faire quelque chose qui lui plairait et où elle serait compétente ? Tout de même, trois années de licence de psychologie suivies de plusieurs années de recherche auraient dû lui permettre de catégoriser ses problèmes comportementaux, émotionnels et de personnalité avec plus de subtilité que par le qualificatif de « crétin ». Bien sûr, je ne lui ai pas fait part de ces réflexions.

Nous étions les premiers de la file quand le musée a ouvert, à 10h30. J'avais préparé notre visite de façon à retracer l'histoire de l'univers, de la planète et de la vie. Treize milliards d'années en six heures. À midi, Rosie a proposé de retarder le déjeuner prévu au programme afin que nous ayons plus de temps pour voir le reste. Un peu plus tard, elle s'est arrêtée devant la reconstitution des célèbres empreintes de Laetoli laissées par des hominidés il y a approximativement trois millions six cent mille ans.

— J'ai lu un article là-dessus. C'était une mère et son enfant qui se tenaient par la main, hein ?

Une interprétation romantique, mais pas impossible.

— Tu as déjà pensé à avoir des enfants, Don ?

— Oui, ai-je répondu, oubliant d'éluder cette question personnelle. Cette perspective me paraît cependant à la fois improbable et déconseillée.

— Pourquoi ?

— Improbable parce que j'ai perdu confiance dans l'Opération Épouse. Déconseillée parce que je serais un père inadéquat.

— Ah oui ? Et pourquoi ?

— Parce que je serais une source d'embarras pour mes enfants.

Rosie a ri. J'ai trouvé ça très indélicat, mais elle s'est expliquée :

— Tous les parents sont une source d'embarras pour leurs gosses.

— Phil compris ?

Elle a encore ri.

— Surtout Phil.

À 16h28, nous avions fini les primates.

— Oh non, c'est tout ? a dit Rosie. Il n'y a rien d'autre à voir ?

— Si, deux autres choses. Tu risques de trouver ça ennuyeux, tu sais.

Je l'ai conduite dans la salle des balles – des sphères de différentes tailles qui montrent l'échelle de l'univers. L'exposition en elle-même n'est pas spectaculaire, contrairement aux informations qu'elle apporte. Quand on n'est ni scientifique ni spécialiste de sciences *physiques*, on n'a souvent aucune notion d'échelle – notre petitesse par rapport aux dimensions de l'univers, notre gigantisme par rapport à la taille d'un neutrino. J'ai fait tout mon possible pour rendre ça intéressant.

Nous avons ensuite pris l'ascenseur pour rejoindre la voie cosmique de Heilbrunn, une rampe en spirale de cent dix mètres de long représentant un tableau chronologique allant du big bang à nos jours. Il n'y a au mur que des images et des photos avec quelques pierres et quelques fossiles. Je n'ai pas eu besoin de les regarder, car je connaissais bien cette histoire, que j'ai retracée aussi précisément et spectaculairement que j'ai pu. Tandis que nous descendions l'hélice jusqu'à la minuscule ligne verticale représentant l'intégralité de l'histoire humaine connue, au rez-de-chaussée, j'ai replacé dans son contexte tout ce que nous avions vu au cours de la journée. L'heure de fermeture approchait et nous étions les seuls visiteurs. Il m'était arrivé en de précédentes occasions d'observer les réactions des gens à la fin de la visite. « On n'est quand même pas grand-chose, hein ? » disent-ils. C'est sûrement une façon de voir – le grand âge de l'univers diminue en quelque sorte l'importance de notre propre vie, des événements historiques ou de la série de victoires de Joe DiMaggio.

Mais la réaction de Rosie a été une traduction verbale de la mienne.

— Ouah, a-t-elle chuchoté, en se retournant vers cette vastitude.

Et puis, au cours de cet instant d'une petitesse fugace dans l'histoire de l'univers, elle m'a pris la main et l'a gardée dans la sienne pendant tout le trajet jusqu'au métro.

27.

Il nous restait une dernière mission capitale à accomplir avant de quitter New York le lendemain matin. Bien qu'« absolument surbooké », Max Freyberg, le spécialiste de chirurgie esthétique et père biologique potentiel de Rosie, avait accepté de nous consacrer quinze minutes, à 18 h 45. Rosie avait raconté à sa secrétaire qu'elle était chargée par une revue d'écrire une série d'articles sur les parcours de réussite d'anciens étudiants de l'université. Je portais l'appareil photo de Rosie et devais passer pour son photographe.

Nous avions eu du mal à obtenir ce rendez-vous et nous savions déjà que le prélèvement d'ADN serait beaucoup plus difficile dans un lieu de travail que dans un environnement social ou domestique. J'avais branché mon cerveau sur ce problème avant notre départ pour New York et espérais qu'il aurait travaillé en tâche de fond et trouvé une solution. Malheureusement, il avait dû être trop occupé par d'autres activités. Le seul moyen que j'avais imaginé était d'utiliser une bague à pointe pour provoquer un saignement à l'occasion d'une poignée de main, une méthode que Rosie a estimée socialement irréalisable. Elle a suggéré de lui couper un cheveu, subrepticement ou en prétendant qu'il gâcherait la photo. Un spécialiste de chirurgie esthétique était sûrement soucieux de son apparence. Malheureusement, un cheveu coupé avait peu de chances de fournir un échantillon adéquat – il aurait fallu l'arracher pour obtenir un follicule. Rosie a emporté une pince à épiler. Pour une fois, j'espérais être condamné à passer quinze minutes dans une pièce enfumée : un mégot de cigarette aurait réglé tous nos problèmes. Nous allions devoir être à l'affût de la moindre occasion.

Le cabinet du docteur Freyberg se trouvait dans un immeuble ancien de l'Upper West Side. Rosie a appuyé sur le bouton de l'interphone, ce qui a fait surgir un agent de sécurité. Il nous a conduits dans une salle d'attente dont les murs étaient entièrement couverts de certificats encadrés et de lettres de patients chantant les louanges du travail du docteur Freyberg.

La secrétaire du docteur Freyberg, une femme très mince (IMC estimé seize) d'environ cinquante-cinq ans et aux lèvres d'une épaisseur disproportionnée nous a fait entrer dans son bureau. Encore des certificats ! Freyberg lui-même présentait un défaut majeur : il était complètement chauve. La solution de l'arrachage de cheveu était impraticable. Et rien n'indiquait que nous ayons affaire à un fumeur.

Rosie a mené l'interview de façon très impressionnante. Freyberg lui a décrit certaines procédures qui semblaient n'avoir qu'une justification clinique mineure, en soulignant leur importance pour l'estime de soi de ses patients. Heureusement, je n'avais qu'un rôle muet à jouer, car j'aurais été très tenté de contester ses propos. Je faisais aussi de grands efforts de concentration. Mon cerveau n'avait pas fini de traiter l'épisode de ma main dans celle de Rosie.

— Excusez-moi, a dit Rosie. Serait-il possible d'avoir quelque chose à boire ?

Bien sûr ! La solution du tamponnement de la tasse à café.

— Mais certainement, a répondu Freyberg. Thé, café ?

— Café, plutôt. Noir. Vous en prendrez aussi ?

— Non, merci. Poursuivons. (Il a appuyé sur un bouton de son interphone.) Rachel, un café noir.

— Vous feriez bien d'en prendre un, lui ai-je conseillé.

— Je n'en bois jamais.

— À moins que vous ne souffriez d'une intolérance génétique à la caféine, aucun effet néfaste n'a jamais été mis en évidence. Au contraire...

— Pour quelle revue travaillez-vous déjà ?

La question était directe et parfaitement prévisible. Nous nous étions entendus sur le nom d'une publication universitaire fictive et Rosie l'avait déjà mentionné au moment des présentations.

J'ai été victime d'un dysfonctionnement cérébral. Nous avons parlé en même temps, Rosie et moi. Elle a dit : « *Visages du changement* », j'ai dit : « *Mains du changement* ».

C'était une incohérence mineure que tout individu rationnel aurait interprétée comme un lapsus ordinaire, parfaitement innocent, ce qui était effectivement le cas. Pourtant, l'expression de Freyberg a révélé un sentiment d'incrédulité et il s'est mis à griffonner sur un bloc-notes. Quand Rachel a apporté le café, il lui a tendu le feuillet. Diagnostiquant une manifestation de paranoïa, j'ai commencé à préparer des plans d'évasion.

— Excusez-moi un instant, il faut que j'aille aux toilettes, ai-je murmuré.

J'avais l'intention de téléphoner à Freyberg de là pour permettre à Rosie de s'enfuir pendant qu'il prendrait la communication. Je me suis dirigé vers la sortie, mais Freyberg m'a barré le passage.

— Utilisez les miennes, a-t-il dit. J'insiste.

Il m'a conduit jusqu'au fond de son bureau, m'a fait passer devant Rachel et m'a laissé devant une porte indiquant « Privé ». Il n'y avait aucun moyen de sortir sans reprendre le même chemin. J'ai pris mon téléphone, ai composé le 411 – service de l'annuaire – et ils m'ont mis en communication avec Rachel. J'ai entendu le téléphone sonner et Rachel répondre. J'ai parlé tout bas :

— Il faut absolument que je joigne le docteur Freyberg. C'est une urgence.

J'ai expliqué que ma femme était une de ses patientes et que ses lèvres avaient explosé. Puis j'ai raccroché et envoyé un texto à Rosie : « Pars tout de suite. »

Les toilettes de Freyberg auraient eu grand besoin des services d'Eva. Je suis arrivé à ouvrir la fenêtre, qui ne servait manifestement jamais. Nous étions au quatrième étage, mais il m'a semblé que le mur de l'immeuble présentait suffisamment de prises. Je me suis hissé par la fenêtre et j'ai commencé à descendre, lentement, en me concentrant sur mes mouvements et en espérant que Rosie avait réussi à s'échapper.

Je n'avais plus fait d'escalade depuis longtemps et la descente était moins facile que je ne l'avais cru à première vue. De plus, le mur était glissant parce qu'il avait plu dans la journée et mes chaussures de sport n'étaient pas idéales pour cette activité. À un moment, j'ai dérapé et suis arrivé de justesse à me rattraper aux aspérités d'une brique. J'ai entendu des cris s'élever depuis la rue.

Quand je suis enfin arrivé sur le trottoir, j'ai découvert qu'une petite foule m'attendait. Rosie était là, elle aussi. Elle a jeté ses bras autour de mon cou.

— Oh, mon Dieu, Don, tu aurais pu te tuer. Ce n'était pas aussi important que ça !

— Le risque était mineur. Le tout était d'ignorer la question de la hauteur.

Nous nous sommes dirigés vers le métro. Rosie était très agitée. Freyberg l'avait prise pour une sorte de détective privée, engagée par une patiente mécontente. Il avait voulu la faire arrêter par le personnel de sécurité. Que sa position ait été légalement justifiable ou non, nous nous serions trouvés en fâcheuse posture.

— Il faut que je me change, a annoncé Rosie. C'est notre dernière soirée à New York. Qu'est-ce que tu as envie de faire ?

J'avais initialement inscrit un grill-room à mon programme, mais puisque le scénario semblait prévoir que nous dînerions ensemble, il fallait que je choisisse un restaurant susceptible de convenir à une « végétarienne » consommatrice de produits de la mer issus de l'aquaculture durable.

— On va bien trouver quelque chose, a-t-elle dit. Il y a l'embarras du choix.

Il m'a fallu trois minutes pour changer de chemise. J'ai attendu Rosie au rez-de-chaussée pendant six autres minutes. Finalement, je suis monté jusqu'à sa chambre et j'ai frappé à la porte. J'ai attendu longtemps. Puis j'ai entendu sa voix.

— À ton avis, combien de temps faut-il pour prendre une douche ?

— Trois minutes et douze secondes, sauf si je me lave les cheveux, auquel cas il me faut une minute et douze secondes de plus.

Le temps supplémentaire était essentiellement dû à la nécessité de laisser reposer l'après-shampooing pendant une durée de soixante secondes.

— Attends.

Rosie a ouvert la porte, avec un drap de bain pour tout vêtement. Elle avait les cheveux mouillés et était extrêmement séduisante. J'ai oublié de garder les yeux fixés sur son visage.

— Hé ! a-t-elle lancé. Pas de pendentif, cette fois.

Elle avait raison. Je ne pouvais pas utiliser cette excuse. Pourtant, elle ne m'a pas reproché mon comportement inadéquat. En fait, elle a souri et a fait un pas en avant. Je ne savais pas trop si elle allait en faire un autre ou si c'était à moi de le faire. Finalement, aucun de nous ne l'a fait. Il y a eu un instant de malaise, mais il m'a semblé que nous en étions tous les deux responsables.

— Tu aurais dû apporter la bague, a dit Rosie.

Pendant un instant, mon cerveau a interprété « bague » comme « bague de fiançailles » et s'est mis à échafauder un scénario complètement erroné.

Puis j'ai compris qu'elle faisait allusion à la bague à pique que j'avais proposée pour obtenir quelques gouttes de sang de Freyberg.

— Venir de si loin et repartir sans échantillon !

— Heureusement, on en a un.

— Tu en as un, toi ? Comment tu as fait ?

— Ses toilettes. Quel cochon ! Il devrait faire examiner sa prostate. Le sol...

— C'est bon, m'a interrompu Rosie. Épargne-moi les détails. Bravo quand même.

— Une hygiène déplorable pour un chirurgien. Enfin, un pseudo-chirurgien. Quel incroyable gaspillage de compétences chirurgicales – insérer des matières synthétiques exclusivement pour modifier l'apparence de quelqu'un.

— Le jour où tu auras cinquante-cinq ans et ta femme quarante-cinq, on verra si tu es toujours du même avis.

— Je croyais que tu étais féministe, ai-je remarqué bien que j'aie commencé à en douter.

— Ce n'est pas une raison pour avoir envie d'être moche.

— Ton apparence ne devrait pas entrer en ligne de compte dans le jugement que ton partenaire porte sur toi.

— La vie est pleine de « ne devrait pas ». C'est toi le généticien. Tout le monde prête attention à l'apparence des autres. Toi aussi.

— Exact. Ça n'affecte pas pour autant le jugement que je porte sur eux.

Je me trouvais sur un terrain glissant : la question de l'attrait de Rosie m'avait valu de graves ennuis la nuit du bal de la faculté. Mon affirmation correspondait à mes convictions sur la façon dont je jugeais autrui et dont je souhaitais moi-même être jugé. Mais je n'avais jamais eu à appliquer ces convictions à une personne qui se tenait devant moi dans une chambre d'hôtel vêtue en tout et pour tout d'un drap de bain. J'ai pris conscience de n'avoir pas dit l'entière vérité.

— Abstraction faite du facteur testostérone, ai-je ajouté.

— Je dois y voir un compliment ?

La conversation commençait à devenir très compliquée. J'ai essayé de clarifier ma position.

— Il serait déraisonnable de porter à ton crédit le fait que tu es incroyablement belle.

Ce que j'ai fait ensuite était indéniablement une conséquence du brouillage de mes pensées dû à la série d'incidents extraordinaires et traumatisants qui s'étaient produits au cours des quelques heures précédentes : ma main dans la sienne, l'évasion du cabinet de chirurgie esthétique et l'effet extrême de la présence de la plus belle femme du monde debout devant moi, nue sous un drap de bain.

Une part de responsabilité en revient aussi à Gene pour avoir prétendu que la dimension du lobe de l'oreille était un élément d'attraction sexuelle. N'ayant jamais été aussi attiré sexuellement par une femme, je me suis soudain senti tenu d'examiner ses oreilles. En un instant qui était, rétrospectivement, comparable à un incident critique de *Confession de minuit* de Georges Duhamel, j'ai tendu la main et j'ai écarté ses cheveux. Chose surprenante, sa réaction a été différente de celle qui est relatée dans le roman que nous avions étudié en cours de français. Rosie a passé ses bras autour de mon cou et m'a embrassé.

Je suis persuadé que la configuration de mon cerveau s'éloigne du modèle de connexion standard. Mes ancêtres n'auraient pourtant pas réussi à se reproduire s'ils n'avaient pas compris certains signaux sexuels élémentaires et n'avaient pas su y réagir. Cette aptitude était programmée en moi. J'ai rendu son baiser à Rosie. Elle a réagi.

Nous nous sommes écartés. De toute évidence, le dîner allait être reporté à plus tard. Rosie m'a observé et m'a dit :

— Tu sais que si tu changeais de lunettes et de coupe de cheveux, on pourrait te prendre pour Gregory Peck dans *Du silence et des ombres* ?

— Et c'est bien ?

Vu les circonstances, je supposais que oui, mais je voulais qu'elle me le confirme.

— C'est juste le type le plus sexy qui ait jamais existé.

Nous nous sommes regardés pendant un long moment, puis je me suis approché pour l'embrasser encore. Elle m'a arrêté.

— Don, on est à New York. C'est comme des vacances. Je ne veux pas que tu t'imagines autre chose.

— Ce qui se passe à New York reste à New York, OK ?

C'était une réplique que Gene m'avait apprise à l'usage des congrès. Je n'avais encore jamais eu l'occasion de m'en servir. Elle paraissait un peu bizarre, bien qu'adaptée aux circonstances. Il était évidemment essentiel que nous soyons d'accord sur l'absence de prolongement émotionnel. Si, contrairement à Gene, je n'avais pas de femme qui m'attendait chez moi, l'idée que je me faisais d'une épouse était très différente de Rosie, qui sortait certainement fumer une cigarette sur le balcon après un rapport sexuel. Curieusement, cette perspective ne me rebutait pas autant qu'elle l'aurait dû.

— Il faut que j'aille chercher quelque chose dans ma chambre, ai-je dit.

— Bonne idée. Dépêche-toi.

Comme ma chambre n'était qu'à onze étages au-dessus de celle de Rosie, je suis monté à pied. J'ai pris une douche puis j'ai jeté un coup d'œil au livre que Gene m'avait donné. Il avait eu raison finalement. Incroyable.

Je suis redescendu jusqu'à la chambre de Rosie. Quarante-trois minutes s'étaient écoulées. J'ai frappé à la porte et Rosie m'a ouvert, portant cette fois une tenue de nuit qui était, en fait, plus suggestive que le drap de bain. Elle tenait deux verres de champagne.

— Désolée. Il n'y a plus de bulles.

J'ai parcouru la chambre des yeux. Le couvre-lit était replié, les rideaux tirés et il n'y avait qu'une lampe de chevet allumée. Je lui ai tendu le livre de Gene.

— Comme c'est notre première – et probablement unique – fois et que tu as certainement plus d'expérience que moi, il m'a paru préférable de te laisser choisir la position.

Rosie a feuilleté le livre une première fois, puis une deuxième. Elle s'est arrêtée à la première page, où Gene avait griffonné son symbole.

— C'est Gene qui t'a donné ça ?

— Un cadeau de voyage.

J'ai essayé de déchiffrer l'expression de Rosie et j'ai deviné de la colère, mais celle-ci a disparu et Rosie a dit d'un ton qui n'était pas du tout fâché :

— Don, pardon, je ne peux pas. Je regrette vraiment.

— J'ai dit quelque chose qu'il ne fallait pas ?

— Non, c'est moi. Je suis vraiment désolée.

— Tu as changé d'avis pendant que j'étais parti ?

— Ouais. C'est ça. Excuse-moi.

— Je n'ai rien fait de travers ? Tu es sûre ?

Rosie était mon amie et le risque que courait notre amitié était désormais au premier plan de mes préoccupations. La question du sexe s'était effacée.

— Non, non, c'est moi, a-t-elle insisté. Tu as été incroyablement attentionné.

C'était un compliment auquel je n'étais pas habitué. Un compliment très satisfaisant. La soirée n'avait pas été un désastre complet.

Je n'arrivais pas à dormir. Je n'avais pas dîné et il n'était que 20h55. Claudia et Gene devaient être au travail, à Melbourne, et je n'avais pas envie de leur parler. Il m'a paru inopportun de reprendre contact avec Rosie, alors j'ai appelé mon seul ami restant. Dave avait déjà mangé, mais nous nous sommes retrouvés dans une pizzeria où il a pris un second dîner. Puis on est allés dans un bar, on a regardé un match de baseball et on a parlé femmes. Je ne me rappelle pas très bien ce que nous avons pu dire, l'un ou l'autre. Certainement pas grand-chose d'utile, me semble-t-il, pour élaborer des projets d'avenir rationnels.

28.

J'avais le « cerveau en compote ». C'est une expression courante, qui va au-delà de la réalité. Mon tronc cérébral continuait à fonctionner, mon cœur battait toujours, je n'oubliais pas de respirer. J'ai été capable de faire mes bagages, de consommer mon petit déjeuner dans ma chambre, de retrouver mon chemin jusqu'à JFK, de passer au guichet d'enregistrement et d'embarquer dans l'avion pour Los Angeles. J'ai réussi à communiquer avec Rosie autant qu'il le fallait pour coordonner ces activités. Mes facultés de réflexion n'en étaient pas moins en suspens. La cause était évidente – *surcharge émotionnelle* ! En temps normal, je gère soigneusement toutes mes émotions. Or je leur avais laissé libre cours à New York – sur les conseils de Claudia, *psychologue clinicienne diplômée* –, d'où une dangereuse surstimulation. Elles se déchaînaient à présent dans mon cerveau, m'empêchant de réfléchir. Au moment précis où j'aurais eu besoin de toutes mes capacités cérébrales pour analyser le problème.

Rosie avait le siège côté fenêtre, j'étais près du couloir. J'avais respecté toutes les procédures de sécurité précédant le décollage, sans m'attarder, pour une fois, sur leurs hypothèses injustifiées et leurs priorités irrationnelles. Dans l'éventualité d'une catastrophe imminente, nous aurions tous quelque chose à faire. Je me trouvais dans la situation inverse : incapable d'agir.

Rosie a posé la main sur mon bras.

— Ça va, Don ?

J'ai essayé de me concentrer sur un aspect de l'expérience et sur la réaction émotionnelle correspondante. Je savais par où commencer. En toute logique, rien ne m'obligeait à remonter dans ma chambre chercher le livre de Gene. Montrer un livre à Rosie ne faisait pas partie du scénario initial que j'avais prévu à Melbourne quand je m'étais préparé à l'éventualité d'un rapport sexuel. Je suis peut-être socialement incompétent, mais après le baiser et Rosie n'étant vêtue que d'un drap de bain, je n'aurais pas dû avoir de mal à poursuivre. Si ma connaissance des positions était un plus, elle était sans doute hors de propos la première fois.

Alors pour quelle raison l'instinct m'avait-il poussé à choisir une ligne de conduite dont le résultat avait été de saboter toutes mes chances ? La réponse élémentaire était claire. Il me disait de ne pas agir. Pourquoi ? J'ai identifié trois possibilités.

1. J'avais peur d'échouer dans l'accomplissement de l'acte sexuel. J'ai rapidement écarté cette éventualité. Je risquais sans doute d'être moins compétent qu'un individu plus expérimenté et l'appréhension aurait même pu me rendre impuissant. Ça me paraissait cependant peu probable. J'étais habitué à être gêné, même en présence de Rosie. La pulsion sexuelle était

bien plus forte que toute nécessité de préserver mon image.

2. Je n'avais pas de préservatif. En réfléchissant, j'ai compris que Rosie avait certainement supposé que j'avais quitté sa chambre pour aller chercher ou acheter un préservatif. J'aurais évidemment dû m'en procurer un, conformément à toutes les recommandations sur les rapports sexuels protégés, et le réceptionniste en avait certainement en réserve pour les situations d'urgence, avec des brosses à dents et des rasoirs de rechange. Or je ne l'avais pas fait, preuve supplémentaire qu'inconsciemment je n'avais pas l'intention d'agir. Gene m'avait raconté un jour qu'il avait fait le tour du Caire en taxi à la recherche d'un vendeur de préservatifs. Ma motivation n'était manifestement pas assez forte.

3. J'étais incapable de gérer les conséquences affectives. Cette troisième hypothèse ne m'est venue à l'esprit qu'après élimination des deux premières. J'ai su immédiatement – instinctivement ! – que c'était la bonne. Mon cerveau était déjà en surcharge émotionnelle. Ce n'était pas le numéro d'alpinisme périlleux depuis la fenêtre d'un chirurgien ni le souvenir de l'interrogatoire dans une cave obscure par un psychiatre barbu prêt à tout pour protéger son secret. Ce n'était même pas l'expérience de ma main dans la main de Rosie entre le musée et le métro, bien que cet épisode n'y ait pas été étranger. C'était l'expérience globale de mon séjour à New York en sa compagnie. Et l'instinct m'avertissait que tout ajout à cette expérience – notamment celui, littéralement hallucinant, d'un rapport sexuel avec Rosie – permettrait à mes émotions de prendre le contrôle de mon

cerveau. Et que celles-ci me pousseraient à m'engager dans une relation durable avec elle. Ce qui serait une catastrophe pour deux raisons. Premièrement, Rosie était absolument inadéquate à long terme. Deuxièmement, elle m'avait annoncé clairement qu'une telle relation ne se prolongerait pas après notre séjour à New York. Ces raisons étaient parfaitement contradictoires, incompatibles et fondées sur des prémisses entièrement différentes. Et je ne savais absolument pas laquelle était exacte.

La phase d'approche vers Los Angeles était presque terminée. Je me suis tourné vers Rosie. Cela faisait plusieurs heures qu'elle m'avait demandé si ça allait et j'y avais consacré de longues réflexions.

— Je ne sais pas, ai-je répondu. Je suis désorienté.

Je pensais qu'elle aurait oublié sa question, mais peut-être cette réponse était-elle raisonnable de toute façon.

— Bienvenue dans le monde réel.

J'ai réussi, difficilement, il est vrai, à rester éveillé pendant les six premières des quinze heures de vol depuis LA pour reconfigurer mon horloge interne.

Rosie a dormi quelques heures, puis elle a regardé un film. Quand je me suis tourné vers elle, j'ai vu qu'elle pleurait. Elle a retiré ses écouteurs et s'est essuyé les yeux.

— Tu pleures, ai-je remarqué. Il y a un problème ?

— Raté ! Une histoire triste, c'est tout. *Sur la route de Madison.* Tu ne pleures jamais au cinéma, toi, bien sûr.

— Exact.

Je me suis rendu compte qu'on pouvait y voir un jugement négatif, alors j'ai ajouté, pour me justifier :

— Il semblerait que ce comportement touche essentiellement les femmes.

— Merci pour l'info.

Rosie s'est tue à nouveau, mais j'ai eu l'impression qu'elle s'était remise de la tristesse provoquée par le film.

— Dis-moi, a-t-elle repris, tu éprouves quelque chose quand tu regardes un film ? Tu as vu *Casablanca* ?

La question m'était familière. Gene et Claudia me l'avaient posée le jour où nous avions regardé un DVD ensemble. Ma réponse était donc le résultat d'une réflexion.

— J'ai vu plusieurs films romantiques et la réponse est non. Contrairement à Gene et Claudia, et apparemment à la majorité de l'espèce humaine, je ne suis pas affecté émotionnellement par les histoires d'amour. Je crois que je ne suis pas programmé pour avoir cette réaction.

Je suis allé dîner chez Claudia et Gene le dimanche soir. Je souffrais anormalement du décalage horaire, si bien que j'ai eu un peu de mal à leur faire un récit cohérent de notre voyage. J'ai cherché à leur parler de ma rencontre avec David Borenstein à la Columbia, de ce que j'avais vu dans les musées et du repas au Momofuku Ko, mais ils *n'arrêtaient pas* de me cuisiner à propos de mes interactions avec Rosie. Ils ne pouvaient pas raisonnablement s'attendre à ce que j'aie retenu le moindre détail. Et évidemment, il n'était pas question de leur parler des activités liées à l'Opération Père.

En plus de faire très plaisir à Claudia, le foulard lui a fourni une nouvelle occasion de poursuivre son interrogatoire.

— C'est Rosie qui t'a aidé à le choisir ?

Rosie, Rosie, Rosie.

— La vendeuse me l'a recommandé. Tout ce qu'il y a de plus simple.

Quand j'ai pris congé, Claudia m'a demandé :

— Alors, Don, tu as l'intention de revoir Rosie ?

— Samedi prochain, ai-je répondu, ce qui était vrai, sans prendre la peine de lui expliquer que ce n'était pas pour une sortie – nous avions programmé de consacrer l'après-midi à l'analyse des ADN.

Elle a eu l'air satisfaite.

Je déjeunais seul au Club Universitaire en réexaminant le dossier de l'Opération Père quand Gene est arrivé avec son plateau et un verre de vin. Il s'est assis en face de moi. J'ai voulu ranger le dossier mais n'ai réussi qu'à donner l'impression, exacte au demeurant, que je cherchais à cacher quelque chose. Gene a soudain levé les yeux vers le comptoir, derrière moi.

— Oh merde ! s'est-il écrié.

Je me suis retourné pour regarder et Gene en a profité pour attraper mon classeur en riant.

— C'est privé, ai-je protesté.

Ce qui ne l'a pas empêché de l'ouvrir. La photo de la promotion de la fac de médecine était sur le dessus. Il a paru sincèrement surpris.

— Ça alors ! Où est-ce que tu as dégoté ça ? (Il a observé la photo attentivement.) Ça date d'une bonne trentaine d'années. Et ces gribouillis, c'est quoi ?

— Une réunion d'anciens élèves à organiser. Pour aider un ami. Il y a plusieurs semaines.

C'était une bonne réponse, eu égard au peu de temps que j'avais eu pour la formuler. Elle contenait cependant une faille majeure qui n'a pas échappé à Gene.

— Un ami ? Vraiment ? Un de tes nombreux amis, bien sûr. Tu aurais dû m'inviter.

— Pourquoi ?

— À ton avis, qui a pris la photo ?

Bien sûr. Il avait fallu un photographe. J'étais trop interloqué pour réagir.

— J'étais le seul invité à ne pas faire partie de la promo, a poursuivi Gene. J'étais assistant en génétique à l'époque. Quelle soirée ! Tout le monde était remonté à bloc, ça baisait dans tous les coins. Une nuit d'enfer !

Il m'a montré un visage sur la photo. Je m'étais toujours concentré sur les hommes et n'avais jamais cherché à identifier la mère de Rosie. Maintenant que Gene la désignait, elle était facile à reconnaître. La ressemblance était frappante, cheveux roux compris, bien que la couleur ait été moins spectaculaire que celle de Rosie. Elle se tenait entre Isaac Esler et Geoffrey Case. Comme sur la photo de mariage d'Isaac Esler, Case souriait de toutes ses dents.

— Bernadette O'Connor. (Gene a siroté son vin.) Irlandaise.

Je connaissais bien ce ton. Gene avait une bonne raison de ne pas avoir oublié cette femme-là, et ce n'était pas parce que c'était la mère de Rosie. En fait, j'ai eu l'impression qu'il ignorait le lien qui les unissait et j'ai immédiatement décidé de ne pas l'en informer.

Son doigt s'est décalé d'un rang sur la gauche.

— Geoffrey Case. Mauvais retour sur investissement de ses frais d'études.

— Il est mort. Exact ?

— Il s'est suicidé.

C'était une information inédite.

— Tu en es sûr ?

— Évidemment que j'en suis sûr. Allons, vide ton sac, c'est quoi cette histoire ?

J'ai ignoré la question.

— Pourquoi a-t-il fait ça ?

— Il a dû oublier de prendre son lithium. Il souffrait de troubles bipolaires. Un sacré boute-en-train dans ses bons jours.

Il m'a regardé. J'ai supposé qu'il allait m'interroger sur la raison de mon intérêt pour Geoffrey Case et sur cette réunion, et je me suis mis à chercher fébrilement une explication plausible. J'ai été sauvé par un moulin à poivre vide. Gene l'a tourné, puis s'est éloigné pour en chercher un autre. J'ai tamponné son verre de vin avec une serviette en papier et suis parti sans attendre son retour.

29.

En me dirigeant vers la fac à vélo le samedi matin, j'éprouvais une émotion impossible à identifier, donc déconcertante. La vie reprenait son cours ordinaire. Ces dernières analyses marqueraient la fin de l'Opération Père. Au pire, Rosie dénicherait encore un candidat oublié – un autre assistant, un traiteur ou un invité ayant quitté la soirée de bonne heure –, mais un unique test supplémentaire ne prendrait pas beaucoup de temps. Ensuite, je n'aurais plus aucune raison de revoir Rosie.

Nous nous sommes retrouvés au labo. Nous avions trois échantillons à analyser : le prélèvement de la fourchette d'Isaac Esler, un échantillon d'urine sur du papier toilette provenant du sol de Freyberg et la serviette de table de Gene. Je n'avais pas encore parlé à Rosie du mouchoir de Margaret Case. Le résultat que j'avais hâte d'obtenir était celui de l'échantillon de Gene. Il y avait de fortes chances pour qu'il soit le père de Rosie. J'avais beau essayer de ne pas y penser, cette hypothèse était compatible avec la réaction de Gene devant la photo, son identification de la mère de Rosie et son passé de relations sexuelles avec des partenaires multiples.

— C'est quoi, cette serviette ? a demandé Rosie.

Je m'attendais à sa question.

— Test de contrôle. Un des échantillons précédents était contaminé.

Mes progrès en matière de supercherie n'étaient pas suffisants pour duper Rosie.

— Arrête tes conneries, tu veux ? C'est qui ? Case ? Tu as obtenu un échantillon de Geoffrey Case ?

J'aurais très bien pu répondre affirmativement. D'un autre côté, prétendre que cet échantillon était celui de Case risquait de provoquer une terrible confusion si le résultat était positif. Un tissu de mensonges.

— Je te le dirai si c'est lui.

— Dis-le-moi tout de suite. *C'est* lui.

— Comment peux-tu le savoir ?

— Je le sais, un point c'est tout.

— Tu n'as aucune preuve. Toutes les infos que nous avons sur Isaac Esler en font un candidat parfait. Il devait épouser quelqu'un d'autre juste après cette soirée. Il reconnaît avoir trop bu. Il s'est montré évasif pendant le dîner. Il est juste à côté de ta mère sur la photo.

C'était un point que nous n'avions pas encore évoqué. Une observation pourtant élémentaire. Gene m'avait un jour proposé un petit exercice à faire pendant les congrès : « Si tu veux savoir qui couche avec qui, regarde à côté de qui les gens s'asseyent au petit déjeuner. » L'homme avec lequel la mère de Rosie avait couché cette nuit-là avait toutes les chances d'être à côté d'elle. À moins, bien sûr, qu'on n'ait eu besoin de lui pour prendre la photo.

— Mon intuition contre ta logique. On parie ?

Il aurait été déloyal d'accepter le pari. J'avais un avantage sur elle : les informations obtenues au cours de l'entrevue de la cave. J'estimais en tout réalisme qu'Isaac Esler, Gene et Geoffrey Case arrivaient à égalité. Après avoir tourné et retourné dans ma tête l'allusion d'Esler aux « personnes concernées », j'avais conclu à son ambiguïté. Il pouvait aussi bien chercher à protéger son ami que se dissimuler derrière lui. Toutefois, si Esler n'était pas lui-même le père de Rosie, pourquoi ne m'avait-il pas simplement conseillé d'analyser son prélèvement ? Peut-être cherchait-il à m'embrouiller. Dans ce cas, il était arrivé à ses fins, provisoirement en tout cas. Son comportement équivoque m'avait conduit à revenir sur une décision antérieure. Si nous finissions par éliminer tous les autres candidats, Esler compris, j'analyserais l'échantillon de Margaret Case.

— De toute façon, ce n'est pas Freyberg, a lancé Rosie, interrompant mes réflexions.

— Et pourquoi ?

Si les probabilités en faveur de Freyberg étaient effectivement faibles, rien ne permettait de l'exclure d'emblée.

— Il a les yeux verts. J'aurais dû y penser tout de suite.

Elle a interprété mon expression avec exactitude : incrédulité.

— Allons, Don, c'est toi le généticien. Il a les yeux verts, donc il ne peut pas être mon père. J'ai vérifié sur internet.

Stupéfiant ! Pour identifier son père, elle s'assurait la collaboration d'un professeur de génétique, d'un étranger doté de compétences extraordinaires, elle faisait un voyage d'une semaine durant lequel elle passait presque chaque minute de toutes ses journées en compagnie de ce spécialiste, et pourtant, quand elle voulait une réponse à une question de génétique, elle surfait sur internet !

— Ces modèles sont des simplifications.

— Don, ma mère avait les yeux bleus, les miens sont bruns. Mon vrai père a forcément les yeux bruns, vrai ou faux ?

— Faux. Fortement probable, mais pas certain. La génétique de la couleur des yeux est d'une grande complexité. Le vert est possible. Le bleu aussi.

— Une étudiante en médecine – un médecin – le saurait, non ?

Rosie faisait manifestement allusion à sa mère. J'ai pensé que le moment était sans doute mal choisi pour lui infliger un exposé circonstancié des lacunes de l'enseignement médical. Je me suis contenté de dire :

— Fortement improbable. C'est Gene qui était chargé d'enseigner la génétique aux étudiants de médecine. Simplification typique.

— Qu'il aille se faire foutre. J'en ai plus que marre de Gene. Analyse la serviette, un point c'est tout. C'est lui.

Elle paraissait tout de même moins sûre d'elle.

— Qu'est-ce que tu feras quand tu sauras qui c'est ?

La question aurait dû être posée plus tôt. Cette négligence était une autre conséquence du manque de planification, mais maintenant que je pouvais imaginer Gene dans le rôle du père de Rosie, je me sentais plus concerné par ses actions à venir.

— C'est drôle que tu me demandes ça. J'ai dit un jour que je voulais pouvoir tourner la page. En fait, je crois qu'inconsciemment j'imaginais les choses comme ça : mon père biologique surgirait sur son fringant destrier et... casserait la gueule à Phil.

— Parce qu'il ne t'a pas emmenée à Disneyland comme il te l'avait promis ? On aurait sûrement du mal à imaginer un châtiment adéquat après tout ce temps.

— Je t'ai dit que c'était une sorte de fantasme. Je voyais mon vrai père comme une sorte de héros. Maintenant, je sais qu'il reste trois candidats possibles et j'en ai rencontré deux. Isaac Esler : « Revisiter le passé ne se fait jamais à la légère. » Max Freyberg : « Ma mission est de restaurer l'estime de soi de mes patients. » Des branleurs, l'un comme l'autre. Des types sans couilles qui se sont barrés, voilà tout.

Son manque de logique était stupéfiant. Seul l'un des deux, tout au plus, l'avait abandonnée.

— Geoffrey Case..., ai-je commencé, pensant que la description de Rosie ne s'appliquerait pas à lui.

Pourtant, si elle apprenait comment il était mort, elle y verrait peut-être une manière d'échapper à ses responsabilités.

— Je sais, je sais. Mais si on découvre que c'est quelqu'un d'autre, un de ces types d'âge mûr qui prétendent être ce qu'ils ne sont pas, dans ce cas son compte est bon à ce salaud.

— Tu as l'intention de le dénoncer ? ai-je demandé, horrifié.

J'ai soudain pris conscience que je pourrais être conduit à infliger une grande souffrance à quelqu'un, très probablement à mon meilleur ami. À toute sa famille ! La mère de Rosie n'avait pas voulu que sa fille sache qui était son père. C'était peut-être pour ça. Il fallait croire qu'elle en savait plus long que moi sur le comportement humain.

— Exact.

— Tu vas faire souffrir quelqu'un. Sans aucun gain compensatoire.

— Je me sentirai mieux.

— Inexact. Toutes les études révèlent que la vengeance ne fait qu'accroître la détresse de la victime...

— C'est mon problème.

Restait la possibilité que le père de Rosie soit Geoffrey Case. Le cas échéant, nos trois échantillons produiraient des résultats négatifs et il serait trop tard pour que Rosie exerce sa vengeance. Je ne voulais pas compter sur cette éventualité.

J'ai éteint l'appareil.

— Arrête, a protesté Rosie. J'ai le droit de savoir.

— Pas si ça fait souffrir quelqu'un.

— Et moi ? Ça t'arrive de penser à moi ?

Elle se laissait envahir par ses émotions. J'étais très calme. Ma raison avait entièrement repris le contrôle. J'avais les idées claires.

— Je pense énormément à toi. Voilà pourquoi je ne veux pas t'aider à commettre un acte immoral.

— Don, si tu refuses de faire cette analyse, je ne t'adresserai plus jamais la parole. Jamais.

Cette information avait beau être douloureuse à traiter, elle était rationnellement prévisible.

— De toute façon, je savais que c'était inévitable, ai-je repris. Nous aurons conduit notre projet à bien et tu m'as fait savoir que l'aspect sexuel ne t'intéressait plus.

— Autrement dit, c'est ma faute ? Bien sûr, c'est

ma faute. Je ne suis pas une putain de super cuisinière titulaire d'un doctorat, non fumeuse et qui ne boit jamais d'alcool. Je ne suis pas *organisée*.

— J'ai supprimé l'exigence concernant l'alcool.

J'avais compris qu'elle faisait allusion à l'Opération Épouse. Mais que venait-elle de dire ? Qu'elle s'évaluait en fonction des critères de l'Opération Épouse ? Ce qui signifiait que...

— Tu m'as envisagé comme partenaire ?

— Évidemment. Si on fait abstraction du fait que tu n'as aucune notion des règles de comportement social, que ta vie est gouvernée par un tableau blanc et que tu es incapable d'éprouver de l'amour – tu es parfait.

Elle est sortie en claquant la porte derrière elle.

J'ai remis la machine en route. Puisque Rosie n'était plus là, je pouvais analyser les échantillons en toute tranquillité et décider ce qu'il convenait d'en faire. J'ai entendu la porte se rouvrir. Je me suis retourné, m'attendant à voir Rosie. C'était la Doyenne.

— Vous travaillez à votre projet secret, Don Tillman ?

Graves ennuis en perspective. Lors de toutes mes précédentes entrevues avec la Doyenne, j'avais respecté les règles ou m'étais rendu coupable d'une faute trop insignifiante pour appeler une sanction. Utiliser la machine à ADN à des fins personnelles constituait une infraction évidente au règlement de l'Institut de génétique. Que savait-elle exactement ? En temps normal, elle ne travaillait jamais le week-end. Elle n'était pas là par hasard.

— Un sujet passionnant, si j'en crois Simon

Lefebvre, a poursuivi la Doyenne. Il débarque dans mon bureau et m'interroge sur un projet de recherche réalisé dans ma propre faculté. Un projet qui exige apparemment que nous procédions à l'analyse de son ADN. Comme vous êtes en train de le faire. Je suppose qu'il doit y avoir une plaisanterie là-dessous. Vous me pardonnerez mon manque d'humour, mais je me trouvais légèrement en position d'infériorité – puisque je n'avais jamais entendu parler de cette étude. J'aurais pourtant dû voir passer ce projet lors de sa présentation au comité d'éthique.

Jusque-là, la Doyenne avait paru calme et rationnelle. Elle a alors élevé la voix.

— Voilà deux ans que j'essaie d'obtenir de la Faculté de médecine qu'elle finance un projet de recherche commun – et non seulement vous décidez de vous conduire d'une manière contraire à toute éthique, mais en plus vous choisissez de vous en prendre à celui qui tient les cordons de la bourse. Je veux un rapport écrit. S'il ne contient pas l'approbation du comité d'éthique que, curieusement, je n'ai pas encore vue, je me verrai dans l'obligation de passer une annonce pour recruter un nouveau professeur associé. (Elle s'est arrêtée sur le seuil.) J'ai toujours entre les mains votre plainte au sujet de Kevin Yu. Vous feriez bien d'y réfléchir. Et vous allez me remettre votre clé du labo. Merci.

L'Opération Père était terminée. Officiellement.

Gene est entré dans mon bureau le lendemain pendant que je remplissais un questionnaire EPDE.

— Ça va ? a-t-il demandé.

Une question opportune.

— Je pense que non. Je te le dirai dans approximativement quinze secondes. (J'ai fini de remplir le questionnaire, j'ai calculé le résultat et je l'ai tendu à Gene.) Seize, ai-je annoncé. Le deuxième score le plus élevé jamais obtenu.

Gene a regardé.

— « Échelle de dépression post-partum d'Édimbourg. » Dois-je te rappeler que tu n'as pas accouché récemment ?

— Je ne réponds pas aux questions concernant le bébé. C'était le seul instrument de mesure de la dépression que Claudia avait sous la main quand ma sœur est morte. J'ai continué à l'utiliser pour des raisons de cohérence.

— C'est ce qu'on appelle « être à l'écoute de ses émotions », c'est ça ?

J'ai senti que la question était de pure forme et je n'ai pas répondu.

— Écoute, a-t-il dit, je crois que je peux arranger le coup.

— Tu as des nouvelles de Rosie ?

— Bordel, Don ! J'ai des nouvelles de la *Doyenne*. Je ne sais pas ce que tu as fabriqué, mais procéder à des analyses d'ADN sans approbation du comité d'éthique, c'est un truc à faire une croix sur ta carrière.

Je le savais. J'avais déjà pris la décision d'appeler Amghad, le patron du club de golf, pour lui demander si sa proposition d'association dans un bar à cocktails tenait toujours. Il était sans doute temps de passer à autre chose. Ce week-end avait été marqué par plusieurs réveils douloureux. J'étais arrivé chez moi après mon interaction avec la Doyenne pour découvrir qu'Eva, ma femme de ménage, avait rempli un exemplaire du questionnaire de l'Opération Épouse. Elle avait écrit sur la première page : « Don, personne n'est parfait. Eva. » Dans mon état de vulnérabilité exacerbée, j'en avais été profondément affecté. Eva était quelqu'un de bien, dont les jupes courtes étaient peut-être destinées à attirer un partenaire et qui avait dû être gênée par son statut socioéconomique inférieur au moment de répondre aux questions sur les qualifications doctorales et sur le goût pour les aliments coûteux. J'ai pensé à toutes les femmes qui avaient rempli mon questionnaire en espérant trouver un partenaire. En espérant que ce partenaire serait peut-être moi, même si elles ne savaient pas grand-chose à mon sujet et auraient sans doute été déçues si elles en avaient su davantage.

Je m'étais servi un verre de pinot noir et j'étais sorti sur le balcon. Les lumières de la ville m'avaient rappelé le dîner du homard avec Rosie qui, contrairement aux prédictions du questionnaire, avait été un des repas les plus agréables de ma vie. Claudia m'avait reproché d'être trop difficile, tandis que Rosie m'avait prouvé à New York que mon jugement sur ce qui était susceptible de me rendre heureux était entièrement inexact. J'avais siroté mon vin lentement en regardant le paysage changer. Une fenêtre s'était obscurcie, un feu de signalisation était passé du rouge au vert, un gyrophare d'ambulance s'était reflété dans les vitres des immeubles. Et j'avais compris soudain que je n'avais pas conçu le questionnaire pour trouver une femme que je pourrais accepter, mais pour trouver quelqu'un qui pourrait m'accepter.

Si j'ignorais encore quelles décisions m'inspireraient les expériences que j'avais faites avec Rosie, une chose pourtant était sûre : je ne me servirais plus du questionnaire. L'Opération Épouse était close.

Gene continuait :

— Pas de boulot, pas de structure, pas de programme. Tu vas craquer. (Il a repris le questionnaire de dépression.) Tu craques déjà. Écoute, je vais dire que c'était un projet de la fac de psycho. On va monter un dossier pour le comité d'éthique et tu prétendras que tu croyais qu'il avait déjà été approuvé.

Gene se donnait manifestement beaucoup de mal pour m'aider. J'ai souri, cherchant à lui faire plaisir.

— Ça retire quelques points du score ? m'a-t-il demandé en agitant le questionnaire EPDE.

— Ça m'étonnerait.

Il y a eu un moment de silence. Nous n'avions apparemment plus rien à dire, ni l'un ni l'autre. Je m'attendais à ce que Gene s'en aille. Il a tout de même fait une nouvelle tentative.

— Donne-moi un coup de main, Don. C'est Rosie, hein ?

— Ridicule.

— Je vais te dire les choses telles que je les vois. Tu es malheureux – tellement malheureux que plus rien ne compte pour toi, ni ta carrière, ni ta réputation, ni ton sacro-saint projet.

C'était vrai.

— Merde, Don, tu as enfreint les règles. Depuis quand est-ce que tu enfreins des règles, toi ?

C'était une bonne question. Je respecte les règles. Et pourtant, au cours des quatre-vingt-dix-neuf derniers jours, j'avais enfreint de nombreuses règles légales, éthiques et personnelles. Je savais exactement quand ce processus avait débuté : le jour où

Rosie était entrée dans mon bureau et où j'avais piraté le système de réservation du Gavroche pour pouvoir l'inviter à dîner.

— Tout ça à cause d'une femme ? a demandé Gene.

— On dirait. C'est complètement irrationnel.

J'étais gêné. C'était une chose de commettre une erreur sociale, c'en était une autre d'admettre que toute rationalité m'avait abandonné.

— Ce n'est irrationnel que si tu crois à ton questionnaire.

— L'EPDE est extrêmement...

— Je parle de ton questionnaire « Mangez-vous des rognons ? ». Pour moi, c'est génétique un, questionnaire zéro.

— Tu considères que ce qui se passe avec Rosie est la conséquence d'une compatibilité génétique ?

— Tu as une façon de présenter les choses, toi ! Pour y mettre un tout petit peu de romantisme, j'aurais tendance à dire que tu es amoureux.

Une affirmation extraordinaire. Parfaitement sensée en même temps. J'avais pensé que l'amour romantique resterait à jamais extérieur à ma sphère d'expériences. D'un autre côté, cela expliquait parfaitement la situation dans laquelle je me trouvais. Je voulais pourtant en être sûr.

— C'est ton opinion professionnelle ? De spécialiste de l'attirance humaine ?

Gene a acquiescé.

— Excellent.

La perspicacité de Gene avait transformé mon état mental.

— Je ne suis pas sûr que ça t'aide beaucoup.

— Rosie a identifié trois défauts chez moi. Le premier était l'incapacité à éprouver de l'amour. Il n'en reste que deux à corriger.

— Qui sont ?

— Ignorance des protocoles sociaux et problème d'adhésion à des programmes. Broutilles.

30.

J'ai pris rendez-vous avec Claudia dans notre café habituel pour discuter de comportement social. Je savais que je n'allais pas réussir à améliorer ma capacité d'interaction avec les êtres humains sans effort et que toutes mes tentatives ne parviendraient pas obligatoirement à convaincre Rosie. Ces compétences auraient cependant leur propre utilité.

Je m'étais plus ou moins fait à l'idée de ne pas être comme tout le monde. À l'école, j'avais toujours été le clown de la classe, d'abord involontairement, puis délibérément. Il était temps de devenir adulte.

Le serveur s'est approché de notre table.

— Passe la commande, m'a dit Claudia.

— Que prendras-tu ?

— Un déca au lait écrémé.

Un genre de café ridicule, ce que je me suis pourtant abstenu de lui faire remarquer. Claudia avait certainement reçu le message en de précédentes occasions et n'aurait pas envie de le réentendre. Ça risquait de la contrarier.

— Je voudrais un double expresso, ai-je dit au

serveur, et mon amie prendra un décaféiné au lait écrémé, sans sucre, s'il vous plaît.

— Très bien, a commenté Deborah. Il y a quelque chose de changé en toi, tu sais.

Je lui ai rappelé que j'avais commandé du café poliment et avec succès toute ma vie, mais Claudia s'est obstinée à percevoir de subtiles modifications dans mon mode d'interaction.

— Je n'aurais jamais imaginé que New York pouvait être le lieu idéal où apprendre les bonnes manières. Visiblement, je me trompais.

Je lui ai dit qu'au contraire, les gens s'étaient montrés extrêmement aimables et j'ai évoqué mes expériences avec Dave le Gros Fan de Baseball, Mary la Chercheuse en Troubles Bipolaires, David Borenstein le Doyen de la Faculté de médecine de la Columbia, ainsi qu'avec le chef cuisinier et le drôle de type du Momofuku Ko. Je lui ai dit que nous avions dîné chez les Esler – je les ai présentés comme des amis de la famille de Rosie. La conclusion de Claudia était simple : toutes ces interactions sociales inhabituelles, à laquelle s'ajoutait la présence de Rosie, avaient spectaculairement amélioré mes compétences.

— Avec Gene et moi, tu n'as pas besoin de faire d'efforts parce que tu ne cherches pas à nous impressionner ni à gagner notre amitié.

Claudia avait certainement raison sur la valeur de la pratique. Il n'empêche que personnellement, j'apprends mieux par la lecture et par l'observation. Mon prochain exercice consisterait à télécharger du matériel pédagogique.

J'ai décidé de commencer par les films romantiques que Rosie avait spécifiquement cités. Il y en avait quatre : *Casablanca*, *Sur la route de Madison*, *Quand Harry rencontre Sally* et *Elle et lui*. J'ai ajouté *Du silence et des ombres* et *Les Grands Espaces* à cause de Gregory Peck que Rosie m'avait décrit comme l'homme le plus sexy ayant jamais existé.

Il m'a fallu une semaine entière pour regarder les six, en comptant le temps nécessaire pour mettre le lecteur de DVD sur pause et prendre des notes. Ces films étaient incroyablement utiles, mais aussi extrêmement déroutants. La dynamique émotionnelle était tellement complexe ! J'ai persévéré en téléchargeant des films sur les relations homme-femme que Claudia m'avait recommandés. Certains finissaient bien, d'autres mal. J'ai regardé *Hitch, expert en séduction*, *Autant en emporte le vent*, *Le Journal de Bridget Jones*, *Annie Hall*, *Coup de foudre à Notting Hill*, *Love actually* et *Attraction fatale*.

Claudia m'avait également suggéré *Pour le pire et pour le meilleur*, « juste pour rigoler ». Bien qu'elle m'ait conseillé d'y voir l'exemple même de ce qu'il ne fallait *pas* faire, j'ai été impressionné de constater que le personnage de Jack Nicholson traitait le problème de la veste avec plus de finesse que moi. Et j'ai trouvé rassurant de voir que, malgré une grave incompétence sociale, une différence d'âge significative entre le personnage d'Helen Hunt et lui, de multiples troubles psychiatriques probables et un niveau d'intolérance plus élevé que le mien, il réussissait finalement à gagner l'amour de la femme. Un excellent choix de la part de Claudia.

Peu à peu, j'ai commencé à donner du sens à tout ce que j'avais vu. J'ai relevé certaines constantes comportementales dans les relations sentimentales entre homme et femme, y compris la prohibition de l'infidélité. J'avais cette règle à l'esprit quand j'ai retrouvé Claudia pour quelques exercices de pratique sociale.

Nous interprétions des scénarios.

— Ce repas présente un défaut, ai-je dit. (La situation était hypothétique, puisque nous prenions un café, rien de plus.) Ce serait trop brutal. Exact ?

Claudia a approuvé.

— Et ne parle pas de « défaut », ni d'« erreur ». C'est du langage informatique.

— Je peux tout de même dire : « Désolé, c'était une erreur de jugement de ma part », exact ? L'utilisation du mot « erreur » est acceptable ?

— Exact, a répondu Claudia et puis elle a ri. Je veux dire oui. Don, il faut des années pour apprendre tout ça, tu sais.

Je n'avais pas des années devant moi. Heureusement, j'apprends vite et je m'étais mis en mode éponge humaine. Je lui ai proposé une démonstration.

— Je vais construire une déclaration objective suivie d'une demande d'éclaircissement, et l'introduire par une banalité : « Excusez-moi, j'ai commandé un steak saignant. Auriez-vous une définition différente de l'adjectif "saignant" ? »

— Bon début, mais la question est un peu agressive.

— Inacceptable ?

— Peut-être qu'à New York ça passerait. Mais ne fais pas de reproche au serveur.

J'ai modifié la question.

— Excusez-moi. J'ai commandé un steak saignant.

Pourriez-vous vérifier si ma commande a été correctement traitée ?

Claudia a hoché la tête. Elle n'avait pourtant pas l'air tout à fait convaincue. J'accordais une grande attention aux expressions émotionnelles et j'avais correctement déchiffré la sienne.

— Don. Je suis épatée, mais... je ne suis pas sûre que changer pour répondre aux attentes de quelqu'un soit une bonne idée. Tu risques de finir par lui en vouloir.

Ça me paraissait improbable. J'apprenais de nouveaux protocoles, c'est tout.

— Si on aime vraiment quelqu'un, a poursuivi Claudia, il faut être prêt à l'accepter tel qu'il est. Tout ce qu'on peut faire, c'est espérer qu'un beau jour, le déclic se fera et qu'il changera pour ses raisons à lui.

Cette dernière affirmation n'était pas sans rapport avec la règle de fidélité que j'avais en tête au début de notre discussion. Il était inutile que j'évoque le sujet maintenant. J'avais la réponse à ma question. Claudia parlait certainement de Gene.

J'ai programmé un jogging avec Gene le lendemain matin. Il fallait que je lui parle en privé, quelque part où il ne pourrait pas s'esquiver. Je me suis lancé dans mon laïus personnel dès que nous avons commencé à courir. L'élément clé en était que l'infidélité était entièrement inacceptable. Tous ses éventuels bénéfices étaient neutralisés par le risque de catastrophe totale. Gene avait déjà divorcé une fois. Eugénie et Carl...

Gene m'a interrompu, très essoufflé. En cherchant à faire passer mon message sans ambiguïté et avec énergie, j'avais couru plus vite que d'ordinaire. Gene est nettement moins en forme que moi et mes joggings brûleurs de graisse à basse fréquence cardiaque représentent pour lui un entraînement cardiovasculaire intensif.

— Je vois où tu veux en venir, a haleté Gene. Qu'est-ce que tu as lu ces derniers temps, toi ?

Je lui ai parlé des films que j'avais regardés et de leur représentation idéalisée des comportements acceptables et inacceptables. Si Gene et Claudia avaient eu un lapin domestique, une maîtresse mécontente aurait pu lui faire courir un grave danger. Gene refusait de me donner raison, pas à propos du lapin mais des répercussions de son comportement sur son couple.

— Je te rappelle que nous sommes psychologues tous les deux. On est parfaitement capables de gérer un mariage ouvert.

J'ai préféré ne pas lui faire remarquer qu'il se classait indûment dans la catégorie des vrais psychologues pour me concentrer sur le point majeur : toutes les autorités et tous les codes moraux estiment que la fidélité est primordiale ; les théories de psychologie évolutionniste elles-mêmes admettent que si un individu découvre que son partenaire est infidèle, il aura de bonnes raisons de le rejeter.

— C'est vrai pour les hommes, a remarqué Gene. Parce qu'ils ne peuvent pas courir le risque d'élever un enfant qui ne soit pas porteur de leurs gènes. D'ailleurs, j'avais cru comprendre que tu ne jurais que par le dépassement de l'instinct.

— Exact. L'instinct masculin porte l'homme à tricher. Il faut le dépasser.

— Les femmes acceptent ça tant que tu ne les

mets pas dans une position embarrassante. Regarde comment ça se passe en France.

Je lui ai cité un contre-exemple tiré d'un livre et d'un film populaires.

— *Le Journal de Bridget Jones* ? Depuis quand est-ce qu'on est censés agir comme des personnages de films pour gonzesses ?

Il s'est arrêté et s'est plié en deux, cherchant à reprendre son souffle. Ça m'a permis d'étayer ma cause sans qu'il puisse m'interrompre. J'ai fini par lui faire remarquer qu'il aimait Claudia et devrait donc être prêt à consentir tous les sacrifices nécessaires.

— J'y penserai le jour où je te verrai renoncer à tes bonnes vieilles habitudes, a-t-il dit.

J'avais pensé que je n'aurais pas de mal à renoncer à mon programme quotidien. Je venais de m'en passer pendant huit jours et si j'avais rencontré un certain nombre de problèmes, ceux-ci n'avaient rien à voir avec l'inefficacité ni avec l'absence de structure temporelle. En réalité, je n'avais pas pris en compte l'impact de perturbations de grande ampleur touchant mon existence. En plus de mes incertitudes à propos de Rosie, de mon projet d'amélioration de mes compétences sociales et de la crainte que mes meilleurs amis ne soient sur la voie de la désintégration conjugale, j'étais sur le point de perdre mon emploi. Mon programme régulier d'activités apparaissait comme l'unique élément stable de ma vie.

J'ai fini par arriver à un compromis que Rosie pourrait certainement accepter. Tout le monde établit un emploi du temps de ses engagements réguliers, c'est-à-dire, dans mon cas personnel, mes cours, mes réunions et mes entraînements d'arts martiaux. Je m'autoriserais tout cela. Je noterais mes rendez-vous dans mon agenda *comme tout le monde*, tout en réduisant la standardisation. La situation pourrait évoluer de semaine en semaine. En réexaminant ma décision, j'ai constaté que l'abandon du Système de Repas Normalisé, l'élément de mon programme qui suscitait le plus de commentaires, était le seul point à exiger une attention immédiate.

Je me doutais que ma prochaine expédition au marché risquait d'être un peu étrange. Dès que suis arrivé devant l'étal du poissonnier, le patron s'est retourné pour sortir un homard de l'aquarium.

— Changement de programme, ai-je annoncé. Qu'est-ce que vous avez de bon aujourd'hui ?

— Homard, a-t-il répondu avec un fort accent. Homard bon pour vous tous les mardis.

Il a ri en agitant la main vers ses autres clients. Il faisait une blague à mon sujet. Rosie avait une expression faciale qu'elle utilisait pour dire : « Ne me fais pas chier. » J'ai essayé de la reproduire. Efficacité totale.

— Je rigole, a-t-il dit. L'espadon est magnifique. Les huîtres aussi. Vous mangez des huîtres ?

Je mangeais des huîtres. En revanche, je n'en avais jamais préparé chez moi. J'en ai pris des non écaillées, parce que les bons restaurants vantaient toujours leurs huîtres fraîchement écaillées.

Je suis arrivé à mon appartement avec un choix d'aliments qui n'étaient pas associés à une recette particulière. Les huîtres m'ont donné du fil à retordre. Impossible de les ouvrir au couteau sans risquer une blessure à la main pour cause de dérapage. J'aurais pu étudier la technique sur internet, mais cela aurait pris du temps. C'était la raison précise pour laquelle j'avais mis au point un programme reposant sur des tâches routinières. J'étais capable de détacher la chair d'un homard les yeux fermés pendant que mon cerveau travaillait sur un projet de génétique. Qu'y avait-il à reprocher à la normalisation ? La deuxième huître ne présentait pas plus d'interstice où insérer mon couteau que la première. Je commençais à être énervé et m'apprêtais à jeter toute la douzaine à la poubelle quand j'ai eu une idée.

J'en ai mis une au micro-ondes pendant quelques secondes. Elle s'est ouverte facilement. Tiède, et pourtant délicieuse. J'ai fait un deuxième essai, ajoutant cette fois quelques gouttes de citron pressé et un tour de moulin à poivre. Sensationnel ! Tout un monde s'ouvrait devant moi. J'espérais que les huîtres étaient issues de l'ostréiculture durable parce que je tenais à faire partager mes nouvelles compétences à Rosie.

31.

J'étais tellement concentré sur mes progrès personnels que je n'avais pas vraiment eu le temps de réfléchir ni de réagir à la menace de renvoi de la Doyenne. J'avais décidé de ne pas accepter la proposition d'alibi de Gene ; maintenant que j'avais pris conscience d'avoir commis un certain nombre d'infractions aux règles, aggraver ma faute aurait porté atteinte à mon intégrité personnelle.

J'arrivais à ne pas penser à mon avenir professionnel, mais je ne pouvais empêcher le dernier commentaire de la doyenne sur Kevin Yu et ma plainte pour plagiat de s'imposer à mon esprit conscient. Après mûre réflexion, j'ai conclu que la Doyenne ne me proposait pas un marché contraire à l'éthique : « Retirez cette plainte et vous garderez votre emploi. » Ses propos me tracassaient parce que j'avais moi-même enfreint les règles en me consacrant à l'Opération Père. Un jour que je mettais en question la moralité de sa conduite, Gene m'avait raconté une blague religieuse. Jésus s'adresse à la foule furieuse qui est en train de lapider une prostituée : « Que celui qui n'a jamais péché jette la première pierre. » Une pierre siffle à travers les airs et touche la femme. Jésus se retourne et dit : « Franchement, maman, il y a des jours où tu fais chier. »

Je ne pouvais plus être assimilé à la Vierge Marie. J'avais été corrompu. J'étais comme tout le monde. Ma crédibilité de jeteur de pierre avait été lourdement compromise.

J'ai convoqué Kevin dans mon bureau. Il était originaire de Chine continentale et avait approximativement vingt-huit ans (IMC estimé dix-neuf). J'ai interprété son expression et son attitude comme « nerveuses ».

J'avais entre les mains son devoir, partiellement ou intégralement rédigé par son tuteur, et je le lui ai montré. Je lui ai posé la question qui s'imposait : pourquoi ne l'avait-il pas écrit lui-même ?

Il a détourné le regard – ce que j'ai interprété comme un signe culturel de respect plus que de sournoiserie – et au lieu de répondre à ma question, il s'est mis à m'exposer les conséquences de son expulsion probable. Il avait une femme et un enfant en Chine et ne leur avait pas encore avoué ce qui s'était passé. Il espérait immigrer un jour ou, si c'était impossible, au moins travailler dans le secteur de la génétique. L'imprudence qu'il avait commise marquerait la fin de ses rêves et de ceux de sa femme, obligée de se débrouiller sans lui pendant presque quatre ans. Il pleurait.

Par le passé, j'aurais trouvé ses explications tristes, mais hors de propos. Une règle avait été enfreinte. À présent, j'étais moi-même un transgresseur de règles. Je ne les avais pas enfreintes délibérément, ou en tout cas pas à la suite d'une réflexion consciente. Peut-être le comportement de Kevin avait-il été tout aussi irréfléchi.

Je lui ai demandé :

— Quels sont les principaux arguments présentés contre le recours aux cultures transgéniques ?

Son devoir portait sur les questions éthiques et juridiques que posent les progrès de la génétique. Kevin m'a fait un résumé complet. J'ai enchaîné par de nouvelles questions, auxquelles Kevin a très bien répondu cette fois encore. Il semblait avoir une solide connaissance du sujet.

— Pourquoi n'avez-vous pas rédigé ce devoir vous-même ? lui ai-je demandé à nouveau.

— Je suis un scientifique. Je n'avais pas confiance en moi pour disserter en anglais sur des questions morales et culturelles. Je voulais être certain de réussir mon examen. Je n'ai pas réfléchi.

Je ne savais pas quoi répondre. Agir sans réfléchir était une abomination à mes yeux et je ne souhaitais certainement pas encourager une telle attitude chez les futurs scientifiques. Je ne voulais pas non plus que ma propre faiblesse m'empêche de porter un jugement équitable sur Kevin. Je paierais mes erreurs comme je le méritais. Il est vrai que la perte de mon emploi n'aurait pas les mêmes conséquences qu'une expulsion pour Kevin. On ne lui proposerait certainement pas une association lucrative dans un bar à cocktails.

J'ai réfléchi longtemps. Assis en face de moi, Kevin a dû se rendre compte que j'envisageais de commuer sa peine. Cette position de juge, obligé de peser les conséquences de différentes décisions, me mettait pourtant incroyablement mal à l'aise. Le quotidien de la Doyenne était-il fait de situations de ce genre ? J'ai, pour la première fois, éprouvé un certain respect pour elle.

Je n'étais pas sûr de pouvoir résoudre ce problème immédiatement. D'un autre côté, j'ai pris conscience qu'il serait cruel de laisser Kevin se demander s'il devait renoncer à tous ses projets d'avenir.

— Je comprends..., ai-je commencé, et je me suis rendu compte que ce n'était pas une expression que j'utilisais couramment à propos d'êtres humains. (Je me suis arrêté au milieu de ma phrase et j'ai encore réfléchi un moment.) Je vais vous donner un travail supplémentaire – probablement sur l'éthique personnelle. Ça vous évitera l'expulsion.

Si j'ai bien interprété l'expression de Kevin, il était aux anges.

J'étais conscient que les compétences sociales ne se limitaient pas à être capable de commander un café et à être fidèle à son conjoint. Depuis mes années de lycée, j'avais choisi mes vêtements sans tenir compte de la mode. J'avais commencé par ne pas faire attention à ce que j'avais sur le dos, puis découvert que mes tenues amusaient les autres. J'aimais bien passer pour quelqu'un d'indifférent aux normes de la société. Je n'avais cependant aucune idée de la manière dont j'aurais dû m'habiller.

J'ai demandé à Claudia d'aller m'acheter des vêtements corrects. Bien qu'elle ait prouvé sa compétence en m'offrant le jean et la chemise, elle a insisté pour que je l'accompagne.

— Je ne serai peut-être pas toujours là, a-t-elle remarqué.

Après un instant de réflexion, j'ai déduit qu'elle ne pensait pas à sa mort mais à un événement plus immédiat : l'échec de son couple ! Il fallait que j'arrive à convaincre Gene de l'imminence du danger.

Ces achats nous ont pris toute une matinée. Nous sommes allés dans plusieurs magasins et avons fait l'acquisition de chaussures, de pantalons, d'une veste, d'un deuxième jean, de nouvelles chemises, d'une ceinture et même d'une cravate.

J'avais d'autres courses à faire pour lesquelles je pouvais me passer de Claudia. Une photo suffirait. Je suis allé chez l'opticien, chez le coiffeur (pas le même que d'habitude) et dans une boutique de vêtements pour hommes. Tout le monde s'est montré extrêmement obligeant.

J'avais mis mon programme et mes compétences sociales en conformité avec les pratiques conventionnelles, au mieux de mes capacités dans le temps que j'avais affecté à cette tâche. L'Opération Don était achevé. Il était temps de passer à l'Opération Rosie.

L'intérieur du placard de mon bureau était équipé d'un grand miroir qui ne m'avait jamais servi à rien. Je l'ai utilisé pour vérifier ma tenue. À mon avis, je n'aurais qu'une seule chance de rectifier l'image négative que Rosie se faisait de moi et de lui inspirer une réaction émotionnelle. Je voulais qu'elle tombe amoureuse de moi.

Les règles de savoir-vivre interdisent qu'on garde son chapeau à l'intérieur d'un bâtiment, mais il m'a semblé que la salle des étudiants de troisième cycle pouvait être considérée comme un lieu public. À partir de là, le port d'un couvre-chef était probablement tolérable. Je me suis regardé dans la glace une dernière fois. Rosie avait raison. Dans mon costume trois pièces, on aurait pu me prendre pour Gregory Peck dans *Du silence et des ombres*. Atticus Tillman. L'Homme le Plus Sexy du Monde.

Rosie était à son bureau. À côté de Stefan, aussi mal rasé que d'habitude. J'avais préparé mon discours.

— Bonjour, Stefan. Salut, Rosie. Rosie, excuse-moi de te prévenir aussi tard, je me demandais si tu accepterais de dîner avec moi ce soir. Il y a quelque chose que je voudrais partager avec toi.

Ils n'ont rien dit. Rosie avait l'air plutôt abasourdie. Je l'ai regardée bien en face.

— Ton pendentif est charmant, ai-je dit. Je viendrai te prendre à 19h45.

Je tremblais en m'éloignant, mais j'avais fait de mon mieux. Hitch, de *Hitch, expert en séduction*, aurait été content de moi.

J'avais deux autres visites à faire avant mon rendez-vous du soir avec Rosie.

Je suis passé devant la Belle Hélène sans m'arrêter. Gene était dans son bureau, devant son ordinateur. La photo d'une Asiatique qui ne répondait pas aux canons conventionnels de la beauté était affichée sur l'écran. J'ai reconnu la présentation – c'était une postulante de l'Opération Épouse. Lieu de naissance : Corée du Nord.

Gene m'a jeté un regard bizarre. Sans doute mon costume de Gregory Peck était-il inattendu ; il n'en était pas moins parfaitement approprié à ma mission.

— Salut, Gene.

— C'est quoi ce « salut » ? Tu ne dis plus « salutations » maintenant ?

Je lui ai annoncé que j'avais éliminé de mon vocabulaire un certain nombre de maniérismes non conventionnels.

— C'est ce que m'a raconté Claudia. Tu as probablement jugé que ton mentor habituel n'était pas à la hauteur ?

Je ne comprenais pas très bien ce qu'il voulait dire. Il s'est expliqué.

— Moi. Tu ne t'es pas adressé à moi.

C'était exact. Les réactions de Rosie m'avaient incité à réévaluer la compétence sociale de Gene, tandis que mon récent travail avec Claudia et les quelques films que j'avais regardés m'avaient conforté dans l'idée que ses qualifications avaient une sphère d'application limitée et qu'il ne les employait pas au mieux des intérêts de sa famille et de lui-même.

— Non. Je voulais avoir des conseils sur un comportement socialement approprié.

— C'est-à-dire ?

— Visiblement, on est pareils, toi et moi. Voilà pourquoi tu es mon meilleur ami. D'où cette invitation.

Cette journée avait exigé de longs préparatifs. J'ai tendu une enveloppe à Gene. Il a poursuivi la conversation sans l'ouvrir.

— On est pareils ? Ne le prends pas mal, Don, mais ton comportement – ton ancien comportement – se rangeait dans une catégorie bien à part. Si tu veux savoir le fond de ma pensée, tu te dissimulais derrière un personnage censé amuser la galerie. Il ne faut pas t'étonner qu'on t'ait considéré comme un... bouffon.

C'était exactement ce que je voulais dire. Et pourtant, Gene ne faisait pas le lien. Puisque j'étais son copain, il était de mon devoir de me conduire en adulte et de lui dire les choses clairement.

Je me suis approché de son planisphère hérissé d'épingles marquant toutes ses conquêtes. Je l'ai étudié attentivement pour, espérais-je, la dernière fois. Puis j'ai pointé le doigt dessus, afin de créer une atmosphère de menace.

— Exactement. Tu t'imagines que les gens te prennent pour un Casanova. Tu sais quoi ? Je me fous pas mal de ce que les autres pensent de toi, mais si tu veux le savoir, ils pensent que tu es un con. Et ils ont raison, Gene. Tu as cinquante-six ans, tu as une femme et deux gosses, plus pour très longtemps peut-être. Il serait grand temps que tu te décides enfin à devenir adulte. C'est en ami que je te parle.

J'ai observé le visage de Gene. Je commençais à mieux déchiffrer les émotions, mais celle-ci était complexe. Anéanti, je dirais.

J'étais soulagé. Le protocole élémentaire du conseil entre quatre yeux, d'homme à homme, avait été efficace. Je n'avais pas eu à le cogner.

32.

J'ai regagné mon bureau, j'ai retiré mon costume de Gregory Peck pour enfiler mon pantalon et ma veste neufs. Puis j'ai passé un coup de fil. Comme la réceptionniste refusait de me donner un rendez-vous pour motif personnel, j'ai réservé une séance d'évaluation de ma condition physique avec Phil Jarman, le père entre guillemets aériens de Rosie, à 16 heures.

Je m'apprêtais à sortir quand la Doyenne a frappé et est entrée. Elle m'a fait signe de la suivre. Cela ne faisait pas partie de mon plan, mais c'était un jour approprié pour mettre un point final à cette phase de ma vie professionnelle.

Nous avons pris l'ascenseur jusqu'au rez-de-chaussée avant de traverser le campus pour rejoindre son bureau sans échanger un seul mot. Notre entretien devait manifestement avoir lieu dans un cadre officiel. J'étais mal à l'aise, une réaction rationnelle face à la perspective presque certaine d'être licencié pour faute professionnelle d'un poste de titulaire dans une prestigieuse université. À vrai dire je m'y attendais ; mes sentiments étaient donc dus à une autre cause.

Ce scénario m'a rappelé un souvenir de ma première semaine de collège. J'avais été envoyé chez le principal à la suite d'un comportement prétendument « inapproprié », à savoir l'interrogatoire rigoureux auquel j'avais soumis notre professeur d'éducation religieuse. Rétrospectivement, je me rendais compte que c'était une personne bien intentionnée, ce qui ne l'avait pas empêchée de profiter de sa position de pouvoir pour infliger une profonde souffrance à un garçon de onze ans. En fait, le principal avait fait preuve d'une certaine compréhension mais m'avait averti que je devrais me montrer un peu plus « respectueux ». C'était trop tard : sur le chemin de son bureau, j'avais décidé qu'il était inutile d'essayer de m'intégrer. J'allais être le clown de la classe pendant les six années à venir.

J'ai souvent réfléchi à cet incident. Sur le moment, j'avais eu l'impression de réagir rationnellement, conformément à mon évaluation de ce nouvel environnement. Avec le recul, j'ai compris que j'étais poussé par la colère contre la structure de pouvoir qui refusait d'entendre mes arguments.

En me dirigeant vers le bureau de la Doyenne, une autre idée m'est venue à l'esprit : et si mon professeur avait été une théologienne brillante, maîtrisant à la perfection un bagage de deux mille ans de pensée chrétienne ? Elle n'aurait eu aucun mal à réfuter les théories d'un garçon de onze ans. Aurais-je été satisfait ? Je crains que non. Ayant déjà l'esprit scientifique et étant fondamentalement attaché à ce type de réflexion, j'aurais éprouvé au fond de moi le sentiment qu'on me racontait des « conneries », comme aurait dit Rosie. Était-ce l'impression qu'avait eue l'étudiant que j'avais surnommé le Guérisseur ? La démonstration du flet avait-elle été un exemple de brimade aussi odieuse que celle que m'avait infligée mon professeur d'éducation religieuse, *alors que j'avais raison* ?

Quand nous sommes arrivés devant le bureau de la Doyenne pour ce qui était probablement la dernière fois, j'ai remarqué son nom complet affiché sur la porte, ce qui m'a permis d'élucider un léger malentendu : « Professeur Charlotte Lawrence ». Je n'avais jamais pensé à elle sous le nom de Charlie, mais sans doute en allait-il différemment de Simon Lefebvre.

Nous sommes entrés et nous nous sommes assis.

— Je vois que nous avons mis notre tenue d'entretien d'embauche, a-t-elle remarqué. Je regrette que vous n'ayez pas jugé bon de nous en honorer pendant votre séjour parmi nous.

Je n'ai pas réagi.

— Bien. Toujours pas de rapport. Une explication ?

Une fois de plus, je n'ai rien trouvé de pertinent à lui répondre.

Simon Lefebvre est apparu sur le seuil. De toute évidence, c'était prévu. La Doyenne – Charlie – lui a fait signe d'entrer. Puis elle m'a dit :

— Vous nous ferez gagner du temps en nous expliquant toute cette affaire ensemble, à Simon et moi.

Lefebvre tenait en main les documents que je lui avais remis.

À cet instant, l'assistante personnelle de la Doyenne, Regina, qui n'est pas habilitée à faire figurer les mots « La Belle » dans son nom, est entrée.

— Excusez-moi de vous déranger, professeur, a-t-elle dit non sans ambiguïté puisque nous étions tous professeurs, en tout cas pendant les quelques minutes à venir, bien que le contexte ait clairement révélé qu'elle s'adressait uniquement à la Doyenne. J'ai un problème avec votre réservation au Gavroche. Il semblerait qu'ils vous aient radiée de la liste des VIP.

Le visage de la Doyenne a exprimé une certaine contrariété, mais elle a fait signe à Regina de se retirer.

Simon Lefebvre m'a souri.

— Vous auriez pu vous contenter de m'envoyer ça, a-t-il dit en faisant allusion aux documents qu'il tenait. Votre numéro d'idiot savant était inutile. Je dois tout de même avouer qu'il était remarquable. Tout comme votre proposition. Il va falloir la présenter aux types du comité d'éthique, évidemment, mais ça ne devrait pas poser de problème. C'est exactement le genre de trucs que nous recherchons. Génétique et médecine, le sujet est tendance, on est assurés d'obtenir une sacrée publicité tous les deux.

J'ai cherché à analyser l'expression de la Doyenne. Cela dépassait mon corpus actuel de compétences.

— Félicitations, Charlie, a poursuivi Simon. Ce coup-ci, tu l'as, ton projet commun de recherche. L'Institut de recherche médicale est prêt à mettre quatre briques, ce qui dépasse le budget prévisionnel. Alors tu peux foncer.

J'ai présumé qu'il voulait dire quatre millions de dollars.

Il a tendu l'index vers moi.

— Ne laisse pas filer cet oiseau-là, Charlie. C'est un outsider, mais tu peux miser sur lui les yeux fermés. Et j'ai absolument besoin de lui pour ce projet.

Je venais de toucher mon premier véritable retour sur investissement en amélioration de compétences sociales. J'avais correctement déchiffré ce qui se passait. Je n'avais pas posé de question idiote, je n'avais pas placé la Doyenne dans une position d'embarras intolérable qui aurait pu la conduire à agir contre ses intérêts. Je me suis contenté de hocher la tête et j'ai regagné mon bureau.

Phil Jarman avait les yeux bleus. J'avais beau le savoir, c'est la première chose que j'ai remarquée. Il devait avoir dans les cinquante-cinq ans et mesurer environ dix centimètres de plus que moi. Il était solidement charpenté et en excellente condition physique. Nous nous trouvions devant le comptoir d'accueil du Centre de gym Jarman. Le mur était couvert de coupures de presse et de photos d'un Phil plus jeune qui jouait au football. Si j'avais été un étudiant en médecine dépourvu de solides compétences en arts martiaux, j'aurais réfléchi à deux fois avant d'avoir un rapport sexuel avec la petite amie de ce type. Peut-être était-ce pour cette raison très simple que Phil n'avait jamais été informé de l'identité du père de Rosie.

— Allez chercher une tenue pour le prof et faites-lui signer un formulaire de décharge.

La femme qui se tenait derrière le comptoir a eu l'air perplexe.

— Il s'est inscrit pour une évaluation, c'est tout.

— Les nouvelles procédures s'appliquent à partir d'aujourd'hui, a rétorqué Phil.

— En fait, je n'ai pas besoin d'évaluation, ai-je commencé, mais Phil semblait avoir des idées bien arrêtées.

— Vous avez pris rendez-vous pour ça. Soixante-cinq dollars. On va vous trouver des gants de boxe.

Je me suis demandé s'il était conscient de m'avoir appelé le « prof ». Rosie avait probablement raison, il avait dû voir la photo du bal. Je n'avais pas pris la peine de donner un faux nom en m'inscrivant. Au moins, je savais qu'il savait qui j'étais. Savait-il que je savais qu'il savait qui j'étais ? Je devenais drôlement fort en subtilités sociales.

Je me suis changé et j'ai enfilé un débardeur et un short qui sentaient bon le propre. Phil m'a tendu des gants de boxe. C'était un sport auquel je ne m'étais entraîné que très occasionnellement, mais je n'avais pas peur de me faire blesser. Je disposais de bonnes techniques défensives en cas de besoin. Tout de même, j'aurais préféré discuter.

— Essayez de me frapper, a dit Phil.

J'ai balancé quelques coups gentils, qu'il a bloqués.

— Allons, a-t-il insisté, essayez de me faire vraiment mal.

Très bien. Il l'aurait voulu.

— Votre belle-fille essaie d'identifier son vrai père parce qu'elle est mécontente de vous.

Phil a baissé sa garde. Très mauvaise réaction. Je n'aurais eu aucune difficulté à lui flanquer un bon coup si nous avions disputé un vrai match.

— Ma belle-fille ? C'est comme ça qu'elle se présente ? C'est pour ça que vous êtes venu ?

Il m'a balancé un sacré direct et j'ai dû employer une vraie technique de blocage pour éviter d'être touché. Il la connaissait et a tenté un crochet. Je l'ai bloqué aussi et j'ai riposté. Il a paré joliment.

— Comme il est peu probable qu'elle y parvienne, nous sommes dans l'obligation de régler le problème avec vous.

Phil m'a balancé un sérieux coup droit à la tête. J'ai bloqué et reculé.

— Avec moi ? Avec Phil Jarman ? Le type qui a monté cette boîte à partir de rien, qui soulève cent cinquante kilos au développé-couché, que tout un tas de femmes considèrent comme un meilleur coup que n'importe quel médecin ou avocat ? Ou que n'importe quel intello à la con ?

Il s'est lancé dans une combinaison et j'ai contre-attaqué. J'étais convaincu d'avoir de bonnes chances de le mettre au tapis. D'un autre côté, il fallait que nous poursuivions cette conversation.

— Ce n'est pas vos oignons, mais je vous signale quand même que j'ai fait partie du conseil de la faculté, que j'ai entraîné l'équipe de foot senior...

— Manifestement, cette réussite n'a pas suffi. Rosie a peut-être besoin de quelque chose de plus que d'excellence personnelle.

Dans un éclair de lucidité, j'ai compris que cela pouvait aussi me concerner. Toute mon entreprise d'amélioration de mes compétences avait-elle été inutile ? Allais-je finir, comme Phil, par essayer de gagner l'amour de Rosie pour n'obtenir que son mépris ?

Le combat et la méditation sont incompatibles. Le coup de Phil m'a atteint au plexus solaire. J'ai réussi à en réduire l'impact en reculant, ce qui ne m'a pas évité de tomber. Phil se dressait au-dessus de moi, furieux.

— Peut-être qu'un jour, elle saura tout. Peut-être que ça l'aidera, et peut-être que non. (Il a secoué la tête énergiquement, comme si c'était lui qui avait encaissé le coup.) Est-ce que je me suis jamais présenté comme son beau-père ? Demandez-le-lui. Je n'ai pas d'autre enfant, pas de *femme.* J'ai tout fait pour elle – je lui ai lu des histoires, je me suis levé la nuit, je l'ai accompagnée à ses cours d'équitation. Le truc, c'est que depuis la disparition de sa mère, rien de ce que j'ai pu faire n'a jamais trouvé grâce à ses yeux.

Je me suis assis et j'ai crié. J'étais en colère moi aussi :

— Vous ne l'avez pas emmenée à Disneyland ! Vous lui avez menti !

Je lui ai fait un ciseau de jambes et je l'ai flanqué par terre. Il n'a pas maîtrisé sa chute avec compétence et a touché le sol brutalement. On s'est battus et je l'ai immobilisé. Il saignait abondamment du nez et mon débardeur était couvert de sang.

— Disneyland ! Elle avait dix ans, merde !

— Elle en avait parlé à toute sa classe. Ça reste un problème majeur pour elle.

Il a essayé de se dégager, mais j'ai réussi à le clouer, malgré le handicap des gants de boxe.

— Vous savez quand je lui ai dit que j'allais l'emmener à Disneyland ? Je le lui ai dit une fois. Une seule fois. Vous savez quand c'était ? À l'enterrement de sa mère. J'étais en fauteuil roulant. J'ai fait huit mois de rééducation.

C'était une explication tout à fait raisonnable. Je regrettais que Rosie ne m'ait pas livré cette information fondamentale avant que je maintienne la tête de son beau-père au sol pendant qu'un jet de sang lui giclait du nez. J'ai confié à Phil qu'à l'enterrement de ma sœur, j'avais fait la promesse irrationnelle de consentir un don à un établissement de soins palliatifs alors que la recherche aurait fait un bien meilleur usage de cet argent. Il a eu l'air de comprendre.

— Je lui ai acheté un coffret à bijoux. Ça faisait des siècles qu'elle tannait sa mère pour l'avoir. Quand j'ai eu fini ma rééducation, j'étais sûr qu'elle avait oublié cette histoire de Disneyland.

— Il est difficile de prévoir l'effet de ses actions sur autrui.

— Je ne vous le fais pas dire. On peut se relever ?

Dans la mesure où son nez saignait toujours et était probablement cassé, c'était une requête raisonnable. Je n'avais pourtant pas l'intention de le laisser partir comme ça.

— Pas avant que nous ayons réglé le problème.

J'avais eu une journée bien remplie, mais la tâche la plus épineuse m'attendait encore. Je me suis regardé dans la glace. Ma nouvelle monture de lunettes, beaucoup plus légère, et ma coupe de cheveux revue et corrigée me transformaient plus que les vêtements.

J'ai glissé la précieuse enveloppe dans la poche de ma veste et la petite boîte dans celle de mon pantalon. En téléphonant au taxi, j'ai jeté un coup d'œil à mon tableau blanc. Le programme, noté désormais au marqueur effaçable, était un océan de mots rouges – mon code couleur pour l'Opération Rosie. Je me suis dit que les changements qu'il avait produits n'auraient pas été inutiles, même si ce soir j'échouais à atteindre mon objectif final.

33.

Le taxi est arrivé et je lui ai demandé de faire une halte chez le fleuriste. Je n'étais pas entré dans cette boutique – et n'avais pas acheté de fleurs tout court – depuis que j'avais cessé d'aller rendre visite à Daphné. Des daphnés pour Daphné ; de toute évidence, le choix approprié pour ce soir était des roses. La vendeuse m'a reconnu et je lui ai appris la mort de la vieille dame. J'ai acheté une douzaine de roses rouges à longue tige, conformément au comportement romantique standard, et la vendeuse a coupé une petite branche de daphné qu'elle a glissée dans la boutonnière de ma veste. Leur parfum m'a rappelé Daphné. J'aurais aimé qu'elle soit encore en vie pour lui présenter Rosie.

J'ai essayé d'appeler celle-ci au moment où le taxi approchait de son immeuble. Elle n'a pas répondu. Elle n'était pas sur le trottoir quand nous sommes arrivés et la plupart des sonnettes ne portaient pas de nom. Je ne pouvais pas exclure qu'elle ait décidé de ne pas accepter mon invitation.

Il faisait froid et je tremblais. J'ai attendu dix

bonnes minutes, puis j'ai retéléphoné. Toujours pas de réponse. Je m'apprêtais à dire au chauffeur de repartir quand elle est sortie en courant. Je me suis rappelé que c'était moi qui avais changé, pas Rosie – j'aurais dû m'attendre à ce qu'elle soit en retard. Elle portait la robe noire qui m'avait stupéfié le soir de l'Incident de la Veste. Je lui ai tendu les roses. J'ai interprété son expression comme « surprise ».

Puis elle m'a regardé.

— Tu as l'air différent... vraiment différent... de nouveau, a-t-elle dit. Qu'est-ce qui s'est passé ?

— J'ai décidé de me réformer.

J'aimais la sonorité de ce mot : « ré-Former ». Nous sommes montés dans le taxi, Rosie tenant toujours les roses, et avons parcouru en silence la brève distance qui nous séparait du restaurant. J'étais impatient d'avoir des informations sur son attitude à mon égard, et j'ai jugé préférable de la laisser parler la première. En fait, elle n'a rien dit avant de remarquer que le taxi s'arrêtait devant le Gavroche – là où s'était déroulé l'Incident de la Veste.

— Don, c'est une blague ?

J'ai payé le chauffeur, je suis sorti du taxi et j'ai ouvert la portière du côté de Rosie. Elle est descendue mais s'est arrêtée, indécise, ses deux mains serrant les roses sur sa poitrine. J'ai posé une main dans son dos et l'ai guidée vers la porte, où se tenait le maître d'hôtel en uniforme que nous avions affronté lors de notre précédente visite. L'Homme à la Veste.

Il a immédiatement reconnu Rosie, comme l'a révélé son salut.

— Rosie. (Puis il s'est tourné vers moi.) Monsieur ?

— Bonsoir. (J'ai pris les roses des mains de Rosie et les ai données au maître d'hôtel.) Nous avons réservé au nom de Tillman. Puis-je vous confier ces fleurs ?

C'était une formule standard, idéale pour se donner de l'assurance. Tout le monde paraissait très à l'aise maintenant que nous nous comportions de façon prévisible. Le maître d'hôtel a consulté la liste de réservations. J'en ai profité pour aplanir toutes les éventuelles difficultés résiduelles et j'ai fait une petite plaisanterie, préparée à l'avance.

— Je vous prie de bien vouloir excuser le léger malentendu de l'autre soir. Je suis certain que tout se passera très bien cette fois. À moins que le bourgogne blanc ne soit trop frais.

J'ai souri.

Un serveur est apparu, le maître d'hôtel m'a présenté, me faisant un rapide compliment sur ma veste, et on nous a conduits vers la salle à manger, puis jusqu'à notre table. Rosie paraissait encore en phase d'adaptation.

Le sommelier est arrivé avec le vin. Il a balayé la salle du regard, comme s'il cherchait du renfort. J'ai diagnostiqué de la nervosité.

— Il est à treize degrés, mais si monsieur le préfère moins frais... ou plus frais...

— Ça ira très bien, merci.

Il en a versé un peu dans mon verre, je l'ai fait tourner, je l'ai humé et j'ai hoché la tête en signe d'approbation conformément au protocole standard. Sur ces entrefaites, le serveur qui nous avait accompagnés à notre table est revenu. Il avait une quarantaine d'années, IMC approximativement vingt-deux, assez grand.

— Professeur Tillman ? a-t-il dit. Je m'appelle Nick, je suis chef de rang. N'hésitez pas à m'appeler si vous avez besoin de quelque chose, ou s'il y a le moindre problème.

— C'est très aimable à vous, Nick.

Que les serveurs se présentent par leur prénom était plus courant aux États-Unis que chez nous. Ce restaurant avait pu décider d'adopter cet usage pour se distinguer des autres ou alors, nous bénéficiions d'un traitement plus personnalisé. J'ai estimé que la deuxième solution était la bonne : j'étais probablement étiqueté comme un individu dangereux. Parfait. J'aurais besoin de tout le soutien possible ce soir.

Nick nous a tendu le menu.

— Je fais toute confiance au chef, ai-je dit. Un seul impératif : pas de viande et des produits de la mer exclusivement issus de l'aquaculture durable.

Nick a souri.

— Je vais discuter avec le chef et voir ce qu'il peut faire.

— Je suis désolé de vous compliquer les choses, mais mon amie a des règles de vie assez strictes, ai-je expliqué.

Rosie m'a jeté un regard très étrange. Mon affirmation était destinée à apporter une légère mise au point et j'ai eu l'impression qu'elle atteignait son objectif. Rosie a goûté le chablis et a beurré un petit pain. J'ai gardé le silence.

Elle a fini par prendre la parole.

— Très bien, Gregory Peck. On commence par quoi ? L'histoire de *My Fair Lady* ou la Grande Révélation ?

Parfait. Rosie était prête à discuter franchement. En fait, la franchise avait toujours été une de ses qualités, bien qu'en cette occasion précise elle n'ait pas su identifier le sujet essentiel.

— Je m'en remets à toi, ai-je répondu.

Formule de politesse standard pour éviter d'avoir à choisir et accorder les pleins pouvoirs à l'autre.

— Arrête, Don. Tu sais qui est mon père, hein ? C'est le Type à la Serviette de Table, c'est ça ?

— Peut-être, ai-je répondu en toute sincérité. (Malgré l'issue positive de mon entrevue avec la Doyenne, je n'avais pas encore récupéré mes clés de labo.) Mais ce n'est pas ce que j'avais envie de partager avec toi.

— Bien, bien. Alors voilà le programme. Tu partages ton fameux truc, tu me dis qui est mon père, tu m'expliques ce qui t'est arrivé, pourquoi tu as tellement changé, et ensuite on rentre chacun chez soi.

J'étais incapable de définir le ton de sa voix et son expression, mais ils étaient incontestablement négatifs. Elle a bu une autre gorgée de vin.

— Pardon. (Elle avait l'air un peu désolée.) Vas-y. Le truc à partager.

Je doutais profondément de l'efficacité de la démarche que j'allais entreprendre, malheureusement je n'avais pas de plan de secours. J'avais emprunté mon discours à *Quand Harry rencontre Sally*. C'étaient les mots qui rencontraient le plus d'écho en moi et qui correspondaient le mieux à la situation. Ils présentaient en outre l'avantage de se rattacher aux agréables journées que nous avions passées à New York. J'espérais que le cerveau de Rosie établirait ce lien, inconsciemment dans l'idéal. J'ai vidé mon verre. Les yeux de Rosie l'ont suivi avant de se poser sur moi.

— Don, ça va ?

— Quand on réalise qu'on veut passer le reste de sa vie avec quelqu'un, on veut que le reste de sa vie commence le plus tôt possible. C'est pour ça que je voulais te voir ce soir.

J'ai étudié soigneusement l'expression de Rosie. Il m'a semblé reconnaître de la stupéfaction.

— Oh, Seigneur, a-t-elle murmuré, confirmant mon diagnostic.

J'ai profité de ce qu'elle était réceptive pour enchaîner.

— Il semble maintenant que tout ce que j'ai fait dans ma vie, je l'ai fait pour arriver jusqu'à toi.

J'ai bien vu que Rosie était incapable d'identifier la réplique de *Sur la route de Madison* qui lui avait inspiré une aussi vive réaction émotionnelle dans l'avion. Elle avait l'air déroutée.

— Don, qu'est-ce que tu... qu'est-ce qui t'est arrivé ?

— J'ai opéré quelques changements.

— De sacrés changements, oui.

— Toutes les modifications comportementales que tu exigeras de moi ne sont qu'un prix insignifiant à payer en échange du bonheur de t'avoir pour compagne.

La main de Rosie a esquissé un mouvement descendant que j'ai été incapable d'interpréter. Puis elle a parcouru la salle des yeux et j'ai suivi son regard. Tout le monde nous observait. Nick s'était arrêté à mi-chemin de notre table. Je me suis rendu compte que dans ma fougue, j'avais élevé la voix. Ça m'était parfaitement égal.

— Tu es la femme la plus parfaite du monde. Toutes les autres femmes sont hors jeu. Définitivement. Ni botox ni implants ne seront jamais requis.

J'ai entendu applaudir. C'était une femme mince d'une soixantaine d'années accompagnée d'une autre femme approximativement du même âge.

Rosie a bu un peu de vin, avant de prendre la parole d'un ton très mesuré.

— Don, je ne sais pas par où commencer. Je ne sais même pas qui me fait cette déclaration – le vieux Don ou Billy Crystal.

— Il n'y a ni vieux ni nouveau. Ce n'est qu'une question de comportement. De conventions sociales. De monture de lunettes et de coupe de cheveux.

— Je t'aime beaucoup, Don, OK ? Oublie tout ce que je t'ai dit à propos de dénoncer mon père. Tu as sans doute raison. Je t'aime vraiment, *vraiment* beaucoup. Je m'amuse bien avec toi. Je ne me suis jamais autant amusée. Mais tu sais que je serais incapable de manger du homard tous les mardis. Oui ?

— J'ai renoncé au Système de Repas Normalisé. J'ai supprimé 38 % de mon programme hebdomadaire, sommeil exclu. J'ai jeté mes vieux T-shirts. J'ai éliminé tout ce qui ne te plaisait pas. D'autres changements sont parfaitement envisageables.

— Tu as changé à cause de moi ?

— Seulement de comportement.

Rosie a gardé le silence un moment, cherchant manifestement à traiter cette nouvelle information.

— Laisse-moi une minute pour réfléchir, a-t-elle dit.

Machinalement, j'ai déclenché le chronomètre de ma montre. Soudain, Rosie a éclaté de rire. Je l'ai regardée, intrigué à juste titre par cette explosion d'hilarité au beau milieu d'une décision existentielle majeure.

— La montre ! Je t'ai dit : « Laisse-moi une minute » et tu as lancé ton chronomètre. Don n'est pas mort.

J'ai attendu. J'ai consulté ma montre. Il ne restait plus que quinze secondes et j'ai estimé qu'elle allait probablement dire non. Je n'avais rien à perdre. J'ai sorti la petite boîte de ma poche et l'ai ouverte pour lui faire voir la bague que j'avais achetée. J'ai regretté d'avoir appris à déchiffrer les expressions, parce qu'en cet instant, j'ai été capable de déchiffrer celle de Rosie et que j'ai su la réponse.

— Don, ce que je vais te dire ne te fera pas plaisir. Tu te rappelles, dans l'avion, quand tu m'as expliqué qu'on était programmés différemment ?

J'ai hoché la tête. Je comprenais le problème. Le problème fondamental, insurmontable : moi. Je l'avais relégué dans un coin de mon cerveau depuis qu'il avait surgi pendant mon combat avec Phil. Rosie n'avait pas besoin de continuer. Elle l'a pourtant fait.

— C'est en toi. Tu n'es pas capable de faire semblant – pardon, je recommence. Tu peux te comporter de façon parfaite, mais s'il n'y a pas de *sentiment* derrière... Et puis flûte, j'ai l'impression d'être tellement injuste !

— La réponse est non ? ai-je demandé tandis qu'une petite partie de mon esprit espérait que pour une fois, mes fréquentes erreurs d'interprétation des signaux sociaux œuvreraient en ma faveur.

— Don, tu es incapable d'éprouver de l'amour, n'est-ce pas ? Tu ne peux pas m'aimer vraiment.

— Gene a pourtant diagnostiqué de l'amour.

Je savais à présent qu'il s'était trompé. J'avais regardé treize films romantiques sans rien éprouver.

Ce n'était pas tout à fait vrai : j'avais éprouvé de l'intérêt, de la curiosité et de l'amusement, mais pas un seul instant je ne m'étais senti concerné par l'amour qui unissait les protagonistes. Je n'avais pas versé une larme pour Meg Ryan, Meryl Streep, Deborah Kerr, Vivien Leigh ou Julia Roberts. Je ne pouvais pas mentir sur un sujet aussi important.

— Mais selon ta définition, c'est toi qui as raison.

Rosie avait l'air affreusement malheureuse. La soirée avait tourné au désastre.

— Je pensais que mon comportement te ferait plaisir, et voilà que c'est tout le contraire.

— J'ai de la peine parce que tu ne peux pas m'aimer. Tu piges ?

C'était encore pire ! Elle aurait voulu que je l'aime. Et j'en étais incapable.

— Don, je crois qu'il vaudrait mieux qu'on ne se voie plus.

Je me suis levé de table et j'ai regagné le hall, hors de la vue de Rosie et des autres clients. Nick était en train de discuter avec le maître d'hôtel. Il m'a aperçu et s'est approché de moi.

— Je peux vous être utile ?

— Malheureusement, il s'est produit une catastrophe.

Il a eu l'air inquiet, alors j'ai précisé :

— Une catastrophe personnelle. Aucun risque pour vos autres clients. Auriez-vous l'obligeance de préparer l'addition, s'il vous plaît ?

— Mais nous ne vous avons rien servi. (Nick m'a regardé attentivement pendant quelques instants.) Il n'y a rien à payer, monsieur. Le chablis est offert par la maison. (Il m'a tendu la main et je l'ai serrée.) Vous aurez fait tout ce que vous pouviez, monsieur.

J'ai levé les yeux et j'ai vu Gene et Claudia arriver. Ils se tenaient par la main. Ça faisait des années que je ne les avais pas vus faire ça.

— Ne me dis pas qu'on arrive trop tard, a lancé Gene d'un ton jovial.

J'ai hoché la tête et je me suis retourné vers la salle de restaurant. Rosie se dirigeait rapidement vers nous.

— Don, mais qu'est-ce que tu fabriques ?

— Je pars. Tu as dit qu'il ne fallait plus qu'on se voie.

— Putain ! (Elle s'est tournée vers Gene et Claudia.) Et vous, qu'est-ce que vous foutez là ?

— On a été convoqués pour un « merci et célébration », a répondu Gene. Bon anniversaire, Don.

Il m'a tendu un paquet cadeau et a posé son bras sur mon épaule pour me serrer contre lui. J'ai identifié l'étape finale du protocole de la discussion d'homme à homme et en ai conclu qu'il acceptait mon conseil sans que notre amitié en ait pâti. J'ai réussi à ne pas broncher, mais je n'ai pas été capable de traiter cette donnée de manière plus approfondie. Mon cerveau était déjà surchargé.

— C'est ton anniversaire ? a demandé Rosie.

— Exact.

— J'ai dû demander à Helena de vérifier ta date de naissance, a repris Gene, mais le mot « célébration » m'a mis la puce à l'oreille.

En règle générale, je considère les anniversaires comme des jours ordinaires. Cette fois pourtant, j'avais pensé que c'était une bonne occasion de m'engager dans une nouvelle voie.

Claudia s'est présentée à Rosie, en ajoutant :

— Je suis navrée, j'ai impression qu'on tombe mal.

Rosie s'est tournée vers Gene.

— Un « merci » ? Et c'est *vous* qu'il faut remercier ? Bordel ! Il ne vous a pas suffi de nous piéger – il a fallu qu'en plus vous le coachiez ! Que vous le transformiez à votre image !

Claudia a dit, très doucement :

— Rosie, ce n'est pas Gene...

Gene a posé la main sur l'épaule de Claudia et elle s'est interrompue.

— Non, ce n'est pas moi, a-t-il renchéri. Qui lui a *demandé* de changer ? Qui lui a dit qu'il serait *parfait* pour elle s'il était *différent* ?

Rosie avait maintenant l'air extrêmement troublée. Tous mes amis – à l'exception de Dan le Gros Fan de Baseball – se disputaient. *C'était horrible*. J'aurais voulu remonter le temps, me retrouver à New York et prendre de meilleures décisions. C'était malheureusement impossible. Rien ne pourrait jamais changer la déficience cérébrale qui me rendait inacceptable.

Gene poursuivait :

— Vous avez une idée de tout ce qu'il a fait pour vous ? Allez jeter un coup d'œil dans son bureau un de ces jours.

Il faisait sans doute allusion à mon programme et au grand nombre d'activités liées à l'Opération Rosie.

Rosie est sortie du restaurant.

Gene s'est tourné vers Claudia.

— Pardon de t'avoir coupée.

— Il fallait que quelqu'un le lui dise. (Elle a regardé Rosie s'éloigner dans la rue.) Je me demande si je n'ai pas conseillé la mauvaise personne.

Gene et Claudia ont proposé de me raccompagner, mais je n'avais pas envie de continuer cette conversation. J'ai commencé à marcher, puis j'ai accéléré et je me suis mis à courir. Il était raisonnable d'essayer d'arriver avant la pluie. Il était aussi raisonnable de prendre de l'exercice et de laisser le restaurant derrière moi le plus rapidement possible. Mes nouvelles chaussures étaient à peu près confortables, contrairement à la veste et la cravate qui me gênaient malgré la fraîcheur de la nuit. J'ai retiré la veste, l'article qui m'avait rendu provisoirement acceptable dans un monde auquel je n'appartenais pas, et je l'ai jetée dans une poubelle. La cravate a suivi. Pris d'une impulsion, j'ai repris la branche de daphné à la boutonnière de ma veste, et je l'ai gardée à la main pendant le reste du trajet. Il y avait de la pluie dans l'air et, quand j'ai retrouvé la sécurité de mon appartement, j'avais le visage mouillé.

34.

Nous n'avions pas terminé la bouteille de vin au restaurant. J'ai décidé de compenser ce déficit en alcool en prenant un petit verre de tequila. J'ai allumé mon écran de télévision et mon ordinateur et, dans une dernière tentative, j'ai regardé *Casablanca* en accéléré. Le personnage d'Humphrey Bogart, ai-je remarqué, arrivait à la conclusion que sa relation avec le personnage d'Ingrid Bergman n'avait que peu d'importance au regard de la marche du monde. Il préférait faire passer la logique et la droiture avant ses désirs émotionnels égoïstes. Ce dilemme et la décision consécutive contribuaient à rendre le film captivant. Ce n'était pourtant pas ce qui faisait pleurer les spectateurs. « Ils s'aiment et ne pourront jamais vivre ensemble. » Je me suis répété cet énoncé, cherchant à éprouver une réaction émotionnelle. Je n'y suis pas arrivé. Ça me laissait indifférent. J'avais suffisamment de problèmes personnels.

La sonnette a tinté et j'ai immédiatement pensé : « Rosie », mais quand j'ai appuyé sur le bouton de vidéosurveillance, c'est le visage de Claudia qui est apparu.

— Don, ça va ? On peut monter ?

— Il est trop tard.

Claudia a eu l'air affolée.

— Qu'est-ce que tu as fait ? Don ?

— Il est 22h31. Trop tard pour les visites.

— Ça va ? a répété Claudia.

— Très bien. Cette expérience a été extrêmement utile. Nouvelles compétences sociales. Et solution définitive au Problème Épouse. Preuve évidente de mon incompatibilité avec les femmes.

Le visage de Gene s'est interposé sur l'écran.

— Don, on peut monter prendre un verre ?

— La consommation d'alcool serait une mauvaise idée.

J'avais encore un demi-verre de tequila en main. C'était un mensonge poli pour éviter un contact social. J'ai coupé l'interphone.

Le voyant des messages clignotait sur mon téléphone fixe. Mes parents et mon frère m'avaient appelé pour me souhaiter un joyeux anniversaire. J'avais déjà parlé à ma mère deux jours plus tôt, lors de son coup de fil habituel du dimanche soir. Au cours des trois dernières semaines, j'avais fait un effort pour lui livrer quelques informations en échange de ses appels, sans pour autant mentionner Rosie. Ils avaient branché le haut-parleur du téléphone et avaient chanté collectivement la chanson d'anniversaire traditionnelle – enfin, ma mère l'avait fait, encourageant vivement les deux autres membres de ma famille à se joindre à elle. « Rappelle-nous si tu rentres avant 22h30 », avait dit ma mère. Il était déjà 22h38. Pour une fois, j'ai décidé de passer outre.

— Il est 22h39, a observé ma mère. Ça m'étonne que tu rappelles.

De toute évidence, elle s'attendait à ce que je respecte mes habitudes, une hypothèse raisonnable au vu de mon passé, mais j'ai eu l'impression que ce changement lui faisait plaisir.

— Salut, a dit mon frère. La sœur de Gary Parkinson t'a vu sur Facebook. C'est qui, la rouquine ?

— Une fille avec qui je suis sorti.

— À d'autres !

Ces mots m'avaient paru bizarres à moi aussi quand je les avais prononcés, et pourtant, j'avais parlé sérieusement.

— Je ne la vois plus.

— J'étais sûr que tu dirais ça.

Il a ri.

Ma mère l'a interrompu.

— Arrête, Trevor. Donald, tu ne nous avais pas dit que tu fréquentais quelqu'un. Tu sais que tu es toujours le bienvenu...

— Maman, il se fout de toi, l'a interrompue mon frère.

— Je *disais*, a poursuivi ma mère, que *chaque fois* que tu auras envie de nous présenter *quelqu'un* ou *quelqu'une...*

— Fichez-lui donc la paix, tous les deux, a coupé mon père.

Il y a eu une pause, et un bruit de conversation en arrière-plan. Puis mon frère a repris :

— Pardon, frangin. Je tentais le coup, c'est tout. Je sais bien que tu me prends pour un plouc, mais tu sais, je t'accepte comme tu es. Ça me ferait vraiment chier qu'arrivé à cet âge, tu t'imagines que ça me pose encore un problème.

C'est ainsi que, pour couronner une journée mémorable, j'ai eu l'occasion de rectifier une opinion erronée que ma famille se faisait de moi depuis au moins quinze ans, en me déclarant ouvertement hétéro.

Les conversations avec Gene, Phil et ma famille avaient eu d'étonnantes vertus thérapeutiques. Si je n'avais pas besoin de l'échelle de dépression post-partum d'Édimbourg pour savoir que j'étais triste, au moins je n'étais plus au bord de la fosse. Un minimum de réflexion disciplinée serait indispensable dans un proche avenir pour que je sois certain d'être définitivement tiré d'affaire. Mais pour le moment, rien ne m'obligeait à mettre la partie émotionnelle de mon cerveau entièrement hors circuit. J'avais besoin d'un peu de temps pour analyser les sentiments que m'inspiraient les événements récents.

Il faisait froid et il pleuvait à verse. Par bonheur, mon balcon était couvert. J'ai sorti une chaise et mon verre, puis je suis allé enfiler le pull de laine en suint que ma mère m'avait tricoté pour un précédent anniversaire, il y avait bien longtemps de cela, et j'ai emporté la bouteille de tequila.

J'avais quarante ans. Mon père écoutait souvent une chanson écrite par John Sebastian. Je me rappelle qu'elle était de John Sebastian parce que Noddy Holder l'annonçait avant de la chanter : « Nous allons vous interpréter une chanson de John Sebastian. Est-ce qu'il y a des fans de John Sebastian parmi vous ? » Apparemment il y en avait, parce que des applaudissement bruyants et tapageurs éclataient avant qu'il ne commence à chanter.

J'ai décidé d'être moi aussi, ce soir-là, un fan de John Sebastian, et d'écouter cette chanson. Pour autant que je me souvienne, c'était la première fois de ma vie que j'avais envie d'entendre un morceau de musique particulier. Je disposais des outils technologiques indispensables. Ou du moins j'en avais disposé. Quand j'ai voulu prendre mon téléphone portable, je me suis aperçu que je l'avais laissé dans la poche de la veste que j'avais jetée. Je suis rentré, j'ai branché mon ordinateur, me suis connecté à iTunes et j'ai téléchargé « Darling Be Home Soon » de l'album *Slade Alive !* de 1972. J'ai ajouté « Satisfaction », doublant du même coup l'importance de ma collection de musique pop. J'ai sorti les écouteurs de leur carton et suis retourné sur le balcon, me suis versé un nouveau verre de tequila et j'ai écouté une voix venue de mon enfance chanter qu'il lui avait fallu le quart de sa vie pour commencer enfin à se voir tel qu'il était.

À dix-huit ans, juste avant de quitter la maison pour entrer à la fac, alors que j'approchais statistiquement du terme du premier quart de ma vie, j'avais écouté ces paroles qui m'avaient rappelé qu'il me restait très peu de temps pour comprendre qui j'étais. En réalité, il m'avait fallu jusqu'à ce soir, approximativement à mi-chemin de mon existence, pour me voir avec une clarté raisonnable. Je le devais à Rosie, et à l'Opération Rosie. Maintenant qu'elle était terminée, qu'avais-je appris ?

1. Je n'avais pas besoin d'être ostensiblement bizarre. Je pouvais respecter les mêmes protocoles que les autres

et me fondre discrètement parmi eux. Comment savoir, d'ailleurs, si les autres n'en faisaient pas autant – s'ils ne jouaient pas le jeu pour se faire accepter, sans jamais cesser de soupçonner qu'ils étaient différents ?

2. Je possédais des compétences que d'autres n'avaient pas. Ma mémoire et ma faculté de concentration m'avaient donné un avantage dans le domaine des statistiques de baseball, de la confection de cocktails et de la génétique. Un certain nombre de gens avaient porté un jugement positif sur ces compétences et ne s'en étaient pas moqués.

3. J'étais capable d'apprécier l'amitié et les bons moments. Ce n'était pas une absence de motivation qui me retenait, mais mon manque de compétences. J'avais désormais acquis des compétences sociales suffisantes pour pouvoir ouvrir ma vie à un plus vaste éventail d'êtres humains. Rien ne m'empêchait d'avoir plus d'amis. Dave le Gros Fan de Baseball n'était peut-être que le premier de toute une série.

4. J'avais affirmé à Gene et Claudia que j'étais incompatible avec les femmes. C'était une exagération. J'étais capable d'éprouver du plaisir en leur compagnie, comme l'avaient prouvé mes activités communes avec Rosie et Daphné. En tout réalisme, il n'était pas exclu que je puisse nouer une relation avec une femme.

5. L'idée qui sous-tendait l'Opération Épouse conservait sa validité. Dans de nombreuses cultures, une marieuse se serait chargée ordinairement de la tâche que j'avais entreprise, avec moins d'outils technologiques, moins d'envergure et de rigueur, mais en partant de la même hypothèse : la compatibilité représente un fondement du mariage aussi solide que l'amour.

6. Je n'étais pas programmé pour éprouver de l'amour. Et faire semblant n'était pas acceptable. Pas pour moi. J'avais eu peur que Rosie ne m'aime pas, en réalité c'était moi qui ne pouvais pas aimer Rosie.

7. Je possédais un grand nombre de connaissances précieuses – en génétique, en informatique, en aïkido, en karaté, en quincaillerie, aux échecs, en vin, en cocktails, en danse, en positions sexuelles, en protocoles sociaux et en probabilités qu'une série de cinquante-six victoires se produise dans l'histoire du baseball. Je savais tout un tas de *conneries* et j'étais tout de même incapable de réparer cette erreur de programmation.

Pendant que la fonction de lecture aléatoire sélectionnait encore et toujours les deux mêmes chansons, je me suis rendu compte que mes réflexions commençaient elles aussi à tourner en rond et que, malgré sa formulation irréprochable, mon raisonnement présentait une faille logique. Cela tenait, ai-je décrété, à la déception que m'inspirait le résultat de la soirée, à mon envie qu'il ait été différent.

J'ai regardé la pluie tomber sur la ville et j'ai vidé la bouteille de tequila.

35.

Quand je me suis réveillé le lendemain matin, j'étais toujours assis sur la même chaise. Il faisait froid, il pleuvait et la batterie de mon ordinateur était à plat. J'ai secoué la tête pour vérifier si j'avais la gueule de bois, mais apparemment mes enzymes chargées de la dégradation de l'alcool avaient bien fait leur boulot. Mon cerveau aussi. Je l'avais inconsciemment branché sur un problème à résoudre et, comprenant la gravité de la situation, il avait surmonté le handicap de l'ivresse pour parvenir à une solution.

J'ai commencé la seconde moitié de ma vie en préparant du café. Puis je me suis livré à une petite révision de logique élémentaire.

1. J'étais programmé différemment. Une des caractéristiques de ma programmation était que j'avais du mal à éprouver de l'empathie. Ce problème a été bien étudié chez d'autres et constitue, en fait, un des symptômes des troubles du spectre autistique.

2. Un manque d'empathie expliquerait mon incapacité à réagir émotionnellement aux situations de

personnages fictifs de cinéma. Ainsi que mon incapacité à réagir comme les autres au sort des victimes des attentats terroristes du World Trade Center. J'avais tout de même éprouvé de la peine pour Frank, le pompier qui nous avait fait faire la visite. Et pour Daphné, pour ma sœur, pour mes parents à la mort de ma sœur, pour Carl et Eugénie à cause de la crise conjugale de Gene et Claudia, pour Gene lui-même qui voulait être admiré mais obtenait l'effet inverse, pour Claudia qui avait accepté un mariage ouvert mais avait changé d'avis et souffrait pendant que Gene continuait à profiter de la situation, pour Phil qui avait fait de gros efforts pour surmonter l'infidélité et la mort de sa femme puis pour gagner l'amour de Rosie, pour Kevin Yu qui s'était tellement concentré sur la nécessité de réussir à son examen qu'il était devenu aveugle à l'obligation d'avoir un comportement éthique, pour la Doyenne qui devait prendre des décisions difficiles en appliquant des règles contradictoires et faire face aux préjugés sur ses tenues et sur ses relations, pour le Guérisseur qui était obligé d'essayer de réconcilier ses convictions enracinées avec les preuves scientifiques, pour Margaret Case dont le fils s'était suicidé et dont l'esprit ne fonctionnait plus correctement et, plus encore, pour Rosie dont l'enfance puis l'âge adulte avaient été gâchés par la mort de sa mère et par son problème de père et qui aurait voulu maintenant que je l'aime. C'était une liste impressionnante et, si elle n'incluait pas Rick et Ilsa de *Casablanca*, elle prouvait clairement que ma capacité d'empathie n'était pas entièrement absente.

3. L'incapacité (ou une capacité réduite) d'éprouver de l'empathie n'est pas la même chose que l'incapa-

cité d'aimer. L'amour est un puissant sentiment que vous éprouvez pour une autre personne et qui défie souvent la logique.

4. Rosie avait été recalée sur de nombreux critères de l'Opération Épouse, parmi lesquels la question essentielle du tabac. Les sentiments qu'elle m'inspirait *ne pouvaient pas s'expliquer par la logique*. Meryl Streep me laissait parfaitement indifférent. Mais j'étais amoureux de Rosie.

Il fallait faire vite. Je ne croyais évidemment pas que la situation avec Rosie était susceptible de changer dans un avenir immédiat ; en revanche j'avais absolument besoin de ma veste qui, c'était à espérer, se trouvait toujours dans la poubelle où je l'avais jetée. Heureusement, j'avais encore sur le dos les habits de la veille au soir.

Il pleuvait toujours quand je suis arrivé à la poubelle, au moment précis où les éboueurs la vidaient dans un camion à ordures avec compacteur de déchets. J'avais un plan de secours, qui prendrait malheureusement du temps. J'ai retourné mon vélo pour rentrer chez moi, j'ai traversé la rue et j'ai aperçu, affalé sur le seuil d'une boutique, à l'abri de la pluie, un clochard profondément endormi. Il portait ma veste. Avec d'infinies précautions, j'ai plongé la main dans la poche intérieure et j'ai repris l'enveloppe et mon téléphone. En enfourchant mon vélo, j'ai vu un couple arrêté sur le trottoir d'en face, les yeux rivés sur moi. Quand l'homme s'est mis à courir dans ma direction, la femme l'a rappelé. Elle pianotait sur son portable.

Il n'était que 7 h 48 quand je suis arrivé à la fac. Une voiture de police approchait en sens inverse, elle a ralenti en me croisant puis a entrepris de faire demi-tour. Je me suis dit qu'une patrouille avait dû être prévenue que j'avais volé quelque chose à un clochard. Je me suis immédiatement engagé sur la piste cyclable, où aucun véhicule à moteur ne pouvait me suivre, et j'ai filé jusqu'à l'Institut de génétique à la recherche d'une serviette de toilette.

En ouvrant la porte de mon bureau qui n'était pas fermée à clé, j'ai tout de suite remarqué que j'avais eu de la visite et j'ai su qui était passé. Le bouquet de roses rouges était posé sur ma table, à côté du dossier de l'Opération Père, sorti du classeur métallique dans lequel il était rangé, et de la liste des noms des pères potentiels accompagnée des descriptions des échantillons. Rosie avait laissé un message.

Don, pardon pour tout. Je sais qui est l'Homme à la Serviette de Table. Je l'ai dit à papa. Je n'aurais sans doute pas dû le faire, mais j'étais vraiment bouleversée. J'ai essayé de t'appeler. Pardonne-moi.
Rosie.

Il y avait tout un tas de lignes d'écriture barrées entre « Pardonne-moi » et « Rosie ». C'était une catastrophe ! Il fallait avertir Gene immédiatement !

Son agenda indiquait qu'il avait une réunion au Club Universitaire pour le petit déjeuner. J'ai jeté un coup d'œil dans la salle des étudiants de troisième cycle où j'ai aperçu Stefan, sans Rosie. Voyant que j'étais très agité, Stefan m'a suivi.

Nous sommes arrivés au Club et j'ai repéré Gene à une table en compagnie de la Doyenne. J'ai aperçu Rosie assise à une autre table avec Claudia, l'air très malheureuse. Je me suis dit qu'elle était peut-être en train de lui transmettre les informations sur Gene, avant même leur ratification par l'ADN. L'Opération Père s'achevait par une catastrophe intégrale. Mais je n'étais pas venu pour ça. Il fallait absolument que je lui fasse part de ma révélation. L'autre problème pouvait attendre.

J'ai couru jusqu'à la table de Rosie. J'étais encore mouillé parce que finalement j'avais oublié de me sécher. Rosie a été visiblement surprise de me voir. Je me suis dispensé de toutes formalités.

— J'ai commis une erreur incroyable. Je n'arrive pas à croire que j'aie pu être aussi stupide. Irrationnel ! (J'ai ignoré Claudia qui me faisait signe d'arrêter.) Tu as été recalée sur presque tous les critères de l'Opération Épouse. Désorganisée, nulle en maths, des exigences alimentaires ridicules. Incroyable ! J'ai envisagé de partager ma vie avec une fumeuse. Pour toujours !

L'expression de Rosie était complexe, mais j'ai cru déchiffrer de la tristesse, de la colère et de l'étonnement.

— Tu n'as pas mis longtemps à changer d'avis, a-t-elle remarqué.

Claudia avait beau m'adresser des signaux frénétiques pour me faire taire, j'étais bien décidé à aller jusqu'au bout.

— Je n'ai pas changé d'avis. Voilà ce qui est incroyable ! Je veux vivre avec toi pour toujours, bien que ce soit complètement irrationnel. En plus, tes lobes d'oreilles sont petits. Socialement et génétiquement, il n'y a aucune raison pour que je te trouve attirante. La seule conclusion logique, c'est que je dois être amoureux de toi.

Claudia s'est levée et m'a poussé pour me faire asseoir sur sa chaise.

— On peut dire que tu as de la suite dans les idées, hein ? a dit Rosie.

— Je suis énervant ?

— Non. Tu es incroyablement courageux. Je m'amuse super bien avec toi, tu es le type le plus intelligent et le plus marrant que je connaisse, tu as fait tout un tas de trucs formidables pour moi. Tu représentes tout ce que je peux désirer, et j'ai eu la trouille de sauter le pas parce que...

Elle s'est interrompue mais je savais ce qu'elle voulait dire. J'ai terminé sa phrase pour elle :

— Parce que je suis bizarre. Parfaitement compréhensible. C'est un problème que je connais bien parce que je trouve tous les autres bizarres.

Rosie a ri.

J'ai essayé d'expliquer.

— Pleurer à cause de ce qui arrive à des personnages de fiction, par exemple.

— Tu pourrais vivre avec moi même si je pleure au cinéma ?

— Bien sûr. C'est un comportement conventionnel. (Je me suis arrêté net en prenant conscience de ce qu'elle venait de dire.) Tu viens de me proposer de vivre avec moi ?

Rosie a souri.

— Tu as laissé ça sur la table.

Elle a sorti l'écrin de son sac. J'ai compris qu'elle était revenue sur sa décision de la nuit précédente et qu'elle remontait le temps pour permettre à mon plan initial de se dérouler ailleurs. J'ai sorti la bague et elle a tendu la main. Je l'ai glissée à son doigt, elle était à la bonne taille. J'ai éprouvé un immense sentiment de soulagement.

J'ai pris conscience qu'on applaudissait autour de nous. J'ai trouvé ça naturel. Je m'étais mis à vivre dans un monde de comédie romantique, et on en était à la scène finale. Et pourtant, c'était réel. Toute la salle à manger du Club Universitaire avait suivi la scène. J'ai décidé de conclure l'histoire conformément à la tradition et j'ai embrassé Rosie. C'était encore mieux que la fois précédente.

— Tu as intérêt à ne pas me décevoir, a murmuré Rosie. Loufoquerie permanente, on est bien d'accord ?

Phil est entré, le nez plâtré, accompagné de la responsable du club.

Elle était suivie de deux policiers et a désigné Gene à Phil.

— Et merde ! a lancé Rosie.

Phil s'est dirigé vers Gene, qui s'est levé. Ils ont échangé quelques mots puis Phil l'a flanqué par terre d'un seul coup de poing à la mâchoire. Les policiers se sont précipités et ont maîtrisé Phil, qui n'a pas résisté. Claudia a couru vers Gene, qui se relevait lentement. Manifestement, il n'était pas grièvement blessé. J'ai estimé que, selon les règles traditionnelles du comportement romantique, il était normal que Phil casse la figure à Gene, puisque celui-ci avait séduit la mère de Rosie alors qu'elle était la petite amie de Phil.

Il n'était pourtant pas sûr et certain que Gene soit le coupable. D'un autre côté, un grand nombre d'hommes avaient sûrement des raisons parfaitement légitimes de frapper Gene. En ce sens, Phil administrait une justice romantique collective. Gene l'a probablement admis, parce qu'il a entrepris de rassurer les policiers en leur disant que tout allait bien.

J'ai reporté mon attention sur Rosie. Maintenant que mon plan antérieur était à nouveau sur les rails, il était essentiel de ne pas me laisser distraire.

— Le Point Numéro Deux du programme était l'identité de ton père.

Rosie a souri.

— Revenons à nos moutons, tu as raison. Point Numéro Un : marions-nous. OK, c'est réglé. Point Numéro Deux. Voilà le Don que j'ai appris à connaître et que j'aime.

Ce dernier mot m'a arrêté net. Je n'ai pu que garder les yeux rivés sur Rosie, le temps d'assimiler la réalité de ses propos. J'ai deviné qu'elle en faisait autant, et plusieurs secondes se sont écoulées avant qu'elle ne parle.

— Combien de positions tu connais ? Tu sais, celles du bouquin ?

— Le manuel de sexe ? Toutes.

— Arrête tes conneries !

— C'était beaucoup moins compliqué que le manuel de cocktails.

— Dans ce cas, rentrons. Chez moi. Ou chez toi si tu as encore ta tenue d'Atticus Finch.

Elle a ri.

— Je l'ai laissée au bureau.

— Alors ce sera pour une autre fois. Ne la jette pas.

Nous nous sommes levés, mais les policiers, un homme et une femme, nous ont empêchés de passer.

— Monsieur, a dit la femme (âge approximatif vingt-huit ans, IMC vingt-trois), je me vois dans l'obligation de vous demander ce que vous avez dans votre poche.

J'avais oublié l'enveloppe ! Je l'ai sortie et je l'ai brandie devant Rosie.

— Des billets ! Des billets pour Disneyland ! Tous les problèmes sont résolus !

J'ai déployé les trois billets en éventail, j'ai pris Rosie par la main et nous nous sommes dirigés vers Phil pour les lui montrer.

36.

Nous sommes allés à Disneyland – Rosie, Phil et moi. Nous nous sommes beaucoup amusés et cette sortie a apparemment été profitable à l'ensemble de nos relations. Rosie et Phil ont échangé un certain nombre d'informations, ce qui m'a permis d'apprendre bien des choses sur la vie de Rosie. Développer un haut niveau d'empathie à l'égard d'une seule personne au monde étant une tâche difficile mais indispensable, cette étape était un point de départ essentiel.

Rosie et moi étions en route pour New York, où les gens bizarres n'ont pas de mal à s'intégrer. C'est une simplification des véritables raisons de notre installation en Amérique : le plus important pour moi en réalité était la possibilité de redémarrer de zéro avec mes nouvelles compétences, ma nouvelle approche de la vie et ma nouvelle partenaire sans être entravé par la représentation que les autres se faisaient de moi – une image que j'avais non seulement méritée mais encouragée.

Ici, à New York, je travaille à l'Institut de génétique de la Columbia University tandis que Rosie est en première année de médecine. Je contribue à distance au projet de recherche de Simon Lefebvre, parce qu'il en a fait une condition à son financement. J'y vois une forme de remboursement moral pour avoir utilisé le matériel universitaire dans le cadre de l'Opération Père.

Nous avons un appartement à Williamsburg, pas très loin de chez les Esler que nous voyons régulièrement. L'Interrogatoire de la Cave est devenue une anecdote que nous racontons, lui et moi, à des soirées.

Nous envisageons de nous reproduire – ou plus exactement, comme je dirais en société, d'« avoir des enfants ». Pour se préparer à cette éventualité, Rosie a arrêté de fumer et nous avons tous les deux réduit notre consommation d'alcool. Heureusement, nous avons de nombreuses autres activités pour nous distraire de ces comportements addictifs. Nous travaillons ensemble trois soirs par semaine dans un bar à cocktails. C'est quelquefois épuisant, mais ça nous fait voir du monde, c'est amusant et ça complète mon salaire universitaire.

Nous écoutons de la musique. J'ai révisé mon approche de Bach et n'essaie plus de repérer chaque note, ce qui donne de meilleurs résultats. Il semblerait tout de même que mes goûts musicaux soient restés bloqués à l'époque de mon adolescence. Comme j'ai été incapable de faire mes propres choix à ce moment-là, mes préférences sont celles de mon père. Je suis en mesure de présenter une argumentation parfaitement au point pour démontrer qu'on n'a plus rien enregistré de valable depuis 1972. C'est un sujet de discussion fréquent entre Rosie et moi. C'est moi qui fais la cuisine, mais je réserve les menus du Système de Repas Normalisé aux soirées où nous avons des invités.

Nous sommes officiellement mariés. Certes j'avais respecté le rituel romantique de la bague mais je ne m'attendais pas à ce que Rosie, une féministe moderne, veuille se marier pour de bon. Le terme d'« épouse » dans l'Opération Épouse avait toujours signifié à mes yeux « partenaire de vie ». Elle a pourtant décrété qu'elle tenait à avoir dans sa vie « une relation qui soit ce qu'elle était censée être ». Ce qui incluait la monogamie et la permanence. Excellent résultat.

Je suis capable de prendre Rosie dans mes bras. C'était mon principal motif d'inquiétude quand elle a accepté de vivre avec moi. Je trouve généralement les contacts corporels déplaisants. Les rapports sexuels font évidemment exception et ce sont eux qui ont réglé ce problème. Nous pouvons maintenant nous tenir l'un contre l'autre sans avoir de rapport sexuel, ce qui est évidemment commode dans certaines circonstances.

Une fois par semaine, pour aborder plus sereinement les contraintes de la vie avec une autre personne et continuer à améliorer mes compétences dans ce domaine, je participe à une soirée de thérapie, une petite plaisanterie en fait : mon « thérapeute » est Dave et je lui offre un service réciproque. Dave est marié lui aussi, et si l'on songe que je suis censé être programmé différemment, nos difficultés se ressemblent étrangement. Il vient parfois avec des amis et des collègues masculins de l'entreprise où il est ingénieur en systèmes de réfrigération.

Pendant un certain temps, Rosie n'a plus mentionné l'Opération Père. J'ai attribué ce désintérêt à l'amélioration de sa relation avec Phil et à la distraction apportée par d'autres activités. Mais, en coulisse, je traitais une nouvelle information.

À notre mariage, le docteur Eamonn Hughes, la première personne que nous avions testée, a demandé à me parler en tête à tête.

— Il y a quelque chose que vous devez savoir, m'a-t-il dit. À propos du père de Rosie.

Il était parfaitement plausible que le meilleur ami de la mère de Rosie à la faculté de médecine sache la vérité. Peut-être aurait-il suffi que nous lui posions la question. Mais Eamonn faisait allusion à autre chose. Il a désigné Phil.

— Phil a un peu merdé avec Rosie.

Rosie n'était donc pas la seule à estimer que Phil était un parent médiocre.

— Vous êtes au courant, pour l'accident de voiture ?

J'ai hoché la tête, sans disposer cependant d'informations détaillées à ce sujet, Rosie m'ayant fait savoir clairement qu'elle n'avait pas envie d'en parler.

— Bernadette conduisait parce que Phil avait trop bu.

J'en ai déduit que Phil se trouvait dans la voiture.

— Phil est arrivé à se dégager malgré une fracture du bassin, et il a sorti Rosie de la voiture. (Eamonn s'est interrompu. Il était visiblement bouleversé.) Il a sorti Rosie en premier.

C'était évidemment un scénario épouvantable, mais en tant que généticien, ma pensée immédiate a été « Bien sûr ». Le comportement de Phil, qui souffrait terriblement et était soumis à une pression extrême, avait certainement été instinctif. Ce genre de situation désespérée est fréquent dans le règne animal et le choix de Phil était conforme à la théorie et aux résultats expérimentaux. Même s'il avait par la suite revécu bien des fois cet instant en esprit, ce qui avait pu affecter profondément ses sentiments ultérieurs à l'égard de Rosie, son comportement coïncidait avec la pulsion primitive qui pousse un individu à protéger le porteur de ses gènes.

C'est bien plus tard que mon erreur m'a sauté aux yeux. Puisque Rosie n'était pas la fille biologique de Phil, cet instinct n'avait pas pu s'exprimer. J'ai passé un certain temps à réfléchir aux explications possibles de ce geste. Je n'ai partagé avec personne mes réflexions ni l'hypothèse à laquelle je suis arrivé.

Une fois solidement implanté à la Columbia, j'ai demandé l'autorisation d'utiliser le matériel d'analyse d'ADN pour une recherche privée. Je l'ai obtenue. Dans le cas contraire, cela ne m'aurait pas posé de problème. J'aurais envoyé mes derniers échantillons à un laboratoire commercial et aurais obtenu les résultats que je voulais, moyennant quelques centaines de dollars. Rosie aurait pu recourir à ce système dès le début de l'Opération Père. Je me rends bien compte aujourd'hui que si je ne lui ai pas suggéré cette solution, c'est parce que, dès ce moment, j'avais inconsciemment envie d'engager une relation avec elle. Étonnant !

Je n'ai pas parlé de cette analyse à Rosie. Je me suis contenté un matin de fourrer dans mon sac les échantillons que j'avais emportés à New York.

J'ai commencé par le spécialiste de chirurgie esthétique paranoïaque, Freyberg, qui était, selon moi, le candidat le moins probable. Si un père aux yeux verts n'était pas absolument exclu, il n'existait pas d'autre élément lui prêtant plus de probabilités qu'à tout autre candidat. Sa réticence à me transmettre un échantillon sanguin s'expliquait par son caractère généralement soupçonneux et peu coopératif. Ma prédiction était exacte.

J'ai chargé le prélèvement d'Esler, un tamponnement de fourchette qui avait fait plus de la moitié du tour du monde dans un sens puis dans l'autre. Dans son sous-sol obscur, j'avais été certain qu'il était le père de Rosie avant d'arriver à la conclusion qu'il protégeait peut-être un ami, ou la mémoire d'un ami. Je me suis demandé si la décision d'Esler de se faire psychiatre avait pu être influencée par le suicide de Geoffrey Case, son témoin de mariage. J'ai analysé l'échantillon. Isaac Esler n'était pas le père de Rosie.

J'ai pris l'échantillon de Gene. *Mon* meilleur ami. Il se donnait beaucoup de mal pour sauver son couple. La carte géographique n'était plus sur son mur le jour où j'étais allé présenter ma démission à la Doyenne. Mais je ne me rappelais pas y avoir vu d'épingle en Irlande, lieu de naissance de la mère de Rosie. Dans ces conditions, inutile d'analyser la serviette de table. Je l'ai jetée à la poubelle.

J'avais à présent éliminé tous les candidats, à l'exception de Geoffrey Case. Isaac Esler m'avait dit savoir qui était le père de Rosie et avoir juré de garder le secret. La mère de Rosie – et Esler – préféraient-ils que Rosie ignore qu'il y avait un passé de suicide dans la famille ? Ou peut-être une prédisposition à la maladie mentale ? Ou que Geoffrey Case s'était tué après avoir appris qu'il était le père de Rosie et que sa mère avait décidé de rester avec Phil ? Autant de bonnes raisons – suffisamment bonnes pour me donner à penser que le partenaire d'un soir de la mère de Rosie avait très probablement été Geoffrey Case.

J'ai fouillé dans mon sac pour en sortir l'échantillon d'ADN que le sort m'avait livré à l'insu de Rosie. J'étais désormais presque certain qu'il confirmerait mon hypothèse touchant l'identité de son père.

J'ai découpé un petit morceau du tissu, je l'ai arrosé de réactif et l'ai laissé reposer quelques minutes. En observant l'étoffe dans la solution limpide et en passant en revue l'intégralité de l'Opération Père, j'ai été de plus en plus persuadé de la justesse de ma prédiction. Je me suis dit qu'il serait bon que Rosie soit là, que j'aie raison ou non. Je lui ai envoyé un texto. Elle était sur le campus et n'a mis que quelques minutes à arriver. Elle a immédiatement compris ce que je faisais.

J'ai placé l'échantillon préparé dans la machine et j'ai attendu que l'appareil procède à l'analyse. Nous avions les yeux fixés sur l'écran de l'ordinateur quand le résultat s'est affiché. Après toutes ces collectes de sang, ces écouvillonnages buccaux, ces confections de cocktails, ces escalades de murs, ces ramassages de verres, ces voyages en avion, ces trajets en voiture, ces rédactions de projets, ces épongeages d'urine, ces vols de tasses, ces nettoyages de fourchettes, ces récupérations de mouchoirs en papier, ces chapardages de brosses à dents, ces ratissages de brosses à cheveux et ces séchages de larmes, nous avions enfin une concordance.

Rosie avait voulu savoir qui était son père biologique. Sa mère avait voulu que l'identité de l'homme avec lequel elle avait eu un rapport sexuel, peut-être unique, dans une situation d'infraction aux règles morales due à une pulsion émotionnelle, reste définitivement secrète. Je pouvais désormais exaucer leurs deux volontés.

Je lui ai montré les restes du débardeur taché de sang du Centre de gym Jarman dans lequel j'avais découpé le carré qui m'avait servi d'échantillon. Il serait inutile d'analyser le mouchoir qui avait essuyé les larmes de Margaret Case.

En définitive, tout ce problème de père était dû à Gene, qui avait de toute évidence enseigné aux étudiants en médecine un modèle exagérément simplifié de la transmission génétique de certaines caractéristiques courantes. Si la mère de Rosie avait su que la couleur des yeux n'était pas un indicateur fiable de paternité et avait fait réaliser un test d'ADN pour confirmer ses soupçons, il n'y aurait pas eu d'Opération Père, pas de Grande Nuit des Cocktails, pas d'Aventure à New York, pas d'Opération Réformer Don – et pas d'Opération Rosie. Sans cette succession imprévisible d'événements, sa fille et moi ne serions pas tombés amoureux. Et je continuerais à manger du homard tous les mardis soir.

Incroyable.

Remerciements

Le Théorème du homard a été écrit rapidement. Je n'ai relevé la tête que le temps de consulter Anne, ma femme écrivain, ma fille Dominique et les membres de mon cours d'écriture romanesque à l'Institut royal de technologie de Melbourne (RMIT), animé par Michelle Aung Thin.

Après avoir été accepté par Text Publishing, mon manuscrit a bénéficié de tout l'intérêt de mon éditrice, Alison Arnold, qui a parfaitement compris ce que j'avais en tête, et du soutien passionné de Michael Heyward et de son équipe, en particulier de Jane Novak, Kirsty Wilson, Chong Weng Ho et Michelle Calligaro. Grâce aux efforts d'Anne Beilby pour attirer l'attention des éditeurs internationaux sur *Rosie*, l'histoire de Don et Rosie sera racontée en trente langues.

En réalité, ses origines remontent bien plus loin puisqu'elle a vu le jour sous la forme d'un scénario que j'avais imaginé pendant mes études de scénariste au RMIT. Anne, mon fils Daniel et moi avons bricolé l'intrigue initiale pendant une randonnée en

Nouvelle-Zélande. Une esquisse des personnages a été publiée sous le titre *The Klara Project : Phase 1* dans *The Envelope Please* en 2007 et j'ai achevé le premier jet du scénario avec une intrigue différente et, à la place de Rosie, une Hongroise ringarde qui s'appelait Klara. Il m'a fallu en effet un petit moment pour décider que ce serait une comédie plutôt qu'une tragédie. L'histoire a beaucoup changé en cinq ans, en mieux surtout, ce dont je sais gré aux nombreuses personnes qui m'ont encouragé, critiqué et poussé à ne pas me contenter de ce que j'avais fait.

Les enseignants du RMIT m'ont appris les principes de la narration tout en me donnant des conseils précis sur le texte. Je tiens à mentionner tout particulièrement Clare Renner, directrice des programmes de l'Institut, Tim Ferguson, une vraie légende de la comédie, David Rapsey et Ian Pringle, producteurs de cinéma aguerris qui n'ont pas lésiné sur l'amour vache et Boris Trbic qui m'a donné des conseils sur la comédie déjantée. Cary Grant aurait fait un Don idéal. Jo Moylan a été mon pote d'écriture pendant une année de changements absolument radicaux. Faire des courts-métrages avec les étudiants en audiovisuel sous la tutelle de Rowan Humphrey et de Simon Embury m'a beaucoup appris sur ce qui fonctionne et ne fonctionne pas. En voyant mes dialogues hors sujet se heurter à l'équivalent numérique de la salle de montage, j'ai découvert bien des choses sur l'économie de l'écriture. Kim Krejus du 16th Street Actors Studio a fait venir d'excellents comédiens pour une lecture éminemment instructive.

J'ai la chance de faire partie d'un groupe d'écrivains bosseurs et talentueux : Irina Goundortseva, Steve

Mitchell, Susannah Petty et May Yeung. *Le Théorème du homard* a été régulièrement au programme et l'enthousiasme d'Irina pour le texte m'a beaucoup encouragé à le développer. Par la suite, Heidi Winnen a été la première personne extérieure à ma famille à me laisser entendre que le roman avait sans doute un potentiel.

Le texte a bénéficié des feed-back pertinents de deux gourous du scénario, Steve Kaplan et Michael Hauge. Leur engagement a été, à son tour, rendu possible par Marcus West de la société Inscription et de l'Australian Writers' Guild qui a financé un prix d'écriture de comédie romantique en 2010. Les producteurs Peter Lee et Ros Walker, ainsi que le réalisateur John Paul Fischbach m'ont tous apporté de précieuses critiques.

Le Théorème du homard s'est engagé sur la voie de la publication quand il a remporté le Victorian Premier's Literary Award décerné à un roman inédit en 2012, et je remercie le gouvernement de l'État de Victoria et le Wheeler Centre d'avoir financé et organisé ce prix. Je remercie aussi les jurés, Nick Gadd, Peter Mews, Zoe Dattner et Roderick Poole, de leur choix courageux.

Beaucoup d'autres personnes nous ont soutenus, Rosie, Don et moi, pendant ce voyage de six ans entre la conception et la publication. Je tiens à citer notamment Jon Backhouse, Rebecca Carter, Cameron Clarke, Sara Cullen, Fran Cusworth, Barbara Gliddon, Amanda Golding, Vin Hedger, Kate Hicks, Amy Jasper, Noel Maloney, Brian McKenzie, Steve Meilnikoff, Ben Michael, Helen O'Connell, Rebecca Peniston-Bird, April Reeve, John Reeves, Sue et Chris

Waddell, Geri et Pete Walsh, et mes condisciples du RMIT.

La salade de homard de Don s'inspire d'une recette du livre *Contemporary Australian Food* de Teage Ezard. Parfaite pour une soirée romantique sur un balcon, accompagnée d'une bouteille de champagne rosé Drappier.

Découvrez dès maintenant
les premiers chapitres de

L'Effet Rosie
ou
Le Théorème de la cigogne
de
GRAEME SIMSION

La suite des aventures de
Don & Rosie à paraître
chez **Nil éditions**

GRAEME SIMSION

L'EFFET ROSIE
ou Le Théorème de la cigogne

Traduit de l'anglais (Australie)
par Odile Demange

NiL

Titre original :
THE ROSIE EFFECT

ISBN 978-2841118700

1

Le jus d'orange n'était pas au programme du vendredi. Nous avions renoncé Rosie et moi au Système de Repas Normalisé, ce qui avait entraîné une amélioration de la « spontanéité » contrebalancée par une augmentation du gaspillage, du temps consacré au ravitaillement et des problèmes de gestion de stock alimentaire. Nous avions tout de même décidé d'un commun accord que chaque semaine comprendrait trois jours sans alcool. Sans programmation précise, cet objectif s'était révélé difficile à atteindre, conformément à mes prévisions, et Rosie avait fini par se ranger à ma solution.

Le vendredi et le samedi étaient en toute logique des jours propices à la consommation d'alcool. Nous n'avions pas cours le week-end, ni l'un ni l'autre. Nous pouvions faire la grasse matinée et éventuellement avoir un rapport sexuel.

Les rapports sexuels ne pouvaient *en aucun cas* être programmés, en tout cas pas de façon explicite, mais la séquence d'événements susceptibles de les favoriser m'était devenue familière : muffin aux myrtilles acheté à la Blue Skye Bakery, triple expresso de chez Otha's, retrait de chemise et imitation de Gregory Peck dans le rôle d'Atticus Finch dans *Du silence et des ombres*. J'avais appris à ne pas enchaîner systématiquement les quatre, ce qui aurait rendu mes intentions trop limpides. Afin d'assurer un minimum d'imprévisibilité, j'avais décidé de jouer deux fois à pile ou face pour déterminer l'élément que je retrancherais à mon numéro.

J'avais mis une bouteille de pinot gris Elk Cove au réfrigérateur pour accompagner les coquilles Saint-Jacques de plongée achetées le matin même au Chelsea Market, mais quand je suis remonté du sous-sol où j'étais allé chercher notre linge, j'ai trouvé deux verres de jus d'orange sur la table. Le jus d'orange n'était pas compatible avec le vin. Le boire en premier aurait désensibilisé nos papilles gustatives au léger sucre résiduel qui caractérise le pinot gris, créant ainsi une impression d'aigreur. Attendre que nous ayons fini le vin était tout aussi inacceptable. Le jus d'orange se dégrade rapidement – d'où la mention « fraîchement pressé » que prennent soin d'indiquer les établissements qui servent des petits déjeuners.

Comme Rosie était dans notre chambre, elle n'était pas immédiatement disponible pour une discussion. Notre appartement comprenait neuf combinaisons d'emplacement possible pour deux occupants, dont six supposaient que nous nous trouvions dans des pièces différentes. L'appartement idéal, tel que nous l'avions défini ensemble avant notre arrivée à New York, aurait dû permettre trente-six combinaisons, grâce à l'existence d'une chambre à coucher, de deux bureaux, de deux salles de bains et d'une salle de séjour-cuisine. Cet appartement de référence aurait été situé à Manhattan, à proximité de la ligne 1 ou de la ligne A du métro pour des raisons de facilité d'accès à la faculté de médecine de la Columbia University, avec vue sur l'eau ainsi qu'un balcon ou une terrasse sur le toit pour faire des barbecues.

Dans la mesure où nos revenus consistaient en un salaire de professeur d'université complété par deux emplois à temps partiel de confection de cocktails, somme dont il fallait cependant déduire les frais d'inscription de Rosie, nous avions dû accepter certains compromis et notre appartement ne présentait aucune des caractéristiques spécifiées. Nous avions accordé une importance excessive au choix de Williamsburg parce que nos amis Isaac et Judy Esler y habitaient et nous l'avaient recommandé. Il n'y avait aucune raison logique pour que le quartier d'un psychiatre de cinquante-quatre ans et d'une céramiste de cinquante-deux qui avaient fait l'acquisition de leur logement avant la hausse des prix convienne également à un professeur de génétique de quarante ans (à cette date) et à une étudiante en médecine de trente ans en troisième cycle de psychologie. Le loyer était élevé et l'appartement présentait un certain nombre de défauts auxquels l'agence de location n'était pas pressée de remédier. En l'état actuel des choses, la climatisation était incapable de compenser la température extérieure de trente-quatre degrés Celsius, qui se situait dans une fourchette normale pour Brooklyn à la fin du mois de juin.

Associée au mariage, la réduction du nombre de pièces m'avait imposé une proximité de longue durée avec un autre être humain plus étroite que jamais auparavant. La présence physique de Rosie était un résultat remarquablement positif de l'Opération Épouse, mais au bout de dix mois et dix jours de mariage, j'étais encore en phase d'adaptation à mon statut d'élément d'un couple. Il m'arrivait de passer à la salle de bains plus de temps qu'il n'était rigoureusement nécessaire.

J'ai alors vérifié la date sur mon téléphone : on était bien le vendredi 21 juin. Ce résultat était plus satisfaisant que le scénario selon lequel mon cerveau aurait été atteint d'une anomalie le conduisant à identifier les jours incorrectement. Il confirmait cependant une infraction au protocole de l'alcool.

Mes réflexions ont été interrompues par l'apparition de Rosie, sortant de notre chambre à coucher vêtue en tout et pour tout d'une serviette de bain. C'était ma tenue préférée, dans la mesure où l'« absence totale de tenue » ne pouvait pas être qualifiée de tenue. Une fois de plus, j'ai été abasourdi par son extraordinaire beauté et par sa décision inexplicable de me choisir comme conjoint. Et comme toujours, cet étonnement a été suivi d'une émotion inopportune : un instant d'intense peur à l'idée qu'elle ne prenne un jour conscience de son erreur.

« Qu'est-ce que tu nous mijotes de bon ? a-t-elle demandé.

— Rien. La cuisson n'a pas encore commencé. J'en suis encore à la phase regroupement des ingrédients. »

Elle a ri, du ton qu'elle employait quand j'avais mal interprété une de ses questions. Évidemment, si le Système de Repas Normalisé avait encore été en vigueur, elle n'aurait pas eu besoin de m'interroger. Je lui ai livré les informations souhaitées.

« Des coquilles Saint-Jacques issues de l'aquaculture durable avec une sauce à base de carottes, de céleri, d'échalotes et de poivron assaisonnés à l'huile de sésame. La boisson recommandée pour accompagner ce plat est du pinot gris.

— Tu veux que je fasse quelque chose ?

— Je veux que vous dormiez aussi longtemps que possible. Demain, on ira à Navarone. »

Le contenu de la réplique de Gregory Peck n'était pas pertinent en soi. C'était le ton de la tirade qui devait me conférer une apparence d'autorité et d'assurance dans la préparation des coquilles Saint-Jacques poêlées.

« Et si je n'arrive pas à dormir, capitaine ? » a demandé Rosie avant de disparaître dans la salle de bains avec un sourire. Je n'ai pas évoqué la question de l'emplacement de la serviette de toilette ; j'avais accepté depuis longtemps que les siennes soient rangées au hasard dans la salle de bains ou dans la chambre à coucher, occupant de fait deux espaces.

Nos préférences en matière d'ordre sont à l'opposé. Quand nous avons quitté l'Australie pour New York, Rosie avait préparé trois valises taille maxi. La quantité de vêtements qu'elle emportait était incroyable. Mes affaires personnelles tenaient dans deux bagages à main. Profitant de ce déménagement pour moderniser mon équipement quotidien, j'avais donné ma chaîne stéréo et mon ordinateur à mon frère Trevor, rapporté mon lit, mon linge de maison et mes ustensiles de cuisine chez mes parents à Shepparton, et vendu ma bicyclette.

En outre, dans les premières semaines qui avaient suivi notre arrivée, Rosie avait encore accru sa vaste collection de possessions en achetant des objets décoratifs. Le résultat se voyait au chaos qui régnait dans notre appartement : plantes en pot, sièges excédentaires, sans compter un casier à bouteilles tout à fait incommode.

Ce n'était pas seulement la quantité d'articles : s'y ajoutait un problème d'organisation. Le réfrigérateur était bourré de récipients à moitié vides contenant des préparations à tartiner ou à tremper, ainsi que des produits laitiers périmés. Rosie avait même suggéré de nous équiper d'un second réfrigérateur grâce à mon ami Dave. Un frigo par personne ! Jamais les avantages du Système de Repas Normalisé, avec son repas prédéfini pour chaque jour de la semaine, sa liste de courses standardisée et ses stocks optimisés ne m'étaient apparus avec autant d'évidence.

La désorganisation de Rosie ne connaissait qu'une exception et une seule. Cette exception était une variable. Par défaut, il s'agissait de ses études de médecine, mais dans le cas présent, c'était sa thèse de doctorat de psychologie portant sur les facteurs environnementaux dans le déclenchement précoce des troubles bipolaires. Elle avait obtenu une équivalence dans son programme d'études médicales à condition de terminer son doctorat avant la fin des vacances d'été. La date butoir n'était plus que deux mois et cinq jours plus tard.

« Comment peux-tu être aussi organisée dans un domaine et aussi désorganisée pour tout le reste ? avais-je demandé à Rosie le jour où elle avait installé un mauvais pilote d'imprimante.

— C'est *parce que* je me concentre sur ma thèse que je ne fais pas attention au reste. Personne ne demande si Freud vérifiait la date de péremption du lait.

— Il n'existait pas de date de péremption au début du XXe siècle. »

Qui aurait pu croire que deux personnes aussi dissemblables formeraient un couple aussi réussi ?

2

Le Problème du Jus d'Orange s'est posé à la fin d'une semaine déjà perturbée. Un autre occupant de notre immeuble résidentiel avait bousillé mes deux chemises « respectables » en ajoutant son linge au nôtre dans la machine à laver de la buanderie collective. J'avais parfaitement compris son désir d'efficacité, mais un de ses vêtements avait déteint sur notre linge de couleur claire, lui imposant une nuance violette permanente et irrégulièrement répartie.

De mon point vue, ce n'était pas très grave : cela faisait plusieurs mois que j'étais professeur associé à la faculté de médecine de la Columbia et je n'avais plus à me soucier de « faire bonne impression ». J'imaginais mal par ailleurs qu'on refuse de me servir dans un restaurant à cause de la *couleur* de ma chemise. Quant à Rosie, ses vêtements de dessus, essentiellement noirs, n'avaient pas été affectés. Le problème se limitait à ses sous-vêtements.

J'ai soutenu que la nouvelle couleur ne me dérangeait pas et que personne d'autre que moi n'avait l'occasion de la voir en sous-vêtements, sinon éventuellement un médecin que son professionnalisme devait mettre à l'abri de toute préoccupation esthétique. Mais Rosie avait déjà cherché à discuter avec Jérôme, le voisin qu'elle avait identifié comme le contrevenant, pour écarter tout risque de récidive. La démarche paraissait raisonnable, et pourtant Jérôme avait dit à Rosie d'aller se faire foutre.

Je n'étais pas étonné qu'elle se soit heurtée à une certaine résistance. Rosie avait habituellement une approche de la communication extrêmement directe. Quand elle s'adressait à moi, c'était efficace, et même nécessaire, mais d'autres y voyaient souvent de l'agressivité. Jérôme ne donnait pas l'impression d'avoir très envie de se pencher sur les possibilités de solutions gagnant-gagnant.

Et voilà que Rosie voulait que je « lui tienne tête » et que je lui fasse comprendre que nous n'étions « pas du genre à nous laisser faire. » Exactement le genre de comportement que je conseille à mes élèves d'éviter en arts martiaux. Si l'objet des deux parties est d'affirmer leur domination et qu'elles appliquent par conséquent l'algorithme consistant à « réagir par une force supérieure », le résultat ultime sera l'invalidité ou la mort de l'une d'elles. Pour une question de lessive.

L'affaire de la lessive était toutefois d'une importance mineure dans le contexte global de la semaine. Parce qu'il s'était produit un *désastre*.

On me reproche souvent de faire un usage excessif de ce mot ; pourtant, tout être raisonnable admettra que c'était un terme adéquat pour qualifier la séparation de mes meilleurs amis, qui avaient de surcroît deux enfants à charge. Gene et Claudia étaient en

Australie, mais la situation ne pouvait qu'imposer une perturbation supplémentaire à mon programme.

Nous avions discuté sur Skype, Gene et moi, et la qualité de la communication avait été très médiocre. En plus, Gene était peut-être ivre. Il paraissait n'avoir pas très envie de me donner de nombreux détails, sans doute parce que :

1. Les gens sont généralement peu désireux de parler ouvertement d'activité sexuelle quand c'est eux qui sont en cause.
2. Il s'était vraiment conduit comme un idiot.

Après avoir promis à Claudia de renoncer à son projet d'avoir un rapport sexuel avec une femme de chaque pays du monde, il n'avait pas respecté son engagement. Il avait commis cette infraction au cours d'un congrès qui s'était tenu à Göteborg, en Suède.

« Don, tu pourrais quand même avoir un minimum de compassion, avait-il soupiré. Comment voulais-tu que j'imagine qu'elle vivait à Melbourne ? Elle était *islandaise* ! »

Je lui avais fait remarquer que j'étais Australien et que je vivais aux États-Unis. Réfutation très simple à l'aide d'un contre-exemple de la ridicule hypothèse de Gene selon laquelle les gens restent dans leur pays d'origine.

« Peut-être, mais *Melbourne* ! Et en plus, elle connaît Claudia ! Tu peux me dire quelle était la probabilité d'une coïncidence pareille ?

— Difficile à calculer. » J'avais expliqué à Gene qu'il aurait dû me poser cette question *avant* de continuer à compléter sa liste de nationalités. S'il voulait que je procède à une estimation fondée du risque, il aurait fallu que je dispose d'informations sur les modèles de migration et sur l'envergure du réseau social et professionnel de Claudia.

S'y ajoutait un autre facteur. « Un calcul de probabilités exigerait que je sache combien de femmes tu as séduites depuis que tu as accepté de ne pas le faire. Il va de soi que les risques augmentent proportionnellement.

— C'est vraiment important ?

— Si tu veux une estimation, oui. Je suppose donc que la réponse n'est pas nulle.

— Don, les congrès – les congrès à l'étranger – ne comptent pas. C'est pour ça que les gens y vont. Tout le monde sait ça.

— Si Claudia le sait, pourquoi fait-elle des histoires ?

— On n'est pas censé se faire prendre. Ce qui se passe à Göteborg reste à Göteborg.

— Il faut croire que la Femme Islandaise ignorait cette règle.

— Elle fait partie du club de lecture de Claudia.

— Il y a une exception pour les clubs de lecture ?

— Laisse tomber. De toute façon, c'est trop tard. Claudia m'a fichu dehors.

— Tu es sans abri ?

— Plus ou moins.

— Incroyable ! Tu as averti la Doyenne ? » La Doyenne de la faculté des sciences de Melbourne était extrêmement soucieuse de l'image de son université. J'avais le sentiment que la présence d'un SDF à la tête de l'Institut de Psychologie ne ferait pas, pour reprendre son expression habituelle, « bon effet ».

« Je prends un congé sabbatique, m'avait répondu Gene. Qui sait, je vais peut-être débarquer à New York et te payer une bière. »

C'était une idée surprenante – pas la bière, que je pouvais me payer moi-même, mais l'éventualité que mon plus vieil ami me rejoigne à New York.

Abstraction faite de Rosie et des membres de ma famille, le total de mes amis se montait à six. C'était, par ordre décroissant de durée totale de relation :

1. Gene, dont les conseils s'étaient souvent révélés peu judicieux mais qui possédait une connaissance théorique fascinante de l'attirance sexuelle humaine, peut-être due à sa propre libido, excessive pour un homme de cinquante-sept ans.
2. La femme de Gene, Claudia, psychologue clinicienne, la personne la plus raisonnable du monde. Elle avait fait preuve d'une extraordinaire tolérance à l'égard des infidélités de Gene avant que celui-ci ne promette d'y renoncer. Je me suis demandé ce que deviendraient leur fille, Eugénie, et Carl, le fils que Gene avait eu d'un précédent mariage. Eugénie avait maintenant neuf ans et Carl dix-sept.
3. Dave Bechler, ingénieur en réfrigération que j'avais rencontré à un match de base-ball au cours de mon premier séjour à New York avec Rosie. Nous nous retrouvions désormais une fois par semaine pour notre « soirée entre garçons » programmée, durant laquelle nous discutions baseball, réfrigération et vie conjugale.
4. Sonia, la femme de Dave. Bien qu'en léger surpoids (IMC estimé vingt-sept), elle était

extrêmement belle et exerçait un emploi bien rémunéré de comptable dans un centre de fécondation in vitro. Ces qualités étaient une source de stress pour Dave qui craignait qu'elle ne le quitte un jour pour un homme plus séduisant ou plus riche que lui. Dave et Sonia cherchaient à se reproduire depuis cinq ans, par FIV (curieusement, pas dans le centre où travaillait Sonia, alors que, selon moi, elle aurait certainement obtenu un rabais et eu accès, au besoin, à des gènes de qualité supérieure.) La procédure avait récemment réussi et le bébé devait naître le jour de Noël.

5. (ex æquo) Isaac Esler, un psychiatre né en Australie que j'avais considéré un moment comme l'individu le plus susceptible d'être le père biologique de Rosie.
6. (ex æquo) Judy Esler, l'épouse américaine d'Isaac. Judy était une céramiste qui organisait aussi des collectes de fonds pour des œuvres humanitaires et pour la recherche. Elle était à l'origine de certains des objets décoratifs qui encombraient notre appartement.

Six amis, en admettant que les Esler soient encore mes amis. En effet, nous n'avions plus eu aucun contact avec eux depuis un incident dû à une affaire de thon rouge six semaines et cinq jours auparavant. Même si mes amis n'étaient plus que quatre, c'était encore plus que je n'en avais jamais eu. Et il n'était pas impossible que tous sauf un – Claudia – se trouvent bientôt à New York avec moi.

Je n'avais pas perdu de temps et j'avais demandé au Doyen de la faculté de médecine de la Columbia, le professeur David Borenstein, s'il accepterait de faire venir Gene à New York pour son congé sabbatique. Gene, comme son nom l'indique par pure coïncidence, est généticien, mais il est spécialiste de psychologie évolutive. Il pouvait donc être affecté en psychologie, en génétique ou en médecine. J'avais pourtant déconseillé la psychologie : la plupart des psychologues n'approuvaient pas les théories de Gene et il me semblait qu'il n'avait pas besoin de nouveaux motifs de conflit dans sa vie. C'était une intuition qui exigeait un niveau d'empathie dont je n'aurais pas disposé avant de vivre avec Rosie.

J'avais averti le Doyen qu'en tant que professeur titulaire, Gene n'aurait certainement pas l'intention de travailler sérieusement. David Borenstein connaissait parfaitement le protocole des congés sabbatiques qui prévoyait que Gene serait payé par son université en Australie. Il n'ignorait rien non plus de sa réputation.

« S'il peut cosigner quelques publications et éviter de tripoter les doctorantes, je devrais arriver à lui trouver un bureau.

— Bien sûr, bien sûr. » Gene était très calé pour se faire publier avec un minimum d'effort. Cela nous laisserait beaucoup de temps libre pour discuter de sujets intéressants.

« Je suis sérieux, Don, à propos des étudiantes. S'il s'attire des ennuis, je vous en tiendrai pour personnellement responsable. »

Il s'agissait, selon moi, d'une menace excessive, typique des administrateurs universitaires, mais elle m'offrirait un prétexte pour obliger Gene à avoir un comportement approprié. Et après avoir passé en revue les doctorantes, j'avais conclu qu'aucune d'elles ne pourrait sans doute l'intéresser. Ce que j'avais vérifié quand je l'avais appelé pour lui annoncer que j'avais réussi à lui décrocher un emploi.

« Tu as déjà fait le Mexique ? Exact ?

— J'ai passé un moment avec une dame de cette nationalité, si tel est le sens de ta question.

— Tu as eu un rapport sexuel avec elle ?

— Un truc comme ça. »

Il y avait plusieurs doctorantes de différentes nationalités, mais Gene avait déjà couvert les pays développés les plus peuplés.

« Donc, tu acceptes le boulot ? avais-je demandé.

— Il faut que j'examine les différentes options.

— Ridicule. La Columbia possède la meilleure fac de médecine du monde. Et ils sont disposés à engager quelqu'un qui a une réputation de paresse et de comportement inapproprié.

— C'est toi qui me parles de comportement inapproprié ?

— Exact. Je suis parfaitement intégré. Ils sont extrêmement tolérants. Tu peux commencer lundi.

— Lundi ? Don, je ne sais même pas où crécher. »

Je lui avais promis de trouver une solution à ce problème pratique mineur. Gene allait venir à New York. Il travaillerait de nouveau dans la même université que moi. Et que Rosie.

En contemplant les deux jus d'orange posés sur la table, j'ai pris conscience que je m'étais réjoui de boire de l'alcool pour apaiser l'inquiétude que j'éprouvais à l'idée de transmettre à Rosie les informations à propos de Gene. Je me suis dit que je me faisais du souci pour rien. Rosie prétendait apprécier la spontanéité. Mais cette simple analyse ignorait trois facteurs :

1. Rosie n'aimait pas Gene. Il avait été son directeur de thèse à Melbourne et l'était toujours, en théorie. Elle avait de nombreux griefs à formuler contre sa pratique universitaire et considérait que ses infidélités à l'égard de Claudia étaient inacceptables. Mon argument à propos de son changement de comportement était à présent réduit à néant.
2. Rosie tenait à ce que nous ayons « du temps pour nous ». Désormais, je consacrerais forcément du temps à Gene. Il m'avait affirmé clairement que sa relation avec Claudia était terminée. Toutefois, s'il y avait la moindre chance de pouvoir la sauver, il paraissait raisonnable d'accorder, temporairement, une priorité moindre à la santé de notre propre couple. J'étais certain que Rosie ne serait pas de cet avis.
3. Le Facteur Trois était le plus sérieux, et résultait peut-être d'une erreur de jugement de ma part. Je l'ai écarté de mon esprit pour pouvoir me concentrer sur le problème immédiat.

Les deux grands verres remplis de jus d'orange m'ont rappelé la nuit où un « lien émotionnel » s'était, pour la première fois, noué entre Rosie et moi – la Grande Nuit des Cocktails – où nous avions prélevé un échantillon d'ADN de tous les invités masculins d'une réunion des anciens étudiants en médecine qui avaient fait partie de la même promotion que sa mère, et où nous avions éliminé l'intégralité d'entre eux comme candidats au rôle de père biologique de Rosie. Une fois de plus, mes compétences dans la préparation de cocktails m'ont inspiré une solution.

Nous travaillions, Rosie et moi, trois soirs par semaine à L'Alchimiste, un bar à cocktails situé dans la 19e Rue-Ouest, dans le quartier de Flatiron, de sorte que le matériel et les ingrédients nécessaires à la confection de boissons faisaient partie de notre équipement professionnel (ce dont je n'étais cependant pas arrivé à convaincre notre comptable). J'ai pris de la vodka, du Galliano et des glaçons, je les ai ajoutés aux jus d'orange et j'ai remué. Au lieu de commencer mon verre avant Rosie, je me suis versé un petit verre de vodka sur de la glace, j'ai ajouté un trait de citron et l'ai bu rapidement. J'ai senti presque instantanément mon niveau de stress revenir à son état par défaut.

Rosie est enfin sortie de la salle de bains. À part l'inversion du sens de déplacement, la seule différence apparente était que ses cheveux roux étaient mouillés. Elle était pourtant visiblement de meilleure humeur : c'est tout juste si elle ne dansait pas en se dirigeant vers notre chambre. Manifestement, le choix des coquilles Saint-Jacques avait été judicieux.

Il n'était pas impossible que son état émotionnel la rende plus ouverte à l'idée du Congé Sabbatique de Gene, mais il m'a paru tout de même préférable de repousser la nouvelle au lendemain matin, après notre rapport sexuel. Bien sûr, si elle se doutait que j'avais procédé à une rétention d'informations à cette fin, elle me ferait des reproches. La vie conjugale est compliquée.

Arrivée devant la porte de la chambre, Rosie a fait volte-face : « Il me faut cinq minutes pour m'habiller et ensuite, j'attends les meilleures coquilles Saint-Jacques du monde. » L'utilisation de la formule « les meilleures du monde » constituait une appropriation d'une de mes expressions personnelles – un indice irréfutable d'humeur positive.

« Cinq minutes ? » Toute sous-estimation aurait eu des conséquences désastreuses sur la préparation des coquilles Saint-Jacques.

« Mettons quinze. Le dîner attendra. Et si nous prenions un verre en bavardant, capitaine Mallory ? »

Le nom du personnage incarné par Gregory Peck était un autre indice favorable. Le seul problème était la partie bavardage. « Il s'est passé quelque chose de spécial aujourd'hui ? » me demanderait-elle inévitablement, et je serais obligé de parler du Congé Sabbatique de Gene. J'ai décidé de me rendre indisponible en m'absorbant dans les tâches culinaires. En attendant, j'ai mis les Harvey Wallbanger au congélateur car ils risquaient de se réchauffer et de dépasser la température optimale quand les glaçons fondraient. Les rafraîchir aurait également pour effet de réduire la vitesse de dégradation du jus d'orange.

Je me suis remis à la préparation du dîner. C'était une nouvelle recette et ce n'est qu'après avoir commencé que j'ai découvert que les légumes devaient être découpés en cubes de cinq millimètres de côté. La liste d'ingrédients et d'ustensiles nécessaires ne mentionnait pas de règle. J'ai pu télécharger une application de mesure dans mon téléphone, mais j'avais à peine fini de produire le cube de référence quand Rosie est revenue. Elle portait à présent une robe – option tout à fait inhabituelle pour un dîner à la maison. Elle était blanche et contrastait de façon spectaculaire avec ses cheveux roux. L'effet était stupéfiant. J'ai décidé de ne repousser que très légèrement la nouvelle à propos de Gene, jusqu'à une heure plus avancée de la soirée. Rosie ne pourrait pas vraiment m'en vouloir. Je reprogrammerais mes exercices d'aïkido pour le lendemain matin, ce qui nous laisserait le temps d'avoir un rapport sexuel après le dîner. Ou avant. J'étais disposé à faire preuve de souplesse.

Rosie s'est assise dans un des deux fauteuils qui occupaient un pourcentage significatif de la surface du salon.

« Viens me parler, a-t-elle dit.

— J'émince des légumes. Je peux te parler d'ici.

— Qu'est-ce que tu as fait des jus d'orange ? »

J'ai sorti les jus d'orange modifiés du congélateur, j'en ai tendu un à Rosie et me suis assis en face d'elle. La vodka et la gentillesse de Rosie m'avaient détendu, mais je soupçonnais cet effet d'être superficiel. Mon cerveau continuait à traiter les problèmes de Gene, de Jérôme et de jus d'orange en tâche de fond.

Rosie a levé son verre comme pour porter un toast. En fait, c'était exactement ce qu'elle faisait.

« On a quelque chose à fêter, capitaine », a-t-elle dit. Elle m'a regardé pendant quelques secondes. Elle sait que je n'aime pas beaucoup les surprises. J'ai pensé qu'elle avait atteint un jalon décisif dans la rédaction de sa thèse. Ou bien qu'elle avait obtenu de pouvoir suivre le cours de spécialisation en psychiatrie à l'issue de ses études de médecine. La nouvelle aurait été excellente, et j'ai estimé la probabilité d'un rapport sexuel à plus de quatre-vingt-dix pour cent.

Elle a souri – puis, sans doute pour accroître le suspens, elle a bu une gorgée. Désastre ! On aurait pu croire que son verre contenait du poison. Elle a tout recraché, sur sa robe blanche, et s'est précipitée dans la salle de bains. Je l'y ai rejointe alors qu'elle retirait sa robe et la passait sous l'eau.

Debout dans ses sous-vêtements à moitié violets, trempant et essorant alternativement sa robe, elle s'est retournée vers moi. Son expression était beaucoup trop complexe pour que je puisse l'analyser.

« Nous sommes enceints », a-t-elle dit.

Ouvrage composé par
PCA- 44400 Rezé

Imprimé en France par

MAURY IMPRIMEUR
à Malesherbes (Loiret)
en février 2016

POCKET – 12, avenue d'Italie – 75627 Paris Cedex 13

N° d'impression : 205920
Dépôt légal : mars 2015
Suite du premier tirage : février 2016
S24482/04